Marc Dugain

In der Haut des Teufels

Marc Dugain

In der Haut des Teufels

Roman

Aus dem Französischen
von Michael von Killisch-Horn

C. Bertelsmann

Die Originalausgabe erschien 2012 unter dem Titel
»Avenue des Géants« bei Éditions Gallimard, Paris.

MIX
Papier aus verantwortungsvollen Quellen
FSC® C014496

Verlagsgruppe Random House FSC® N001967
Das für dieses Buch verwendete FSC®-zertifizierte
Papier *Munken Premium Cream*
liefert Arctic Paper Munkedals AB, Schweden.

1. Auflage

Umschlaggestaltung: buxdesign, München
Satz: Uhl + Massopust, Aalen
Druck und Bindung: GGP Media GmbH, Pößneck
Printed in Germany
ISBN 978-3-570-10183-4

www.cbertelsmann.de

Für Florent, Héloïse, Roman Kamil und
Emmanuelle, meine Freude

Für Bruno Jeanmart, Psychoanalytiker und Philosoph,
mein ältester Freund. Aus unseren nächtlichen Diskussionen
ist dieses Buch entstanden.

»Sein heißt, in der Klemme sein.«

Cioran, *Gevierteilt*

I

Wie jeden Monat sitzt sie ihm gegenüber, nachdem sie sich schwer auf ihren Stuhl hat plumpsen lassen. Sie holt die Bücher aus ihrer Tasche, zehn insgesamt. Die meisten haben einen kartonierten Einband. Er wirft einen raschen Blick darauf und legt sie vor sich hin. Sie lächelt schmallippig, ohne ihm ins Gesicht zu blicken. Seit Jahren weicht sie hartnäckig seinem Blick aus, weshalb sie häufig die Augen abwenden muss. Sie senkt oft den Kopf, wodurch er den kahlen Scheitel in der Mitte ihres Schädels gut erkennen kann, der immer breiter wird. Sie hat langes Haar, und es ist schwer zu erkennen, wann es sauber ist. Selbst wenn es das ist, sieht es nicht so aus. Sie muss einmal ganz hübsch gewesen sein, soweit ihre aufgedunsenen Gesichtszüge eine frühere Schönheit überhaupt erkennen lassen. Aber er mag diese Frau. Oder besser, er hat für sich entschieden, dass er sie mag, weil er nichts für sie empfindet, weder Liebe noch Hass. Manchmal ein bisschen Verärgerung. Er nimmt es ihr übel, dass sie die einzige Person ist, die ihn besucht. Er verübelt es ihr stellvertretend für die anderen, die ihn niemals besuchen, was ein bisschen ungerecht ist, weil es gar keine anderen mehr gibt. Er ist scharfsinnig genug, um zu bemerken, dass sie ihm schon seit Langem etwas sagen will. Nur was? Er weiß es nicht. Er spürt nur, dass sie etwas bedrückt, das sie nicht in Worte fasst. Das hat nichts mit Schüchternheit zu tun. Ihr Verhalten ihm gegenüber ist niemals wirklich natürlich. Sie arrangiert sich. Häufig besteht eine eigenartige Diskrepanz zwischen ihrer Stimme und dem, was sie sagt. Manchmal kommt sie ihm geradezu schwärmerisch vor, dann wieder völlig ausgebrannt. Ihr faltiges Dekolleté mündet in große schlaffe Brüste. Für eine Frau, die um die sechzig sein muss, kein sehr erfreulicher Anblick. Aber er ist ihr dankbar, dass sie keine Fantasien in ihm weckt. Einen Motor ohne Benzin bringt man nicht auf Touren.

»Haben Sie mit den Zeitungsverlagen über das gesprochen, was wir überlegt haben?«

Sie lässt sich mit der Antwort Zeit. Das ist nicht ungewöhnlich, sie lässt sich mit der Antwort immer Zeit, als fühlte sie sich in gewisser Weise verantwortlich.

»Ja. Mit mehreren an der Küste. Sie sind … wie soll ich sagen, neugierig. Sie überlegen. Aber ich glaube, es wäre möglich.«

Sie wendet den Blick wieder ab. Wenn sie das tut, würde er ihr am liebsten mit der Faust auf den Kopf schlagen, doch eigentlich will er es nicht wirklich. Außerdem stellt er sich die Schäden vor, die er damit anrichten würde, während sie mit ihrer Stimme weiterredet, in der jedes Wort sich dafür zu entschuldigen scheint, dass es aus ihrem Mund kommt, der für ein Gesicht dieser Größe sehr klein wirkt. Sie muss indianisches Blut haben. Kein frisches Blut, Blut, das bis auf den Anfang des 20. Jahrhunderts zurückgeht, als man den Indianern übel mitgespielt hat.

»Es ist ein bisschen gewagt für sie, verstehen Sie …«

»Sie meinen als Literaturkritiker …?«

»O nein! Darüber werden sie sich ihre eigene Meinung bilden. Es geht mehr darum zu enthüllen oder nicht zu enthüllen, wer Sie sind. Und wenn Verleger oder Redakteure nicht preisgeben, wer Sie sind, könnte man es ihnen eines Tages vorwerfen. Und zugleich sagen sie sich, dass es eine Sensation wäre, wenn sie Ihre Identität enthüllen. Na ja, die Medien eben …«

Er nickt etwas verspätet, als interessierte ihn das Gespräch schon nicht mehr. Das hat er immer schon so gemacht. Es ist eine Möglichkeit, Einfluss auf seine Gesprächspartner zu gewinnen. Er hat es sich überlegt.

»Ich habe eine Menge Kritiken in meinem Leben gelesen. Ich wüsste nicht, worum ich die Kritiker beneiden sollte. Ich habe seit Beginn der Siebzigerjahre dreitausendneunhundertzweiundfünfzig Bücher verschlungen. Ganz genau habe ich sie gelesen, das können Sie nicht bestreiten. Gibt mir das jetzt nicht das Recht, eine Meinung über die Literatur zu haben? Ich denke doch.«

»Sie haben mir gesagt, sie würden Sie eher als Kritiker von Krimis sehen.«

Er bemüht sich, nicht genervt zu wirken, um sie nicht zu erschrecken, denn sie erschrickt leicht.

»Das riecht nach Sensationsmacherei. Sie werden ihnen sagen, dass Krimis mich nicht interessieren. Nicht die Bohne interessieren. Zu konventionell, zu viele Gemeinplätze, zu viele langweilige Rätsel.«

Sie sitzen sich eine Weile schweigend gegenüber, ohne sich anzusehen. Es gibt in diesem Raum nichts, worauf man seinen Blick richten kann, also lassen sie ihn über die Wand gegenüber gleiten. Er hat bereits genug von ihr, aber er beherrscht sich, will nicht, dass sie es merkt, sie kann nichts dafür.

Plötzlich bricht es aus ihm hervor: »Sie können ihnen die Zahl ruhig sagen, dreitausendneunhundertzweiundfünfzig Bücher von 1971 bis heute. Und wenn Sie sie zum Lachen bringen wollen, sagen Sie ihnen, dass ich zwischen meiner Geburt 1948 und 1971 nur ein einziges gelesen habe. Ich habe es dreimal gelesen. Erraten Sie, welches?«

Sie erwidert: »Die Bibel.«

»Nein. *Schuld und Sühne*. Ein verdammt gutes Buch, wirklich. Ich glaube nicht, dass jemals ein besseres geschrieben wurde.«

In ihrem Blick erkennt er, dass sie sich fragt, ob das nicht ein

Scherz ist. Sie hat eine hübsche gerade Nase, und ihre Augen haben eine originelle Farbe. Doch sie riecht nach Angst, so wie ein Leichnam nach Tod riecht. Eine allgemeine Angst vor dem Leben. Übrigens benutzt sie viel zu viel Patschuli, um sie zu überdecken. Damit kann sie sicher viele täuschen. Ihn nicht.

Er setzt die Durchsicht der Bücher fort, die sie ihm mitgebracht hat, und entdeckt eines, das aus der Reihe tanzt.

»Was macht dieses Kinderbuch hier?«

»Das ist ein Vorschlag. Man hat festgestellt, dass es kaum Aufnahmen für Kinder gibt. Es gibt viel mehr blinde Kinder, als man denkt.«

»Haben Sie das absichtlich gemacht?«

Sie beginnt zu schmelzen wie Eis in der Sonne und wischt sich mit dem Handrücken über die verschwitzte Stirn. Sie versteht nicht, was er meint.

»Sie wissen wahrscheinlich nicht, dass meine Großmutter Kinderbücher geschrieben hat«, sagt er sanft, um sie zu beruhigen, denn sie hat eine beunruhigend rote Gesichtsfarbe angenommen. »Aber das ist nicht der Punkt. Können Sie sich wirklich vorstellen, wie ich mit meiner Stimme CDs für Kinder aufnehme? Man muss schon ziemlich verzweifelt sein, um auf so eine Idee zu kommen. Und es ist enorm schwierig, sich in ein Kind hineinzuversetzen, wenn man nie die Chance gehabt hat, eines zu sein. Diese Begabung habe ich nicht.«

Ihre Antwort kommt prompt: »Niemand hat so viele Preise für seine Aufnahmen bekommen wie Sie. Der Verleger, na ja … man will Sie.«

Sie glaubt, sie könne ihm schmeicheln.

Er ist über das Alter hinaus, auch wenn er stolz auf seine Preise ist. Er verspricht, es zu versuchen, das kostet ja nichts, und jeder ist zufrieden. Er macht gern Kompromisse. Es mag dumm klingen, aber Kompromisse machen ihm richtig Freude. Er ist überzeugt, wenn alle sich auf halbem Weg entgegenkämen, könnte man die meisten Konflikte vermeiden. Er sagt es oft, wenn er seinen Jungs eine Predigt hält. Sobald die Idee des Kompromisses in eurem Geist aufgekeimt ist, hat die Gewalt verloren. Selbst wenn ihr nicht die Absicht habt, dem andern auf halbem Weg entgegenzukommen, ein Schritt auf den anderen zu, und ihr habt die Gewalt hinter euch gelassen. Er will über diese Kinderbuchgeschichte nicht weiter diskutieren, es ist abgemacht, er wird es versuchen. Andernfalls hätte er das Gefühl, sich der Vergangenheit zu unterwerfen, und das will er nie wieder.

»Die guten Kritiker begreifen, dass das Kreisen des Autors um das Thema wichtiger ist als der Kern dieses Themas. Das ist die wahre Reise der Literatur. Wenn man sich durch Tausende von Seiten kämpfen muss, nur um zu dem zu gelangen, was gesagt werden muss, was soll das für einen Sinn haben, sagen Sie mir das? Ich habe so viele Gemeinheiten über Leute gehört, die es nicht verdienten. Wenn Sie lesen, was Mary McCarthy oder Henry Miller, die unfähig sind, zwischen den Zeilen zu lesen, über Salinger geschrieben haben, dann zweifle ich schon an der Stichhaltigkeit ihres Urteils und frage mich, ob das nicht ein Eingeständnis der Mittelmäßigkeit ihrer eigenen Texte ist. Da krieg ich manchmal eine Stinkwut! Ich erspare Ihnen, was ich alles über Carver gelesen habe. Klar, jetzt haben sie ihn in den Pantheon aufgenommen, ein reines Wunder, dass sie ihn nicht im Familiengrab von Tschechow beigesetzt haben, aber ich war da, als sie sich über seinen Minimalismus das Maul zerrissen haben. Er musste erst sterben. All diese Leute ziehen die Mumien den Lebenden vor. Aber sollen sie doch machen, was sie wollen, was die Krimis betrifft, können sie jedenfalls nicht mit mir rechnen. Ist das klar? Das ist ein minderwertiges, verachtenswertes Genre. Selbst der schlechteste Krimi ist nicht imstande, auch nur zehn Prozent der Realität wiederzugeben, von der er erzählt.«

Er sagt das alles, ohne laut zu werden. Er wird nur selten laut. Seine Wutausbrüche toben sich in einem wasserdichten Senkkasten aus. Wenn er wütend ist, weiß nur er es.

»Wenn Sie wirklich keine Kinderbücher …«

Für ihn war die Sache abgemacht. Warum kommt sie noch einmal darauf zurück? Er hat viele Leute wie sie gekannt, die keinen Schritt vorwärts machen können, ohne zurückzuschauen.

»Ich sagte doch, ich werde es lesen.«

Ein klägliches Lächeln huscht über ihr Gesicht. Dabei blickt sie auf die Uhr, um sich von dem eindringlichen Blick zu befreien, mit dem er sie ansieht. Für sie drückt er Feindseligkeit aus, dabei hat er es einfach nur satt, die Wand hinter ihr anzustarren.

»Wann werden Sie wiederkommen?«

Sie wirkt mit einem Mal erleichtert. »In vier Wochen«, sagt sie.

Er könnte ihr den Zugang verbieten lassen. Er müsste nur die Verwaltung bitten. Sie würde dann einfach die Bücher für ihn abgeben. Er hat die Macht dazu, dessen ist er sich bewusst, aber er will sie nicht missbrauchen. Manchmal verspürt er eine dumpfe Wut bei dem Gedanken, dazu verdammt zu sein, als einziges weibliches Wesen nur sie mit diesem Schädel zu sehen, der wie ein nasses Kornfeld aussieht. Er ist sicher, dass sie sich abrackert. Sie ist die Sorte Frau, die beim Frühstück in der einen Hand einen Joint und in der anderen eine Tasse Kaffee hält und zu essen vergisst. Vermutlich trinkt sie den ganzen Tag Limonade, unterbrochen von einem fetttriefenden Hamburger. Seit sie ihn besucht, seit gut dreißig Jahren, ist er ihr dankbar dafür, dass sie ihm nichts Persönliches über sich anvertraut hat. Er hätte es nicht ertragen. Es ist schwer zu erklären, aber er hätte es ihr übel genommen. Eine berufliche Beziehung kann er akzeptieren, aber nichts darüber hinaus. Er lauert auf Versuche von Vertraulichkeit, um sie im Keim zu ersticken, und sie weiß es. Sie hat niemals einen Fauxpas begangen.

Es wird Zeit, zum Ende zu kommen.

»Können Sie mir eine CD mitbringen, wenn Sie wiederkommen? Ich sag Ihnen aber gleich, ich habe nicht die Mittel, sie Ihnen zu bezahlen.«

Sie ist überglücklich, ihm eine Freude machen zu können, und nickt fast krampfartig.

»Wunderbar«, sagt er und steht auf. »Skip James. So viel wie möglich. Aber vor allem ›Crow Jane‹ und *Devil Got My Woman*.«

Sie verspricht es ihm und steht ebenfalls auf. Sie hat etwas Mühe, sich von ihrem Stuhl zu erheben. Das liegt sicher an der Fettleibigkeit, die ihre Knie belastet.

Er dreht ihr den Rücken zu, hebt die Hand zum Abschied, zieht den Kopf ein, um durch die Tür zu gehen, und verlässt den Raum, wobei er seine Brille hochschiebt.

Ein geachteter Mann genießt kleine Privilegien. Eines der seinen besteht darin, dass er seine Post selbst holen darf. Der Chef reicht sie ihm mit einem Lächeln. Am liebsten hätte er nur mit Typen wie ihm zu tun. Es vergeht kein Tag, an dem er nicht einen Brief bekommt. Wer kann sich schon vorstellen, was für eine Freude es ist, seine Post zu öffnen in der Gewissheit, niemals schlechte Nachrichten zu erhalten? Er bekommt zwei Arten von Briefen. Die meisten kommen von Hörern, die ihm danken. Sie haben sie nicht selbst geschrieben, sondern einer nahestehenden Person diktiert. Sie danken ihm für die Sorgfalt, mit der er die Bücher liest, und für seine Tonfälle und Betonungen, die ihn, wie manche sagen, auf das Niveau des Actor's Studio heben. Er freut sich über das Kompliment, obwohl er Schauspieler nicht mag. Er misstraut Leuten, deren Beruf es ist, jemand anderer zu sein. Früher oder später wissen sie nicht mehr, wer sie sind. Empathie ist nicht seine Stärke, und er glaubt, dass es besser ist, es zuzugeben als sie vorzugaukeln, dennoch ist er voller Mitgefühl für die Blinden, die ihm zuhören. Er stellt sich vor, dass es schlimm sein muss, blind zu sein, vor allem in den USA, dem Land mit den schönsten Landschaften der Welt, doch zum Glück wissen diejenigen, die blind geboren sind, nicht, was sie versäumen. Neben den Briefen der Blinden bekommt er Briefe von Bewunderinnen. Sie sind häufig überaus pikant. Sie schicken ihm immer ein Foto von sich. Ein Passfoto oder ein Ganzkörperbild. Manche genieren sich nicht, nackt zu posieren, wobei die Palette von Erotik bis hin zu obszönster Pornografie reicht, mit Großaufnahmen ihres Geschlechts. Er findet das widerlich. Die Begleitbriefe sind häufig völlig verrückt, und er zieht es vor, nicht darüber zu sprechen, denn das würde ein trauriges Licht auf die Menschheit werfen. Um ganz offen zu sein, sie erinnern ihn an Raben, die sich über die Leitplanken eines Highways beugen, fasziniert von dem kleinen Kadaver eines überfahrenen wilden Tiers, und auf den günstigsten Augenblick lauern, um ihn zwischen zwei vorbeirasenden Lkws aufzupicken. Die Verwaltung öffnet seine Post niemals. Deswegen bekommt er die Fotos überhaupt. Er hebt sie auf seinem Regalbrett auf, schaut sie sich aber, ehrlich gesagt, nie an. Manchmal zerreißt er das eine oder andere. Um die Jahrhundertwende, vor gut zehn Jahren, hatte ihm eine Frau geschrieben, um ihm eine Liebeserklärung zu machen und ihn zu bitten, sie zu heiraten. Sie hatte ein schlechtes Foto beigefügt, aber man konnte erkennen, dass ihr recht ebenmäßiges Gesicht – schön konnte man es nicht wirklich nennen – gepierct war; Ringe verschiedener Größe steckten in ihren Ohren, ihrer Nase und ihrer Zunge. Er hatte das Foto einem Typen gezeigt, der noch nicht lange da war, und der hatte ihm gesagt, gepiercte Leute sehe man jetzt häufig. Er hatte eine halbe Stunde gezögert, bevor er dieser Frau, die in Reno, Nevada, lebte, geantwortet hatte.

»Ich verstehe Ihr Interesse für mich nicht. Ich habe niemals die Absicht gehabt zu heiraten, jetzt noch weniger als früher. Ihr Foto zeigt mir eine vulgäre, grundlos durchlöcherte Frau. Ich weiß nicht, was Sie sich in Ihren Wahnvorstellungen einer kranken, geistesgestörten Frau zusammenfantasieren, und ich will es auch nicht wissen. Ich bin nicht mehr der Mann, der ich vor dreißig Jahren war, und dieser Mann hätte Sie nicht mehr geliebt als ich. Das ist das erste und letzte Mal, dass ich Ihnen antworte. Wir leben in verschiedenen Welten, hämmern Sie sich das ein für alle Mal in Ihren Schädel.«

Er hat nie wieder etwas von ihr gehört.

2

An dem Tag, an dem Lee Harvey Oswald mir die Show gestohlen hat, wies in diesem Teil der Sierra Nevada nichts darauf hin, dass November war. Die Natur um die Farm meiner Großeltern herum war kahl geworden, doch die Bäume, die den Hügel gegenüber bedeckten, verfärbten sich nicht im Herbst. Der Tag hatte begonnen wie so viele andere. Ich hatte vor dem Aufstehen zweimal in meinem Bett onaniert. Ein bewährtes Mittel, um den Tag ruhig zu beginnen. Ich war gerade fertig, als meine Großmutter zu poltern begann, damit ich aufstehe. Dann kam sie, ohne anzuklopfen, in mein Zimmer. Ich konnte gerade noch die Decke über mich ziehen. Ohne mich anzusehen, sagte sie mit gespielter Liebenswürdigkeit: »Das ist ein verdammt schöner Tag, du solltest schnell aufstehen und ein bisschen rausgehen.« Ich nahm es ihr nicht übel wie an dem Tag, an dem ich sie hätte umbringen können, weil sie einfach in mein Zimmer gekommen war, als ich zwei Sekunden vor dem Erguss gewesen war. Ich hatte nie zuvor eine solche Bereitschaft zur Gewalt in mir gespürt. Schließlich stand ich auf, aber erst später. Ich erinnere mich nicht mehr, ob es unter der Woche gewesen war oder am Wochenende. Es wäre nicht schwierig, es nachzuprüfen, der 22. November 1963 ist ein ziemlich denkwürdiges Datum. Drei Tage zuvor hatte ich mit ihr und meinem Großvater meinen Geburtstag gefeiert. Die Alte hatte einen Kuchen gebacken, der nach kaltem Plastik schmeckte. Der Alte hatte sein Geschenk mit feuchten Augen ausgepackt: eine Winchester Henry .22 long rifle. »Um Kaninchen und Maulwürfe zu jagen«, hatte er gesagt und seine Hand auf meinen Arm gelegt. Seine Hand war mir sehr alt und sehr faltig vorgekommen, obwohl er erst einundsiebzig war. Er war ein braver Mann, aber ich mochte ihn nicht, weil er mir in Gegenwart meiner Großmutter wie ein kleiner Hund vorkam. Sie verbrachte ihre Zeit damit, ihm wie einem Knecht Befehle zu erteilen, in einem vermittelnden Ton, um ihn nicht zu demütigen. Und der Alte gehorchte. Als er meinem verächtlichen Blick begegnete, sah er zu Boden und schenkte mir ein klägliches Lächeln, das sagen sollte: »Was bleibt mir schon übrig, als dieser Frau zu gehorchen, die ich geliebt habe?« Dabei wäre alles besser gewesen als diese Sklaverei. »Das ist eine .22, Al. Du weißt, wie sie funktioniert. Sie hat eine große Reichweite und dringt schnell ein, aber das Kaliber ist zu klein für Hochwild, du würdest es schrecklich leiden lassen.« Blieben das Kaninchen, die Maulwürfe und ein paar Hasen. Meine Großmutter war abrupt aufgestanden und hatte mit dieser Miene der Überlegenheit, die sie so gern aufsetzte, hinzugefügt: »Wenn ich sehe, dass du auf Vögel schießt, nehme ich dir die Winchester weg und werfe sie ins Feuer.« Pech für die Alte! Nichts ist einfacher, als Kaninchen zu schießen. Es wimmelt von ihnen, und sie drücken sich in die Hecken und wähnen sich in Sicherheit, und wenn sie loslaufen, haben sie es wahrlich nicht eilig. Vögel zu schießen, egal welche, ist dagegen ein echter Sport, außer der Piepmatz sitzt auf einem Ast, okay. Das Geschenk überraschte mich. Meine Großmutter hatte angeblich dagegen protestiert, unter dem Vorwand, dass ich in Anbetracht meiner Fähigkeiten in der Schule nicht genügend arbeiten würde. Was konnte ich für meine Fähigkeiten? Intelligenztests hatten bewiesen, dass ich einen höheren IQ als Einstein hatte. Und trotz dieses Potenzials war ich nichts als Durchschnitt. Meine Großmutter fand, das sei Verschwendung, und sie hasste Verschwendung. Wehe, man aß seinen Teller nicht leer, ließ das Licht in einem Zimmer brennen, in dem niemand war, ließ den Wasserhahn tropfen, benutzte zu viel Toilettenpapier oder hatte nicht die beste Note in allen Schulfächern, dann wurde sie hysterisch. Sie hatte ständig Probleme mit der Gebärmutter. Das war ihr Lieblingsgesprächsthema, neben ihren Kinderbüchern. Ich habe nie eines gelesen, denn als ich zu ihr kam, war ich kein Kind mehr, und was sie schrieb oder illustrierte, interessierte mich nicht die Bohne. Ich denke, dass es von bestürzender Einfältigkeit gewesen sein muss. Auf ihrer Gebärmutter bildeten sich regelmäßig Zysten, wie eine Bedrohung, die umgehend durch eine harmlose Operation beseitigt wurden. Sie zählte ihre Operationen wie andere ihre Medaillen. Mir ist die Begeisterung, mit der sie sich dieser wiederkehrenden Tumore rühmte, und das kindliche Bedürfnis, als mutige Frau angesichts einer ungefährlichen Krankheit anerkannt zu werden, stets auf die Nerven gegangen.

Ich hatte die Winchester noch nicht ausprobiert. Ich hatte sie auf einen Tisch am Fußende meines Betts zwischen meine Schulbücher gelegt. Es war eine leichte Waffe mit mattschwarzem Lauf. Sie faszinierte mich, aber ich traute mich nicht, sie anzurühren.

An diesem Morgen des 22. November ging ich hinunter, um zu frühstücken. Meine Großmutter reinigte das Spülbecken. Ich spürte, wie sie ihre Vorwürfe unterdrückte, weil ich nicht auf ihre erste Aufforderung hin aufgestanden war. Wir beobachteten uns eine ganze Weile. Dann fragte sie mich, was ich zu tun gedenke, da ich einen freien Tag hatte. Die Schule hatte eine Wildwasserfahrt organisiert, und ich hatte mich wie üblich davon befreien lassen. Ich hatte einen schlechten Tag, es war einer dieser Morgen, an dem die Beklemmung sich mit einer eigenartigen Lustlosigkeit paarte, eine Stimmung, die mir nur allzu vertraut war. »Warum gehst du nicht jagen, die Kaninchen fressen mir meine Beete kahl.« Dieser Vorschlag war so gut wie jeder andere, obwohl ich keine Lust hatte, ihr eine Freude zu machen. Dann fügte sie hinzu: »Fünf Cents pro Maulwurf, zehn Cents pro Kaninchen«, als wäre ich käuflich. Der Hund des Hauses, ein alter ausgemergelter englischer Setter, wedelte bereits ganz aufgeregt mit dem Schwanz und vergaß sein Rheuma. Ich ging wieder in meine Bude hinauf und lud sorgfältig meine Waffe, fünfzehn kleine Kugeln, die in eine Kammer unter dem Lauf gesteckt wurden. Anschließend putzte ich mir die Zähne und wusch mir die Achselhöhlen mit kaltem Wasser. Ich zog die Militärjacke meines Vaters an, das einzige Kleidungsstück, an dem ich wirklich hing und das mir das Gefühl gab, nicht nur ein zu großer Kerl zu sein, bei dem man sich fragt, ob der Himmel seine Grenze ist. Mit fünfzehn überragte ich meinen Vater bereits um acht Zentimeter, und die Vorstellung, dass ich mich langsam, aber stetig auf zwei Meter zwanzig zubewegte, gefiel mir nicht sonderlich. Ich konnte bereits nicht mehr durch eine Tür gehen, ohne mich zu bücken, und überall, wo ich hinkam, drehten die Leute sich nach mir um. Wenn ich im Unterricht saß, war ich so groß wie mein Klassenlehrer, wenn er vor seinen Schülern stand, und ich wurde von allen Seiten angestarrt, als wäre ich ein merkwürdiges Tier. Manchmal träumte ich davon, klein zu sein, der Prügelknabe der Größeren, und das Mitleid eines mitfühlenden Mädchens für ein misshandeltes Kind zu wecken. Doch niemand traute sich jemals, mich zu belästigen, und wenn die Mädchen mich bisweilen anstarrten und einen Lachkrampf unterdrückten, taten sie es, weil sie sich fragten, ob die Größe meines Geschlechts proportional zum Rest sei. Das ist keine Erfindung, ich habe wirklich einmal in der Pause auf dem Korridor ein derartiges Gespräch belauscht. Meine Klassenkameraden behandelten mich niemals wohlwollend. Alle sahen in mir einen besonderen Schüler, einen geheimnisvollen Riesen, und meine dicken Brillengläser förderten den Kontakt nicht gerade, denn meine Augen waren nur undeutlich wie durch eine Doppelverglasung zu erkennen. Im College fiel mir alles leicht, und wenn ich sah, wie diese Sportskanonen mit ihren Spatzengehirnen vor einer Gleichung ersten Grades Blut und Wasser schwitzten, empfand ich nichts als Verachtung für meine Kameraden. Die meisten von ihnen redeten von nichts anderem als Rafting, lebten nur für Rafting. Was fanden sie nur daran, wie der Teufel eine Stromschnelle hinunterzufahren und sich der Gefahr auszusetzen zu ertrinken? Ich habe das nie verstanden. Der Klassenlehrer, Mr. Abott, sah mich mit den gleichen bestürzten Blicken an wie meine Großmutter. Er verstand nicht, dass ich mein Talent vergeudete. Eines Tages rief er mich sogar zu sich in sein Büro im ersten Stock, das einer Forscherhöhle glich, um es mir zu sagen. Es hieß, Abott schlafe manchmal dort, um nicht zu Hause seiner Frau begegnen zu müssen. Sodass sie überzeugt war, er habe eine Geliebte. Abott eine Geliebte, was für ein Mangel an Urteilsvermögen! Doch das war nicht mein Bier. Für einen Kerl von meiner Größe war es schwierig, in seinem Kabuff einen Ort zu finden, wo ich mich setzen konnte.

»Sie wissen, Kenner, dass Sie über intellektuelle Fähigkeiten verfügen, die weit über dem Durchschnitt liegen … Also, was ist los mit Ihnen?«

Das war eine sehr unangenehme Frage, die für mich nicht nach einer Antwort verlangte.

»Ich habe keine Ahnung.«

»Ist Ihnen klar, was Sie erreichen könnten, wenn Sie sich wirklich ins Zeug legen würden? Sagen Sie mir, was möchten Sie später einmal machen?«

»Später?«

Ich lächelte, zum ersten Mal seit Langem, und schob meine dicken viereckigen Brillengläser hoch, eine Geste, die ich heute noch mache, bevor ich zu sprechen anfange; dann sagte ich: »Ich habe nie an später gedacht, Mr. Abott, irgendetwas in mir sagt mir, dass es kein später gibt.«

»Aber Sie haben doch sicher Träume, Kenner? Oder nicht?«

»Träume?« Es kostete mich Überwindung, ihm zu antworten. Nicht wegen der Frage. Es lag eher daran, dass ich diesen Kümmerling mit seiner schäbigen Fliege, der manchmal in diesem Loch schlief, um seiner Frau aus dem Weg zu gehen, da vor mir stehen sah und ihm jede Berechtigung absprach, mit mir über meine Probleme zu sprechen, und erst recht, sie zu lösen. »Sie sind nicht der Richtige, um mir zu sagen, was ich tun oder nicht tun soll, Mr. Abott.«

Er zupfte an seiner Fliege. »Und warum, Kenner?«

Ich sah ihn scharf an, ohne ein Wort zu sagen und ohne mich zu rühren. Er begann, von einem Fuß auf den anderen zu treten, und dann sah ich, wie seine Gesichtszüge entgleisten. Mein massiger Körper versperrte ihm den Weg zur Tür, und ich saß reglos und stumm da. Als ich bemerkte, dass er zu schwitzen begann, fand ich, es habe nun lange genug gedauert, stand auf und ging hinaus. Er hat nie wieder versucht, mit mir über meine Zukunft zu sprechen. Ich denke, er hat sich auch mit den anderen Lehrern abgesprochen, denn keiner von ihnen hat je versucht, mich auf dieses Thema anzusprechen.

Mit wem kann man über diese Langeweile reden, die einen von morgens bis abends quält und den Willen vollkommen lähmt, sodass jede Aktivität von Anfang an zum Scheitern verurteilt ist? In den zwei Jahren, die ich in North Fork verbrachte, hatte ich nicht einen Freund gefunden. Ich hatte niemals den Wunsch, mit irgendjemandem zu reden, und das merkte man mir wohl so deutlich an, dass man mich gründlich mied. Ich wusste, dass man sich immer wieder das Maul über mich zerriss, aber das war mir egal. Das Urteil der anderen, ihr Getue, ihr kleines unbedeutendes Leben in dieser Stadt, die sich einbildete, der Bauchnabel Kaliforniens zu sein, interessierten mich nicht. Der Vietnamkrieg hatte gerade begonnen, und ich hätte mich gern freiwillig verpflichtet, um meinem Vater Ehre zu machen, der mutig im Zweiten Weltkrieg gekämpft hatte. Aber ich hatte eine tief sitzende Angst vor physischer Gewalt.

Immer wenn es in der Schule zu einer Schlägerei kam, dankte ich dem Schöpfer, dass meine Körpergröße mich davon fernhielt. Ich wäre vor jedem Zwerg, der mich hätte verdreschen wollen, vor Angst im Boden versunken.

Meine Fantasien über Mädchen waren meine einzige Verbindung zu dieser Gemeinschaft. Eine Art Freiheit, ein rechtsfreier Raum. In meinen Träumen machte ich mit ihnen, was ich wollte, und niemand konnte mir dreinreden. Die Fantasien regieren die Welt. Ich bin überzeugt davon, dass die meisten Leute, wenn sie mit jemandem schlafen, im Kopf nicht bei der Person sind, die sie in dem Augenblick besitzen. Für mich war meine Fähigkeit zu fantasieren eine Art Überlegenheit, denn in meinen Träumen trieb ich es mit allen, mit den Lehrerinnen und den Schülerinnen, den Schönen und den Hässlichen, die ich immer wieder zu bezaubern vermochte, und ohne dass sie es wussten, verschaffte ich ihnen Erregungszustände, die kein Wesen aus Fleisch und Blut ihnen bieten konnte. Im Blick all dieser Mädchen erkannte ich die Verlegenheit, die sie empfanden, weil sie so lange von mir besessen worden waren. Meine Traumfantasien genügten mir. Ich zog es niemals in Betracht, wirklich mit einem Mädchen zu schlafen, nicht nur weil ich wusste, dass es für mich schwierig sein würde, eine zu finden, die bereit dazu wäre, es war auch eine Frage der Kontrolle. In meinen Fantasien hatte ich alles unter Kontrolle, doch was hätte in der Realität passieren können? Es hätte alles aus dem Ruder laufen können, was weiß ich.

Mit Ava Panzer war es etwas anderes. Von Anfang an verband uns etwas. Sie war ebenfalls sehr groß. Nicht so groß wie ich, aber zu groß für ein Mädchen, über einen Meter fünfundachtzig, was sie zu etwas Besonderem machte. Es dauerte drei Monate, bis wir miteinander sprachen. Wenn wir uns in den Gängen der Schule begegneten, sah ich nur sie, und sie sah nur mich. Ich hätte niemals den ersten Schritt getan. Sie ebenfalls nicht. Manchmal tauschten wir ein komplizenhaftes

Lächeln aus. Was mich veranlasste, mit ihr zu reden, war die Tatsache, dass sie bereits den Führerschein hatte und dass ihre Eltern ihr einen alten nachtblauen Dodge bezahlt hatten, mit dem sie nach Hause fahren konnte, denn sie wohnte ziemlich weit von North Fork entfernt, und der Schulbus fuhr dort nicht hin. Von der Endhaltestelle hatte sie noch vier Meilen zu fahren, die ersten zwei über Asphalt, die übrigen zwei über einen Feldweg, der zu einem Weiler ehemaliger Goldgräber führte, in dem von den fünf Häusern, die er in seiner Glanzzeit gezählt hatte, nur noch eines übrig war. Das hatte ich aus unserem ersten Gespräch erfahren. Beim Verlassen der Schule waren wir im Gedränge aneinandergepresst worden, und sie hatte mich angesprochen. Sie war weder schön noch hässlich, und genau das gefiel mir. Sie hatte eine ziemlich große Nase und große Füße, alles in allem aber war sie recht weiblich. Ich hasse maskuline Frauen. Wenn ich eine männliche Frau sehe, fühle ich mich noch unwohler, als wenn ich einem leicht weibischen Kerl begegne. Ava – ihre Eltern hatten sie wegen Ava Gardner so genannt – hatte wie ich einen deutschen Namen. Das hätte uns näherbringen können, aber uns war das egal. Ich wusste nicht viel über meine Herkunft, und auch sie wusste nicht viel über ihre. Das hätte sie gezwungen herauszufinden, warum es ihre Eltern in ein solches Kaff verschlagen hatte, und dazu hatte sie nicht wirklich Lust. Und ich erinnerte mich, dass die Militärpolizei, bevor mein Vater während des Kriegs in die Special Forces eingetreten war, umfangreiche Nachforschungen über seine Herkunft angestellt hatte. Das hatte ihm seinen Namen nicht unbedingt sympathisch gemacht, zumal sich in den Sechzigerjahren niemand sonderlich für Deutschland interessiert hatte. Doch da niemand sich traute, mich zu hänseln, hatte ich niemals unter meinem Namen gelitten. Ihre Eltern hatten mich sofort gemocht, weil ich irgendwie ein Gefühl der Sicherheit ausstrahlte. Und außerdem wirkte sie neben mir winzig und daher weiblicher. Sie waren beide gute Menschen. Ihr Vater, der bei der staatlichen Forstverwaltung gearbeitet hatte, war im Ruhestand, und ihre Mutter sah aus wie das Leiden Christi. Sie bestellten einen Streifen Land um ihr Haus herum, was ihnen erlaubte, praktisch autark zu leben. Sie wollten mich ein paarmal zum Abendessen dabehalten, doch ich lehnte ab. Ich wusste, dass sie einer Art Kirche angehörten und dass das Tischgebet sich endlos in die Länge ziehen konnte, und damals stand mir nicht der Sinn nach derartigen Albernheiten. Auch wenn ich durchaus kein Atheist war, ging mir das Gerede über Gott auf die Nerven, ich fand es obszön. Ava war wie ich. Sie lebte ohne ein bestimmtes Ziel. Es gab nichts, was sie besonders motivierte. Sie hasste Sport, hatte aber nichts gegen ausgedehnte Spaziergänge in der Umgebung ihres Hauses, auf den trockenen Hügeln mit niedrigem Gras, die mit Nadelbäumen bedeckt waren, zwischen denen man bisweilen einem Bären oder einem Hirsch begegnen konnte. Wir sprachen nicht viel, und das mochte ich an ihr. Sie war ruhig und bedächtig, das genaue Gegenteil all dieser narzisstischen Mädchen auf der Schule, die den Jungs mit ihren Träumen von Schönheitswettbewerben den letzten Nerv töteten. Sie fuhr mich oft nach Hause, was meine Großmutter ihr, im Gegensatz zu ihren Eltern, die sich mir gegenüber stets zuvorkommend verhielten, mit einem leicht verächtlichen Nicken dankte. Meine Großmutter war unfreundlich zu den Männern und blieb anderen Frauen gegenüber stumm, es sei denn, sie fühlte sich, weil sie sich irgendetwas davon versprach, verpflichtet, Konversation mit ihnen zu machen. Ava und ich bewahrten uns unsere Einsamkeit, da es zwischen uns um nichts ging.

An einem ganz gewöhnlichen Tag, eine Woche vor dem berühmten 22. November, brach ich den Kontakt zu ihr ab. Wir machten einen langen stummen Spaziergang, und ich fühlte mich nicht gut. Ein merkwürdiges Kribbeln in meinem Kopf hinderte mich daran, die Natur und die Ruhe zu genießen. Es fing an zu regnen, ein plötzlicher heftiger Regenguss, der auf den Boden klatschte, der durch die lange Trockenheit jenes Herbstes staubig geworden war. Wir suchten Schutz in einer Holzhütte, die den Goldgräbern im vorigen Jahrhundert wohl als Unterschlupf gedient hatte. Die Tür war offen und schlug heftig auf und zu. Das Innere war sauber, obwohl die Hütte verlassen war. Die Sitzbank einer Limousine stand vor einem der kleinen Fenster. In einer Ecke ein Tisch aus Brettern. Wir setzten uns und warteten auf das Ende des Schauers. Während wir so nebeneinandersaßen, legte sie plötzlich ihre Hand auf meinen Oberschenkel. Ich wusste nicht, wie ich reagieren sollte. Da sie sah, dass ich mich nicht rührte, ließ sie ihre Hand zwischen meine Beine gleiten, während sie mir ihre Lippen bot, um die Dinge in der richtigen Reihenfolge zu tun. Ich war außerstande, sie zu küssen. Ich war wie gelähmt, während sie mich streichelte. Doch nichts rührte sich. Absolut nichts. Sie schlug vor, wir sollten uns ausziehen, doch ich fand die Idee bescheuert. Ich hinderte sie nicht daran, meinen Hosenstall zu öffnen und mein Glied herauszuholen. Sie nahm es in die Hand wie ein Rotkehlchen, das gegen ein Fenster geflogen ist. Der Vogel kehrte nicht ins Leben zurück, als wäre die Verbindung zwischen meinem Geist und meinem Körper plötzlich unterbrochen. Sie betrachtete es lange, ohne etwas zu sagen. Ich hätte beinahe geweint, aber ich hatte zu viel Achtung vor mir selbst. Ich schob ihre Hand sanft weg, knöpfte meine Hose wieder zu und verließ die Hütte, ohne mich umzudrehen. Wortlos gingen wir den Berg einer hinter dem anderen hinunter. Vor dem Haus ihrer Eltern winkte ich ihr zu und ging allein zu Fuß weiter. Am liebsten hätte ich meinen Kopf gegen die Bäume geschlagen, die den Weg säumten. Ich hatte soeben begriffen, dass alles, war real war, für mich verboten war, und ich hatte nicht die geringste Ahnung, warum. In den Tagen, die uns vom 22. November trennten, ging ich ihr in der Schule geflissentlich aus dem Weg.

3

Nachdem ich die Winchester geladen hatte, zog ich meine Stiefel an, aber ich war mir immer noch nicht klar, ob ich wirklich hinausgehen sollte. Der alte Hund fing an, sich vor der Tür im Kreis zu drehen, ich hörte seine Krallen auf dem Boden und wusste, dass die Alte jeden Augenblick auftauchen und krakeelen würde, der Hund dürfe nicht ins Haus, als ob ich etwas dafür könnte. Ich ging die Treppe hinunter, der Köter hinter mir her, wobei er zweimal fast hingeschlagen wäre, so sehr war sie gewachst. Mir war unbegreiflich, wie eine Frau, die sich für eine Künstlerin hielt und Kinderbücher schrieb und illustrierte, so pedantisch sein konnte. Für mich leiden nur diejenigen, die es nicht schaffen, ihre Gedanken zu ordnen, unter einem Aufräumzwang. Und die wirklichen Künstler haben mit dieser scheinbaren Ordnung nichts am Hut. Ich ging hinaus, ohne Bescheid zu sagen, getrieben von dem Hund, der mir folgte.

Kein Lüftchen regte sich, und jeder meiner Schritte hallte auf dem Boden wider. Ich ging zu den Beeten meiner Großmutter. Sie hatte sie reichlich gegossen, und die Erde war schwarz. Drei Kaninchen waren dort. Ich sah sie, noch bevor der Hund sie witterte, aber sein Geruchssinn hatte mit dem Alter nachgelassen. Ich legte auf sie an, zweimal, ohne zu schießen. Nicht dass ich Mitleid mit ihnen empfunden hätte, aber ich hatte keine Lust, meiner Großmutter einen Gefallen zu tun. Eine Art Dompfaff hatte sich auf das Dach des Werkzeugschuppens gesetzt. Ich zielte auf ihn, schoss und sah nichts mehr. Ich weiß nicht, ob ich ihn getroffen habe. Diese schwarze Erde hatte die Wut wieder geweckt, die mich erfüllte, seit ich vor vier Monaten in dieser Gegend gelandet war. Ich dachte an meinen Vater und bekam feuchte Augen. Ich erinnerte mich an den einzigen Augenblick tiefer Freude in meinem Leben, als ich von meiner Mutter in Helena, Montana, zu meinem Vater gereist war, der in Los Angeles lebte. Ich hatte die Reise per Anhalter gemacht, mit der Vorstellung des Gelobten Landes im Kopf. Ich hatte Stunden im Auto verbracht, meist mit braven Leuten. Ich hatte mir als Gegenleistung dafür, dass sie mich mitnahmen, ihre Geschichten anhören müssen und Interesse geheuchelt. Manchmal hatte ich stundenlang in einem verlassenen Kaff warten müssen, bis jemand mich mitnahm. Und dann erinnerte ich mich an einen der schlimmsten Augenblicke meines Lebens, ich sage nicht, der schlimmste, denn es gibt so viele.

Mein Vater war in mein Zimmer gekommen, in seinem Haus, dessen Farbe verblichen und das von einem winzigen Garten umgeben war, an dem dicht unterhalb eine Zufahrt zur befahrensten Autobahn von L. A. vorbeiführte, eine Autobahn, die überall und nirgendwohin führt. Von meinem Zimmer aus hörte man die Schnellstraße, ein ohrenbetäubender Lärm, an den ich mich allerdings gewöhnt hatte, obwohl ich aus einem Staat kam, in dem das geringste Geräusch eine Beleidigung des Schöpfers zu sein scheint. Der Sommer begann, die Leute auszuwringen. Die Hitze, gepaart mit der Umweltverschmutzung, konnte einem alten Asthmatiker ganz schön zusetzen, aber mir bekam sie sehr gut. Ich hatte die Rollos noch nicht hochgezogen, doch helles Licht drang bereits schräg herein. Ich wusste nicht so recht, was ich mit meinem Tag anfangen sollte. Nachdem ich benommen aufgestanden war, weil ich am Abend zuvor gebechert hatte, ging ich in die Küche auf der Suche nach etwas, das meinen Magen beruhigen würde. Ich stocherte in einem großen Teller Haferflocken herum und suchte verzweifelt nach Kaffee; es gab keinen, und ich war zu faul, mir welchen zu machen. Ich kehrte in mein Zimmer zurück. Das Haus schien verlassen zu sein. Normalerweise steckte mein Vater, wenn sie das Haus verließen, den Kopf in mein Zimmer, um mir zu sagen, wohin sie gingen, seine neue Frau und er, und wann sie zurückkämen. Mich scherte es einen Dreck, ob sie ausgingen und wann sie zurückkämen, aber es hatte sich so eingespielt zwischen uns. Und jetzt war niemand da, und das beunruhigte mich. Ich dachte, sie hätten mich verlassen wie einen armen Köter, der die Zuneigung seiner Familie verloren hat. Der Rausch vom Vorabend verstärkte diese Furcht wohl noch. Daher stürzte ich ins Zimmer meines Vaters. Ich vergaß sogar zu klopfen. Ich öffnete die Tür mit einem jähen Ruck und stand vor der Frau meines Vaters, die sich splitterfasernackt im Spiegel ihres Schranks betrachtete. Sie drehte mir den Rücken zu. Ihr platinblondes Haar fiel lockig über ihre schmalen Schultern. Sie hatte ein verdammt hübsches Kreuz, kaum beeinträchtigt von einer Cellulitis, die ganz leicht ihre Hüften verbeulte. Die Sehnsucht ist absolut nicht mein Ding, doch wenn ich daran zurückdenke, sage ich mir, dass dies das erste und letzte Mal in meinem Leben gewesen ist, dass ich eine nackte Frau lebendig gesehen habe. Ich sah ihr Gesicht im Spiegel, obwohl ich mich eher auf ihre Brüste konzentrierte. Die Augen traten ihr beinahe aus den Höhlen, und ich schloss die Tür, bevor sie einen Laut von sich geben konnte. Ich muss sie eine ganze Weile angestarrt haben, sonst hätte mein Vater bei seiner Rückkehr nicht ein solches Theater gemacht. Aber da war nicht nur dieser Vorfall, er sagte mir, ich würde ihr mit meinem bedrückenden Schweigen Angst machen, sie fühle sich nicht sicher, wenn ich allein mit ihr im Haus sei, als schwebte eine Bedrohung über ihr.

»Was für eine Bedrohung?«, fragte ich.

»Ich habe keine Ahnung, eine Bedrohung eben. Du kannst nicht hierbleiben, verstehst du?«

Ich verstand vor allem etwas anderes, worüber wir nicht sprechen wollten, weil ich es nicht gekonnt hätte und weil ich ihm keinen Kummer machen wollte. Für ihn wohnte unter seinem Dach der einzige Zeuge dessen, was er durch meine Mutter hatte erleiden müssen, und er hatte Angst, ich könnte seiner neuen Frau davon erzählen, er würde seine Glaubwürdigkeit bei ihr verlieren, und sie würde ihn nicht mehr als richtigen Mann betrachten. Doch ich hätte ihm niemals eine solche Gemeinheit angetan.

»Ich fühle mich hier wohl.«

»Davon merkt man aber nichts, Al. Nein, wirklich, wir können dich nicht hierbehalten.«

Ich wusste, dass er seine Entscheidung nicht rückgängig machen würde, und wollte mich nicht mit ihm streiten, das war nicht unsere Art des Umgangs miteinander. Natürlich sei, wie er sagte, nichts endgültig, aber ich spürte, dass dieser Monat mit ihm der letzte sein würde.

Ich hörte, wie er meine Mutter anrief, während seine neue Frau beim Friseur war. Er war blass, und sein Gesicht zuckte unaufhörlich. Ich begriff, dass sie mich nicht mehr bei sich haben wollte, und das traf sich gut, ich hätte lieber das Weite gesucht, als nach Montana zurückzukehren. Sie einigten sich darauf, mich zu meinen Großeltern väterlicherseits in die Sierra Nevada zu schicken. Wenn ich so zurückdenke, jedes Mal, wenn sie sich in einer Sache einig waren, hatte das katastrophale Folgen.

4

Ich legte meine Winchester neben mir im Wohnzimmer ab, setzte mich, zog meine Stiefel aus und nahm meinen Kopf zwischen die Hände. Ich zitterte nicht, und doch kam es mir so vor. Ich fühlte mich seltsam. Ich hatte eine gewaltige Dummheit gemacht, wie man sie eben als Jugendlicher machen kann. Das ist ein Alter, in dem man seine Grenzen ausprobiert. Ich sage das heute, damals dachte ich darüber nicht nach, denn ich dachte gar nichts. Es war jetzt kalt, weil meine Großmutter an der Heizung sparte. Ich dachte daran, sie eine Stufe höher zu stellen, doch das hätte mich gezwungen, an einem Ort vorbeizulaufen, den ich auf keinen Fall noch mal betreten wollte. Und wenn ich das Haus verließe, hätte ich das gleiche Problem. Also schaltete ich den Fernseher ein. Während das Gerät warm wurde, ging ich auf Beutezug in die Küche. Ich holte aus den Wandschränken, was mir ohne Mühe verzehrbar schien. Ich nahm auch ein Sixpack Bier mit, das hatte ich mir verdient. Meine Schritte hallten merkwürdig, ich hatte es vorher nie bemerkt. Ich öffnete eine Flasche mit den Zähnen, weil ich das in Filmen gesehen hatte, und legte mich in ganzer Länge auf das Sofa, wobei ich auf beiden Seiten überragte. Ich blieb nicht lange in dieser Position. Ich stand auf, um den Ton lauter zu stellen. Auf den Präsidenten der Vereinigten Staaten war geschossen worden. Was mir an dieser Nachricht unglaublich erschien, war, dass ein

Typ sich so etwas erlaubt hatte. In den Nachrichten war von einem einzelnen Schützen die Rede. Ich konnte es nicht fassen. Ein ganz gewöhnlicher Typ war tatsächlich stark genug, ganz allein für sich zu beschließen: »Ich werde den Präsidenten der Vereinigten Staaten abknallen.« Ich stellte mir vor, dass Tausende von Männern vor ihm die gleiche Idee gehabt hatten, aber er hatte es getan und – unglaublich, aber wahr – mit Erfolg. Ich wusste noch nicht, inwieweit es ihm gelungen war … im Augenblick war nur von schweren Verletzungen die Rede. Ich war grün vor Bewunderung und Eifersucht. Vor Eifersucht, weil dieser Kerl mir die Show stehlen würde. Das sollte mein Ruhmestag werden, doch selbst in den Lokalblättern würden sie nur darüber sprechen. Wie konnte mir so etwas passieren? Ich verfolgte weiter die aufgeregte Berichterstattung der Sonderkorrespondenten, die Kommentare, und trank Bier dabei. Beim sechsten hatte ich meine Meinung schon ein bisschen geändert. Ich fand, dass es gar nicht so schlecht sei, dass Kennedy an diesem Tag getötet worden war, auf diese Weise würde ich vielleicht unentdeckt bleiben, oder man würde es mir weniger übel nehmen, oder was weiß ich noch alles. Um ganz ehrlich zu sein, so langsam bekam ich Bammel.

5

Nachdem ich darauf verzichtet hatte, die Kaninchen zu erschießen, verließ ich das Gelände der Farm und ging in die weite Landschaft hinaus. Und ich hörte meine Großmutter zetern, weil ich die Grenze ihres Gartens überschritten hatte. Ihre Stimme traf mich wie ein elektrischer Schlag. Ich ging an einem Stück Zaun eines entfernten Nachbarn entlang, ein Zaun, der ihm dazu diente, einen schönen rot-grauen Quarter-Horse-Schimmel am Fortlaufen zu hindern, der mich wegen seines schmalen Kopfs und seiner muskulösen Kruppe faszinierte. Ich richtete meine Winchester auf ihn, einfach um des Vergnügens willen, auf ein so großes Tier zu zielen. Ich stieg auf den Hügel und kam langsam außer Atem. Meine Großmutter krakeelte noch immer und fand Gefallen daran, ihre Stimme als Echo fortgetragen zu hören. Ich wog damals nicht mehr als hundertzwanzig Kilo, aber ich musste sie mit mir schleppen. Der Hund folgte mir mit hängender Zunge. Schließlich erreichte ich einen Punkt, wo es keine Behausung, keine Spur menschlichen Lebens mehr gab. Ich setzte mich an eine Kiefer, die sich nach Westen neigte. Dort holte die Stimme der Alten mich ein. Der Hund legte sich etwas weiter entfernt hin. Er kuschelte sich niemals an mich. Er betrachtete mich mit seinen glasigen Augen. Ich hätte mich eigentlich ruhig fühlen müssen, doch selbst in den weiten Landschaften fühlte ich mich eingesperrt, und allein schon der Gedanke daran löste einen Sturm in meinem Schädel aus, der schlimmer war als alle Hurrikane Alabamas. Eine gute halbe Stunde saß ich so da, bis meine Wut sich gelegt hatte, und warf dem Hund Holzstücke zu, der aber nicht aufstand, um sie zu apportieren. Ich ging über einen anderen Pfad hinunter, der länger, aber weniger steil war. Ich bin nie sehr sicher auf meinen Füßen gewesen, ein Problem, das vermutlich mit einem zu schnellen Wachstum zu tun hat, und hatte immer Angst, mir den Fuß zu verstauchen. Flach wurde es erst wieder, als ich mich dem Haus meiner Großeltern näherte. Als ich es aus der Entfernung sah, dachte ich, dass viele Leute sicher gern dort leben würden, in der Nähe eines beruhigenden Sees, ein paar Meilen vom Yosemite-Nationalpark entfernt, in dem ich nie gewesen war. Als ich etwa hundert Meter vom Haus entfernt war, sah ich undeutlich die Gestalt meiner Großmutter. Die Alte stand vor dem Fenster ihres Zimmers mit dem Rücken zu mir, um nicht von der Sonne geblendet zu werden. Sie war über eine Staffelei gebeugt und malte. Was? Ich denke, eine Illustration für ein Kinderbuch. Manchmal malte sie auch nur einfach für sich. Dann malte sie nur die Natur. Ich verstand übrigens nicht, warum. Einmal hatte ich sie darauf angesprochen, und sie hatte es mir übel genommen. Ich ging auf sie zu, mein Kopf war mehr oder weniger leer. Es ärgerte mich, sie wiedersehen zu müssen, das war alles. Nur noch zwanzig Meter trennten mich von ihr. Sie musste das Geräusch meiner Stiefel auf dem trockenen Boden hören, drehte sich aber nicht um. Ich sagte innerlich: »Dreh dich um, komm schon, dreh dich um.« Warum wollte ich, dass sie sich umdrehte? Ich wusste es nicht. Das Einzige, was mir durch den Kopf ging, war: »Ich möchte wissen, wie sich das anfühlt, seine Großmutter zu töten.« Einer dieser kindischen Einfälle, auf die Jugendliche kommen, nur dass sie sie normalerweise nicht in die Tat umsetzen. Ich wartete, sagen wir gut zehn Meter, dann verlangsamte ich den Schritt und spannte den Hahn … Sie drehte sich noch immer nicht um, dabei hatte sie meinen so schweren und entschlossenen Schritt erkannt, den man mit keinem anderen verwechseln kann. Ich legte an und schoss ihr in den Nacken. Sie brach über ihrer Staffelei zusammen, die sie in ihrem Fall mit sich riss. Ich ging zu ihr. Sie lag auf dem Bauch, und diese Position hatte etwas leicht Groteskes. Sie war mit Sicherheit tot. Ich hasste sie nicht so sehr, dass ich sie leiden lassen wollte. Also schoss ich ihr zwei Kugeln in den Rücken, in der Gegend des Herzens. Es war kein Zweifel mehr möglich. Ich ließ sie unter dem entgeisterten Blick des Hundes liegen und ging ins Haus. Sie würde mich nicht mehr anschreien: »Al, zieh die Stiefel aus und schlüpf in deine Pantoffeln.«

6

Als feststand, dass Kennedy wirklich tot war, wusste ich nicht mehr, was ich denken sollte. Der Erfolg des Typen, der ihn getötet hatte, war offensichtlich. Und der Schatten, der dadurch auf meine Tat fiel, ebenso eindrucksvoll, nur dass das Gefühl, eine Heldentat begangen zu haben, sich im Laufe des Nachmittags in Luft aufgelöst hatte und ich ziemlich in der Klemme steckte. Ich dachte daran, mich aus dem Staub zu machen. Doch ich wusste, dass ich nicht weit kommen würde. Ein Typ wie ich, über zwei Meter groß, bleibt nicht unbemerkt. Ich hätte den Wagen meines Großvaters nehmen und wegfahren können, aber der Break war der reinste Benzinfresser, und ich hatte kein Geld. Ich durchsuchte das ganze Haus. Es amüsierte mich, mich in meine Großeltern hineinzuversetzen und mir vorzustellen, wo sie ihre Ersparnisse versteckt haben könnten. Der Alte hatte nicht genug Vertrauen zu den Banken, um sein ganzes Geld dort zu lassen. Die Farm und seine Arbeit hatten ihm bestimmt erlaubt, ein hübsches Sümmchen beiseitezulegen. Ich begann damit, einen Blick in seine Brieftasche zu werfen. Sie steckte in seiner Jackentasche. Ich fühlte mich nicht sehr gut dabei. Als mein Großvater vom Einkaufen zurückgekommen war, hatte ich in einem verdammten Dilemma gesteckt. Entweder ließ ich ihn den Leichnam meiner Großmutter entdecken, mit all dem Kummer und Groll, den das auslöst, oder ich brachte ihn ebenfalls um. Ich weiß, dass er nach ein oder zwei Monaten den Tod meiner Großmutter als eine Befreiung empfunden hätte, doch als guter Sklave liebte er auch seine Ketten.

Als er mit dem Wagen auf den Hof fuhr, kam ich zu dem Schluss, dass ich ihm unendlichen Kummer bereiten und es nicht ertragen würde. Ich sah, wie er über den schmalen Weg näher kam, mit dem zufriedenen Gesichtsausdruck, der für ihn typisch war. Er winkte mir zu, um mir zu bedeuten, dass er sich freue, mich zu sehen, und verringerte die Geschwindigkeit noch einmal, um in die Garage zu fahren. Nachdem er den Wagen geparkt hatte, stieg er langsam aus, streckte sich und ging dann zum Kofferraum, den er öffnete, indem er die Heckklappe herunterklappte. Er war versucht, sich umzudrehen, um mich um Hilfe zu bitten, doch ich kam ihm zuvor. Ich schoss ihm zweimal in den Rücken. Ich hörte immer wieder seinen Satz: »Al, sei vorsichtig mit diesem Kaliber, schieß nicht auf große Tiere, es reicht nicht aus, um sie zu töten, aber es lässt sie ziemlich leiden, es sei denn, du triffst sie in den Kopf.« Ich lief zu ihm. Er war auf die Knie gesackt, sein Kopf lag auf der Heckklappe. Ich schoss ihm zwei Kugeln in den Schädel. Das war's. Ich ging hinaus, um mich zu beruhigen. Meine Großmutter zu töten hatte meine Wut besänftigt, doch den Alten zu töten, brachte mich völlig aus der Fassung. In diesem Augenblick kam der Hund, um mich aus meinen trüben Gedanken zu reißen. Was würde aus diesem armen Köter werden, der schon so alt war? Er beschnüffelte kurz den Körper meines Großvaters und blickte mich unsicher an. Er ließ sich auf den Betonboden der Garage nieder. Ich fragte mich erneut, was ich mit ihm machen sollte, bevor ich zu ihm sagte: »Scheiße, Bobby, ich kann auch nicht alle Probleme dieser Welt lösen.« Ich erwartete einen Schimmer von Dankbarkeit in seinem Blick. Nichts. Also ging ich hinaus.

7

Der Leichnam meines Großvaters wurde schon steif, als ich mich entschloss, seine Taschen zu durchsuchen. Die Scheine, die ich in seiner Brieftasche fand, würden mir erlauben, drei oder vier Tage auf der Flucht durchzuhalten, dazu kamen die Essensvorräte für eine Woche für drei Personen, die immer noch im Kofferraum lagen. Sie enthielten wenig frische Produkte, ein echtes Geschenk des Himmels. Aber ich hatte nicht den Mut, das Blut vom Wagen abzuwischen, falls etwas da sein sollte. Nicht dass ich mich geekelt hätte, es war mehr eine Art Aberglaube. Ich zog die Leiche meines Großvaters zur Seite. Ich hatte ihn nie so in meinen Armen gehalten, und diese Umklammerung des kalten Körpers war mir unangenehm. Ich legte ihn behutsam etwas weiter weg auf eine Decke mit rotgrünem Schottenmuster, auf die er sich legte, wenn er die Unterseite seines Wagens inspizierte, und setzte anschließend die Durchsuchung des Hauses fort. Ich brauchte nicht lange, um zu begreifen, dass das ideale Versteck für die Ersparnisse das Häuschen im Hof war, das als Klo diente, bis meine Großeltern in neue Sanitäranlagen im Haus investiert hätten. Das Geld steckte in einer Blechdose, die sich an der Stelle befand, wo das Abflussrohr eine Krümmung machte. Schöne kleine Geldscheinbündel, die mir etwas Luft verschafften. Der Gedanke, ich würde sie stehlen oder man könnte mich für die Art von menschlichem Abschaum halten, der seine Großeltern wegen ihres Geldes tötet, bekümmerte mich. Diese Skrupel waren stärker als alles andere. Ich ging ins Haus zurück und nahm das Telefonbuch. Ich fand die Nummer der County Police. Ich zögerte einen Augenblick, dann wählte ich die Nummer. Eine Frau meldete sich. Ich verlangte den Sheriff.

»Worum geht es?«

»Es ist persönlich.«

»Ich glaube nicht, dass der Sheriff dafür Zeit hat, mein Junge, du weißt ja, dass der Präsident der Vereinigten Staaten ermordet worden ist.«

»Warum glauben Sie, dass der Mörder auf die Idee kommen könnte, sich in dieser Scheißgegend zu verstecken?«, fragte ich.

»Wie kannst du so etwas sagen! Wie kann man nicht stolz auf seine Gegend sein? Mach nur so weiter, mein Junge, dann wirst du schon sehen, wo du landen wirst!«

Ich weiß nicht, wer sie war und was sie genau im Büro des Sheriffs machte, aber ich hatte sie ganz schön verärgert, als ich die Gegend kritisiert hatte.

»Was willst du?«

»Könnten Sie den Sheriff bitten, mich zurückzurufen?«

»Wer spricht?«

»Al Kenner.«

»Wie schreibt man das?«

»K, e, zwei n, e, r.«

»Woher?«

»Von der Farm Wolf Creek, sieben Meilen nördlich von North Fork.«

»Kennt er dich?«

»Er wird sich an mich erinnern.«

Ich war mir sicher. Mein Großvater hatte einen .45 Automatic Colt in seinem Nachttisch, und ich wusste das. Und meine Großmutter wusste, dass ich es wusste. Wenn sie einkaufen ging, steckte sie den Colt in ihre Handtasche, damit ich nicht in

Versuchung käme, ihn auszuprobieren. Eines Tages rief ich den Sheriff an und sagte ihm: »Ich möchte Sie darauf aufmerksam machen, dass eine sechsundsechzigjährige Alte, die mit einem Break Ford von 1959 unterwegs ist, einen .45 Automatic Colt in ihrer Handtasche versteckt hat und vorhat, die Chase an der Ausfahrt aus der Stadt in Richtung North Fork zu überfallen.« Und ich hatte noch hinzugefügt: »Wenn Sie nichts unternehmen, habe ich Sie gewarnt, und ich weiß, wovon ich rede, ich kenne ihre Pläne, weil ich ihr Enkel bin.«

Die Alte hatte sich von einem halben Dutzend Polizeiautos umzingelt gesehen, als sie mit dem Wagen auf den Parkplatz der Bank gefahren war. Sie hatten sie gegen ihre Wagentür gedrückt, mit erhobenen Händen, und auf der Wache war sie stundenlang verhört worden. Schließlich hatten sie sie gehen lassen, ohne ihre Quelle preiszugeben; die Bullen erwecken gern den Eindruck, sie hätten keine Informanten nötig. Sie ahnte es, aber ich stritt alles ab, nach dem Motto: »Ich habe Besseres zu tun, als meine Zeit mit solchem Blödsinn zu verschwenden.«

»Was willst du?«

»Ihm sagen, dass ich meine Großeltern getötet habe.«

»Ich werde es ihm sagen.«

Sie legte auf. Sie muss es für einen Scherz gehalten haben. Es ist schwierig, am Tag der Ermordung des Präsidenten der Vereinigten Staaten von Amerika jemanden zu überzeugen, dass man gerade einen Mord begangen hat. Ich versetzte mich an die Stelle der jungen Frau. Selbst wenn der Präsident von einem einzelnen Killer kaltgemacht worden war, war es nicht gesagt, dass nicht die Kommunisten dahintersteckten. Sie war vielleicht zu dem Schluss gekommen, dass ein Atomkrieg drohte, und gerade jetzt war ihr eigener Arsch ihr näher als zwei alte Leute, die sowieso irgendwann sterben würden.

Doch wie auch immer, ich hatte die Flaschenpost abgeschickt und fühlte mich besser.

8

Ich würde abhauen und die weiten Landschaften genießen, ohne mich diesmal bedrückt zu fühlen. Ich packte meine Sachen zusammen und zog meine Großmutter an den Füßen ins Haus, ohne sie anzusehen. Sie war steif wie ein Baumstamm. Anschließend lud ich meine Sachen ins Auto, eine kleine Tasche, in die ich all meine Hemden gepackt hatte. Ich nahm das restliche Bier und zwei Flaschen Whiskey mit, für den Fall, dass die Nächte kühl wären. Ich fand auch einen Gaskocher und Töpfe, um nicht auf Fast Food angewiesen zu sein, Decken und einen alten Militärschlafsack meines Vaters. Und ich steckte alle Toilettenpapierrollen, die im Haus waren, eine Zahnbürste und Seife ein. Ich war bereit. Nachdem ich den Wagen aus der Garage gefahren hatte, schloss ich die Türen, ließ die Fensterläden aber geöffnet. Dann fuhr ich los. Nach knapp hundert Metern kehrte ich um. Meine Winchester war im Haus geblieben, und das war nicht gut. Als ich das zweite Mal losgefahren war, vernahm ich kurz darauf einen vertrauten Geruch im Wagen. Es war der Hund, der die offene Wagentür genutzt hatte, um einzusteigen. Ich überlegte, ihn zur Farm zurückzubringen, aber dann sagte ich mir, dass ich ihn in einem günstigen Augenblick irgendwo zurücklassen könnte. Ein Wind aus südlicher Richtung wirbelte den Sand der Piste auf, die zur Straße führte. Ich schaltete die Scheibenwischer ein. Die Natur versuchte mich einzuhüllen. An der Kreuzung fuhr ich nach Norden, nur einen Gedanken im Kopf, so schnell wie möglich die Staatsgrenze hinter mir zu lassen und die Verwirrung, die die Ermordung von JFK ausgelöst hatte, zu nutzen, um unbemerkt zu verduften. Die Straße Richtung Norden führte nach Kanada. Gewiss, die Sierra Nevada und Mexiko waren näher. Doch ich sprach nicht Spanisch, und dieses Land reizte mich nicht. Soweit ich aus den Western wusste, schienen die Männer dort grausam und Wüstlinge zu sein, und die Frauen schwiegen und waren hauptsächlich dazu da, vergewaltigt zu werden und für brutale Alkoholiker zu kochen. Kanada hatte den Vorteil, dass man dort Englisch sprach. Ich hatte die ersten fünfzehn Jahre meines Lebens in einem Grenzstaat verbracht, in Montana, ich würde mich also nicht fremd fühlen, obwohl ich Montana nie gemocht hatte. Im Osten wurde ich sicher weniger schnell entdeckt. Aber ich musste zunächst über das Gebirge, und zu dieser Jahreszeit war es nicht ausgeschlossen, dass ich in einen Schneemann verwandelt würde. Nach dem Gebirge kam man in den Staat Nevada, dessen Natur nicht gerade als gastlich gilt, und ich hatte keine Lust, dort zu verdursten oder mitten in der Wüste stehen zu bleiben, weil ich kein Benzin mehr hatte. Ich würde mich also nordwestlich halten und ans Meer fahren, um dem strengen Winter auszuweichen. Ich hatte bereits einen Plan, nämlich so schnell wie möglich den Break des Alten bei einem Gebrauchtwagenhändler loszuwerden, einen Gutteil des Geldes für meine Flucht zu behalten und mit dem Rest ein schweres Motorrad zu kaufen. Ich spürte, dass diese Reise gut verlaufen würde. Ich fühlte mich nicht wie ein Flüchtling, sondern eher wie ein Typ, der versucht, seine letzten Ferien zu genießen, bevor er einen Job anfängt, der nicht sehr lustig ist. Ich dachte keine Sekunde, dass ich ungeschoren davonkommen würde. Ich wollte lediglich noch einmal ordentlich frische Luft schnappen, bevor ich mich dem stellte, was mich erwartete: lebenslängliche Haft oder sogar der elektrische Stuhl. Damals wurden viele auf ihm gegrillt, fast ebenso viele wie Fliegen auf einer Halogenlampe an einem Sommerabend, während man sich von einem Krimi fesseln lässt. In der Regel wurden Minderjährige nicht getötet, es sei denn, sie sind nach Prozessende, zum Zeitpunkt der Rechtskräftigkeit des endgültigen Urteils, zwischenzeitlich volljährig geworden. Ich sage das jetzt, aber ich erinnere mich nicht, dass ich damals so genau darüber nachgedacht hätte. Ich habe immer nur zwei Ängste gekannt: die Angst vor körperlicher Gewalt, extrem selten angesichts meiner Statur, und die Angst vor mir selbst, die mein ganzes verdammtes Leben vergiftet hat. Doch für das, was ich getan habe, hatte ich vermutlich gute Gründe. Angst vor den Konsequenzen meines Handelns zu haben hätte keinen Sinn gehabt.

Im Radio war nur von der Ermordung des Präsidenten die Rede. Sie hatten meinen Helden gefunden. Superman hatte sich in einem Kino versteckt, nachdem er JFK abgeknallt hatte. Was für eine Selbstsicherheit! Der Typ hat gerade den Präsidenten erschossen und lässt sich seelenruhig in einen roten Kinosessel sinken, steckt sich einen Glimmstängel an und bewundert Humphrey Bogart, der einem Typen eine Tracht Prügel androht, der doppelt so kräftig ist wie er und der nicht aufmucken wird, weil er weiß, dass er es mit Humphrey Bogart zu tun hat. Als er aus dem Kino kommt, verhaftet ihn ein Polizist, und er schießt mir nichts dir nichts auf den Typen, wie in einem Comic, in dem die Toten niemals wirklich tot zu sein scheinen. Schließlich haben sie ihn geschnappt. Er hatte für die Roten gearbeitet, daran bestand kein Zweifel, aber es klang so, als hätte er JFK aus eigenem Antrieb ermordet.

Jedenfalls fuhr ich durch bis zwei Uhr morgens und machte Halt in Mount Shasta, am Ufer eines Sees. Ich bemerkte weder eine Sperre noch ein einzelnes Polizeiauto. Wenn mein Anruf wirklich als ein Scherz aufgefasst worden war, würde das Wochenende ruhig und ohne überraschende Entdeckungen verlaufen. Meine Großmutter hatte mit ihrer unausstehlichen Art alle Menschen verschreckt und bekam von niemandem Besuch. Sie hatte dem Alten befohlen, den Briefkasten unten am Weg anzubringen, damit der Briefträger seine Nase nicht in ihre Angelegenheiten stecken konnte. Wenn er also kein Einschreiben, dessen Empfang bestätigt werden musste, oder eine besondere Paketsendung hatte, gab es für ihn keinen Grund, zur Farm heraufzukommen. Jedenfalls hatte ich das Gatter geschlossen, als Zeichen, dass niemand willkommen war. Ich klappte die hintere Sitzbank zum Schlafen herunter. Trotzdem war ich gezwungen, mit angezogenen Beinen zu schlafen, und der Boden des Break war verdammt hart. Ich jagte den Hund hinaus, um nicht seinen Geruch in der Nase zu haben und zu vermeiden, dass mir beim Aufwachen schlecht würde. Ich war so müde, dass ich sofort einschlief. Bilder der beiden Leichname gingen mir durch den Kopf. Ich machte mir Vorwürfe, dass ich sie in dieser absoluten Nacktheit, die der Tod ist, einfach so auf dem Boden hatte liegen lassen. Ich stellte mir den Anblick vor, wenn man sie nach einigen Tagen finden würde …

Als es Tag wurde über dem See, war ich völlig durchgefroren und nahm mir vor, von jetzt an bis zur Grenze besser in einem Motel zu übernachten; die Mittel dazu hatte ich ja. Ich nahm zwei Donuts aus meinen Vorräten und fuhr los in Richtung Stadt; den Hund ließ ich zurück. Meine Abfahrt überraschte ihn, als er gerade beim Pissen war, und ich dachte mir, dass er in dieser Gegend von Kalifornien sicher leicht eine Familie fände, die sich seiner annehmen würde. Ich wartete eine Weile, bis eine Bar öffnete, die ich mir ausgeguckt hatte. Wenn ein Typ wie ich der erste Gast am Morgen ist, erinnert man sich an ihn, aber schließlich hatte ich ja beschlossen, nicht als Flüchtling zu leben. Ich bestellte gleich zwei Becher Kaffee. Als die Kellnerin meine Größe sah, wunderte sie sich nicht. Sie wollte Konversation machen. Ein Ereignis wie die Ermordung von Präsident Kennedy eignete sich gut dazu.

»Wenn ich sehe, wie der Mount Shasta sich frühmorgens in der aufgehenden Sonne abzeichnet, wüsste ich nicht, was uns groß passieren könnte.«

Der Mount Shasta zeichnete sich gegen einen klaren gelben Himmel ab. Ein verdammter Brocken.

»Bleiben Sie ein wenig in unserer Gegend?«

»Nein, ich fahre runter nach Los Angeles zu meinem Vater. Übrigens muss ich ihn anrufen, haben Sie Telefon?«

Sie deutete auf eine Kabine hinten im Raum, zwischen den Toiletten und dem Zigarettenautomaten. Auf dem Weg kaufte ich ein Päckchen Lucky ohne Filter. Mein Vater war nicht da, seine Frau meldete sich.

»Kann ich ihm sagen, er soll dich zurückrufen?«

»Nein.«

»Bist du nicht auf der Farm deiner Großeltern?«

»Nein.«

»Was ist los, Al? Muss man sich wegen irgendwas Sorgen machen?«

»Sie nicht.«

»Also, wie verbleiben wir?«

»Ich rufe in einer halben Stunde noch mal an.«

Ich legte auf und trank meinen zweiten Becher Kaffee aus, der ganz schön kalt geworden war, obwohl die Kellnerin ihn brühheiß serviert hatte, zwei Dinge, die mich auf die Palme bringen: lauwarmer Kaffee und brühheißer Kaffee.

»Dieser verdammte Kaffee ist kalt!«

Auf eine solche Reaktion meinerseits war sie nicht gefasst gewesen, ich erkannte es an ihrem Blick. Sie bekam es mit der Angst zu tun. Ich dachte: Blöde Kuh, wenn du glaubst, es würde mir reichen, dich nackt auszuziehen und dich hinter deinem Tresen zu nehmen, dann bist du auf dem Holzweg.«

Meine Blicke sagten wohl das Gleiche, denn ich hatte das Gefühl, sie würde gleich zerfließen. Ich lächelte, und sie fasste sich wieder.

»Gibt es hier in der Gegend einen Autohändler?«

Sie nannte mir einen Typen am Stadtrand, und ich spürte ihre Erleichterung darüber, dass ich nicht bleiben würde. Die halbe Stunde zog sich in die Länge. Ich begann zu bereuen, dass ich meinen Vater angerufen hatte. Aber ich konnte nicht zurück, seine neue Frau würde ihm auf jeden Fall Bescheid sagen, er würde die Farm anrufen und, da niemand antworten würde, das ganze County alarmieren, und das war nicht in meinem Sinn. Ich musste mir etwas anderes überlegen.

Nach einem Kaffee, der weder lauwarm noch brühheiß war und den das Mädchen mir eiligst gemacht hatte, rief ich erneut an.

»Dad, ich habe eine gute und eine schlechte Nachricht. Die gute ist, dass ich Großmutter getötet habe. Die schlechte ist, dass ich auch Großvater getötet habe. Ich versichere dir, dass ich es getan habe, um ihm den Kummer zu ersparen, Großmutter tot vorzufinden.«

Es gab eine lange Pause, mehr als eine Minute Schweigen, dann hatte mein Vater sich wieder gefasst.

»Verdammt, Al, was hast du getan? Ich kann es nicht glauben, ich kann es nicht glauben …«

Er wiederholte es immer wieder, ohne aufhören zu können.

Dann hörte er auf. Nach einer Pause, in der ich nur seinen Atem hörte, fuhr er fort: »Du bist ja vollkommen verrückt, Al, vollkommen verrückt. Verdammt noch mal, ist dir klar, was du aus unserem Leben gemacht hast?« Und unter Schluchzern fügte er hinzu: »Sag mir, dass es nicht wahr ist, sag mir, dass du das nicht getan hast. Warum, warum nur, verdammte Scheiße, warum?«

»Warum? Ich werde es dir sagen, Dad. Weil es getan werden musste. Weil du es hättest tun müssen. Und ich habe es für dich getan. Es tut mir leid für den Alten, das war nicht geplant. Nichts war geplant, aber diese schmutzige Arbeit musste getan werden.«

Nach einer Pause hatte er sich wieder ein bisschen gefasst, immerhin hatte er in den Special Forces gekämpft.

»Was hast du mit den Leichen gemacht?«, fragte er.

»Ich habe sie liegen lassen.«

»Und du, wo bist du?«

»Ich bin unterwegs.«

»Wo?«

»Unterwegs.«

»Hast du mit jemandem gesprochen?«

Einen sehr kurzen Augenblick spürte ich, dass mein Vater das Spiel mitspielen könnte. Wir säubern den Tatort, wir sagen, dass die Alten mit einem bar bezahlten Wohnmobil nach Alaska gefahren seien, wir entledigen uns der Leichen mitten in einem Wald, sie werden zu drei Vierteln von Kodiakbären gefressen aufgefunden, und wir sagen: »Ihr Pech.«

»Ich hoffe, du hast nicht die Polizei gerufen.«

»Sie hatten andere Sorgen wegen der Ermordung von JFK.«

»Mir wäre lieber gewesen, du hättest statt meiner Eltern diesen Dreckskerl erschossen … Verdammt, Al, wie konntest du das tun? Du hast meine Eltern zerstört, und sie werden dich zerstören, verstehst du, du hast alles kaputt gemacht, was vor mir und hinter mir lag.«

»Bleiben noch meine Schwestern.«

Ich dachte, das würde ihn trösten.

»Deine Schwestern sind wie deine Mutter.«

Doch das war nicht das Problem.

»Hast du die Absicht, dich zu stellen?«

»Ja, aber nicht jetzt. Ich möchte eine Weile herumfahren und mir die frische Luft um die Nase wehen lassen, weil sie mir danach vermutlich fehlen wird. Wenn du die Dinge also nicht beschleunigen könntest …«

»Aber ich muss die Polizei benachrichtigen, Al. Sie werden dich verfolgen, Al. Du hast doch nicht die Absicht, dich ihnen zu widersetzen?«

»O nein, Dad, du kennst mich gut genug, du weißt, dass ich nicht gewalttätig bin. Ich werde mich stellen, ohne Schwierigkeiten zu machen, aber ich bin noch nicht bereit dazu. Sag ihnen, es sei nur eine Frage von Tagen, von ein paar Tagen. Es ist das erste Mal, dass ich in der Weite der Landschaft durchatmen kann, du verstehst also … Wenn ich nicht die Absicht hätte, mich zu stellen, hätte ich dich niemals angerufen. Worüber ich mir wirklich Gedanken mache, ist, dass die Großeltern beerdigt werden. Ich habe es nicht fertiggebracht. Lass sie nicht so im Freien liegen. Der Alte verdient es nicht. Ich fühle mich ungeheuer erleichtert, dass ich es dir gesagt habe. Dass ich es getan und dir gesagt habe, du kannst dir nicht vorstellen, was für eine Last mir von der Seele genommen wird.«

»Du bist vollkommen verrückt, Al, deine Mutter hatte mich gewarnt. Ich werde die Polizei benachrichtigen und mit meinem Wagen zur Farm fahren. Ich weiß nicht, wo du bist, kehr um.«

»Ich werde zurückkommen. Nicht sofort. Ich muss ein bisschen frische Luft schnappen vor der Gaskammer.«

»Minderjährige kommen nicht in die Gaskammer. Hast du die Waffe behalten?«

»Ja, es ist die Winchester, die der Alte mir geschenkt hat.«

»Du wirst doch nicht noch weitere Menschen töten, Al?«

»Weitere Menschen? Wozu denn? Ich leg jetzt auf, Dad, nochmals Entschuldigung für die Unannehmlichkeiten, ich werde nicht lange wegbleiben.«

Ich legte auf. Der Schock und die Gefühle und all das … Wir hätten stundenlang reden können. Andererseits war die Situation für ihn nicht leicht zu begreifen. Das ist die Art von Realität, die man erst nach einer Weile in seinen Schädel kriegt. Und diskutieren brachte nichts. Während meines Telefongesprächs waren Einwohner des Orts hereingekommen, um ihren Morgenkaffee zu trinken. Sie sahen mich seltsam an, aber nicht seltsamer als jeden anderen Fremden, vor allem wenn er sie um zwei Köpfe überragt. Die Unterhaltung drehte sich sofort um die Ermordung Kennedys. Es gab diejenigen, die traurig waren, und diejenigen, die ganz offen sagten, dieser Hurensohn habe es nicht anders verdient. Unterhaltungen über Dinge, die die Leute nicht unmittelbar betreffen, dauern niemals lange, jeder äußert seine Meinung, ohne sich groß dafür zu interessieren, und die anderen hören mit halbem Ohr zu, und schon ist man wieder bei den lokalen Angelegenheiten. Diese Kerle wollten am nächsten Tag auf Hirschjagd gehen, und Kennedy war nur ein Hirsch wie jeder andere. Ich spürte, dass sie mich in ihre Unterhaltung einbeziehen wollten, also sprachen wir über Kaliber. Sie fragten mich, wo ich herkomme, weil es nur selten vorkommt, dass Leute ein ernsthaftes Gespräch anfangen, bevor sie nicht wissen, mit wem sie es zu tun haben. Ich sagte, ich würde die Indianerstämme in Vancouver studieren und zu einem Vortrag in Berkeley über Mount Shasta fahren, weil ich hier mit meinem Vater in den Sommerferien am Ufer des Lake Kiskouyou gecampt hätte. Meine dicken Brillengläser trugen zur Glaubwürdigkeit meiner Geschichte bei. Sie glaubten mir. Das Mädchen hinter der Theke sah mich verstohlen an, während sie ihren Tresen putzte, und ich merkte, dass sie mir wegen meines Wutausbruchs misstraute. Das Gespräch erlosch wie ein heruntergebranntes Lagerfeuer, die Leute haben sich nicht so viel zu sagen. Zieht es sich in die Länge, sind die Alkoholiker daran schuld. Ich verließ die Bar und kehrte zu meinem Wagen zurück.

9

Ich folgte den Hinweisen des Mädchens. Ein Autohändler befand sich drei oder vier Meilen entfernt an der Straße in Richtung Autobahn. Ich hatte eine ordentliche Werkstatt erwartet, doch was ich vorfand, war mehr ein Schrottplatz als ein Vertragshändler. Ein großer falber Hund mit schwarzem Kragen versperrte den Zugang und kläffte sich die Stimmbänder aus dem Hals. Sobald er sah, wie ich mich aus dem Wagen schälte, überlegte er es sich und suchte verärgert das Weite. Der Werkstattbesitzer sah eher wie ein Vorzeigefarmer aus, der auf dem Etikett eines Insektizidkanisters posiert.

»Ich habe einen Break zu verkaufen und möchte ihn gegen ein Motorrad eintauschen.«

Der Deal beinhaltete, dass er mir im Endeffekt noch Geld herausgeben sollte, was ihm nicht sonderlich zu gefallen schien.

Wir gingen zum Wagen. Er umrundete ihn, warf einen Blick ins Innere und wischte sich die Hände mit einem Lappen ab, den er aus seiner Tasche gezogen hatte. Er setzte sich hinein, rückte den Sitz mit einem komplizenhaften Lächeln ein gutes Stück nach vorn und fuhr los, um eine Runde im Hof zu drehen. Überzeugt stieg er wieder aus.

»Kein Problem, was den Wagen betrifft. Als Motorrad kann ich dir eine Indian anbieten. Das ist jedenfalls das einzige Motorrad, das deiner Größe entspricht, es sei denn, du willst mit den

Knien auf dem Boden fahren.« Er freute sich über seinen Scherz und lachte schallend.

Die Indian stand auf der anderen Seite der Werkstatt. Ein herrliches Motorrad, wie ich es mir immer erträumt hatte. Ein Vierhundertfünfzigkilo-Ungetüm, neben dem sich eine Harley wie ein Hometrainer ausnahm. Rot und weiß, Farbe und Chrom funkelnd, umhüllende Schutzbleche, Räder mit weißen Streifen, Sattel aus hellbraunem Leder mit Fransen. Ich hätte jahrelang arbeiten müssen, um mir eine solche Maschine leisten zu können. Während ich sie begeistert bewunderte, prüfte der Werkstattbesitzer die Wagenpapiere. Dann kam er zum Motorrad zurück.

»Eine Dreiundfünfziger, eines der letzten Motorräder dieser Marke, übrigens ist die Produktionsnummer fünfstellig. Ein Zweizylinder mit dreizehnhundert Kubik, hydraulische Gabeln, du kannst eine Weltreise damit machen, mein Junge. Zum Preis des Break.«

Ich hatte keine Lust zu diskutieren. Ich weiß, was passiert, wenn die Diskussion nicht so ausgeht, wie ich will. Wenn der Punkt, an dem es kein Zurück mehr gibt, überschritten ist, werde ich unweigerlich wütend, auf den anderen oder auf mich. Meist auf mich, und dann brauche ich Tage, um darüber hinwegzukommen. Ich wollte diesen Augenblick nicht verderben. Ich überließ ihm auch noch einen Gutteil der Einkäufe meines Großvaters, weil in die Satteltaschen der Indian nicht alles hineingepasst hätte. Als ich auf das Motorrad stieg, sah der Werkstattbesitzer mich verblüfft an.

»Wie viel wiegst du?«

»Um die hundertzwanzig Kilo.«

»Nicht zu fassen, das Motorrad hat sich kaum bewegt, als du dich draufgesetzt hast. Fahr vorsichtig auf den kleinen Straßen, man gerät, eh man sich's versieht, in die Spurrillen.«

Er überprüfte, ob das Leder der Satteltaschen ausreichend eingefettet war.

»Lass es niemals trocken werden, genau wie den Sattel. Du musst das Leder jede Woche mit Ochsenfußöl einfetten, vor allem wenn das Motorrad draußen steht.«

Nachdem wir uns alles gesagt hatten, fügte er noch diplomatisch hinzu: »Ich denke, mit dem Verkauf des Break werde ich ein bisschen warten. Irgendetwas sagt mir, dass das besser wäre.« Und als ich nichts erwiderte, fuhr er fort: »Die Ermordung Kennedys könnte eine neue Krise auslösen, wie diejenige, die meine Eltern 31 veranlasst hat, Arkansas zu verlassen. Und wenn es den Bach runtergeht, trifft es immer zuerst den Automarkt. Übrigens, pass auf, dass du den Benzinschalter nicht mit dem Ölschalter auf dem rechten Halbtank verwechselst. Das Schlimmste, was passieren könnte, wäre eine Zweitaktmischung, und dann … Also, gute Fahrt.«

Er drehte sich um und ging in seine Werkstatt zurück, noch bevor er den Satz beendet hatte.

Als ich losfahren wollte, schoss mir ein Gedanke durch den Kopf: Die Winchester lag noch unter der Rückbank. »Ich habe etwas vergessen!«, rief ich.

Als ich die Waffe aus dem Wagen holte, sah er mich zuerst stumm mit einem verschmitzten Blick an und sagte dann: »Während des Kriegs waren die Armeemotorräder mit einem Holster ausgestattet, in dem du ein Sturmgewehr unterbringen konntest. Ich habe keins, und wenn du damit fährst, wirst du mehr Polizisten auf den Fersen haben als eine läufige Hündin Köter. Ich rate dir, sie zu kürzen. Du wirst damit nicht weit schießen wollen, es ist keine Jagdwaffe. Wir werden den Lauf absägen, dann passt sie unbemerkt in eine Satteltasche.«

Er griff sich die Winchester und ging entschlossen in seine Werkstatt, in der sich ein Schraubstock befand. Er spannte die Waffe ein und sägte den Lauf sorgfältig mit einer Säge ab. Als er fertig war, reichte er mir die Waffe. »Wenn die Bullen dich damit anhalten, kannst du ihnen sagen, dass du dich für Josh Randall in *Josh – der Kopfgeldjäger* hältst, er hat die gleiche Knarre.«

Ich hatte die Serie gesehen, und die einzige Ähnlichkeit mit Steve McQueen war tatsächlich die Waffe. Das Motorrad vielleicht auch, aber da war ich mir nicht so sicher. Als ich später ein Foto von ihm vor seinem Tod sah, erkannte ich, dass er die gleiche Maschine wie ich fuhr.

10

Auf dem Weg nach Oregon, einem Staat, in dem die Pumas mehr Leute auf dem Gewissen haben als die Mörder, dachte ich, dass ich gern den Ordnungskräften angehört hätte, denn im Grunde hatte ich nichts gegen Ordnung. Nach dem, was ich getan hatte, vermutete ich allerdings, dass ich dort nicht sehr willkommen wäre.

Ich begegnete ein paar Polizisten auf Harleys, die es eilig hatten. Sie sahen aus, als suchten sie einen grauen Break, auch wenn es gar nicht so war. Ich fuhr den ganzen Tag auf Nebenstraßen. Meine Körpermasse und der besonders tiefe Schwerpunkt drückten mich gegen die Straße, die sich nach Crater Lake schlängelt, nachdem man eine endlose gerade Linie verlassen hat, die in eine Landschaft gezeichnet ist, in der die Bäume gewaltigen rauchenden Lkws weichen. Je höher ich kam, desto mehr spürte ich die Kälte, trotz der Ausrüstung, die ich mir nach und nach gekauft hatte: eine wunderschöne Jacke aus Pferdeleder, mit Schaffell gefütterte Manschettenhandschuhe und Trapperstiefel. Das Schnurren des V-Zweizylinders beruhigte mich, während meine Gedanken in alle Richtungen schweiften. Ich wollte meine Mutter anrufen und ihr meine Tat erklären. Inzwischen wusste sie sicher Bescheid. Mein Vater hatte sie bestimmt angerufen. Ich denke, dass sie nicht die Überraschte gespielt hat, selbst wenn sie überrascht gewesen sein sollte. »Ich hatte dir ja gesagt, dieser Junge wird einmal als Mörder enden.« In dieser Hinsicht hatte sie recht; sie hörte nicht auf, es laut von allen Dächern zu posaunen, als wartete sie nur darauf, dass ich ihre Prophezeiungen erfüllen würde. Doch ich fragte mich trotz alledem, ob ihre Freude darüber, recht zu haben, nicht stärker wäre als die unangenehme Konsequenz, die Mutter eines Kriminellen zu sein. Sie hat den Killer in ihrem Bauch getragen und wird niemals das Gegenteil behaupten können. Meine so kategorische Mutter, die der ganzen Welt Moralpredigten hielt, die alle Menschen verachtete, hatte einen Mörder zur Welt gebracht. Eine schlimmere Demütigung konnte ich ihr nicht zufügen. Ich hatte ihre Gebärmutter in ein Repetiergewehr verwandelt, und das erfüllte mich mit einer Befriedigung, die lediglich ins Wanken geriet, wenn ich mir die Zukunft mit all ihren Komplikationen vorstellte.

Auf dem Gipfel eines Hügels hielt ich an. Dort oben lag ein Sommerferienhotel neben der Straße. Es war geschlossen. Ein Weg führte rechts nach Crater Lake. Ich folgte der Hauptstraße bis zu einer Kreuzung, an der ich nach links in Richtung der 101 abbog. Kleine Ferienhütten säumten einen Bach. Zu einer etwas abseits gelegenen fuhr ich hinüber. Mit einem Schulterstoß brach ich die Tür auf und fürchtete, die ganze Hütte würde über mir zusammenbrechen. Innen war es sauber und aufgeräumt. Ich machte Feuer in dem kleinen steinernen Kamin und betete, dass es während der Nacht nicht schneien möge. Ich leerte eine Flasche Whiskey und überlegte schon, direkt im Kamin selbst zu essen, so kalt war es. Es deprimierte mich, dass ich nur einen leichten Rausch spürte. Wind kam auf, als ich mich schlafen legte und mit geschlossenen Augen und angezogenen Beinen, um nicht hinauszuragen, auf einem harten Bett lag. Die Natur kennt weder Stille noch Lärm. Es ist nicht wie in der Stadt: Was man hört, ist dazu bestimmt, einen zu beruhigen, vorausgesetzt, man hat Vertrauen zum Leben in der Natur. Ich dachte an meine Großeltern. Ich fragte mich, wo sie jetzt sein mochten, ob es eine geringe Chance gäbe, dass etwas von diesen Leichen bleiben würde, die in Verwesung übergegangen wären, bis mein Vater auftauchen würde. Sollten ihre Seelen in den Himmel gekommen sein, so hoffte ich, dass sie sich dort oben nicht wiedertreffen würden; ich hatte meinen Großvater hier unten nicht getötet, damit er ewig die Anfälle der Alten ertragen sollte. Ich dachte über meine Reise nach. Ich wusste nicht, wann ich mich stellen würde, aber ich wollte nicht vor der Beerdigung zur Polizei gehen. Die Höhe und die Müdigkeit gaben mir den Rest; ich fiel in tiefen Schlaf. Als ich gerade anfing, schlecht zu träumen, hörte ich draußen einen ziemlichen Radau. Zuerst dachte ich, die Bullen kämen, um mich zu verhaften, dann begriff ich, dass die Bären wohl um die Satteltaschen des Motorrads herumstrichen, die noch eine Menge Essbares enthielten. Ich ging mit der Winchester in der Hand nach draußen und sah zwei Kojoten, die sich aus dem Staub machten, den Schwanz zwischen den Beinen. Unmöglich, wieder einzuschlafen …

Bei Tagesanbruch fühlte ich mich ziemlich neben mir, und der Whiskey machte sich wieder bemerkbar. Ein Typ klopfte, einen Kaffee in der Hand, um mich um Zucker zu bitten. Ich gab ihm welchen. Doch das genügte ihm nicht, er wollte reden. Das passiert häufig in diesem Land. Die Leute suchen die Einsamkeit, man fragt sich, warum eigentlich, und lassen den Erstbesten, auf den sie treffen, dafür büßen, indem sie stundenlang wie ein Wasserfall auf ihn einreden. Stolz erzählte er mir, dass der Mörder Kennedys seinerseits niedergeschossen worden sei, als er aus einem Kommissariat oder so gekommen sei. Der Killer hieß Jack Ruby. Er hatte meinen Helden umgelegt. Das machte mich traurig. Die Quasselstrippe lebte etwas weiter unten von Gelegenheitsjobs als Förster. Ich muss ihm merkwürdig vorgekommen sein, mit meiner Manie, immer an zwei Dinge gleichzeitig zu denken, was dazu führt, dass ich manchmal nicht gleich antworte. Das Thema, das mich am meisten stresst, hat stets den Vorrang vor dem anderen. Hinzu kam, dass sein Leben, das wirklich nichts Besonderes war, mich nicht die Bohne interessierte. Wäre es interessant gewesen, hätte es mich genauso gelangweilt. Als er begann, mich über mich auszufragen, zog ich mich in mein Schneckenhaus zurück, nur dass die Schnecke niemals so böse ist, wie man es mir unterstellt, wenn ich der Meinung bin, das Gespräch habe lang genug gedauert. Während er ging, entschuldigte er sich für die Störung, wobei er sich mehrmals umdrehte. Irgendetwas an meinem Verhalten beunruhigte ihn wohl. Ich setzte mich auf die beiden gespaltenen halben Rundhölzer, die als Stufen dienten, und betrachtete das Motorrad. Ich hatte zu nichts mehr Lust. Ich suchte in meinem Innern nach etwas, das mich reizen könnte, aber ich fand nichts. Ich verließ die Hütte und schloss die Tür mehr schlecht als recht, ich hatte sie ganz schön demoliert. Die Indian Chief sprang sofort an, und ich setzte meinen Weg in Richtung Kanada fort, sehr wohl wissend, dass ich die Grenze nie erreichen würde, weil ich es ebenso wenig wollte wie die Bullen. Die langsame Fahrt hinunter ins Tal brachte mich ins Leben zurück. Ich fuhr die weiten Serpentinen hinab, und die frische Luft elektrisierte meinen Geist. Ich begann, die Kurven zu schneiden, in der Hoffnung, ein Wagen oder ein Lkw würden einem Leben ein Ende setzen, das zu schlecht begonnen hatte, um etwas Vernünftiges davon zu erwarten. Doch ich begegnete niemandem.

II

In der Ebene fuhr ich schneller. Die steigende Temperatur erlaubte es. Nach ein paar Meilen erstreckte sich eine Industriestadt vor mir, wo Güterzüge darauf warteten, beladen zu werden. Kräftige Kerle mit Bauarbeiterhelmen und dicken gelben Handschuhen wuselten geschäftig um die Waggons herum. Etwas weiter entfernt spuckten Schornsteine dicken grauen Rauch aus, der Mühe hatte, zum Himmel emporzusteigen. Diese Stadt konnte einen deprimieren mit ihrer beängstigenden Ordnung. Ich war versucht, aufs Gaspedal zu drücken, doch ich hatte nicht mehr genug Benzin dafür. An der Hauptstraße fand ich eine Tankstelle. Ein Alter, dessen Beine so krumm waren, als wäre er als Kind eher auf einem Tankwagen als auf einem Holzpferd geritten, bediente mich, nachdem er sorgfältig seine Zigarette ausgedrückt hatte.

»Schönes Motorrad!«

Ich antwortete nicht. Meine Antwort wäre sowieso verhallt, denn ich sah ihn nicht an.

»Wo ist das Büro des Sheriffs?«, fragte ich.

Er streckte den Arm aus. »Aber Sie werden ihn um diese Zeit nicht antreffen. Er ist ins Gebirge gerufen worden. Ein Förster, der seine Frau mit der flachen Axt verprügelt hat. Kein schöner Anblick, wie es heißt, auch wenn es noch niemand gesehen hat. Der Alkohol ist schlecht für die Leute. Aber einer seiner beiden

Deputies muss im Büro sein.« Er warf einen Blick auf eine Uhr, deren Zifferblatt gespalten war. »Müsste gleich öffnen.« Dann sah er mich an wie einen Riesenmammutbaum. »Ich glaube, ich habe in meinem ganzen Leben noch nie jemanden gesehen, der so groß ist wie du, mein Junge.«

Was soll man darauf antworten?

Ich bezahlte und fuhr die Hauptstraße weiter bis zum Büro des Sheriffs. Es sah aus wie ein Postamt, und die amerikanische Flagge, die schüchtern im Wind flatterte, war nicht mehr ganz taufrisch. Ich blieb ein paar Minuten unentschlossen davor auf meiner Maschine sitzen. Schließlich stellte ich den Motor ab.

Als ich eintrat, dachte ich, es sei niemand da. Doch der runde Kopf einer blonden Frau überragte den Tresen. Sie lächelte mir zu, mit dem gleichen albernen Lächeln, das Clark Gable so gern in seinen Filmen zur Schau stellt.

»Was kann ich für Sie tun?«, fragte sie.

Ich legte den Helm mit meinen Handschuhen darin auf den Tresen und öffnete meine Lederjacke.

»Ich bin gekommen, um mich zu stellen.«

Sie lachte. »Sich stellen? Werden Sie wegen zu hoher Geschwindigkeit gesucht?«

»Nein, wegen zweifachen Mordes.«

Sie musterte mich, um zu sehen, ob ich es ernst meinte. Wir setzten das Gespräch im gleichen scherzhaften Ton fort.

»In unserem County?«

»Nein, südlicher, in North Fork, Sierra Nevada, Kalifornien. Ihre Kollegen in Freno müssten Bescheid wissen.«

»Wieso sollten sie?«

Sie war immer noch nicht überzeugt.

»Mein Vater wird sie benachrichtigt haben. Übrigens müsste er jetzt dort sein.«

»Sehr gut, setzen Sie sich auf die Bank dort, ich werde sie anrufen. Solange ich keine Bestätigung habe, kann ich Sie nicht verhaften.«

»Dann werde ich mir inzwischen einen Donut kaufen. Ich komme wieder.«

Ich nahm meinen Helm und meine Handschuhe und ging unter dem verblüfften Blick der Frau hinaus.

In aller Ruhe setzte ich mich auf die Maschine, fuhr los und legte den Rest der Hauptstraße in der erlaubten Geschwindigkeit zurück. Beim Fahren rechnete ich aus, was ich der Gesellschaft für den zweifachen Mord an meinen Großeltern zu zahlen bereit wäre: den Durchschnitt der Jahre, die ihnen noch zum Leben geblieben wären. Fünfzehn und neun bei einer Lebenserwartung von achtzig Jahren, geteilt durch zwei, das machte zwölf Jahre. Zwölf Jahre Gefängnis, dann würde ich mit siebenundzwanzig rauskommen, das fand ich annehmbar, mehr waren meine Großeltern nicht wert.

Die Bullen fanden mich auf den Stufen eines Holzlagers am Ortsausgang, während ich einen dünnen Kaffee trank, einen Donut in der Hand. Ich war in Gedanken versunken; ich beneidete all diese Typen, die imstande waren, jeden Morgen aufzustehen, um ihr ganzes Leben die gleiche Arbeit zu machen. Aus dem Polizeiwagen stiegen die beiden Deputies. Sie hatten jeder eine Hand auf ihrer Waffe, was ich ziemlich pathetisch fand. Ich wollte mein Motorrad zur Wache zurückfahren und bat sie, mir einen geschützten Ort zu nennen, wo ich es abstellen könnte. Ich rechnete fest damit, dass mein Vater es holen würde. Als ich sah, dass sie zögerten, sagte ich: »Warum hätte ich mich Ihnen gestellt, wenn ich die Absicht hätte zu fliehen, können Sie mir das sagen?«

Das Argument überzeugte sie, und ich konnte mein Motorrad in die Garage der Bullen fahren. Anschließend lasen sie mir meine Rechte vor.

Nach ein paar Telefongesprächen brachten sie mich nach Freno. Wir machten einen Zwischenhalt in einem Nest, wo ich die Nacht in einer Zelle mit zwei Betrunkenen verbrachte. Sie redeten pausenlos, ohne etwas zu sagen. Als ich genug hatte, erzählte ich ihnen, dass ich wegen zweifachen Mordes hier sei und meinen Schlaf brauche. Sie entfernten sich von mir, und ich hörte sie nicht mehr. Im Morgengrauen fuhren wir weiter. Im Wagen sprachen wir ebenso wenig wie am Tag zuvor. Die beiden Bullen redeten über belanglose Dinge und kümmerten sich nur um mich, wenn ich mich bemerkbar machte. Meine Aufmerksamkeit brauchte irgendetwas, worauf sie sich richten konnte. Die Polizistin diente mir als Ziel. Die ganze Fahrt über stellte ich mir eine Menge Dinge vor, die ich in der Realität nie mit ihr gemacht hätte. In der Hauptsache sexuelle Fantasien, die ich brauchte, um zu spüren, dass ich noch lebte.

12

Als wir ankamen, erwarteten uns ein paar Fotografen der lokalen Käseblätter. Die beiden Bullen posierten neben mir wie Hemingway neben einem auf hoher See gefangenen zwei Meter langen Schwertfisch. Ich fand es unehrlich, dass sie erklärten, sie hätten mich verhaftet, wo ich mich doch gestellt hatte. Sie brachten mich zu dem für meinen Fall zuständigen Officer, der Kaffee trank, die Beine auf seinem Schreibtisch gekreuzt, und Fotos betrachtete, die nichts mit meinen Großeltern zu tun hatten.

In dem langen Flur, der zu ihm führte, fühlte ich mich wie ein Bär, der von seinem Dompteur vor eine Menge mitleidloser Neugieriger geführt wird. Er grüßte mich mit einem kläglichen Lächeln, das eher niedergedrückt als rachsüchtig wirkte, und führte mich in einen Verhörraum. Dort öffnete er eine Akte mit meinem Namen, in der sich die Fotos der Leichen meiner Großeltern befanden, und breitete sie vor mir aus.

»Das ist das, was du getan hast.«

Er erwartete, dass ich den Blick abwandte. Doch ich betrachtete die Fotos eins nach dem anderen. Die Alten hatten sich nicht sehr verändert, seit ich sie verlassen hatte. Ein bisschen starr, ledern, das war alles. Ich war überrascht zu sehen, wie sehr ein Leichnam der Vorstellung eines eventuellen Lebens nach dem Tod widerspricht.

»Warum hast du das getan?«

Ich atmete tief durch, was ihn auf den Gedanken bringen mochte, ich würde eine lange Rede vorbereiten.

»Ich wollte wissen, wie sich das anfühlt. Seit gut zwei Wochen fragte ich mich, wie sich das anfühlen würde, meine Großmutter zu töten. Das war eine fixe Idee. Ich dachte daran, und dann war es wieder weg. Es kehrte noch stärker zurück und verschwand wieder. Und als ich es tat, stellte ich mir die Frage nicht mehr. Die Offensichtlichkeit hatte die Oberhand über jede andere Art von Überlegung gewonnen. Was den Alten betrifft: Das ist etwas anderes, ich hatte ihn niemals töten wollen. Die Umstände haben mich dazu gezwungen. Er war viel zu abhängig von ihr. Hätte ich ihn die Alte überleben lassen, so hätte ich ihn damit verurteilt, bis ans Ende seiner Tage zu leiden.«

»Hast du daran gedacht, was du ihnen angetan hast, was du deinem Vater angetan hast?«

»Um ehrlich zu sein, ich musste meine Großmutter töten, und die Frage, ob es gut oder schlecht war, stellte sich mir nicht. Für den Alten tat es mir leid, und das tut es immer noch. Und meinem Vater habe ich einen Gefallen getan. Ich weiß nicht genau, warum, aber ich glaube, ich habe ihm damit einen großen Gefallen getan. Natürlich, er steht unter Schock, genau wie Sie, aber in ein paar Wochen, wenn die Erschütterung vorbei ist, werden die positiven Aspekte meiner Tat an die Oberfläche kommen wie der Leichnam eines Ertrunkenen … Entschuldigen Sie die Metapher. Wo ist mein Vater?«

»Er ist gegenüber, in der Bar. Er will dich nicht sehen. Nicht im Augenblick. Er wird sich um die Überführung der Leichen nach Los Angeles kümmern, und er hat mir gesagt, er werde wiederkommen, wenn er weiß, was mit dir weiter geschehen wird.«

»Sie sollten auf ihn aufpassen.«

»Warum?«

»Er neigt dazu zu trinken, wenn ihn etwas ärgert. Und er

kann viel trinken, Sie haben ihn ja gesehen: Er ist ebenfalls ziemlich massig.«

»Wir haben deine Mutter kontaktiert.«

»Und?«

»Sie sagt, das sei keine Überraschung für sie. Du würdest das schon lange in dir tragen, du hättest bereits eine Katze geköpft.«

»Wenn alle Jugendlichen meines Alters, die in diesem Land eine Katze geköpft haben, ihre Großeltern umbringen würden, könnten Sie die Altersheime zusperren.«

»Kurz, sie will nicht kommen, sie wartet die Entscheidung des Gerichts ab.«

»Und was wird es entscheiden?«

»Ein Sachverständiger wird dich untersuchen. Da du noch nicht sechzehn bist, wird er ermitteln, ob du für deine Taten verantwortlich bist oder nicht. Anschließend muss die California Youth Authority entscheiden, ob du ins Gefängnis oder in eine psychiatrische Klinik kommst. Das alles ist nicht so ganz klar für mich, es ist das erste Mal in meiner Karriere, dass ich es mit einem zweifachen Mord, begangen von einem Minderjährigen, zu tun habe. Warum hast du dich gestellt?«

»Weil ich nicht mehr die Kraft hatte, so weiterzumachen. Ich liebe es, stundenlang und ganze Nächte zu fahren. Und außerdem spüre ich eine tiefe Entschleunigung in mir. Ich bin immer eingesperrt gewesen. Aber wenn ich frei und an der frischen Luft bin, dann erinnert mich nach ein paar Tagen ein Schwindel daran, dass ich nicht für diese Freiheit geschaffen bin. Dabei wäre ich bereit, jeden zu töten, der sie mir nehmen wollte. Genau das habe ich mit meiner Großmutter getan. Ihre Ermordung hat mir vierzig Stunden Freiheit geschenkt.«

»Und du glaubst, das war es wert?«

»Ja.«

13

Er sitzt bereits seit einer guten Minute da, als er sieht, wie die Tür aufgeht und ihr aufgedunsener Kopf erscheint. Sie atmet geräuschvoll. Sie ist gehandicapt. Durch sich selbst, durch das, was sie trägt, durch alles.

»Ich muss jedes Mal dieses Formular unterschreiben, deswegen bin ich zu spät.«

»Welches Formular?«

»Die Erklärung, dass ich nicht gerichtlich gegen die Gefängnisverwaltung vorgehen werde, sollten Sie mich angreifen.«

Er lacht. »Wenn ich Sie angreife, würden Sie jedenfalls keine Gelegenheit mehr haben, gegen irgendjemanden gerichtlich vorzugehen.«

Sie findet das nicht lustig oder zeigt es zumindest nicht.

»Einmal hat ein Typ vom FBI mich verhört, und ich habe ihn glauben lassen, ich würde ihn seelenruhig erdrosseln. Er hat um Hilfe gerufen, aber niemand ist gekommen, es war gerade Ablösung und Mittagessenszeit. Er hat behauptet, er sei bewaffnet, und ich erwiderte ihm, man dürfe ein Gefängnis nicht bewaffnet betreten, selbst wenn man dem FBI angehöre. Er brabbelte was von Kampfsportarten, die er praktiziere, und als er merkte, dass mich das nicht beeindruckte, hat er sich angepisst. Als sie ihn geholt haben, zierte ein großer gelber Feuchtigkeitsspiegel seinen Schritt. Sie hätten diesen kleinen muskulösen Typen sehen sollen, schwarzer Anzug, weißes Hemd und schwarze Krawatte, tadellos gekämmtes Haar, wie er mit einwärts gedrehten Füßen ging, um seine Schande zu verbergen. Die Wärter, die wussten, wie friedlich ich bin, haben sich ebenfalls ganz schön über ihn lustig gemacht.«

Er betrachtet den Stapel Bücher, den sie nicht ohne Mühe auf den Tisch gelegt hat, der sie trennt.

Sie murmelt: »Herzlichen Glückwunsch zum Geburtstag!«

»Woher wissen Sie, dass ich Geburtstag habe?«

»Weil ich vier Jahre vor Ihnen am selben Tag wie Sie geboren wurde.«

Sie errötet, wie um sich für diesen Zufall zu entschuldigen.

»Sie wollen damit sagen, dass Sie neunundfünfzig sind. Das dachte ich mir. Ein Jahr älter werden, das bedeutet draußen, ein Jahr weniger zu leben; ein Jahr weniger Langeweile, das ist nicht ganz das Gleiche. Ich werde das nicht alles lesen.«

»Sie werden tun, was Sie können, wie üblich sind das Vorschläge, aber wir haben uns so an Ihre Schnelligkeit gewöhnt …«

»Ich habe angefangen zu schreiben.«

»Zu schreiben?«

Sie beginnt zu zittern.

»Man will mich nicht als Literaturkritiker, also habe ich einen Roman begonnen. Eine romanhafte Autobiografie. Kennen Sie einen Verleger, den das interessieren könnte?«

Sie wiederholt: »Zu schreiben?«

Er bejaht, genervt.

»Sie werden alles erzählen?«

»Das ist genau der Punkt. Ich werde einer Veröffentlichung nur zustimmen, wenn man meinen Text in Gänze annimmt.«

»Ich verstehe, nur …«

»Nur nichts … Kennen Sie einen Verleger?«

»Ich kenne welche.«

Sie wirkt mit einem Mal furchtbar verstört. Das passiert häufig. Sie ist sehr gefühlsbetont, labil, um ganz offen zu sein.

Sie wirkt niedergedrückt. Leute, die niedergedrückt sind, sieht man in diesem Gefängnis täglich. Wenn sie herkommt, um zu dramatisieren, wird er ihr sagen, sie soll verschwinden. Diese Geschichte mit dem Buch hat ihr einen Schlag versetzt. Er weiß nicht, warum, aber das hat sie gewaltig durcheinandergebracht. Und darum dramatisiert er …

»Ich habe um eine Verlegung gebeten.«

Nun ist sie vollkommen verwirrt.

»Eine Verlegung wohin?«

»Ins Paradies, aber sie ist abgelehnt worden. Nein, ernsthaft, ich habe darum gebeten, in das Louisiana State Penitentiary Angola verlegt zu werden. Es wird vermutlich eine Weile dauern, weil ein gleichaltriger Häftling in Angola, der ebenfalls lebenslänglich sitzt, ein Gegengesuch stellen muss. Meine religiöse Vergangenheit hat den Direktor von Angola beeindruckt. Er ist ein Typ, der einen unerschütterlichen Glauben hat, und Häftlinge, die zum Glauben gefunden haben, sind willkommen.«

»Und das wäre für wann?«

»Morgen, in einem Monat, in zehn Jahren, nie.«

»Aber dann hätten Sie niemanden mehr, der Sie dort besucht.«

»Na und?«

Sie gibt keine Antwort, begnügt sich damit, den Kopf zu senken.

»Nach so vielen Jahren fragt man sich manchmal, was einen aufrecht hält. Das Lesen, jetzt das Schreiben, mein Beitrag zum Verständnis der Serienmörder. Ich habe erfahren, dass die Häftlinge sich in Angola um eine Ranch mit Pferden kümmern. Ich habe Erinnerungen an Pferde aus meiner Kindheit in Montana. Das sind praktisch meine einzigen schönen Erinnerungen. Sie sind menschlicher als wir. Ich wollte mich nicht aus dem Leben stehlen. Ich habe mir zweimal die Pulsadern geöffnet. Um das Blut fließen zu sehen, so wie ein Kind einem schmutzigen Fluss in seiner Nähe beim Fließen zusieht. Aus dem Gefängnis entlassen zu werden hat mich auch nicht motiviert. Ich habe ein Gesuch auf bedingte Freilassung gestellt, aber als ich vor der Kommission stand, war alles, was ich ihnen zu sagen hatte: ›Ich glaube nicht, dass Sie eine Riesendummheit machen, wenn Sie mich freilassen, aber ich kann für nichts garantieren.‹ Ich freue mich immer, Sie zu sehen. Aber Sie kommen nur einmal im Monat. Und dort hätte ich täglich die Gesellschaft der Pferde, verstehen Sie? Und jedes Jahr gibt es ein Rodeo. Die Gefangenen reiten auf Stieren und Mustangs vor ihren Familien und zahlenden Fremden. Dieses Geld finanziert ihre Extras unter dem Jahr. Ich würde gern an der Königsprüfung teilnehmen. Vier Häftlinge setzen sich an einen Tisch mitten in der Arena. Sie spielen Poker. Sie müssen sich auf die Partie konzentrieren, bei der es um große Einsätze geht. Plötzlich wird ein wirklich bösartiger Stier in die Arena gelassen. Er stürmt auf den Tisch zu. Wer als Letzter aufsteht, bekommt den gesamten Einsatz.«

Sie sehen sich nur eine halbe Stunde im Monat, und schon nach fünf Minuten haben sie sich nichts mehr zu sagen. Sie ist früher mal Hippie gewesen, so viel ist sicher. Sie hat immer noch den Geruch an sich und das fettige Haar, das sich vor Abgespanntheit kringelt. Diese Jugend ist nicht besser gealtert als die Vietnamveteranen. Damals leuchteten ihre Augen wenigstens, auch wenn dieses Leuchten vom LSD kam. Manchmal denkt er an all diese Mädchen, die die freie Liebe priesen und sich ficken ließen, nur um zu beweisen, dass sie dazu fähig waren, niemandem zu gehören. Er hat das nicht ausgenutzt. Sie widerten ihn an. Ein Zug Gras, ich spreize die Schenkel, ich schließe sie wieder, ich kenne den Namen des Typen nicht, der mich überschwemmt hat, aber ich gehöre der großen Bruderschaft der Menschen an. So das Programm. Man weiß nicht, von wem die Kinder sind, das trifft sich gut, auf diese Weise gehören sie allen und folglich niemandem. Er hatte diese Generation gehasst. Was davon geblieben ist, sind

Menschen wie Susan, die glauben, sie hätten liberale Ansichten, während sie in Wirklichkeit durch den Stoff engstirnig geworden sind. Ein Psychiater, den er kennt, würde sagen, sie hätten eine große kollektive Schizophrenie gelebt, mit Persönlichkeitsspaltung, Dauerwahn, friedlicher Katatonie, Ausgrenzung, kurz, einer ganzen Reihe von Symptomen, die diese Schizophrenen letztlich zu Normalen gemacht hätten, wenn sie die Mehrheit geworden wären. Sie schwitzt. Selbst ohne sich zu bewegen. Sie lebt in der Unsicherheit, deswegen. Mit dem Gewicht hat das nichts zu tun. Trotz seiner einhundertdreiundsechzig Kilo schwitzt er niemals.

»Die Bücher für die Blinden und dieser ganze Blödsinn, ich bin nicht überzeugt, dass das der Hauptgrund ist, der Sie hergeführt hat. Aber ich werde offen zu ihnen sein, ich will diesen Grund gar nicht wissen, der stärker sein muss als die anderen, weil er verborgen ist. Ich pfeif drauf, Susan. Wir haben eine professionelle Beziehung über einen bestimmten Zeitraum, und das ist perfekt so. Ich mag Ihre Besuche. Ich könnte genauso gut auch darauf verzichten. Nach Ihnen wird mich niemand mehr besuchen, na gut, was soll's? Sie sind das einzige weibliche Wesen für mich in einer Welt, in der ich nur Typen sehe, die sich mehrmals am Tag einen runterholen, in der Hoffnung, die Wände ihrer Zelle würden zurückweichen. Aber wenn ich darauf verzichten muss ...«

Ihr Kopf kippt nach unten, und sie deutet ein klägliches Lächeln an, das sofort wieder verschwindet. Sie fragt sich wahrscheinlich, ob sie weinen soll. Sie traut sich nicht. Er geht den Bücherstapel durch und liest jeweils den hinteren Klappentext. Keine Geschichte darunter, die ihn reizt. Das ist übrigens selten der Fall. Er sortiert drei Bücher aus, die zu umfangreich sind. Wenn die Geschichte zu lang ist, verliert der Hörer sich, selbst wenn er blind ist. Er steht auf und streckt sich.

»Denken Sie daran, einem Verleger von meinem Buch zu erzählen, Sie würden mir damit einen Gefallen tun. Bis bald.«

Er dreht sich ein letztes Mal um, bevor er hinausgeht. »Wenn mein Gesuch auf Verlegung nach Angola angenommen wird, werde ich Ihnen schreiben, um es Ihnen mitzuteilen.«

14

Die Diagnose des Sachverständigen des Gerichts war eindeutig: paranoide Schizophrenie. Das machte auf mich genauso viel Eindruck wie auf den Typen, dem man einen Lottogewinn mitteilt, obwohl er gar kein Los hat. Der vorsitzende Richter schien ebenfalls nicht besonders beeindruckt. Die Verhandlung dauerte eine Viertelstunde. Der Psychiater trug seine Notizen mit eintöniger Stimme vor, was er dadurch wettzumachen suchte, dass er immer wieder abrupt das Tempo beschleunigte. Es schien ihm nicht sehr gut zu gehen. Er erklärte, ich sei psychotisch, verwirrt, unfähig, mich einzufügen, gefährlich für die Gesellschaft und für mich selbst. Er meinte, dass die Behandlung, die mich möglicherweise von meinen Störungen kurieren könnte, sehr, sehr langwierig sein würde. Und dass er folglich der Ansicht sei, man müsse mich für unzurechnungsfähig erklären.

Während der Richter dieser Leier nur mit einem Ohr zuhörte – das andere hatte sich geschlossen, um sich zu schonen –, flüsterte ich meinem Pflichtverteidiger zu, dass ich diese Schlussfolgerung lächerlich finde. Ich wolle die Verantwortung für meine Taten übernehmen. Er bedeutete mir, das lieber sein zu lassen, und flüsterte mir ins Ohr: »Das ist deine einzige Chance, wieder in Freiheit zu kommen.« Ich gab nach.

Ich hatte einen Nachmittag mit dem Psychiater verbracht.

Mehr konnte die Justiz für jemanden wie mich nicht bezahlen. Er war besessen von der Frage, wie es zu der Tat kommen konnte. Er wollte wissen, ob ich, bevor ich meine Großmutter getötet hatte, Stimmen gehört oder das Gefühl gehabt hätte, übersinnliche Kräfte hätten von mir Besitz ergriffen. »Ich habe wochenlang darüber nachgedacht. Ich wusste, dass es schlimm, ja sogar sehr schlimm ist. Zu keinem Zeitpunkt habe ich geglaubt, eine Tat begangen zu haben, die die Gesellschaft entschuldigen würde, aber es war eine Notwendigkeit, eine Frage des Überlebens. Entweder sie oder ich. Hätte ich es nicht getan, hätte ich mich in den Tagen danach mit Sicherheit selbst getötet. Ich habe ihr Leben gegen meins getauscht. Das Leben einer alten Frau gegen das eines Jugendlichen getauscht zu haben erfüllte mich nicht wirklich mit Schuldgefühlen. Ich habe es auch für meinen Vater getan. Ich hätte mir gewünscht, er hätte den Mut dazu gehabt, das hätte mir erspart, es zu tun.«

Das Gespräch über meine Kindheit war sehr kurz gewesen. Er hatte genug gehört, um sich eine Meinung zu bilden. Dann war er auf meine Großmutter zurückgekommen.

»Hat sie Sie geschlagen?«

»Nein.«

»Hat sie Sie verbal gedemütigt?«

»Nein, eigentlich nicht.«

»Was werfen Sie ihr dann vor?«

»Dass sie mich am Atmen gehindert hat.«

»Und das reicht Ihrer Meinung nach aus, um sie zu töten?«

In diesem Augenblick muss ich ihm verwirrt vorgekommen sein. Für ihn war ich nicht in der Lage, meine Überlegungen zu ordnen, um ihm meine Gedankengänge erklären zu können. Ich war mir nicht sicher, ob sie irgendeiner Logik gehorcht hatten. Ich erinnerte mich nur an das Ergebnis. Aber die Entscheidung hatte ich getroffen, kein anderer, und auch keine Stimme, die aus was weiß ich für einer Galaxie gekommen war.

Im Gerichtssaal herrschte eine trostlose Stimmung. Die Morgenstunde und die überhitzte Luft in dem Gebäude lähmten den Verstand. Der Richter nieste mehrmals, bevor er mich für unzurechnungsfähig erklärte und mich der California Youth Authority anvertraute.

Ich erkannte an seinem Blick, dass dieses Urteil ihn erleichterte, weil er sich nicht mehr mit meinem Fall befassen musste. Er ging hinaus, ohne mich anzusehen, in Gedanken schon bei dem schönen heißen Kaffee, der ihn in seinem Büro erwartete.

Die Kommission ordnete die gleiche Prozedur wie das Gericht an. Mehrere Psychiater und Sozialarbeiter marschierten vor mir auf und stellten mir einen Haufen Fragen über mein Leben, als wollten sie eine Biografie schreiben. Meinem Anwalt zufolge, der ihre Berichte gelesen hatte, beurteilte jeder dieser Psychiater meinen Fall anders, und sie waren auch in keiner Weise mit den Schlussfolgerungen des Gerichtssachverständigen einverstanden. Letzten Endes einigten sie sich jedoch darauf, dass das Gefängnis mir nicht gestatten würde, eine adäquate Behandlung zu bekommen, und mein Schuldgefühl nur noch verstärken würde. Ich empfand nicht das geringste Schuldgefühl, aber vermutlich hatten die Worte für uns nicht dieselbe Bedeutung.

An die wenigen Wochen, die ich im Gefängnis verbrachte, während ich darauf wartete zu erfahren, was endgültig mit mir geschehen würde, habe ich keine besondere Erinnerung. Ich hatte damit gerechnet, unter einer Art Klaustrophobie zu leiden, doch dem war nicht so. Man kann sich draußen eingesperrt und drinnen frei fühlen, das ist eine Frage der Einstellung. Ich wurde gut behandelt, und die Mitgefangenen ließen mich in Ruhe, da man mich nicht im selben Loch wie sie vermodern lassen wollte. Ich spürte, dass sie vor meiner Körpergröße Respekt hatten. Wovor kein neuer unerfahrener Häftling gefeit ist, ist die Furcht, in den Duschen gefickt zu werden. Solange der Typ nicht ein Riesengerät zwischen den Beinen hatte, konnte ich keine wirkliche Bedrohung für mich erkennen. Ich freundete mich mit niemandem an. Das ist nicht meine Art, und ich sah keinen Anlass dazu.

Trotzdem verließ ich das Gefängnis ein bisschen angespannt. Seit mehreren Wochen hatte ich aus Scham meiner sexuellen Erregung keinen freien Lauf lassen können. Sich in Gegenwart anderer Typen zu erleichtern ist erniedrigend, auch wenn ich verstehe, dass diese Art von Bedenken sich nach einigen Jahren in der Routine auflöst. In dem Wagen, der mich in das Atascadero State Hospital überführte, sah ich durch das Fenster lebenslustige, schöne Mädchen, die unbeschwert durch die Straßen gingen, und ich hätte am liebsten geheult. Die Sehnsucht nach dem, was ich nie kennengelernt hatte. Das Verlangen verdrängte rasch die Emotion. Das Verlangen war nicht jenes, sie zu besitzen, sondern irgendetwas Komplizierteres, das ich aus meinem Geist verscheuchte. Ich drückte mich in meinen Sitz und dachte an mein Motorrad, das ich vielleicht eines Tages wiedersehen würde, zweifellos mit leerer Batterie. Mit einem Mal bekam ich Muffensausen. Wenn ich nun wirklich verrückt würde? Ich wollte nicht mehr dorthin. Ich fing an, das Gefängnis vorzuziehen. Ich erinnerte mich an Geschichten, die über normale Leute kursierten, die wegen irgendwelcher Lappalien eingewiesen worden waren und deren Gehirn, als sie wieder rauskamen, gewaschen war wie das Deck eines Schiffs. Ich fragte die beiden Polizisten, die mich hinbrachten, wie Atascadero so sei. Sie erwiderten, sie wüssten so gut wie nichts darüber. Ihnen zufolge war es der Ort, wo man die Bürger Kaliforniens gegen Verrückte aller Art schützte. Ich fragte sie auch, welche Art von Kranken es dort drin gebe. Der Vorgesetzte strich sich über seinen Bart und sagte, er glaube, ein Drittel seien Kriminelle und zwei Drittel durchgeknallte Typen, die keiner Fliege etwas zuleide tun würden. Derjenige, der bis dahin nichts gesagt hatte, fing an, gegen all die Dreckskerle zu stänkern, die auf Kosten der Steuerzahler eingesperrt und angeblich behandelt würden, als ob man das Böse behandeln könnte. Er drehte sich zu mir um und spuckte mir seine Verachtung entgegen.

»Glaubst du etwa, ein Typ, der seine Großeltern getötet hat, kann eines Tages ein guter amerikanischer Bürger werden? Glaubst du das wirklich, Kleiner?«

Ich bin sicher, hätte ich keine Handschellen getragen, hätte er nicht »Kleiner« hinzugefügt. Ich ließ mich nicht einschüchtern und erwiderte: »Ich hatte Gründe dafür.«

»Was dich zu einem Irren macht, ist, dass du glaubst, du hättest gute Gründe, deine Großeltern zu töten. Sie werden dich jahrelang dabehalten, damit du lernst zu bedauern, was du getan hast, aber das Böse ist in dir. Du hast die Seiten gewechselt, und jetzt ist es zu spät.« Er zündete sich eine Zigarette an und ließ das Fenster auf seiner Seite runter. »Weißt du, ich würde gern glauben, dass man dich behandeln kann. Aber Geisteskranke kann man nicht behandeln. Einem Hund, der ein Kind gebissen hat, kannst du nie wieder vertrauen, selbst wenn er sich eine Minute später schwanzwedelnd an dir reibt. Man sollte sich besser damit abfinden. Du hast die Linie überschritten. Ich würde dich dafür nicht töten. Aber ich würde dich nicht rauslassen.«

15

Nachdem wir schon eine Weile durch die Landschaft gefahren waren, kamen wir an Feldern vorbei, auf denen schwarze Kühe weideten. Aus der Ferne wirkte das Krankenhaus wie eine große Geburtstagscremetorte auf einer Decke mit zu lebhaften Farben. An der Seite hatte das Eis angefangen zu schmelzen. Als wir näher kamen, wurde die Torte größer, ebenso wie die Mauern, die sie umgaben. Stacheldraht zog sich auf den Mauern um das Gelände. Ich sah keine Wachtürme, aber das Ganze machte auf mich den Eindruck eines verdammten Untersuchungsgefängnisses. Krankenpfleger, die sich für kräftig gehalten hatten, bevor sie mich sahen, holten mich in der Verwaltung ab. Sie führten mich zu einer liebenswürdigen und energischen Dame. Sie blieben bei uns, während wir einen Fragebogen ausfüllten, der ihnen ein Maximum an Informationen über mich liefern sollte. Ich fragte sie, ob ich Besuch bekommen könnte. Sie meinte ja, machte dann jedoch ein betrübtes Gesicht, um mir mitzuteilen, sie hätten meinen Vater und meine Mutter kontaktiert, damit sie bei meiner Aufnahme in das Zentrum dabei wären, doch keiner von beiden wolle für den Augenblick etwas von mir wissen. Sie wollte mich beruhigen, das sei häufig so, doch mit der Zeit regle sich das von ganz allein.

»Man muss sie verstehen. Du hast nicht nur getötet, du hast Menschen aus deiner Familie getötet, die Eltern deines Vaters.

Sie werden Zeit brauchen, um dich erneut als einen der Ihren zu betrachten. Es ist möglich, dass dein Psychiater sie kennenlernen will. Sie werden also herkommen müssen. Aber jetzt mach dir erst mal keine Gedanken darüber.«

Sie verabschiedete mich mit einem Lächeln. Die beiden Krankenpfleger führten mich zu meinem Zimmer. Es waren etwa fünfhundert Meter bis dorthin. Alles war hoch, lang und schmal in dieser Klinik. Die Gänge nahmen kein Ende. In der Abteilung der nicht kriminellen Kranken begegneten wir Typen, die frei herumliefen. Viele sahen aus wie Opfer eines Geburtsunfalls, die Stirn wie über die Augenbrauen geklappt oder mit einem riesigen spitzbogigen Kopf. Das Licht, das nur durch kleine Fenster, die sich sehr weit oben öffneten, hereindrang, ließ sie nicht sehr gut aussehen. Nicht einer sah mich an. Sie waren woanders, in einem Anderswo, aus dem man, wie mir schien, nicht mehr zurückkommt. Manche zuckten ständig, andere liefen wie Hühner mit abgehackten Bewegungen. Ich hätte ihnen niemals etwas angetan, aber ehrlich gesagt, diese menschlichen Geschöpfe verursachten mir Übelkeit mit ihrer Geistesschwäche.

Die Sicherheitsabteilung glich mehr einem Gefängnis als einem Krankenhaus, aber die Verbrecher sahen wenigstens normal aus. Jedenfalls die wenigen, denen ich begegnete. Zu dieser Nachmittagsstunde war jeder in seinem Zimmer. Meins war schmal wie ein Hosenbein. Man konnte zwischen Schrank und Bett nicht hindurchgehen. Das Fenster, in ziemlicher Höhe, aber ohne Gitterstäbe, war für einen normalen Mann nicht erreichbar. Die Krankenpfleger entschuldigten sich, niemand habe ihnen gesagt, dass ich so korpulent sei. Sie ließen mich eine halbe Stunde warten, bevor sie wiederkamen und mich in ein nur wenig größeres Zimmer brachten, in dem ich mich umdrehen konnte, ohne gegen die Wände zu stoßen. Als ich sah, dass das Klo draußen war, begriff ich, dass es nicht darum ging, mich zu bestrafen, auch wenn es, von ein paar Details abgesehen, schwierig war, den Unterschied zu einem Bundesgefängnis zu erkennen. Und wenn man allein in einem Zimmer war, änderten sich die Perspektiven. Trotz des scheinbaren Widerspruchs begann ich, dieses Zimmer zu mögen, so wie ich gelegentlich die weiten Landschaften mochte. Ich wurde ruhig darin. Das Fenster, das in zwei Metern Höhe lag, ließ mich einen Streifen Weide in der Ferne sehen, der weitgehend versperrt wurde von der Mauer und dem Stacheldraht, der sie krönte. Ich streckte mich auf meinem Bett aus und betrachtete gut zwei Stunden die Decke, ohne an etwas zu denken, gewiegt in einem merkwürdigen Gefühl der Sicherheit.

Ich konnte unmöglich jahrelang in dieser Klinik bleiben und mit angezogenen Beinen schlafen. Ich rief einen Wärter und demonstrierte ihm ganz offen, dass ich gut dreißig Zentimeter über das Bett hinausragte. Die Bettpfosten waren fest im Boden verankert, man konnte also nichts ändern. Er versprach mir, einen Blick in das Lager zu werfen und zu schauen, ob ein Krankenhausbett Abhilfe schaffen könne. Ich wartete bis zum Abendessen. Ich zog die Uniform an, die für die gefährlichsten Insassen vorgeschrieben war und zusammengefaltet am Fußende meines Betts lag, und als das Zeichen ertönte, öffnete mir ein Wärter. Jeder Häftling musste zu den anderen Abstand halten. Wir begaben uns im Gleichschritt zum Speisesaal. Dort stellten wir uns in einer Reihe vor den dampfenden Kesseln an, in denen ein zerkleinertes Essen köchelte, damit wir ohne Messer essen konnten. Ich suchte mir einen zufälligen Platz. Im Gefängnis ist das riskant. Es gibt immer einen Typen oder eine Gruppe, die ihn für sich beanspruchen. Doch hier war keine Aggressivität zu spüren. Niemand spielte den starken Mann, niemand achtete auf die anderen. Keine Gruppe versuchte, ihre Regeln durchzusetzen. Die als geisteskrank eingestuften Killer sind menschenscheue, in sich gekehrte Individualisten. Aufgrund meiner langen Erfahrung würde ich sogar sagen, dass sie überaus ängstliche Menschen sind. Die direkte Auseinandersetzung versetzt sie in Panik. Gewalttätig werden sie immer nur dann, wenn sie die Gewissheit haben, einem zwangsläufig schwächeren Opfer überlegen zu sein. Doch all das wusste ich damals noch nicht. Wie hätte ich es auch wissen sollen. Die anderen Kranken begnügten sich damit, mich, meist verstohlen, anzustarren. Meine Masse beeindruckte sie. Weniger die Masse an sich als vielmehr, sie sich in Aktion vorzustellen, bei dem berühmten Übergang zur Tat. Jeder der Häftlinge, der sich in meine Nähe setzte, tat so, als ignorierte er mich, mit Ausnahme eines noch nicht ganz fünfzigjährigen Typen, der durch sein kultiviertes Aussehen auffiel. Er lächelte mich mehrmals verstohlen an, um mich willkommen zu heißen, und zwinkerte mir zu, als wären wir Komplizen. In welcher Hinsicht, keine Ahnung. Ich fragte mich, ob er nicht schwul wäre, obwohl ich nie wirklich wie die Art von Jugendlichen ausgesehen habe, die bei diesen Leuten Fantasien weckt. Ich bemerkte zwei oder drei Typen, die furchterregend aussahen, vor allem einen Mann in den Fünfzigern, eine eigenartige Mischung aus Indianerhäuptling und irischem Lastwagenfahrer. Ein breiter Kopf, der einen Hutmacher hätte erbleichen lassen, eine lang gezogene Augenpartie, Augen aber, die vor allem schwarz waren und mordsmäßig schielten. Das Essen war passabel. Besser als im Gefängnis, aber man weiß ja, dass es nirgends schlechter ist als im Gefängnis. Niemand sprach mit mir, aber ich spürte, dass manche es nur zu gern getan hätten, neugierig, wie sie waren, zu erfahren, was ich in meinem Alter dort zu suchen hatte. Ein kleiner Spindeldürrer, hässlich, als hätten seine Eltern dies mit Absicht getan, setzte sich mir gegenüber. Er zappelte auf seinem Stuhl herum und schnitt Grimassen. Ein herablassendes Grinsen verzerrte sein Gesicht alle dreißig Sekunden. Seine Kahlköpfigkeit hatte nichts zu tun mit derjenigen der Leute, die ihre Haare verlieren. Seine schienen im Gegenteil nie richtig gewachsen zu sein, als hätte irgendetwas sie davon abgehalten. Ich merkte, dass er mit mir reden wollte, aber er brachte nichts heraus. Nach jedem Versuch strich er sich über den Schädel. Der Speicheltropfen, der seinen Mundwinkel zierte, verursachte mir Übelkeit, und ich hörte auf, ihn anzublicken, um in Ruhe mein Abendessen zu beenden. Wenn ich mit niemandem Blicke austauschen will, ist es ganz einfach: Ich starre vor mich hin, was mich weit über alle anderen erhebt. Um eine militärische Metapher meines Vaters zu bemühen: Ich benutze einen Luftkorridor, der mich vor der Artillerie schützt. Mein Alter, der kaum kleiner als ich war, machte das häufig. Ich habe es erlebt, wenn meine Mutter wie eine Besessene herumbrüllte. Er stand mit verschränkten Armen da, an die Wand gelehnt, und starrte geradeaus.

Ich nahm es ihm übel, dass er sich seit meiner Verhaftung nicht ein einziges Mal gemeldet hatte. Bei meiner Mutter war es etwas anderes, sie war vermutlich wirklich wütend. Ich war sicher, dass sie nicht freinehmen wollte, um ihren Kollegen im Büro nicht erklären zu müssen, warum. Ich war nicht einmal sicher, dass sie mit meinen Schwestern darüber gesprochen hatte. Oder ich stellte mir das Gespräch vor. Die beiden Dickerchen kommen von der Arbeit beziehungsweise von der Schule nach Hause. Meine Mutter sitzt in der Küche und schält Kartoffeln. Fett prasselt in einer Pfanne. Sie begrüßen sich, ohne sich zu küssen. Der neue Kerl meiner Mutter sitzt im Wohnzimmer. Er liest Zeitung, die Füße schön warm in seinen Pantoffeln, denn ohne Pantoffeln hätte sie ihn niemals hineingelassen. Ich kann ihn nicht näher beschreiben, ich war bereits weg, als er kam, um meinen Vater zu ersetzen. Es hat nicht lange gedauert. Meine Mutter braucht es, mindestens zweimal am Tag rangenommen zu werden, ohne den anderen eines Blickes zu würdigen. Na ja, das ist das Ergebnis meiner Analyse auf der Grundlage einer Reihe von Indizien, die ich in den vierzehn Jahren gesammelt habe, in denen meine Eltern über mir im Erdgeschoss geschlafen haben. Aber vor allem braucht sie es, dem Typen, der gerade wieder seine Kleidung herrichtet, an den Kopf zu werfen, dass sie nicht gekommen sei, weil er ein Blindgänger sei, keine Ahnung von der Lust der Frau habe, ein Nichtsnutz et cetera, bis sie von vorn anfangen. Kurz, meine Schwestern kommen nach Hause. Ohne aufzublicken, empfängt meine Mutter sie mit den Worten: »Euer Bruder hat eure Großeltern getötet.« Meine jüngere Schwester, die ein Spatzengehirn hat, wird vermutlich ohne besondere Gemütsbewegung gefragt haben: »Welche?«, dabei weiß sie, dass unsere anderen Großeltern schon vor langer Zeit eines natürlichen Todes gestorben sind und wir sie gar nicht gekannt haben. Und was meine ältere Schwester betrifft, so kann ich mir gut vorstellen, wie sie sagt: »Oh, der Idiot!«, während sie den Kühlschrank öffnet auf der Suche nach irgendetwas schwer Verdaulichem, das sie sich vor dem Essen reinschieben kann. Als sie den Appetitzügler gefunden hat, ist die Information schon vergessen. Sie leidet unter Hypomanie, und Emotionen sind ihr fremd. Ich habe sie nie fröhlich oder traurig erlebt, und selbst wenn sie böse ist, spürt man, dass sie sich zwingt, dass es nicht natürlich ist. Freundlichkeit verlangt zu viel Vorstellungskraft von ihr, sie begreift nicht, was das ist.

Als das Abendessen beendet war, gingen wir in unsere Zimmer zurück. Der Wärter verschloss meines. Ich fragte ihn, wo ich etwas zu lesen finden könnte. Er erwiderte, er würde mir fürs Erste zusammen mit meinen Medikamenten eine Zeitschrift bringen, und am nächsten Tag hätte ich Zugang zur Bibliothek. Die Zeitschriften und die Medikamente kamen eine halbe Stunde später. Ich fragte nicht, wofür die Medikamente seien. Zwangsläufig, um die Krankheit zu behandeln, die mich dazu gebracht hatte, meine Großeltern zu töten. Ich war gerade mal auf der dritten Seite der Zeitschrift und konnte den Blick nicht von Marilyn Monroes Hintern lassen, die seit mehr als anderthalb Jahren tot war, was der Erotik des Fotos keinen Abbruch tat, als ich spürte, dass mir die Augen zufielen. Die schönen kleinen Fantasien, die ich mir zurechtgelegt hatte, vermochten dem Schlafmittel nicht standzuhalten, und ich schlief ohne Albtraum, etwas, das mir in meinem ganzen Leben noch nicht passiert war.

Als ich aufwachte, war ich ohne jede Kraft. Vor dem Frühstück trennte ich trotzdem reflexartig das Foto von Marilyn Monroe heraus und legte es zusammengefaltet in meinen Wandschrank. Die Mahlzeit verlief noch stiller als am Abend zuvor, auch wenn zwei oder drei Patienten aufgezogen wie Spielzeug wirkten. Die anderen starrten mich erneut an. Meine Jugend ließ ihnen keine Ruhe. Ich war der bei Weitem Jüngste. Nachdem ich meinen Kaffee und den widerlichen Donut, den es dazu gab, runtergewürgt hatte, brachte man mich in mein Zimmer zurück, wo ich auf mein erstes Gespräch mit dem Psychiater wartete. Ich schlief erneut ein, als hätte ich Jahre des Schlafs nachzuholen. Ein Pfleger weckte mich, um mich auf unsicheren Beinen in ein Zimmer zu führen, das einem Verhörraum der Polizei glich, mit einer Fensterscheibe, durch die das Personal darüber wachte, dass dem Arzt nichts geschah. Ich saß einen Augenblick da, ohne etwas zu tun, und schlief erneut ein, den Kopf auf dem Tisch vor mir, die Arme herabbaumelnd. Ein Pfleger weckte mich augenblicklich.

16

Als der Psychiater hereinkam, forderte er mich auf, mich zu setzen. Ich erwiderte ihm, ich würde sitzen, und er lächelte.

»Wir werden nicht immer in diesem Raum sein. Wir wollen nur sehen, ob du dich gut benimmst, woran ich nicht zweifle.«

Ich spürte sofort eine wohlwollende Einstellung mir gegenüber bei ihm. Wohlwollend, das ist das richtige Wort. Er sah mich lange an und versuchte, der Spiegelung meiner dicken Brillengläser ein Schnippchen zu schlagen, um meine Augen zu sehen.

»Es ist etwas Schreckliches geschehen. Wir werden versuchen, das wiedergutzumachen, damit du eines Tages hier rauskommst. Das wünschst du dir doch?«

Mein Gehirn arbeitete wie in Zeitlupe.

»Was soll ich mir wünschen?«

Er lächelte erneut. »Hier wieder rauszukommen. Willst du das?«

Ich zögerte. »Im Augenblick weiß ich nicht so recht.«

»Willst du in das Leben der Jugendlichen deines Alters zurückkehren, in ein normales Leben?«

Ich hatte mich wieder gefasst und sagte: »Man sieht, dass Sie nicht wissen, wie diese sogenannten normalen Typen leben. Natürlich will ich hier wieder raus. Aber nicht, um genauso bescheuert wie sie zu werden.«

»Ich habe in deiner Akte gesehen, dass du überdurchschnittlich intelligent bist, Al. Um ganz ehrlich zu dir zu sein, ich bin noch nie jemandem begegnet, der so intelligent ist.« Und er fügte hinzu: »Ich bin beeindruckt. Ich werde versuchen, mich dir gewachsen zu zeigen. Weißt du, ich freue mich, dass ich mich um dich kümmern darf. Aber deine Intelligenz wird dir nichts nutzen, wenn sie nicht mit einer gewissen Anpassungsfähigkeit gepaart ist. Deine ungewöhnliche Intelligenz ist im Augenblick fehlgeleitet. Du wirst hier rauskommen, sobald eine Kommission der Meinung sein wird, dass du keine Gefahr mehr bist, weder für die Gesellschaft noch für dich, und deine geistige Flexibilität dich zu jemandem macht, der sich anpassen kann.«

»Aber ich bin doch gar keine Gefahr für die Gesellschaft. Ich habe meine Großmutter umgelegt, weil sie mich erstickt hat und ich sie für verantwortlich hielt für das, was aus meinem Vater geworden ist; was meinen Großvater betrifft …«

»Das weiß ich alles. Du sagst mir gerade, dass du absolut verantwortlich für deine Taten bist. Das will ich nicht hören. Vor allem, nachdem du mir gesagt hast, du seist nicht sicher, ob du hier rauskommen willst. Mit dieser Art von Widerspruch müssen wir uns auseinandersetzen. Wir werden uns jeden Vormittag sehen. Am Nachmittag wirst du einer richtigen Arbeit mit anderen Häftlingen nachgehen. In ein paar Wochen kannst du, wenn ich der Meinung bin, dass das möglich ist, wieder in die Schule gehen. Erzähl mir, was du gerne machst, deine Hobbys.«

Das ist eine dieser Fragen, auf die jemand wie ich nicht sofort antworten kann. Er spürte mein Zögern.

»Motorradfahren. Ich mag es, mir den Wind um die Nase wehen zu lassen und dahinzubrausen. Dann fühle ich mich wohl. Ansonsten habe ich gern mit dem Gewehr geschossen. Aber jetzt wird das wohl aus der Mode kommen, glaube ich.«

»Das glaube ich auch. Und was noch?«

»Sonst nichts.«

»Gibt es nichts, was dich interessiert?«

»Wie soll ich Ihnen das erklären? Immer wenn mich etwas interessiert, werde ich dessen schnell wieder überdrüssig, weil schlechte Gedanken mein Interesse verschmutzen. Gedanken, die über jedes Thema die Oberhand gewinnen, und das hindert mich daran, mich weiter damit zu beschäftigen.«

»Ich verstehe, wir werden Zeit haben, darauf zurückzukommen. Du schaffst es also nicht, ein Buch zu Ende zu lesen, ist es so?«

»Genau.«

»Dann schlage ich dir einen Handel vor. Du wirst dir ein Buch aus der Bibliothek holen und dich zwingen, jeden Tag zu lesen, ohne an etwas anderes zu denken. Zehn, zwanzig Seiten, so viel du kannst. Du wirst versuchen, deine Gedanken so weit wie möglich zurückzudrängen. Du wirst hier rauskommen, sobald die Ärzte überzeugt sind, dass du entscheidest, woran du denkst. Verstanden?«

»Verstanden.«

Eine Frage brannte mir auf der Zunge: »Sagen Sie, was ist paranoide Schizophrenie?«

Er sah mich lange an und kratzte sich am Kinn. »Warum fragst du mich das?«

»Das hat der Sachverständige des Gerichts gesagt, meine Krankheit …«

»Ach so, ich verstehe. Mach dir deswegen keine Gedanken. Das ist Psychiaterjargon. Niemand weiß so genau, was ein Schizophrener ist. Um es kurz zu machen, das ist alles, was nicht normal ist, abgesehen von ein paar genau identifizierten Krankheiten. Aber die meisten Leute, die töten, sind normal. Vielleicht bist du ja ganz normal, Al.«

»Wenn Sie mich normal finden, schicken Sie mich dann ins Gefängnis?«

Er begriff durchaus, dass ich mich davor nicht fürchtete.

»O nein, mein Junge. Du verstehst nicht alle Feinheiten des

Systems. Wenn du zum Zeitpunkt der Tat als normal eingestuft worden wärst, würdest du lebenslänglich im Gefängnis sitzen. Aber wenn du hier wieder normal wirst, dann wirst du von etwas kuriert sein. Wenn ich dir einen Rat geben darf, halte dich fern von den anderen. Versuch, dich nicht mit ihnen anzufreunden. Sie werden dir viel nehmen und nur wenig geben.« Er stand auf und klopfte mir freundschaftlich auf die Schulter. »Wir sehen uns morgen. Dann in meinem Büro.«

Entschuldigung, ich habe vergessen, ihn zu beschreiben. Das ist typisch für mich, das Aussehen der Leute ist für mich nicht wichtig. Meist sehe ich sie gar nicht, wenn ich sie betrachte. Aber ich stelle mir vor, wie sie mich wahrnehmen. Leitner hatte sehr blaue Augen hinter viereckigen Brillengläsern in einer schwarzen Fassung. Kein Blau, das mit den Jahren verblasst. Er war in einem Alter, dass darauf hindeutete, dass er zum Zeitpunkt der Landung in der Normandie zwanzig gewesen sein muss. Er hatte nichts von dem Psychiater, der das ganze Elend der psychischen Störungen hinter sich herschleppt. Und auch nichts von dem Typen, der sich um die Bekloppten kümmert, um sich einzureden, dass es ihm besser geht als den anderen. Er war eher ein Optimist. Ich denke, er verstand es, die Dinge so zu sehen, wie sie sind. Außerhalb des Krankenhauses lebte er vermutlich ganz normal. Er wirkte wie jemand, der Cabrios liebt und gern stundenlang über die Küstenstraßen braust, aber ich wusste nicht, ob er über die Mittel verfügte, sich einen Wagen zu leisten, der aus dem Rahmen fällt. Ich habe Mühe, genau zu sagen, was ich nach dieser ersten Begegnung empfunden habe. In der Regel empfinde ich nichts. Es kommt vor, dass ich jemanden nicht mag, weil ich instinktiv eine Bedrohung spüre. Ich verachte Menschen auch sehr leicht, das geht bei mir ganz schnell, denn ich habe so viele Leute gesehen, die aufgrund ihres offenkundigen Mangels an Intelligenz erbärmlich sind. Kurz, Doktor Leitner schien mir nichts Böses zu wollen.

Ich ging in die Bibliothek, die ein Gebäude wie alle anderen war, lang, schmal und hoch. Ich frage mich, was der Architekt, der diese Klinik entworfen hat, in seinem Kopf gehabt haben mochte. Innerhalb von zwei Sekunden begriff ich, dass der Bibliothekar schon sehr lange und für immer da war. Ich bekam Muffensausen, weil mir klar wurde, dass die Psychiatrie keine exakte Wissenschaft ist und nicht jeden Fall erfolgreich behandeln kann. Ich sah mich in fünfzig Jahren, bleich, mit struppigen Haaren, Säcke unter den Augen, und ich betete, dass Leitner kompetent sein möge. Der Pfleger, der mich begleitete, begrüßte ihn mit seinem Namen, doch der andere antwortete nicht. Er sortierte Bücher, die er aus einem Karton nahm, auf zwei Haufen, die sichtlich zwei verschiedenen Pünktchen entsprachen, einem gelben und einem roten. Ein Buch schien ihm Probleme zu bereiten, er wusste nicht, auf welche Seite er es legen sollte. Als er mich schließlich fragte, was ich wolle, betrachtete er lange meine Uniform, die ihm sagte, dass ich ein Verbrecher war. Er schob seine Brille auf der Nase hoch und ging in einen Gang zwischen Regalen. Er kam mit einem Exemplar von *Schuld und Sühne* zurück und legte es vor mich hin, wie es ein Lebensmittelhändler mit einem billigen Artikel tun würde.

Warum schreiben die Leute? Häufig, weil eine unbestimmte Eitelkeit sie stolz auf ihr Unglück macht und sie es mit dem Rest der Menschheit teilen wollen, weil sie im Grunde zu schwer daran tragen. Ich glaube auch, dass viele Leute schreiben, weil sie keinen Halt in ihrer Familie finden. Schlimmer noch, häufig ist ihre Familie der Grund für ihr Unglück. Leser zu haben gibt ihnen das Gefühl, weniger allein zu sein, ohne den Nachteil einer nervtötenden Tuchfühlung mit wohlmeinenden Leuten. Häufig schreiben sie auch, um eine Spur ihres armseligen kleinen Lebens zu hinterlassen. Doch warum sie und nicht ein anderer. Also wandert das, weiß der Himmel warum, veröffentlichte Buch vom Verlag in die Mülleimer der Langeweile. Ich weiß, warum ich schreibe. Ich will wieder auf den Zug der Menschheit aufspringen.

Dostojewski ist etwas anderes. Ich vertiefte mich in ihn, ausgestreckt auf diesem kümmerlichen Bett, das ich auf beiden Seiten überragte. Ich hielt zwanzig Seiten durch, bevor die schlechten Gedanken mich überschwemmten. Ich lasse mich dann stundenlang treiben und spüre nicht, wie die Zeit verstreicht. Es kommt vor, dass die Stunden in einem heftigen Orgasmus enden. Es kommt auch vor, dass ich vorher einschlafe, beruhigt von der Lust, die sie mir hätten verschaffen können.

17

Leitner hätte einer der Männer von Präsident Kennedy sein können. Er wirkte lässig, selbstsicher, trug eine Brille, wie sie damals Mode war, und hatte den entschlossenen Blick der Demokraten, die überzeugt waren, die Welt ändern zu können. Seine leichte beige Baracuta-Jacke verlieh ihm ein sportliches Aussehen. Kurz, er war wie dieses Gesindel, das mein Vater seit der Schweinebucht-Affäre abgrundtief hasste. Mein Vater verzieh ihnen nicht, dass sie seine Brüder der Special Forces auf einem Strand von Kuba hatten krepieren lassen, unter dem Vorwand, der Sonnyboy habe nicht den Mumm gehabt, die Unterstützung durch die Luftwaffe während der Landung anzuordnen. Einen ähnlichen Verrat durch die höchste Macht im Staat habe er in seiner gesamten Militärzeit nicht erlebt. Dass dieser Sohn aus reichem Haus, bequem in seinem Oval Office sitzend, eine Zigarre im Mund, hatte beschließen können, die Elite des Landes zu opfern, war etwas, wofür er zwangsläufig eines Tages bezahlen musste, pflegte mein Vater zu sagen, wenn er mit den Überlebenden seines Regiments, die wie er nach der Entlassung in Helena geblieben waren, Poker spielte. Seine drei Kumpels stimmten ihm natürlich zu, und es kam vor, dass sie kräftig über diesen Dreckskerl herzogen und sich das Übermaß an Grausamkeit ausmalten, das die Hölle für ihn bereithalten würde.

In den ersten Monaten meiner Therapie sprach Leitner niemals über meine Großeltern mit mir. Wenn ich das Thema ansprach, überhörte er es geflissentlich, als handelte es sich um etwas Zweitrangiges. Ihr Tod und seine Umstände waren nicht das, was ihn vorrangig interessierte. Für unsere erste Arbeitssitzung legte er die Spielregeln fest. Er erkundigte sich, ob ich Schach spielen könne. Mein Großvater hatte mir die Grundkenntnisse beigebracht. Ich hatte es ihm schlecht gedankt, indem ich ihm eine Kugel in den Rücken und eine in den Kopf geschossen hatte, aber man kann die Fakten nicht leugnen. Die einfache Erwähnung meines Großvaters in diesem Zusammenhang irritierte mich. Ich sagte Leitner, dass ich wirklich bedaure, ihn getötet zu haben. Er machte eine Ausnahme von der Regel, indem er mich fragte, ob ich Empathie für ihn empfände. Ich wusste nicht genau, was Empathie bedeutet. Er erklärte mir, das sei die Fähigkeit, mich in ihn hineinzuversetzen und zu empfinden, was er erlitten hatte. Die Frage überraschte mich. Wie sollte ich mich in einen Toten hineinversetzen? Eine Zehntelsekunde vor den Schüssen ist er ein alter Mann, der die Einkäufe aus seinem Break nimmt. Was kann er anderes denken als: »Habe ich auch nichts vergessen von der Liste, die meine Frau mir gegeben hat? Sonst wird sie wieder mit mir schimpfen. Aber sie wird sowieso einen Grund finden, mit mir zu schimpfen, nur um ihr Revier zu markieren.« Vielleicht denkt er auch an das Mittagessen, indem er sich das Vergnügen gönnt, eine Flasche Bier seiner Lieblingsmarke zu öffnen, oder er freut sich auf die Gartenarbeit, die er sich für den Nachmittag vorgenommen hat. Oder, eine andere Möglichkeit, er macht sich ein wenig Sorgen um mich, sagt sich, mein Vater habe ihnen kein Geschenk gemacht, oder er räumt ein, dass meine Großmutter wirklich zu streng mit mir ist, dass er ihr dies sagen muss, jedoch nicht den Mut dazu hat, aber letzten Endes ist das nicht sein Bier, sein Bier ist es, dass die Alte, mit der er seit fünfzig Jahren zusammenlebt, keinen Grund hat, sich aufzuregen und ihm diesen ganz normalen Tag seines Ruhestands zu vergiften. In der Zehntelsekunde, die dieser schönen Überlegung folgt, ist er schon nichts mehr. Tot. Also fragte ich Leitner, wo da der Platz für die Empathie sei. Man könne doch nur für jemanden Empathie haben der wisse, dass er sterben werde. Mein Vater habe gesagt, seine Kumpels in Italien sterben gesehen zu haben, sei für ihn weniger schlimm gewesen, als zu sehen, wie sie sich starben sahen. »Ich schwöre dir, Al, ihr Blick rief nach ihren Müttern. Sie wirkten wie hilflose Kinder.« Doch für den Alten, meinen Großvater, habe es keine Zeit zwischen seinem letzten Gedanken und dem Tod gegeben. Ich überzeugte ihn, und er ließ es dabei bewenden. Leitner stellte lediglich das Schachbrett zwischen uns auf einen Hocker. Ich nutzte diese Zeit, um ihn zu fragen, was er an seinen Wochenenden mache. Ich spürte, dass er zögerte, einem Patienten auf eine so persönliche Frage zu antworten. Doch sein Zögern dauerte nicht lange.

»Ich habe mir gerade eine Harley von 1957 gekauft und fahre den Highway 1 damit entlang!«

Ich konnte es nicht fassen. Er begriff, dass er einen Punkt gemacht hatte.

»Welches Modell?«

»Die XL Sportster.«

»Welche Farbe?«

»Zweifarbig, cremefarben und mattgold.«

»Der erste Neunhundertkubikmotor in OHV-Ventilbauweise. Getriebe integriert ins Gehäuse.«

Er musste eine leichte Erregung bei mir gespürt haben.

»Du wirkst ja richtig begeistert.«

Ich dachte über seinen Satz nach und korrigierte ihn: »Interessiert. Ich bin interessiert. Aber begeistert, nein. Begeistert ist man, denke ich, wenn einen etwas fasziniert. Mich fasziniert nichts sehr lange. Ich bin zu schwerfällig, die Faszination lässt schnell nach. Ich freue mich sehr, mich jetzt hier mit Ihnen über Motorräder zu unterhalten, aber sollten wir zu lange darüber reden, würde es mir langweilig, und ich würde das Thema wechseln. Verstehen Sie?«

»Ich verstehe.«

Ich erzählte ihm trotzdem von meiner Fahrt mit der Indian vor meiner Verhaftung. Ich berichtete ihm auch von dem Motorrad, das meinen Vater vor dem Ende des Kriegs von Camp Harrison nach Helena gebracht hatte. Ein Einzylinder von 1934. Ich fügte hinzu, dass ich es gern eines Tages zurückholen würde, wenn ich aus dieser Klinik käme, ohne meine Indian zu vergessen, die vermutlich in einem Lagerschuppen der Bullen vor sich hin rostete. Ich nahm meinen Mut zusammen und fragte ihn, ob er es nicht für mich holen könne, da ich niemanden kennen würde, der es tun könnte. Er fand das heikel, versprach mir jedoch, darüber nachzudenken. Wir unterhielten uns eine Weile über Motorräder und weite Landschaften. Ich gestand ihm, dass mir beides fehlen würde, noch mehr täte es mir jedoch weh – so sehr, dass ich manchmal weinen müsse –, dass ich mich hier drin eingesperrt besser fühle. Ich erzählte ihm, dass meine Mutter mich, als ich elf oder zwölf gewesen sei, gezwungen habe, als Gehilfe des Hufschmieds auf einer Ranch zwanzig Meilen von Helena entfernt zu arbeiten. Die Hufe eines Pferdes seien wie die Hände einer Frau, sie sagen viel über ihren Besitzer aus. Er konnte ebenfalls mitreden, denn sein Großvater hatte Quarter Horses gezüchtet, im Norden Kaliforniens, nicht sehr weit entfernt von Mount Shasta, wo ich den Break meines Großvaters gegen die herrliche Indian eingetauscht hatte. Ich wies darauf hin, dass wir dadurch einiges gemeinsam hätten. Gewiss, was uns trennte, war, dass ich meine Großeltern getötet hatte und er nicht, dass ich krank war und er nicht. Was ich natürlich nicht erwähnte, das schien mir ein wenig obszön, war, dass er, das sagte mir der Ehering, der an seinem Ringfinger glänzte, wohl eine Frau zu Hause hatte und vielleicht sogar Kinder. Während mir, auch wenn ich gerade mal fünfzehn war, irgendetwas tief in meinem Innern sagte, dass für mich der Zug für immer abgefahren war. Diese Unmöglichkeit erhob sich vor mir wie ein Kodiakbär in den Wäldern Alaskas. Übrigens machte es mich nicht traurig. Nicht mehr als einen Homosexuellen, dem bewusst wird, dass er in seinem ganzen Leben keine Vagina zu Gesicht bekommen würde … Es ist eben so. Warum es bedauern?

Wir begannen, Schach zu spielen, und er erklärte mir die Spielregeln. Nicht die des Schachspiels. Er erklärte, dass es förderlich sei, zwischen den Zügen zu reden, und dass ich mir so viel Zeit lassen solle, wie ich wolle, um sie mir zu überlegen. Eine Partie könne eine Stunde dauern oder eine Woche, für ihn habe das keine Bedeutung. In dieser Pause solle ich ihm mein Leben erzählen, mein ganzes Leben. Von Zeit zu Zeit, wenn er es für richtig halte, werde er mich unterbrechen, um mir eine Geschichte zu erzählen, die einen Bezug zu meinem Problem habe. Und als Beweis seines Wohlwollens in diesem Abenteuer, das wir monatelang miteinander teilen würden, gab er mir sein Einverständnis, dass er versuchen würde, meine Indian bei der State Police von Oregon abzuholen, sollte mein Vater sich nicht bereits darum gekümmert haben. Um dieses Thema abzuschließen: Zwei Monate später teilte er mir etwas enttäuscht mit, die Indian sei vom Gericht verkauft worden, um einige Kosten zu decken, die mein Fall verursacht habe.

18

»Stell dir vor, du schreibst einen Roman… Wie würdest du deine Geschichte erzählen?«

Ich hatte aus erwähnten Gründen noch nie einen Roman zu Ende gelesen. Aber ich habe immerhin eine ganze Menge angefangen, oft mehr aus Neugier als aus einem anderen Grund und, das kann ich ruhig zugeben, um bestätigt zu finden, dass viele Bücher es nicht wert waren, dass man sie weiterlas. Mir fiel auf, dass der amerikanische Erzähler meist mit der Herkunft seiner Familie beginnt. Als könnte man nicht von einem Baum sprechen, ohne seine Wurzeln zu erwähnen. Ich fragte Leitner, ob ich chronologisch erzählen müsse, und er meinte ganz kategorisch: »Du bist zu nichts verpflichtet.« Trotzdem machte ich es wie jeder. Ich rückte einen Bauern vor, und los ging's. Er hatte einen Notizblock neben sich liegen, benutzte ihn aber nur selten. Ich erzählte ihm, dass ich als Kind viel Zeit gehabt hätte, über das Leben und den Tod nachzudenken, aus Gründen, auf die ich später zu sprechen käme. Ich weiß, dass die Leute sie in einen scharfen Gegensatz zueinander setzen, und man kann sie verstehen. Schon als Kind war ich fasziniert davon, welchen Wert die Erwachsenen dem Leben beimaßen und was für eine Angst sie vor dem Tod hatten. Selbst die Gläubigsten. Ich erinnerte mich an eine Nachbarin. Sie war eine dicke Frau, die durch ihr Gewicht gehandicapt war und von ihren Kindern manchmal in einer Schubkarre transportiert wurde. Sie war sehr fromm. Ein evangelischer Pfarrer besuchte sie häufig. Sie führte wirklich, was man ein armseliges Leben nennt, ohne Geld, ohne Mann, in ihrer Mobilität eingeschränkt, mit drei kleinen Kindern, darunter eine autistische Tochter, und es war ihr nicht einmal mehr vergönnt, geräuschlos zu atmen, denn sie schnaufte wie ein Ochse. Es kam vor, dass die Kinder sie in den ersten schönen Tagen des Frühlings in den Garten setzten. Dort verbrachte sie dann zwei oder drei Stunden, ohne etwas zu tun. Wir vermieden es auf der anderen Seite des Zauns, in ihr Blickfeld zu geraten, denn sie schnappte einen und langweilte einen mit endlosen Monologen. Es kam vor, dass sie mich durch Zufall erwischte. Eine gute Stunde ließ sie mich dann nicht mehr weg. Sich um die anderen zu kümmern ging über ihre Kräfte, aber die Betrachtung der Katastrophe ihres Lebens war ein unerschöpfliches Thema. Sie erzählte mir von ihrer Angst vor dem Tod. Weil ich erst elf war, glaubte sie vermutlich, ich würde nicht verstehen, was sie sagte. »Ich habe Angst vor dem Nichts, Al, alles, was ich hier unten erlebe, ist besser als das Nichts. Nach dem Tod gibt es nichts, die Fliegen fressen in wenigen Tagen die Seele auf, die uns vom Rest des Universums unterscheiden soll.« Während sie redete, schlug eine fette schwarze Fliege sich den Bauch auf ihrer dicken und feuchten Haut voll. Diese Fliege, die diese schreckliche Frau nicht in Ruhe ließ, war das Bild eines von vornherein verlorenen Kampfes. Sie verscheuchte sie mit einer trägen Handbewegung. Diese Angst vor dem Tod, der unabwendbar immer näher rückte, verdarb ihr das Leben in einem Maße, das ich als Einziger in ihrer Umgebung verstand. Ich dachte daran, sie zu töten, um sie zu erlösen, aber dann sagte ich mir, dass das nicht mein Bier sei und dass sowieso niemand die Großherzigkeit meiner Tat erkennen würde. An diesem Punkt meiner Erzählung spürte ich eine schreckliche Lustlosigkeit. Leitner war überrascht.

»Ich würde nicht so weit gehen zu sagen, dass ich diese Frau um ihre Angst vor dem Tod beneidet hätte, ein Gefühl, das ich niemals empfunden hatte, aber ich spürte, dass das eine Quelle potenzieller Lust war. Sonst nichts.«

Ich fuhr fort, als ob nichts gewesen wäre. Und dann kam ich ohne Übergang auf die Größe der Füße meines Vaters zu sprechen.

»Mein Vater ähnelt John Wayne. Er ist viel größer als Wayne, aber vom Gesicht her könnte man sie für Brüder halten. Man erkennt, dass sie brave, mutige Kerle sind. Sie haben vor allem den gleichen Gang. Ich habe mich lange gefragt, warum, bevor ich entdeckt habe, dass beide für ihre Größe kleine Füße haben. Ich zum Beispiel habe Schuhgröße neunundvierzig bei zwei Meter zwanzig. Mein Vater hat bei einer Größe von zwei Meter zehn Schuhgröße zweiundvierzig, stellen Sie sich das vor, zweiundvierzig! Das ist, als ginge man auf Stümpfen.«

Ich sah, dass Leitner sich über meine Redseligkeit freute. Ein Patient, der redet, ohne dass man ihn darum bittet, ist sicher besser als das Gegenteil.

»Mein Vater hat mehr Typen getötet als ich. Gut dreißig, und er ist alles andere als ein Prahlhans.«

»Aber für eine gute Sache«, entgegnete Leitner. »Um eine Phrase zu benutzen: Der Staat hat das Monopol der legitimen Gewalt. Auch ich habe getötet, Al, 1944 in der Normandie.«

Er schien ebenfalls nicht stolz darauf zu sein.

»Glauben Sie, dass ich mich in zwei Jahren nach Vietnam verpflichten kann?«

»Wozu?«

»Vielleicht könnte das Töten mit dem Segen meines Landes mich rehabilitieren. Genau so beginnt die Geschichte meines Vaters. Er hatte ein Motorrad in der Nähe von Los Angeles geklaut und die Bullen beschimpft, die ihn verhafteten. Sie merkten, dass er eine Art Deserteur war, weil er seine Arbeit in einem Betrieb verlassen hatte, der Kriegsflugzeuge herstellte. Er arbeitete als Elektriker bei McDonnell. Er baute elektrische

Systeme in die B-25 ein. Er war vom Virus der Straße infiziert worden und hatte sich eine kleine Pause gegönnt. Da er nicht die Mittel hatte, sich eine Harley zu leisten, hatte er eine geklaut und war den Highway 101 bis Olympia hinaufgefahren. Er hatte nicht die Absicht gehabt, die Grenze zu überschreiten. Nach einer Desertionsvermutung brummten sie ihm drei Jahre auf. Ein paar Wochen nach seiner Inhaftierung wurde ihm angeboten, in eine Brigade der Special Forces einzutreten, die Typen wie ihn sammelten. Er verließ das Gefängnis von Los Angeles und fuhr eskortiert von der Militärpolizei mit dem Zug nach Helena. Mein Vater erzählte, bei seiner Ankunft hätte er Fort Harrison für eine Filmkulisse gehalten. Bretterhütten standen in schnurgeraden Reihen auf einem weiten flachen Gelände, das von bedrohlichen Bergen umgeben war. Die meisten der dort stationierten Männer waren mit der Justiz in Konflikt geraten, doch keiner dieser Typen hatte einen Mord oder ein schlimmes Verbrechen begangen. Ihr Profil als rauflustige Kleinkriminelle machte sie eigentlich ganz sympathisch. Mein Vater imponierte durch seine Größe, trotzdem habe ich ihn über seine tief sitzende Angst vor physischer Gewalt sprechen hören. Diese Angst war so groß, dass er sich geschworen hatte, sie zu überwinden, überzeugt, dass er mit Angst im Bauch nicht vernünftig leben könne. Diese Ansammlung von Haudegen unterwarf sich schließlich dem Training, das aus ihnen eine Elitetruppe machen sollte, eines der besten Kommandos in der Armee der Vereinigten Staaten. Ein Winter, in dem sie in den Rocky Mountains kletterten, Skiabfahrten zwischen Bäumen machten und lernten, leichte Flugzeuge zu fliegen und sich aller Waffen der Schöpfung zu bedienen, bereitete sie auf den Dienst vor. Mehr hat mein Vater mir nie erzählt. Ich weiß, dass er nach Italien geschickt worden ist. Zu viele Tote unter seinen Kameraden hatten es ihm verleidet, mit seinen Erfahrungen zu prahlen. Doch für mich war er ein Held, das stand außer Zweifel.

Ich habe Montana nie wirklich gemocht. Die Winter dort sind kälter als ein Grab und die Sommer drückend heiß.

An diesem Punkt meiner Erzählung stellte ich fest, dass ich Leitner schachmatt setzen würde.

19

Meine Mutter wurde auf einer Farm in Montana geboren, wo sie mit ihren drei Schwestern aufwuchs. Ich habe meine Großeltern mütterlicherseits nicht kennengelernt, sie starben bei einem Unfall gegen Ende des Krieges. Der Großvater war deutscher Abstammung, aus Bayern. Sein Großvater war aus Deutschland nach Montana gekommen. Meine Großeltern kamen durch die Trunkenheit meines Großvaters ums Leben, der an dem Tag gut fünf Liter Bier getrunken hatte. Sie kamen in einer Haarnadelkurve von der Straße ab, und der Wagen überschlug sich mehrmals, bevor er zum Stillstand kam. Das geschah ein paar Wochen, nachdem meine Eltern sich eines Samstags in einer Bar in Helena begegnet waren. Es waren drei seiner Kumpels dabei gewesen, von denen zwei den Krieg überlebt hatten. Sie hatten ganz schön geschluckt, und mein Vater hatte sich von der großen Frau angezogen gefühlt; sie ist fast einen Meter neunzig groß, eine Größe, die sie bei den normalen Männern disqualifiziert. Ich denke, meine Mutter hat sich auf meinen Vater gestürzt, weil sich die Chance, einem Typen zu begegnen, der zwanzig Zentimeter größer als sie ist und sie klein aussehen ließe, wenn er sie am Hals gepackt hält, nicht so schnell wieder ergeben würde. Mein Vater war nicht auf einen Typ Frau festgelegt. Wenn man keine bestimmten Vorlieben hat, landet man schließlich mit einer Frau in den Federn, die ein Ebenbild seiner Mutter ist.

Leitner lachte schallend, als ich das sagte.

»Woher hast du diese Regel?«

Ich überlegte einen Augenblick, ohne die Antwort zu finden.

Doch es ist die Wahrheit. Alle beide groß, autoritär und die Männer verachtend, sobald sie sie am Haken haben. Ich habe miterlebt, wie meine Mutter ihren neuen Kerl behandelt hat. Nachdem mein Vater gegangen war, glaubte ich, meine Mutter würde vor Einsamkeit verrückt werden. Sie lernte einen Bankangestellten kennen. Man muss gesehen haben, wie sie in der ersten Zeit mit ihm gesprochen hat. Ich bekam ihre Unterhaltungen notgedrungen mit von meinem Zimmer im Keller aus. Sie war honigsüß, machte einen Striptease für ihn und forderte ihn dann auf, sie wie eine Hündin zu nehmen. Ob er sie wie eine Hündin genommen hat oder nicht, weiß ich nicht, alles, was ich weiß, ist, dass es über meinem Kopf ein Beben gab, als würde ein Zug über eine Holzbrücke fahren. Sobald der Typ angebissen hatte, war sie nicht mehr dieselbe Frau.

Es überraschte mich zu erfahren, dass meine Mutter über den Tod ihrer Eltern erleichtert war. Sie hatte es in einem ihrer zahlreichen Streits mit meinem Vater zugegeben, die sie vom Zaun brach, sobald die Tür ihres Schlafzimmers sich hinter ihnen geschlossen hatte. Verärgert darüber, dass sie meinen Vater nicht zu einer Reaktion hatte provozieren können, erzählte sie ihm von ihrem Vater, der seine Töchter unsittlich berührt habe. Allein auf seiner Farm in Montana mit fünf Grazien, hatte der Alte wohl den Kopf verloren. Meine Mutter hatte ihn nicht an sich rangelassen, aber die Jüngste hatte alles über sich ergehen lassen müssen. Auch den analen Koitus, wie meine Mutter behauptete. Ich wusste damals nicht, was das bedeutet, und es genügte, dass ich meinen Vater sagen hörte: »Sei still, der Kleine wird dich hören«, um mich auf das Wörterbuch zu stürzen. Das Wörterbuch gab eine ziemlich geschraubte Definition, als genierte es sich, diesen Begriff definieren zu müssen, aber ich verstand, dass es sich um eine irgendwie … tierische Form der Penetration handelte und …

»Ich glaube nicht, dass diese Art der Penetration in der Tierwelt verbreitet ist, Al, sie ist eher kennzeichnend für unsere Art und ihre Machtausübung.«

Er hatte einen Augenblick lang das Gefühl, in seiner Erklärung einem beinahe sechzehnjährigen Jungen gegenüber etwas zu weit gegangen zu sein, aber ich bemerkte sofort, dass dieses Gefühl von der Gewissheit ausgelöscht wurde, dass er mit mir wie mit einem Erwachsenen reden konnte.

So wie ich meine Dame platziert hatte, blieb Leitner nur eine Möglichkeit: rochieren. Doch nach weiteren drei Zügen wusste ich, dass er am Ende war.

Mit meinem Vater hatte meine Mutter einen Helden geheiratet, der sie mit meiner älteren Schwester geschwängert hatte. Aber dann musste sie feststellen, dass sie mit einem kleinen Elektriker zusammenlebte, der in irgendeiner Baufirma arbeitete und seine Freizeit damit verbrachte zu jagen und mit seinen Kumpels Karten zu spielen. Er spielte Draw Poker, immer mit denselben. Bruce Gaberry und Andrew Stamp, zwei Veteranen der Special Forces, die wie er nie in Erinnerungen schwelgten. Mein Vater hatte das Bedürfnis, sie schweigend in seiner Nähe zu spüren. Sie sprachen über eine Menge anderer Dinge, aber nie über den Krieg. Wenn Jo Benford, der Vierte, auf dieses Thema zu sprechen kam mit der Redseligkeit der Typen, die drei Jahre in Sicherheit in der Messe einer Kommandozentrale verbracht haben, stieß er auf eine Verschwörung des Schweigens. Sie spielten jeden Samstag in dem Keller neben meinem Zimmer. In der Regel scherzten sie viel, doch wenn plötzlich Stille eintrat, dann hatte Benford das Thema des Kriegs angesprochen. Der Keller war der einzige Ort, an dem meine Mutter die Kartenspiele erlaubte. Das Haus gehörte ihr. Sie hatte es mit ihrem Anteil am Verkauf der Ranch meiner Großeltern nach ihrem

Unfalltod gekauft. Mindestens zwei- oder dreimal am Tag gab sie zu verstehen, dass es ihr Zuhause sei, was für meinen Vater ziemlich demütigend war. Und sie ließ auch keinen Tag verstreichen, ohne ihn daran zu erinnern, wie sehr er sie enttäuschte. Sie wollte Montana verlassen, mein Vater sollte in die Flugzeugindustrie zurückkehren und Stufe um Stufe die Karriereleiter hinaufsteigen, damit sie ein richtiges gesellschaftliches Leben in einem schönen Haus an der Westküste führen könnten. Mein Vater erwiderte, er sei noch nicht bereit, Montana zu verlassen, er brauche seine weiten Ebenen und seine Natur, um zu überleben. »Um was zu überleben, du Blödmann?« Und als er nicht antwortete, legte sie nach: »Hätte ich gewusst, dass ich ein kleines Mädchen heiraten würde, das sich in der Erinnerung an den Tod seiner Kameraden verliert, dann hätte ich mich dir nicht genähert, ich hätte einen weiten Bogen um dich gemacht, ich hätte nicht drei Kinder mit dir gezeugt, ich hätte dir nicht meinen gesellschaftlichen Aufstieg geopfert.« Mein Vater reagierte niemals auf Beleidigungen. Ich spürte immer nur dann eine gewisse Aufgeregtheit bei ihm, wenn meine Mutter sich ihm mit gewalttätigen Absichten näherte, die ihn vollkommen hilflos machten. In solchen Augenblicken betrachtete er seine Füße, ausschließlich seine Füße. Und ich gierte danach, ihm zu sagen: »Heb den Kopf, Dad, heb den Kopf, verdammt noch mal.« Doch er stand reglos da, wie ein kleiner Junge, der darauf wartet, dass seine Mutter sich beruhigt. Sie hat sich niemals getraut, ihn zu schlagen. Sie war dazu imstande, doch sie hatte keine Ahnung, was er tun würde, wenn er zum Äußersten getrieben würde. Wenn er eines Morgens ohne Vorwarnung gegangen war, so deswegen, weil er vermeiden wollte, sie zu töten. Er hatte sie zwanzig Jahre lang ertragen, ohne die Hand gegen sie zu erheben. Er hatte vorgezogen, es nicht zu tun. Ich bin überzeugt, dass er meine Mutter auf jeden Fall getötet hätte, wenn sie vor mir ihre Hand gegen ihn erhoben hätte. Vor meinen Schwestern hätte sie noch eine Chance gehabt, mit heiler Haut davonzukommen, weil mein Vater nicht dumm war, meine Schwestern waren nichts als fette dumme Gänse. Wohingegen ich alles war, was er liebte, auch wenn es ihm schwerfiel, es mir zu zeigen. Oft spürte ich bei ihm so etwas wie eine Scham, dass er kein vorbildlicher Vater war. Es ging ihm nicht gut, das ist sicher, es ging ihm wirklich nicht gut. Schwer zu sagen, was ihn quälte. Er vermittelte den Eindruck, mit Gespenstern zu leben, die ihm nur wenig Ruhe gönnten.

Ich spürte, dass Leitner sich mächtig freute und mich bremsen wollte, weil alles zu schnell ging und die zerbrechlichsten Gegenstände entzweigehen würden, wenn man alles in großer Eile auspacken will. Um ihm ein Hintertürchen offen zu lassen, setzte ich ihn schachmatt. Er konnte es nicht fassen. Das war sicher das erste Mal, dass ein bald sechzehnjähriger Junge ihm einen solchen Streich spielte. Ein orangefarbener Kittel hatte soeben einen weißen Kittel verdroschen. Doch ich stellte fest, dass ihn das überhaupt nicht störte, sondern im Gegenteil freute. Dieser Typ hatte eine tiefe Achtung vor der Intelligenz, auch wenn man in meinem Fall der Meinung sein konnte, dass sie etwas auf Abwege geraten war. Und außerdem hatte er all diese schrecklich wortkargen Kerle, mit denen er sich täglich abgeben musste, vermutlich bis obenhin satt. Er nahm seine Brille ab und legte sie neben sich, bevor er sie ausführlich putzte.

Ich erinnere mich sehr genau an diesen Augenblick, der sich meinem Gedächtnis als einer der seltenen Momente echter unbändiger Freude, Begeisterung und Hoffnung eingeprägt hatte, die mir vergönnt waren.

Die Sitzung ging zu Ende, doch Leitner wollte wissen, wie es mit meiner Lektüre gelaufen war.

»Welches Buch hast du dir ausgesucht?«

»Dostoj…«

»*Schuld und Sühne*. Ich weiß, das ist das Buch, das der Bibliothekar den Neuankömmlingen deiner Abteilung mit Vorliebe andreht. Hast du es geschafft, dich zu konzentrieren?«

»Ich glaube.«

»Und die schlechten Gedanken?«

»Sie haben gewartet.«

»Kannst du in diesem Stadium etwas über deine Lektüre sagen?«

»Ein oder zwei Sätze: ›Damals glaubte er noch nicht an die Realität seiner Träumereien und ließ sich nur von ihrer niederträchtigen und verführerischen Kühnheit erregen.‹ Und etwas weiter: ›Er hatte sich fast gegen seinen Willen angewöhnt, 'den niederträchtigen Traum' als etwas Realisierbares zu betrachten …‹ Gut ausgedrückt, nicht wahr?«

Leitner notierte es und belohnte mich mit einem Lächeln, während er auf die Uhr blickte. Wir hatten die Zeit, die er für dieses Gespräch vorgesehen hatte, kräftig überzogen.

»Die Passage über den Alkoholiker in der Schenke auch. Meine Eltern trinken beide, aber nicht so, dass sie sich verwandeln oder den Boden unter den Füßen verlieren oder so. Sagen wir, wenn sie trinken, sind sie nur etwas mehr sie selbst.«

20

Beim Mittagessen setzte sich am Anfang niemand neben mich, als wollten die anderen Insassen einen Sicherheitsabstand einhalten. Stafford, der schon seit einer Weile zu mir herüberschielte, zögerte lange. Schließlich stand er auf und setzte sich neben mich. Er versuchte, sich eine gewisse Haltung zu geben, indem er den Kopf hochhielt. Er war zwischen vierzig und sechzig. Eher für sechzig sprach sein Hühnerhals, dessen faltige Haut wie eine Girlande herabfiel. Offensichtlich wollte er sich mit mir anfreunden, und das war die Art von Ansinnen, die ich von vornherein als Aggression betrachtete. Ich begnügte mich damit, gerade auf meinem Stuhl zu sitzen und vor mich hin zu starren. Dann zog er mich am Ärmel meiner Uniform.

»Willst du nicht reden, mein Junge?«

Ich nahm mir die Zeit, einen großen Löffel Püree zu nehmen und in aller Ruhe zu essen. Dann sah ich ihn von oben herab an. »Reden ist das Einfachste auf der Welt. Jeder redet, schwatzt, man hat das Gefühl, das hört nie auf.«

Er nickte. Aber nicht nur einmal, zehnmal, zwanzigmal. Daraufhin fragte er mich leise, was mich hierhergebracht habe, als wäre es ein Staatsgeheimnis. Als ich ihm sagte, ich hätte meine Großeltern weggepustet, schien er nicht so recht überzeugt und sogar enttäuscht zu sein. Er hatte mehr erwartet.

»Für wie alt hältst du mich?«

Ich zögerte mit der Antwort, aber da er sich so sehr bemühte, freundlich zu sein, sagte ich, um die fünfzig.

Er lachte wie irre.

»Ich wurde geboren ein Jahr bevor dieses Jahrhundert begann.«

Die Rechnung war einfach.

Ich erinnerte mich an Leitners Rat. Keiner der Typen dieser Abteilung war wirklich gefährlich für mich, aber ich hatte nichts davon, mich mit diesen Perversen anzufreunden. Ich hatte nichts gemein mit diesen Vergewaltigern, diesen Geistesgestörten, die keinen Unterschied machten zwischen einer Frau, einem Mann, einem Kind oder einer Ziege, wenn sie nur ihren Spaß hatten. Der Gedanke, man könnte mich mit diesem Gesindel in einen Topf werfen, machte mich wütend. Sie hätten es nicht besser machen können, wenn sie Schuldgefühle in mir hätten wecken wollen.

Ich kehrte in mein Zimmer zurück. Es war vorgesehen, dass ich um diese Zeit an einer Gruppentherapie teilnahm, aber man wusste noch nicht genau, in welche Gruppe man mich stecken sollte. Ausgestreckt auf meinem Bett, las ich gut anderthalb Stunden. Ich legte mich verkehrt herum aufs Bett, gegenüber der Luke, die sich zum Himmel hin öffnete. Es war jeden Tag das gleiche Blau mit dem Weiß der Altokumuluswolken. Langsam stellte sich eine Vertrautheit mit meinem Buch ein. Zuerst war ich noch ein wenig misstrauisch, bevor ich mich schließlich gehen ließ.

Der Wärter unterbrach meine Lektüre, um mich in die Wäscherei zu bringen. Sie lag am anderen Ende der Klinik; um dorthin zu gelangen, musste man durch ellenlange pissgelbe Gänge gehen, die typische Farbe der Krankenhauswände, so wie das Rot die typische Farbe des Bluts ist. Ich wusste, dass in dieser Wäscherei viel für mich auf dem Spiel stand. Dort würde beurteilt werden, ob ich für die Arbeit und folglich für die Resozialisierung geeignet sei. Ich hatte mich in die Scheiße geritten, und jetzt musste ich schmutzige Wäsche waschen, das schien nur logisch.

Zweitausend Laken gingen jede Woche durch die Wäscherei und gut tausend Uniformen in verschiedenen Größen, ganz zu schweigen von der Unterwäsche. Die Organisation war gigantisch. Insassen waren damit beauftragt, die schmutzige Wäsche zu sammeln, andere, sie in große industrielle Waschmaschinen zu stecken, und wieder andere, sie zu trocknen, zu falten und wieder zu verteilen. Neben der Küche war das die Arbeit, die am meisten Arbeitskräfte benötigte. Zwei oder drei Patienten waren Teil des Betreuungspersonals geworden, aber es war zu spüren, dass sie als Sicherheit für die anderen Aufseher dienten, die aus der Überwachungsabteilung der Anstalt kamen. Schließlich waren, abgesehen von mir, und das meine ich ganz aufrichtig, alle Männer in dieser Anstalt Geisteskranke der schlimmsten Sorte. Man konnte verstehen, dass man so wichtige Aufgaben nicht Patienten anvertraute. Ich hatte die Absicht, das zu ändern. Zumindest bis ich in der Wäscherei anfing, wo ich glaubte, ich würde umkippen. Der Wäschegeruch in Verbindung mit der Feuchtigkeit eines maurischen Bads erinnerte mich an die Waschküche in Montana. Ich fühlte mich dermaßen schlecht, dass ich beinahe kehrtgemacht hätte. Meine Entschlossenheit zu untermauern, dass ich nicht zu dieser Gemeinschaft von Bekloppten gehörte, hielt mich davon ab. Die einzige Möglichkeit zu beweisen, dass mein Verstand diese beiden Verbrechen befohlen hatte, war, bei jeder Gelegenheit als der normale Mensch zu handeln, der ich war. In diesem Augenblick hätte ich gern zwanzig Jahre Gefängnis gegen die Anerkennung meiner Zurechnungsfähigkeit eingetauscht.

Ich hatte die Alte wegen ihrer Stimme umgelegt, die wie eine verrostete Rätsche klang, die sich immer dann in Bewegung setzte, wenn ich mich ein wenig vom Haus entfernte, über einen Bereich hinaus, den sie willkürlich festgelegt hatte und der dem Teil des Lands entsprach, den sie, abgesehen von den

Maulwürfen und Kaninchen, vollständig domestiziert hatte. Das Schlimmste war, dass ich mich gar nicht von diesem verdammten Haus entfernen wollte. Das bedrückte mich. Doch dass sie mir etwas verbot, das ich mir selbst nicht zu erlauben vermochte, verdiente eine radikale Lösung. Ich muss zugeben, dass ich, als ich schoss, an all das nicht gedacht habe. Wirklich nicht. Ich weiß nicht, ob ich einen IQ habe, der höher als der von Einstein ist, aber ehrlich gesagt habe ich in den ersten Jahren meines Lebens nicht viel Zeit damit verbracht nachzudenken – ich war zu sehr damit beschäftigt, gegen Gedanken zu kämpfen, die nicht von mir selbst kamen. Die Verbindung dieser Überlegung mit dem Geruch in der Wäscherei löste eine dumpfe Wut in mir aus. In solchen Augenblicken hätte ich jemanden töten können, aber ich wusste nicht, wen, und daher verflog meine Wut nach ein paar Sekunden wieder. Der Wärter, der mich hierhergebracht hatte, stellte mich einem Aufseher vor, der sich die Zeit nahm, mir meine Arbeit zu erklären. Die kleinen Jobs, die ich in meiner Jugend gemacht hatte, fielen mir wieder ein. Die Leute, die mich beschäftigt hatten, waren stets überrascht gewesen, mit welcher Geschwindigkeit ich die Aufgaben erledigt hatte. Ich hatte einem Hufschmied auf einer Ranch geholfen, ich war mit der Markierung des Viehs beauftragt worden, und ich hatte Zeitungen in einer Fußgängerzone in Helena mitten im Winter verkauft. Es war dermaßen kalt gewesen, dass man hatte hören können, wie die Felsen der Berge sich mit einem unheilvollen Knacken spalteten. Um mich abzuhärten, hatte meine Mutter mir verboten, Handschuhe zu tragen. Ich erinnere mich an einen alten Mann, der von seinem Weg abgewichen war, um eine Zeitung bei mir zu kaufen unter dem Vorwand, die Nachrichten müssten angesichts des Zustands, in dem ich sei, frischer als ein tiefgefrorener Fisch an der Angel sein. Sie sagte, die Erziehung meines Vaters würde ein Mädchen aus mir machen. So war sie, wenn sie nüchtern war. Wenn sie jedoch getrunken hatte, schnauzte sie ihn an und warf ihm geradewegs vor, er würde einen dicken, einhundert Kilo schweren Homo aus mir machen, und ich begriff absolut nicht, was mein Gewicht mit meinem künftigen Status zu tun haben sollte. Meine Abneigung gegen Montana entwickelte sich sicherlich damals, als meine Mutter die Schmerzen, die die Temperaturen mir verursachten, noch verschlimmerte. Wenn es kalt war, tat sie alles, dass ich mehr als ein gewöhnlicher Pilger fror. Sie schickte mich im Hemd mit einer ungefütterten Leinenjacke in die Schule, ohne Handschuhe und Mütze, sodass das Warten auf den Schulbus zu einem echten Martyrium wurde. Wenn ihr jemand deswegen Vorwürfe machte, erwiderte sie, ich sei im Unterschied zu den zu warm angezogenen Jungs nie krank. Und wenn es unerträglich heiß wurde, nutzte sie das aus, um mich mit anstrengenden Aufgaben zu schikanieren.

Ich erfuhr erst in dieser Klinik, was Homosexualität ist. Ein paar Monate nach meiner Ankunft, als ich in der Wäscherei bereits Verantwortung übernommen hatte, überraschte ich drei Typen, die sich im Lager zwischen Wäschestapeln dieser Art von Beziehungen hingaben. Ich hatte das Gefühl, dass einer von ihnen nicht so ganz einverstanden war, und ging dazwischen, um sie zu trennen. Jeder ging seines Wegs ohne ein Wort und ohne Scham. Diese Episode weckte nichts in mir, weder Verlangen noch Abscheu.

Anfangs war ich dem Falten der Laken zugeteilt worden. Wir waren zehn und arbeiteten zu zweit. Man hatte mich mit einem alten Mann mit traurigen Augen zusammengespannt, der die ganze Zeit lächelte. Er war nicht sehr groß, auf seinem kahlen Schädel hatten blaue Adern die Haare ersetzt. Am Ende des Faltens kam er mit lächerlichen kleinen Tanzschritten auf mich zu. Mir schien, dass er ein Kumpel von Stafford war, dem Typen, der mich angesprochen hatte. So normal Stafford gewirkt hatte, so verrückt war dieser Kerl. Ich fühlte mich unbehaglich, als er mir erzählte, er habe in meinem Alter ebenfalls seine Großeltern getötet, lange bevor er wegen Vergewaltigung Minderjähriger verhaftet worden sei, eine Anklage, die er von sich wies, nicht nur weil diese Minderjährigen ihm zufolge einverstanden gewesen seien, sondern weil sie ihn provoziert hätten. Die Medikamente hatten ziemliche Nebenwirkungen, das sah man an seinen tief liegenden Augen und seiner Gesichtsfarbe, die manchmal bleicher als bei einem Toten war. Ich nahm die Dinge in die Hand, als mir klar wurde, dass er dreimal so lange brauchte wie nötig, um unseren Teil der Arbeit zu erledigen. Ich machte ihm ein bisschen Dampf. Er hatte wohl aufmucken wollen, doch meine Größe und seine Medikamente hielten ihn davon ab, sich zu wehren. In den folgenden Tagen benahm er sich mir gegenüber wie ein herrenloser Hund, der sich einem neuen Herrchen anschließt. Ich war recht stolz auf meinen Einfluss. Ihm verdanke ich, dass ich beschlossen habe, niemals die Tabletten zu nehmen, die man mir abends zuteilte, bevor der Strom abgeschaltet wurde.

Ich war ganz offen zu Leitner und sagte ihm, dass ich nicht all diesen Gespenstern ähneln wolle, die in der Klinik herumgeisterten. Er beruhigte mich, der Wirkstoff, der mir verabreicht werde, habe nur das Ziel, mich zu entspannen und mir Angstanfälle zu ersparen, die das Schuldgefühl über das, was ich getan hätte, auslösen könnte.

»Ich habe mich oft schuldig gefühlt, aber ich wusste nie, warum.«

Er wollte über die Medikamente keine Grundsatzdebatte führen und überließ es mir, sie zu nehmen oder nicht zu nehmen. Doch die Frage des Schuldgefühls schien ihm keine Ruhe zu lassen.

»Bist du niemals traurig wegen deines Großvaters?«

»Ich habe es versucht, aber ich finde keinen Grund dafür. Warum fragen Sie mich das?«

Er zündete sich eine Pfeife an, die ich noch nie bei ihm gesehen hatte und die nicht so recht zu seinem Gesicht passte, fuhr sich mit der Hand durchs Haar und sagte dann ausweichend und ein wenig spöttisch: »Meine Arbeit besteht darin, Fragen zu stellen, eine Menge Fragen. Ich weiß nicht immer, warum ich sie stelle, und ich weiß nie, wann die Antwort kommen wird. Manchmal kommt sie, wenn ich es nicht mehr erwarte. Weißt du, wenn du mir von deinem Großvater erzählst, denke ich an einen anderen Großvater. Ich habe ihn nicht gekannt, aber ich interessiere mich für sein Leben. Dieser Mann, der im Mittleren Westen lebte, hatte sich sehr um seinen Enkel gekümmert, als er ein Kind war. Das Kind war von seinem Vater verlassen worden, und seine Mutter sah ihn nicht sehr oft, weil sie immer unterwegs war; sie war Lastwagenfahrerin. Dann zog sie mit einem braven Mann zusammen und nahm den Jungen zu sich. Er war ein gestörter Jugendlicher geworden. Eines Tages tötete er ohne erkennbaren Grund seine Mutter und ihren neuen Mann. Er wurde zum Tode verurteilt. Und hingerichtet. Sein Großvater kam nicht zu seiner Hinrichtung, er starb ein paar Tage später vor Kummer. Glaubst du, der Junge hätte auch seinen Großvater töten sollen, um ihm all diesen Kummer zu ersparen?«

»Ich denke, es gibt nur eine Person, die er zu töten hatte, nämlich diesen Hurensohn, der sein Vater war und der ihn verlassen hat. Außerdem hat das nichts damit zu tun. Mein Großvater hat sich nie um mich gekümmert. Um ganz offen zu sein, ich habe ihn nicht sehr gut gekannt. Er hat mir eine Winchester .22 zum Geburtstag geschenkt, aber weniger, um mir eine Freude zu machen, als um mich für die Ausrottung der Schädlinge zu benutzen, denn die Maulwürfe und die Kaninchen waren die Obsession meiner Großmutter. Die Farm erstreckte sich über gut fünfzig Hektar, und sie war besessen von dem zweitausend Quadratmeter großen Garten, den sie um das Haus herum angelegt hatte. Hätte ich das Gefühl gehabt, mein Vater hätte seine Eltern wirklich geliebt, hätte ich vielleicht gezögert, auf sie zu schießen. Ich bin sicher, dass er schockiert war, aber jetzt ist es ihm egal. Ich mache ihm Angst, ich weiß es. Er ist mir nicht böse, das ist sicher. Er hat ebenfalls getötet, er weiß, wie sich das anfühlt, und er weiß, dass man manchmal nicht anders kann, außer man stirbt selbst. Und warum hätte ich mein Leben gegen das der Alten eintauschen sollen? Warum? Um auf den Jungen zurückzukommen, von dem Sie mir erzählt haben, ich denke, man muss schon ziemlich bescheuert sein, um sich so im Ziel zu irren. Er hat den Verstand verloren.«

»Und du, Al, hast du das Gefühl, in dem einen oder anderen Augenblick den Verstand verloren zu haben?«

»Schicken Sie mich ins Gefängnis zurück, wenn Sie wollen, aber ich habe niemals den Kopf verloren. Ich muss Ihnen etwas sagen, Doktor Leitner, es lässt mir keine Ruhe, dass man mich nicht ins Gefängnis gesteckt hat. Man hat sich damit begnügt, mich mit einer Handbewegung wegzuschieben, indem man mich als armes Kind und unzurechnungsfähig bezeichnet hat. Und das geht so weiter, verstehen Sie. Meine Mutter blickte mich an wie ein Pferd seinen Pferdeapfel, meine Schwestern sahen in mir ein Hindernis zwischen ihnen und dem Kühlschrank, und für meinen Großvater war ich der Typ, der ihm Ärger mit seiner Frau einbrachte. Wenn man das alles erlebt hat, hat man Grund genug, sich schuldig zu fühlen, sich zu sagen, dass man ein Monster sein muss, um eine so einmütige Behandlung zu verdienen, selbst wenn mein Vater versuchte, auf mich zuzugehen, wenn meine Mutter es ihm erlaubte. Sie sehen, ich kenne mich aus mit Schuldgefühlen. Wenn ich also sage, ich habe keinen Grund, mich für meine Tat schuldig zu fühlen, dann möchte ich auch, dass es anerkannt wird.«

»Es ist nicht die Rede davon, dich ins Gefängnis zu schicken. Mein Ziel ist es, dir zu erlauben, früher oder später in die Gesellschaft zurückzukehren, sobald wir denken, dass du keine Gefahr mehr für sie darstellst. Solange du überzeugt bist, dass du im Recht warst, als du deine Großmutter getötet und deinen Großvater von seinem Leben erlöst hast, wirst du für alle ein pathologischer Fall sein. Wir kennen uns noch nicht lange, Al, du hast etwas an dir, das dich anziehend macht. Vergiss nicht, dass die Gesellschaft dich wieder achten wird, sobald du dich schuldig fühlst für das, was du getan hast, und Empathie für deine Großeltern empfindest. Ohne Schuldgefühle gibt es keine Zivilisation, Al, da werden wir wieder zu Tieren. Ich habe es dir bereits gesagt: Nur der Staat, also die Gesellschaft, kann das Töten im Interesse der Gemeinschaft rechtfertigen. Aber die Gesellschaft wird dich immer für kriminell oder krank halten, wenn du dich selbst ermächtigst zu töten. Sie wird sich deiner auf die eine oder andere Weise entledigen, darauf kannst du Gift nehmen. Die Gesellschaft hat normalerweise einen Vertreter im Gehirn jedes Menschen, der die Grenzen dessen bestimmt, was zulässig ist. In deinem hat ihr Vertreter seine Arbeit nicht gemacht. Du unterscheidest nicht zwischen Gut und Böse, gewiss weil nie jemand wirklich gut zu dir war und niemand dir das beigebracht hat. Dadurch ist die Grenze zwischen beidem durchlässig. Ich werde versuchen, sie zu rekonstruieren, und du wirst mir dabei helfen. Dein Verstand hat einen Knacks bekommen durch die Zerstörung der Affektivität durch deine Familie. Verstand und Affektivität gehen Hand in Hand; wenn eins von beiden abschaltet, fangen die Probleme an. Und das ist bei dir geschehen. Jetzt sag mir, du behauptest, das, was deine Tat ausgelöst hat, sei die Stimme deiner Großmutter gewesen, als du die Grenze des Gartens überschritten hast. Warum? Hat dich das an etwas erinnert? Oder nein, machen wir es anders … Du hast mir gesagt, du hättest in deiner Kindheit manchmal ein sehr starkes Schuldgefühl empfunden. Was war der Auslöser dafür?«

Ich erinnerte mich an diffuse, heftige Ängste. Die mich oben auf der Treppe überfielen, die vom Keller ins Erdgeschoss des Hauses führte, dorthin, wo die anderen leben durften. Sobald ich in die Helligkeit und den Raum trat, hatte ich das Gefühl, nicht mehr an meinem Platz zu sein. Der Raum um das Haus herum war riesig. Er übte eine ungeheure Anziehungskraft auf mich aus, und sobald ich ihr nachgab, spürte ich, wie die Angst in meinen Gliedmaßen kribbelte, und ich bekam keine Luft mehr.

Außer dem Schlafzimmer meiner Eltern gab es drei weitere Räume im Erdgeschoss, einen für jede meiner Schwestern sowie ein Gästezimmer, in dem ich nie einen Gast sah. Doch es musste frei bleiben. Der erste Stock diente als Speicher. Manchmal ging ich heimlich hinauf.

Das Zimmer, in das ich seit meiner Geburt einquartiert worden war, war gar nicht so klein, auch wenn die Augen eines Kindes die Ausmaße etwas großzügiger auslegen. Es war sogar zu groß für ein Kind. Es nahm ein gutes Drittel des Kellers ein. Ich weiß nicht, ob man überhaupt von Zimmer sprechen kann, denn es war nicht abgetrennt vom Heizungskessel. Ein großer Ölheizungskessel, der pausenlos in Betrieb war, denn wenn er das Haus nicht mehr heizte, erhitzte er weiterhin das Wasser. Jede Stunde sprang er für eine gute Viertelstunde an. Ich konnte sehen, wie er Höllenfeuer aus seinem offenen Inneren spie. Als man uns im Religionsunterricht erzählte, dass Gott am Ende unseres Lebens darüber entscheiden würde, uns ins Paradies oder in die Hölle zu schicken, dachte ich, für mich sei das bereits entschieden. Ich hatte mich dem Priester anvertraut, der über die kleine katholische Gemeinde von Helena wachte. Er war ein großer Kerl, der mir ein guter Mensch zu sein schien, soweit ich das beurteilen konnte. Eines Tages besuchte er meine Mutter, als sie es nicht erwartete. Sie nahm es ihm sehr übel, denn sie mochte keine Überraschungen. Anfangs war sie äußerst unfreundlich zu ihm, weil sie der Meinung war, selbst ein Gesandter Gottes habe sich anzumelden. Der Priester ließ sich weder von der Größe meiner Mutter noch von ihrer tiefen, vom Alkohol und vom Tabak angegriffenen Stimme einschüchtern. Meine Mutter dachte, er sei gekommen, um sich über mein Benehmen im Religionsunterricht zu beklagen, weswegen sie ihn nicht zu Wort kommen ließ, bevor sie ihm gesagt hatte, ich sei ein Kind, das das Böse in sich trage. Der Priester erwiderte ihr, das bezweifle er, und kam dann auf den Grund seines Besuchs zu sprechen. Sie blickte ihn lange schweigend an, bis sie sich in eine verständnisvolle und offenherzige Frau verwandelt hatte. Dann erklärte sie ihm, dass die Nähe dieses Heizkessels mich daran erinnern solle, wo ich enden würde, wenn ich mich nicht bessere. Bevor er sie bitten konnte, die Räumlichkeiten sehen zu dürfen, entschuldigte sie sich, sie könne ihm das Zimmer nicht zeigen, weil dort, wie sie behauptete, eine unbeschreibliche Unordnung herrsche. Dann stand sie auf, um ihn zu verabschieden, ohne ihm eine Tasse Kaffee angeboten zu haben. Nachdem er gegangen war, versteckte ich mich, um nicht von ihrem Zorn getroffen zu werden. Doch als es Zeit für das Abendessen war, hatte sie meinem Vater ganz andere Vorwürfe zu machen, die jene verdrängten, die sie für mich bereithielt. Am nächsten Tag bestrafte ich sie. Meine Mutter liebte Katzen. Sie waren das Einzige, was ich sie jemals habe lieben sehen. Sie war stolz auf sie, weil sie Schönheitswettbewerbe gewannen. Meinen Schwestern, die weder Katzen noch Männer waren, begegnete sie mit wohlwollender Gleichgültigkeit, die darin bestand, dass sie sie sich den Bauch vollschlagen ließ und so tat, als würde sie sie zu mehr Mäßigung ermuntern. Sie hatte eine schwarze Langhaarkatze, eine sehr beliebte Rasse, die sie hatte schwängern lassen. Sie hatte ein Kätzchen behalten und die anderen verkauft. Als ich am Tag nach dem Besuch des Priesters von der Schule nach Hause kam, packte ich, allein zu Hause, das Kätzchen. Es krallte sich mit seinen kleinen Krallen in meine Hände, als ahnte es, was es erwartete. Ich schwankte zwischen dem Mitleid, das seine Unschuld in mir weckte, und einem unbändigen Bedürfnis, meine Mutter zu bestrafen. Und dann landete das Kätzchen plötzlich im Innern des Heizkessels. Ich kostete den Augenblick aus, als meine Mutter vor mir saß, mich unbarmherzig anstarrte und mich fragte, wo das Kätzchen sei. Ich genoss das Schweigen, das ich ihr entgegensetzte, ohne den Blick abzuwenden. Sie hätte mich am liebsten geschlagen, um mich zum Reden zu bringen, doch sie verzichtete darauf und goss sich einen Scotch ein. Das war das letzte Mal, dass ich eines ihrer Wettbewerbskätzchen bei lebendigem Leib einäscherte. Sechs Monate später enthauptete ich eines, begrub seinen Körper und bewahrte den Kopf in meinem Zimmer in einer Dose für Fahrradflickzeug auf. Ich habe keine Ahnung, wie diese Dose in mein Zimmer gekommen war, da ich kein Fahrrad hatte. Meine Mutter durchsuchte regelmäßig mein Zimmer. Sie stellte es gründlich auf den Kopf wie die Wärter im Gefängnis. Man weiß nicht recht, was sie suchen, doch sie wissen es bestimmt. Sie stieß auf die Dose, in der der Kopf des Kätzchens verweste, und fing an zu schreien. Anfangs war es Wut, dann Verzweiflung darüber, einen Henker gezeugt zu haben. Doch wie so oft, je lauter ihr Zorn wurde, umso mehr entfernte er sich von mir. Sie brüllte niemals fünf Zentimeter vor meinem Gesicht. Merkwürdigerweise brachte dieser Vorfall mich meiner jüngeren Schwester näher.

Hier halte ich inne in meinem Bericht. Alles, was ich hier erzähle, spiegelt möglicherweise nicht genau das wider, was ich Leitner erzählte. Ein sechzehnjähriger Junge, selbst wenn er in seiner Entwicklung so weit ist wie ich, vertraut sich nicht so spontan an, hat die Beichte nicht im Blut … Ist das nachvollziehbar? Oft musste er mir die Würmer aus der Nase ziehen und selbst Ordnung in meine Erinnerungen bringen, die ziemlich abgehackt aus mir heraussprudelten. Was ich an Leitner mochte, war, dass er nicht über mich urteilte. Ich habe nie gehört, dass er eine meiner Handlungen moralisch bewertete. Die Geschichte der Enthauptung ließ ihn zusammenzucken, obwohl er sie eigentlich schon gekannt haben musste. Sie war in einem Polizeiprotokoll enthalten, das festhielt, was meine Mutter zum Zeitpunkt meiner Verhaftung ausgesagt hatte. Sie hatte erklärt, meine Tat habe sie nicht überrascht, weil ich fähig sei, eine Katze zu enthaupten. Er stand auf und ging in seinem Büro auf und ab. Ich bemerkte zum ersten Mal, dass das Fenster seines Büros auf die Landschaft ging und dass er es niemals abschloss, obwohl zu diesem Zweck ein Schloss an ihm angebracht war. Aber ich hatte keine Lust abzuhauen. Selbst wenn man mir die Türen der Klinik weit geöffnet und mir einen roten Teppich ausgerollt hätte, hätte ich diesen Ort nicht verlassen mögen, denn ich hätte niemanden mehr gehabt, mit dem ich hätte reden können.

Als er sich wieder setzte, strahlte sein Gesicht vor Zufriedenheit. Er sprach wie zu sich selbst: »Sie lässt dich den Kopf verlieren. Sie lässt dich den Kopf verlieren, und du schneidest dem Wesen, das für sie am meisten zählt, den Kopf ab. Du lässt sie den Kopf verlieren. Ihr seid quitt. Zuerst wirfst du das Kätzchen in den Heizkessel. Das ist eine Reaktion ersten Grades auf den Heizkessel, dessen Nachbarschaft sie dir aufzwingt. Aber das genügt nicht. Du enthauptest ihre Katze und hebst den Kopf in einer Dose in deinem Zimmer auf, obwohl du genau weißt, dass sie sie früher oder später finden wird. Kannst du mir folgen?«

Ich konnte ihm folgen.

»Das ist symbolisch. Du tötest ihre Katze, indem du sie enthauptest, weil du dir nicht erlaubst, es mit deiner Mutter zu tun. Hast du daran gedacht, deine Mutter zu enthaupten?«

»Nein, nie.«

»Trotzdem hat sie dich den Kopf verlieren lassen.« Er dachte eine ganze Weile nach. »Bis dahin hast du alles unter Kontrolle. Kritisch wird es, als du zu deinen Großeltern kommst. Du kennst deine Großmutter kaum. Wie oft hast du sie vorher gesehen?«

»Zweimal.«

»Aber sie ist dir fremd? Empfindest du Zuneigung zu ihr?«

»Ich glaube nicht, dass ich jemals Zuneigung zu irgendjemandem empfunden habe.«

»Nicht einmal zu deinem Vater?«

»Doch, sicher.«

»Deine Großmutter erinnert dich an deine Mutter. Sie ist eine Seelenmörderin wie sie. Dein Vater hat deine Mutter nicht zufällig geheiratet, sondern weil sie seiner Mutter ähnelt. Und als ihm das bewusst wird, verlässt er sie, lässt sich scheiden, weil es inakzeptabel ist, mit seiner Mutter zu schlafen. Für dich ist deine Großmutter das Modell, das dein Vater in deiner Mutter geheiratet hat. Unbewusst machst du sie verantwortlich für die Verbindung zwischen deinen Eltern. Kannst du mir folgen?«

Ich konnte ihm immer noch folgen, und in aller Bescheidenheit, ich erfuhr nicht viel Neues.

»Du machst deine Mutter für deine Geburt verantwortlich. Sie ist die wahre Verantwortliche. Was du dir von deiner Mutter gefallen lässt, weil sie deine Mutter ist, kannst du von deiner Großmutter nicht hinnehmen. Das ist der Keim des Gedankens, sie zu töten. Was dich davon abgehalten hat, deine Mutter zu töten, hält dich nicht ab, deine Großmutter zu töten. Die Türen öffnen sich weit vor dir, du wartest nur noch auf ein Signal. Dieses Signal kommt, als du die Stimme hörst, während du die Grenzen des Gartens überschreitest. Die Grenzen des Gartens erinnern dich an diejenigen eines anderen Orts, der dir als Aufenthaltsort zugewiesen wurde: der Keller des Hauses. Es steht also zweifelsfrei fest, dass du handeln musst. Entweder sie oder du. Entweder ihr Leben oder dein Wahnsinn. Indem du sie tötest, entgehst du dem Wahnsinn. Also bist du nicht wahnsinnig. Du bist insofern nicht zurechnungsfähig, als ein wahnsinniger Impuls dich zu deiner Tat getrieben hat. Aber du hast auch keinen Akt der Wohltätigkeit begangen, Al. Man übt keine Selbstjustiz, vor allem dann nicht, wenn die Justiz der anderen nicht in der Lage ist, deine Tat zu begreifen, und außerdem heißt es: ›Du sollst nicht töten.‹« Er atmete tief durch, als hätte er das Schwierigste hinter sich gebracht. Anschließend nahm er die Brille ab und legte sie vor sich, um im Gegenlicht zu sehen, ob die Gläser schmutzig waren; dann schob er seinen Stuhl zurück und streckte die Beine aus. »In unserem Land sind die Leute fasziniert von ihren geografischen Wurzeln. Sie sollten sich besser für ihre psychologischen Wurzeln interessieren. Der Beginn deiner Geschichte, Al, liegt sehr weit zurück. Was deinen Großvater mütterlicherseits zu einem inzestuösen Perversen gemacht hat, werden wir nie wissen. Jedenfalls kann man davon ausgehen, dass deine Mutter seinetwegen alle Männer hasst. Sie hätte sich von ihnen fernhalten können, aber nein, sie zieht es vor, sie anzulocken, um sie besser zerstören zu können. Dein Vater ist ihr ins Netz gegangen, weil er durch seine Mutter dafür prädestiniert war. Sie hat ihn nicht mehr aus ihren Klauen gelassen. Und du bist ihr Geschöpf, ihr Ding, sie kann über dich verfügen, wie sie will. Du musstest dich vor der entfremdenden Last dieser Abstammung schützen. Und wie schützt man sich vor dieser Degeneration? Indem man die Äste kappt. Es ist ein Wunder, dass du diese Dynastie der Perversion nicht vollständig ausgerottet hast, Al. Ich kenne Fälle, wo der Letztgeborene alle getötet hat, bevor er sich selbst das Leben nahm. Das erinnert fatal an einen Akt von Rassensäuberung.« Er schwieg einen Augenblick, bevor er fortfuhr: »Mach dich darauf gefasst, dass dein Vater weitere Kinder zeugt. Die Kreuzung seiner Linie mit der deiner Mutter ist unheilvoll für ihn gewesen. Sein Sohn hat seine Mutter getötet. Der radikale Schnitt: aufsteigende und absteigende Linie zerrissen. Du beschreibst deine Schwestern als haltlose Geschöpfe; der Kriegsheld muss also wieder bei null anfangen, um zu überleben. Ich weiß, das klingt etwas brutal, Al, aber du wirst deinen Vater nicht wiedersehen. Als er sich deiner in Los Angeles entledigt hat, indem er dich zu deinen Großeltern schickte, hat er damit begonnen, sich zu schützen. Er ertrug es nicht mehr, die Folgen seiner katastrophalen Verbindung länger vor Augen zu haben. Er weiß, dass du nichts dafür kannst, aber dich zu sehen bedrückt ihn.« Er dachte einen Augenblick nach, als beunruhigte ihn etwas, dann sagte er: »Ich bin sicher, dass du daran gedacht hast, dir das Leben zu nehmen, bevor du nach Los Angeles gegangen bist.«

»Ja, zweimal.«

»Wie oft hast du daran gedacht, deine Mutter zu töten?«

»Auch zweimal.«

»Hast du daran gedacht, Selbstmord zu begehen, gleich nachdem du geplant hattest, deine Mutter zu töten?«

»Ja, gleich danach.«

Daraufhin brach er die Sitzung abrupt ab, als wäre das alles zu schnell gegangen. Die Schachpartie war noch nicht mal angefangen worden. Von seiner Miene war so etwas wie Befriedigung abzulesen. Ich fühlte mich ausgeschlossen. Ich fragte mich, ob verstehen etwas an meiner Situation ändern würde.

Die folgenden Sitzungen fanden statt, als wäre das Wesentliche gesagt worden. Doch wir fuhren fort, den Faden der Geschichte abzuspulen. Meine Beziehung zu meiner jüngeren Schwester interessierte ihn. Sie war meine Partnerin bei sehr speziellen Spielen. Ein alter Friseurstuhl, der im Haus herumstand, keine Ahnung, warum, diente uns als elektrischer Stuhl. Nacheinander fesselten wir die Unterarme mit Kupferdraht an den Stuhl. Mithilfe eines stufenlosen Transformators, den wir unter dem Material meines Vaters gefunden hatten, ließen wir den Strom fließen und steigerten schrittweise die Stärke. Auf Maximum gestellt, leitete er einen Saft in den Stuhl, der einen Stier umgehauen hätte. Auf diese Weise testeten wir unsere Schmerzempfindlichkeit. Der stufenlose Transformator hatte eine Skala von eins bis sechs. Immer wenn einer von uns in den Augen meiner Mutter etwas angestellt hatte, wurde er unserer häuslichen Justiz unterstellt. Die Entdeckung des mumifizierten Kopfs des Wettbewerbkätzchens brachte mir einen Stromstoß der Stufe sechs ein. Wir wussten, dass diese Stromstärke tödlich sein konnte. Die Versuchung war stärker als die Vernunft. Ich setzte mich auf den Stuhl, und meine Schwester band sorgfältig meine Handgelenke fest. Sie hielt den Transformator in ihren Händen, und ich spürte, dass sie es außerordentlich genoss. Sie schickte den Stromstoß ohne Vorwarnung, und ich wurde ohnmächtig. Sie bekam es mit der Angst zu tun und ging sofort nach oben zu meiner Mutter, die gerade Besuch von den Bullen hatte: wegen Trunkenheit am Steuer. Sie kam in aller Seelenruhe herunter, und als sie sah, dass ich wieder zu mir gekommen war, stellte sie mir eine Strafe in Aussicht. Ich hatte gerade auf dem elektrischen Stuhl gesessen, was hatte ich also groß zu befürchten? Doch sie hat es nie wieder erwähnt, als wäre die Tatsache, dass man sein Leben in morbiden Spielen riskiert, nicht weiter der Rede wert. Man muss dazusagen, dass diese Geschichte mit der Trunkenheit am Steuer ihr ziemliche Sorgen machte. Sie bekam eine hohe Geldstrafe aufgebrummt und fürchtete um ihren Ruf, sie, die Wert darauf legte, als Frau zu gelten, die es immer ganz genau nahm.

21

Von Sitzung zu Sitzung schien Leitner zuversichtlicher zu werden, was meinen Fall betraf. Eine kleine Kommission trat zusammen, um darüber zu entscheiden, ob es zu verantworten sei, mich wieder am Schulunterricht teilnehmen zu lassen. Ich nahm an der Sitzung teil, um die Fragen der Mitglieder zu beantworten. Bestärkt durch Leitners überzeugenden Bericht, stellten sie mir keine. Die Frage, die sie beschäftigte, war, ob ich mich meinen Kameraden gegenüber gewalttätig zeigen könnte. Es war eine verdammt große Verantwortung, die sie da übernahmen. Man stelle sich nur vor, sie hätten ihre Zustimmung gegeben, und zehn Tage nach meiner Aufnahme würde ich ein Dutzend Schüler erschießen, weil mir ihre Nase nicht passt. Leitner äußerte sich unmissverständlich: »Al Kenner hat aus einem unwiderstehlichen innerfamiliären Impuls heraus getötet. Nichts prädestiniert ihn dazu, dass er außerhalb dieses Kontextes tötet, er hat weder den Wunsch noch die Neigung.« Die anderen Sachverständigen kamen auf das erste Urteil zurück, das über mich gefällt worden war, diese berühmte paranoide Schizophrenie. »Ich denke nicht, dass man von einem Fall Al Kenner sprechen und ihm das Etikett dieser oder jener Pathologie aufkleben kann. Ich glaube, er hat getötet, um sich gegen die Psychose zu schützen, als Reaktion auf ein absolut zerstörerisches familiäres Milieu. Aber er ist nicht verrückt, und er ist überdurchschnittlich intelligent. Er wird hierbleiben, um zu lernen, die Seinen nicht mehr zu töten. Ich sehe wirklich nichts, was ihn veranlassen könnte, auf eine Person außerhalb seines familiären Umfelds loszugehen. Ich beschäftige mich seit Monaten mit seinem Fall, und es gibt nichts, was erlauben würde, ihn als echten Schizophrenen im Sinne einer Wahnbildung zu bezeichnen. Ich habe einen Jungen erlebt, der in der Realität verankert ist und voll und ganz über die Fähigkeit verfügt, seine Handlungen zu analysieren. Was die Paranoia betrifft, so kann man ein gewisses Misstrauen den anderen gegenüber nicht leugnen, das durchaus verständlich ist, wenn man weiß, mit welcher Feindseligkeit man ihm seit seiner Geburt begegnet ist, aber es liegt kein Verfolgungssyndrom im eigentlichen Sinne vor.«

Es gibt zwei Arten, im Leben vorsichtig zu sein, die Dinge vorsichtig anzupacken oder überhaupt nichts zu tun, und es war offensichtlich, dass die Sachverständigen letzterer Lösung zuneigten. Doch Leitner insistierte auf dem Ziel der Wiedereingliederung in die Gesellschaft, die für meine Einweisung maßgeblich gewesen sei.

»Kenner hat seit fast acht Monaten keine Schule mehr besucht. Wir können uns nicht erlauben, ihn noch länger vom Unterricht fernzuhalten. Das Schlimmste, was diesem überlegenen Geist passieren könnte, wäre, durch ein zu niedriges Bildungsniveau sozial benachteiligt zu sein. Für seine Intelligenz ist der Kontakt mit der Realität unabdingbar. Wenn Sie ihn weiterhin in der Wäscherei arbeiten lassen, wird er sie irgendwann leiten, das ist sicher. Und dann? Vergessen Sie nicht, dass er erst sechzehn ist. Diese Klinik war bis jetzt insofern vorteilhaft für ihn, als er sich seiner selbst und seiner psychischen Störungen bewusst geworden ist. Wir treten jetzt in eine Phase, in der diese Internierung sich, wenn sie nicht von einem Schulbesuch begleitet wird, negativ auswirken wird. Ich will ganz offen zu Ihnen sein. Ginge es nur nach mir, würde ich ihn in sechs bis zehn Monaten entlassen mit dem strikten Verbot, wen auch immer aus seiner Familie – ›oder was davon übrig ist‹, wie ein Sachverständiger, der mich seit Beginn der Sitzung angestarrt hatte, ironisch einwarf – und ganz besonders seine Mutter wiederzusehen. Was immer auch passieren mag, in diesem Punkt bin ich ganz strikt: Er darf seine Mutter niemals wiedersehen, niemals.«

»Aber das ist doch im Augenblick nicht das Problem, Leitner«, entgegnete ein Mitglied der Kommission, ein Mann, der wie ein indischer Weiser aussah.

»Könnten Sie uns ein Papier unterschreiben, in dem Sie ausdrücklich bestätigen, dass dieser junge Mann nicht mehr gefährlich ist?«, fragte einer der Sachverständigen, den ich zweimal beim Dösen ertappt hatte und der erst wirklich wach geworden war, als es um die Beschlussfassung ging, die auch ihn betraf.

Leitner war eindeutig. Die Kommission schritt zur Abstimmung. Es war Einstimmigkeit erforderlich. Ich bemerkte, dass ein oder zwei Mitglieder versucht waren, meine Wiedereingliederung in die Schule zu verschieben, aber dann gaben sie doch ihre Zustimmung.

Drei Wochen später, nachdem der Papierkram auf dem richtigen Stapel gelandet war, kehrte ich in die Schule zurück. Ein Pfleger brachte mich jeden Morgen hin und holte mich abends wieder ab, sodass ich mit meinem persönlichen Chauffeur wie der Sohn eines hohen Tiers wirkte. Den Himmel Kaliforniens mit seinen echten Farben wiederzusehen, blendete mich. All diese Monate im Halbdunkel und im künstlichen Licht hatten meinen Blick getrübt. Der Pfleger war während der Fahrten nicht sehr gesprächig. Trotz seiner Muskelpakete, die die Knöpfe seines Hemds fast zum Platzen brachten, quälte ihn vermutlich die Frage, ob er, falls nötig, mit mir fertig werden würde. Das Vieh, das friedlich auf weiten, umzäunten Wiesen weidete, kam mir unwirklich vor. Die Fahrt dauerte gut zwanzig Minuten, in denen mir nie der Gedanke kam, in die freie Welt auszubrechen. Leitner hatte mir Schlüssel gegeben, aber nicht genügend, um zu diesem Zeitpunkt in die Gesellschaft zurückzukehren. Trotz seiner Behauptungen fühlte ich mich imstande, jemanden zu töten, der sich mir entgegenstellen würde, indem er versuchte, mich als Individuum zu leugnen, von den Tafeln der Menschheit zu streichen oder mir einzureden, ich würde vergeblich leben, denn ein weiteres Mal ging es um mein Überleben. Mit Leitner wollte ich darüber nicht sprechen, aus Furcht, seinen schönen Optimismus anzukratzen, und außerdem wusste er vermutlich besser als ich, ob ich imstande war, zur Tat überzugehen oder nicht. Diesen Ausdruck benutzte er oft, die letzte Schranke zwischen den normalen Menschen und Typen wie mir. Er behauptete, Mordgedanken gäbe es schon seit unserer frühesten Kindheit in uns, symbolisch zuerst, dann als Fantasie. Er unterhielt sich stundenlang mit mir über das Verhältnis zwischen Phantasma und Wahnwelt, zwischen Phantasma und Übergang zur Tat. Er wählte Vietnam als Beispiel, um mir zu zeigen, dass, sobald das gesellschaftliche Verbot zu töten aufgehoben sei, nur sehr wenige Menschen fähig seien, dieser Freiheit zu widerstehen. Er hatte eine ganz eigene Art, den Mord zu profanieren, damit ich ihn verabscheute, weil er letztlich etwas Lächerliches hatte.

Lange Zeit ließ er mich mehr Fragen stellen, als er mir stellte. Der Rahmen unserer Gespräche war immer derselbe: sein Büro und der kleine Tisch, auf dem das Schachspiel aufgebaut war. Ich hatte ihm niemals erlaubt, mich zu schlagen, und je mehr Zeit verging, desto häufiger waren die Partien rasch beendet. Es kam vor, dass wir drei oder vier Partien während einer Therapiesitzung spielten. Leitner vergaß niemals etwas. Wir hatten beide die gleiche Art von Hypermnesie, wodurch ich mich an die Farbe und Form der Knöpfe der Bluse meiner Mutter in jeder Phase der Erzählung meiner Szenen mit ihr erinnern konnte. Ich bin imstande, mich ganz genau an den Geruch ihres Atems während unserer Gespräche zu erinnern und an die Art von Alkohol, die ihn geprägt hatte, Bier, Whiskey, Wein, Martini, an ihre Schminke, leicht oder übertrieben, und an ihren Lippenstift, der der Zeichnung ihrer Lippen gefolgt war oder auf die Haut übergegriffen hatte wie derjenige eines Clowns, um ihre Verweigerung der Weiblichkeit zu unterstreichen.

Wichtige Dinge, die wir für immer verschüttet glaubten, grub er plötzlich wieder aus. So etwa das, was ich die schlechten Gedanken genannt hatte, die eine Weile meine Konzentration erschwert, ja sogar unmöglich gemacht hatten. Diese schlechten Gedanken waren nach wie vor da, aber zurückhaltender, seit wir darüber gesprochen hatten, ohne dass er es wusste. Ich begriff, dass etwas dadurch, dass man es benannte, teilweise entschärft werden konnte. Wenn das Verbot aufgehoben wurde, darüber zu sprechen, verflogen die Essenzen nach und nach, wie bei einem Parfüm, das man offen stehen lässt. Ich fühlte mich manchmal sehr unbehaglich, und es fiel mir schwer, offen darüber zu sprechen. Ich sage unbehaglich, denn ich hatte das Gefühl, als würde ich mich an Halloween mitten auf der Straße nackt ausziehen. Angesichts dieses merkwürdigen Schamgefühls, das mich überfiel, bohrte Leitner nicht weiter nach. Aber ich erinnerte mich, dass er vor der Kommission den Wahn als Kriterium für die Schizophrenie erwähnt hatte. Aus guten Gründen wollte ich, dass er die Symptome dieser Geisteskrankheit für mich ausschloss.

»Ich habe von Schizophrenie gesprochen, weil sie mit dieser Klassifizierung etwas anfangen können, aber ich habe es nicht nötig, etwas mit einem Etikett zu versehen, um es zu verstehen. Der menschliche Geist mit all seinen Störungen hat nichts gemein mit einem Apothekenschrank, in dem jede Pflanze, jedes Medikament ordentlich eingeräumt ist. Aber was quält dich eigentlich so?«

22

Man muss schon von Obsession sprechen. Dieser Gedanke hatte sich in meinem Geist eingenistet und tyrannisierte ihn, indem er mich verrückt machte, doch tief in meinem Innern wusste ich, dass ich ohne ihn wirklich verrückt würde, weil es anders nicht möglich war, Lust zu empfinden. Ich gestand alles in einem Aufwasch.

Ich erzählte ihm von der Unabhängigkeitsfeier in meinem zwölften Lebensjahr. Ein riesiger Jahrmarkt war auf einem Gelände der Stadt aufgebaut worden. Die Bewohner Helenas waren zu Hunderten gekommen. Meine Mutter hatte meinem Vater schließlich nachgegeben, der darauf bestanden hatte, einen Familienausflug zu machen. Für sie war das eine Gelegenheit, unmäßig Bier zu trinken, das hatte für sie den Ausschlag gegeben. Es herrschte diese drückende und schwüle Hitze, die zu Beginn des Sommers in Montana so typisch ist. Die ganze Feuchtigkeit steigt aus dem Boden hoch und wird durch die bleierne Sonne aufgeheizt. Wir parkten ziemlich weit entfernt, und meine Mutter hörte nicht auf zu schimpfen, weil sie es hasste, zu Fuß zu gehen. Wir begegneten Menschen, die sie kannte, und als sei die Heuchelei ihre zweite Natur, war sie zuvorkommend und erkundigte sich, wie es ihnen gehe. Vor ihren Kollegen aus dem Rathaus strich sie mir sogar liebevoll über den Kopf und versäumte es nicht, die Vergangenheit meines

Vaters in den Special Forces zu erwähnen, wenn sie ihn vorstellte. Meine Schwestern folgten im Sonntagsstaat und musterten jeden Jungen in ihrem Alter, als würde sich auch nur einer von ihnen für zwei große, nach Luft schnappende Pinguine interessieren. Ich schämte mich für sie in ihrer zu weiblichen Aufmachung, mir wäre es lieber gewesen, sie würden sich wie Männer kleiden. Mein Vater und ich, wir gingen hinter meiner Mutter, die von ihren beiden Töchtern umrahmt wurde. Mein Vater schlug vor, uns aufzuteilen, doch meine Mutter war dagegen. Sie wollte sich nicht neuen Bekanntschaften allein mit ihrer Brut aussetzen, ohne deren himmelschreiende Hässlichkeit durch die Erwähnung der Heldentaten meines Vaters wettmachen zu können. Doch mein Vater ließ diesmal nicht mit sich reden. Wir verabredeten uns eine Stunde später vor einem großen Galgen, der mehr einer Guillotine ähnelte, und machten uns aus dem Staub. Dann hielten wir uns eine ganze Weile am Schießstand auf. Mein Vater schaffte es, kein einziges Mal danebenzuschießen, vor einer Gruppe von Jägern, die verblüfft waren, dass man so präzise schießen kann. Einige von ihnen fragten ihn, in welcher Waffengattung er während des Kriegs gedient habe, doch er antwortete nicht. Er begnügte sich damit, erneut jedes Mal zu treffen, bewegliche Ziele diesmal. Und immer so weiter, er war nicht wegzubringen vom Schießstand. Schließlich verlor er die Lust, und an seinem Gesichtsausdruck konnte man erkennen, dass er teuer bezahlt hatte für die Befriedigung, öffentlich eine so gute Figur zu machen. Beim Kräftemessen gerieten wir an welche, die stärker waren als wir. Größe ist eben nicht alles, und ein paar Holzfäller, die aus den Bergen heruntergekommen waren, schafften es, die Maschine noch einen guten halben Meter weiter zurückzutreiben als er. Ein Gewitter braute sich über unseren Köpfen zusammen, und mein Vater meinte, es würde Zeit, sich zum Treffpunkt zu begeben. Die drei Frauen warteten schon auf uns, ein paar Meter vom Galgen entfernt, und wussten nicht, wo sie hinschauen sollten. Meine Mutter spielte die Gekränkte. Ich wollte den Galgen in Aktion sehen. Ich sagte es meinem Vater, der sich mit meiner Bitte an meine Mutter wandte, die dagegen war. Doch meinem Vater war das egal, man beschimpft nicht öffentlich jemanden, den man als Helden präsentiert hat. Hinter dem Galgen waren die Berge näher gerückt, ein Zeichen, dass es jeden Augenblick regnen würde. Es blieb schätzungsweise noch eine gute Viertelstunde, bevor die Menge durch den Schauer auseinandergetrieben würde, und als ich den Himmel kritisch beäugte, präsentierte der Schausteller, dem der Galgen gehörte, ein wunderschönes junges Mädchen. Etwas so Schönes hatte ich noch nie gesehen. Sie war blond, und ihr Haar fiel in Wellen bis zu ihren knospenden Brüsten herab; sie musste ungefähr in meinem Alter sein. Von meinem Platz aus konnte ich ihre Augen nicht erkennen, doch ich konnte mir nicht vorstellen, dass sie eine andere Farbe als ein flammendes Blau haben könnten. Ich bemerkte, dass die Großtuerei einer Menge anderer Burschen um mich herum sich abrupt in stumme Bewunderung verwandelt hatte, so sprachlos hatte diese Anmut sie gemacht, die sich jeder ordinären Anmache widersetzt hätte. Sie kniete nieder, um ihren Kopf der Guillotine darzubieten. Doch ich konnte sie schon nicht mehr sehen, da mir die Sicht durch das Gedränge versperrt wurde. Ein Blitz durchzuckte den Himmel, als der Schausteller den Mechanismus in Gang setzte, der das Fallbeil herabsausen ließ. Es glänzte, während es fiel. Schwer zu glauben, dass das junge Mädchen nicht geköpft wurde, und sei es auch nur vorgetäuscht. Dieser Anblick löste bei mir einen Orgasmus aus, und eine unkontrollierte Ekstase bemächtigte sich meiner Sinne, wie ich sie in meinem kurzen Leben nie zuvor empfunden hatte. Im selben Augenblick begannen dicke Tropfen auf die Zuschauer niederzuprasseln, es klang wie Applaus. Die Menge machte sich unaufgeregt auf den Weg zum Parkplatz. Ich suchte mit dem Blick verzweifelt das Mädchen, doch es war verschwunden.

Am Abend begehrte mein Vater zum ersten Mal gegen meine Verbannung in den Keller auf. Da meine Mutter nichts hören wollte, drohte er, die Polizei zu rufen, um die schlechte Behandlung, der ich ausgesetzt sei, feststellen zu lassen. Meine Mutter gab schließlich nach. Sie ließ meinen Vater die Nacht auf dem Sofa im Wohnzimmer verbringen, um ihn zu bestrafen, und ich konnte im Gästezimmer schlafen. Ich schlief schlecht, da ich meine Höhle und die Geräusche der Wasserleitung vermisste, die meinen Nächten ihren Rhythmus gaben. Am frühen Morgen verließ mein Vater uns zum ersten Mal, und danach war nichts mehr wie zuvor – ich meine, das Gleichgewicht des Terrors war zerstört. Zwei Tage später kam er zurück und sprach ganz offen von Scheidung. Aber noch fehlte ihm der Mut dazu, und ich will glauben, dass er zunächst blieb, weil er mich nicht allein unter der Fuchtel meiner Mutter lassen wollte. Hätte er mich nicht auf diese Weise geschützt, hätte ich vielleicht nicht seine Eltern getötet, um ihm meine Dankbarkeit zu beweisen.

Leitner saß lange da, den Kopf zwischen den Händen, und ich spürte, dass meine Erzählung ihn etwas irritiert hatte. Er fragte mich, ob ich danach einen deutlichen Drang verspürt hätte, zur Tat überzugehen. Wir hatten mittlerweile ein so gutes Verhältnis, dass ich ihn nicht belügen wollte. Ich gestand ihm, dass ich zwei Monate später geplant hätte, einen meiner Lehrer zu töten, eine Frau, die erst kürzlich an die Schule gekommen war und sich, warum, weiß ich nicht, ganz besonders um mich kümmerte. Ich fand sie ungewöhnlich elegant. Eines Abends packte ich zusammen, was ich brauchte, und näherte mich ihrem Haus, das sich isoliert in einer Wohnanlage befand, in der es keine Zäune gab. Ihr Hund, der auf der Außentreppe schlief, empfing mich schwanzwedelnd. Ich beobachtete sie durch die vorhanglosen Fenster des Erdgeschosses. Sie war beim Kochen, eine grüne Schürze um die Taille gebunden, und zog von Zeit zu Zeit an einer Zigarette, bevor sie sie in einem Aschenbecher weiterglimmen ließ. Moderne, sehr fröhliche Musik drang durch die Fenster. Immer wenn sie an einem Spiegel vorbeikam, der an einer der Wände hing, prüfte sie ihre Frisur und steckte sie ein wenig hoch. Sie trug eine enge Jeans, doch ihre Formen beeindruckten mich nicht so sehr wie ihre klaren Augen. Selbst wenn sie nackt herumgelaufen wäre, hätte ich ihren Blick gesucht. In der Ferne sah ich die Scheinwerfer eines Autos näher kommen. Ich hoffte, es würde weiterfahren, doch leider hielt es vor dem Haus. Ein gut aussehender Typ stieg aus und ging zur Außentreppe. Ich versteckte mich hinter einer Baumgruppe. Sie öffnete ihm ohne ihre Schürze, wobei sie von einem Bein auf das andere trat, ein Zeichen von Schüchternheit. Der Mann wirkte selbstsicherer. Die Tür schloss sich hinter ihnen, und ich kehrte nach Hause zurück. Ob ich eifersüchtig auf den Mann gewesen sei, ob ich ihn habe töten wollen? Nein, sicher nicht. Angesichts seines Aussehens und seines Alters fand ich es durchaus in Ordnung, dass er diese Frau verführte. Nein, wirklich, der Gedanke, ihm etwas anzutun, ist mir nicht gekommen. Ob ich glaube, dass ich fähig gewesen wäre, meinen Plan in die Tat umzusetzen? Ich weiß es nicht, ich glaube nicht, obwohl ich, um ganz offen zu sein, umso größere Lust dazu verspürte, je näher ich ihr kam. Aber keinen unwiderstehlichen Drang. Wäre sie allein geblieben, hätte ich mich damit begnügt, mich an dieser Idee zu erfreuen und heimlich, still und leise nach Hause zurückzukehren.

Leitner, der häufig laut nachdachte, suchte eine neue Bedeutung für mein Phantasma. Das »den Kopf verlieren lassen« reichte ihm nicht mehr. Er suchte eine Dimension, die mit Kastration und Autorität zu tun hatte, wusste aber nicht so recht, was für eine. Die direkteste Frage, die er mir stellte, lautete, ob ich fähig sei, allein auch auf andere Weise als durch eine Enthauptungsfantasie Lust zu empfinden. Ich musste es verneinen. Wir sprachen über die Häufigkeit der damit verbundenen Lust. Ich gab zwei- bis dreimal am Tag an. Meist, um Ruhe zu haben und mich für eine Weile von diesen schlechten Gedanken zu befreien, die sich mir aufdrängten, als wollten sie mich daran erinnern, dass ich ein Mensch aus Fleisch und Blut und die Lust nichts Verbotenes war.

Leitner machte sich immer größere Sorgen um mich, und ich wurde immer erleichterter. Es gab keinen noch so verborgenen Winkel meines Geistes, den ich ihm nicht offenbart hatte. Ich hatte das Spiel bis zum Ende mitgespielt.

»Ich danke dir, Al.«

Während er das sagte, legte er eine Hand auf meinen Unterarm. Dann stand er auf, stopfte sich eine Pfeife, zündete sie an und lief im Büro hin und her. Er öffnete das Fenster, das auf einen großflächigen Rasen ging, wie man ihn auf einem Universitätscampus findet. In der Ferne, auf der anderen Seite der Straße, war undeutlich eine umzäunte Wiese zu erkennen, auf der sich schwarze Flecke bewegten, die ich mir als Vieh vorstellte. Übrigens gab es nur das in dieser Gegend: Vieh und die Klinik. Der Gedanke, dieses Geständnis könnte mich noch eine ganze Weile hier drin bleiben lassen, ging mir durch den Kopf, doch Leitner begann, vor sich hin zu murmeln.

»Perverse Schutzmechanismen gegen die Psychose. Wir haben noch ein gutes Stück Arbeit vor uns, um deine schlechten Gedanken zu vertreiben. Ich habe meine Aufgabe ein wenig unterschätzt. Vor der Kommission würde ich das Gleiche sagen. Ich denke, dass du nicht grundsätzlich gefährlich für die anderen bist. Und sicher nicht für deine Klassenkameraden, die nur männlich sind. Hast du jemals das Verlangen verspürt, einen Mann zu enthaupten, Al?«

»Mein Gott, nein. Ich glaube, ich müsste mich übergeben.«

Er lachte. Und ich auch. Zum ersten Mal in meinem Leben. Ich war sprachlos. Und dann wurde ich wieder ein wenig traurig bei dem Gedanken, dass er von nun an alles tun würde, um mir meine schlechten Gedanken zu nehmen. Was würde mir also bleiben? Das war die Frage. Natürlich konnte ich nicht auf diese Weise mit ihm darüber reden, aber was hätte ich dann noch außer meinen Ausflügen mit dem Motorrad? Die anderen Typen haben mindestens ein Dutzend Dinge, die sie interessieren. Sie haben Familien, Hobbys, einen Gott, einen Hund, ein Haus, einen Garten und eine Menge Träume, die sie niemals realisieren können. Sie können jede beliebige Mittelseite des *Playboy* nehmen und sich von dem Mädchen zu Fantasien anregen lassen und wichsen. Sie denken, ihre kleinen Leben seien Gold wert, der Glaube würde verhindern, dass sie wirklich sterben, es gebe keinen Anfang und kein Ende. Ich habe nur dieses Phantasma und eine große Lust dahinzubrausen, die nach den ersten Kilometern erlischt.

23

Ich betrachtete Leitner, der ins Nachdenken versunken war, und spürte, wie sehr ich von ihm abhängig war. Ich war wie ein großes Haus, in dem nur noch ein Möbelstück steht, und er bot mir an, es nach draußen zu schaffen, um es zu verbrennen. Ich war durchaus bereit, das Spiel mitzuspielen, vorausgesetzt, er würde sich verpflichten, mir die Mittel zu geben, es wieder zu möblieren. Wäre er dazu imstande? Zum ersten Mal zweifelte ich an ihm. Nicht an seinen Fähigkeiten, Tabula rasa zu machen. Aber daran, etwas wiederaufzubauen, das mich all die Jahre, die mich vom Tod trennten, am Leben halten würde. Ich wusste sehr gut, was sich hinter diesem Phantasma verbarg, eine kalte Lust, Schluss zu machen und dieses Scheißleben zu beenden, das keinen Sinn hat, nicht einmal den, den man ihm gern geben möchte. In diesem Augenblick war Leitner für mich einer dieser Unternehmer, die im Gebirge Sandgruben öffnen und allen möglichen Leuten versprechen, sie wieder zu schließen. Sie tun es nie, aus dem einfachen Grund, weil sie nicht wissen, wie. Und wenn sie es tun, dann, um Müll oder giftige Substanzen darin zu vergraben.

Am nächsten Tag kehrte ich bedrückt, wie ich es seit meiner Verhaftung niemals zuvor gewesen war, an die Schule zurück. Doch man merkte es mir nicht an. Das ist der Vorteil, wenn man nie mit jemandem spricht, man wird definitiv für einen

Griesgram gehalten, niemals für einen wunderlichen Kauz. Ich sprach nur dann mit den Lehrern, wenn sie es von mir verlangten. Sie waren die Einzigen, die wussten, woher ich kam, und hatten ein Auge auf mich. Wenn ich gekonnt hätte, hätte ich mich noch mehr von den anderen Schülern ferngehalten, ich wollte da sein, ohne da zu sein. Ich fragte mich, welche Gemeinsamkeiten es zwischen ihnen und mir geben könnte. Was haben ein junger Bursche, der aus Vietnam zurückkehrt, und ein anderer im gleichen Alter, der den Krieg nur aus dem Kino kennt, gemeinsam? Ein Mann, der getötet hat, ist wie jemand, der in sehr großer Höhe lebt, er altert vorzeitig. Ich empfand in diesem Augenblick nicht mehr Gemeinsamkeit mit meiner Umgebung als vor meinem zweifachen Mord mit meinen Klassenkameraden. Von Zeit zu Zeit überkam mich die Lust zu prahlen, mächtig Eindruck zu schinden mit meinen Geschichten, doch ich fürchtete, ich könnte mir damit schaden. Vor allem, weil ich nicht wirklich einen Grund dafür hatte, da all diese Typen vom Land kamen und überhaupt nicht arrogant waren. Man muss gesehen haben, wie schwer sie sich mit dem Lernen taten. Diejenigen, die nicht vollständig aufgegeben hatten, strengten sich unverhältnismäßig an, um triviale Gleichungen zu lösen oder etwas über eine Erzählung von Edgar Allan Poe zu sagen. Wäre ich nicht ein wenig gefühlsarm gewesen, wie Leitner sich ausdrückte, hätte ich die Literatur früher geliebt. Abgesehen von ein paar reinen Gehirnakrobaten braucht man ein wenig Sensibilität, um etwas von einem Schriftsteller zu haben. Der schönste Text, den zu lesen mir damals vergönnt war, war eine Erzählung von Faulkner, die in einer Sammlung stand, die wir im Unterricht lasen. Die Geschichte einer alten Jungfer, die ihre einzige, tote Liebe bei sich versteckt.

Da wir schon von Literatur sprechen, damals bekam ich einen Brief von meiner Mutter, der ein wenig dem ähnelte, den Raskolnikow zu Beginn von *Schuld und Sühne* liest. Die Parallele verblüffte mich, denn in ihrem Brief teilte meine Mutter mir auch die Hochzeit meiner Schwester mit. Es handelte sich um die Ältere, mit der ich nie mehr Worte gewechselt hatte als mit einer Färse in einem Pferch. Ich konnte es nicht fassen. An keiner Stelle erkundigte sich meine Mutter, wie es mir geht, oder machte sich Sorgen wegen meiner Gesundheit. Es war diese Art von Informationsbrief, den man schreibt, wenn man nichts anderes zu tun hat. Meine Schwester arbeitete bei einem Discounter und würde einen der Angestellten heiraten, natürlich nicht irgendeinen Angestellten. Aus dem Brief verstand ich, dass dieser Typ eine Null war, aber meine Mutter konnte nicht anders, als ihm eine beispielhafte berufliche Zukunft zu erfinden. Er war bereits zweimal zum besten Angestellten des Jahres gewählt worden und würde bald zum stellvertretenden Verkaufsdirektor oder irgendetwas ähnlich Idiotischem in Kalifornien befördert werden. Dieser Typ musste sich in einem verzweifelten sexuellen Notstand befinden, dass er sich vor Gott verpflichtete, es bis zu seinem Tod mit meiner Schwester zu treiben. Sie nutzte die Gelegenheit, um über meinen Vater herzuziehen, der spurlos verschwunden war. Sie erklärte mir, dass ein befreundeter Bulle – als hätte meine Mutter Freunde – im gesamten Staatsgebiet nach ihm gefahndet habe, ohne eine Spur von meinem Vater zu finden. Sie verstand, dass er vor seinem Sohn, der nichts als ein kranker Krimineller war, desertiert war, aber seine Töchter im Stich lassen, wie konnte er so etwas nur tun? Über ihre eigene Heirat mit einem prominenten Klempner ließ sie sich nicht weiter aus. Wie kann ein Klempner aus einem miesen Städtchen in Montana prominent sein? Sie schrieb auch, wenn ihr Schwiegersohn nach Kalifornien versetzt werde, werde sie die beiden dorthin begleiten, denn allmählich habe sie das Klima und die Mentalität der Bewohner von hier satt, eine Mentalität, welche die ihre war, denn bis jetzt hatte sie Montana nie verlassen. An keiner Stelle freute sie sich über die Möglichkeit, näher bei mir zu wohnen. Zum Schluss teilte sie mir mit, dass sie mit der Verwaltung der Klinik telefoniert habe und dass sie ihr, nachdem sie sich bei den Therapeuten erkundigt hätten, erklärt hätten, ich müsse leicht noch drei oder vier Jahre dableiben, was ihr zufolge nicht lang genug sei, um wieder ein normaler Junge zu werden. Nebenbei erlaubte sie sich zu wiederholen, dass sie zwar überrascht gewesen sei, dass ihr Sohn ein Krimineller geworden sei, dass sie aber, je mehr sie in ihren Erinnerungen krame, immer stärker eine Logik in meiner geistigen Zerrüttung erkennen könne. Was für eine Logik? Sie machte sich nicht die Mühe, sich genauer darüber auszulassen. Vermutlich ließ ihr die Enthauptung ihres Wettbewerbskätzchens noch immer keine Ruhe. Irgendwie widerstrebte es ihr, zum Ende zu kommen, denn sie hatte ein Postskriptum angefügt, in dem sie mich fragte, ob ich bereuen würde, nicht, was ich getan hätte, sondern dass ich Schmach und Schande über unsere Familie gebracht hätte, eine ehrbare und geachtete Familie, und wie ich den Schaden, den ich unserem Ruf zugefügt hätte, wiedergutzumachen gedächte. Sie hielt mit ihrer eigenen Meinung über meinen Fall nicht hinter dem Berg. Nein, ich sei nicht krank, und diejenigen, die mich für krank hielten, seien mit diesem Urteil sehr großherzig gewesen, ich sei, in aller Bescheidenheit, fügte sie hinzu, eine der vielfältigen Verkörperungen des Bösen. Sie behauptete, ein Exorzismus sei geeigneter als eine Psychotherapie. Sie sei froh, dass der Staat Kalifornien ihr nicht die Rechnung für meine Internierung präsentiert habe, was der Schande den Ruin hinzugefügt hätte. Dann kam sie noch einmal auf meinen Vater zurück und meinte, ich solle mich doch gefälligst erinnern, wie oft sie ihm gesagt habe, dass ich durch seine Erziehung zu einem Perversen würde. Sie habe mich zwölf Jahre lang im Keller leben lassen, weil sie schon bei meiner Geburt geahnt habe, dass ich mit dem Teufel im Bunde stehe. Sie unterschrieb mit großen, deutlich lesbaren Buchstaben: Cornell Paterson. Paterson musste der Name ihres neuen Ehemanns sein. Damit wollte sie weniger mit ihrem neuen Ehemann renommieren, als Kenner aus ihrem Namen tilgen.

24

Stafford war der einzige Typ, mit dem ich mich in all diesen Monaten anfreundete. Den ersten Schritt hatte er gemacht. Vermutlich hatte er geahnt, dass wir das gleiche intellektuelle Niveau hatten, auch wenn ich weder sein Alter noch seine Erziehung hatte – und erst recht nicht seine Bildung. Er war eine Art Aristokrat. Er war Literaturprofessor an einer der größten Universitäten an der Westküste gewesen. Zum Verhängnis geworden waren ihm die Vergewaltigung von elf seiner Studentinnen und die Ermordung der letzten. Er geizte nicht mit Erklärungen über seine Vergangenheit. Er war jemand, der eine hohe Meinung von sich hatte. Er hatte mir erzählt, zu der Zeit, da er unterrichtet habe, seien die Studentinnen verrückt nach ihm gewesen. Sein Charisma, sein Wissen, sein Aussehen, all das habe eine große Wirkung auf die jungen Frauen ausgeübt und sogar auf die jungen Männer, die ihn allerdings nie interessiert hätten. Anstatt sie zu verführen, vergewaltigte er sie lieber. Er wusste, dass ich manchmal auf die Jagd gegangen war. Ich hatte ihm gegenüber damit geprahlt, ich hätte Hirsche und Elche geschossen, obwohl ich immer nur Maulwürfe und Kaninchen getötet hatte. Daher hatte er die Metapher gebraucht: »Man genießt das Fleisch eines Tieres, dessen Fährte man stundenlang gefolgt ist, nicht so wie das, das man eingefroren in der Tiefkühlabteilung eines Supermarkts gekauft hat.« Es mag widersprüchlich scheinen, dass er die Vergewaltigung von Studentinnen für weniger gefährlich für seine Karriere hielt als ihre Verführung. Verführt, hätten sie damit geprahlt, und früher oder später wäre es dem Dekan zu Ohren gekommen, und er wäre von der Universität verwiesen worden. Da es sich um Vergewaltigungen handelte, lag es bei ihm, nicht entlarvt zu werden. Übrigens war das nie der Fall gewesen. Er hatte sich nach seiner letzten Vergewaltigung selbst angezeigt, weil er das Mädchen getötet hatte. Er behauptete, es sei ein unbeabsichtigter Mord gewesen. Er habe sie am Atmen gehindert, indem er ihr mit der Hand Mund und Nase zugehalten habe, als sie zu schreien angefangen habe. Er war sehr stolz darauf, dass es ihm gelungen war, all diese Mädchen zu vergewaltigen, ohne sie zu knebeln, und dass keine von ihnen je geschrien hatte. Er beging seine Taten maskiert. Er drang bei ihnen ein, und nachdem der erste Schrecken sich gelegt hatte, vermochte er sie von der Notwendigkeit eines sexuellen Verkehrs ohne Gewalt zu überzeugen. Er ejakulierte niemals in ihnen, da er der Meinung war, »dass sie das nicht verdienten und er auf diese Weise bewies, dass er nicht unter dem Druck eines tierischen Sexualtriebs, sondern einer Machtübernahme ganz anderer Art handelte«. Meine Güte, dieser Typ dachte tatsächlich, sein Sperma sei gesegnet! Dem Besitz der Mädchen zog er die Perfektion der Vorbereitung vor: die Inszenierung, das Auskundschaften der Ein- und Ausgänge, das Verwischen der Spuren. Seine hervorragenden Leistungen auf diesen Gebieten erklärten, dass er niemals in Bedrängnis geraten war. Er habe sich gestellt, weil er niemals die Absicht gehabt habe zu töten und weil er die gerechte Strafe für sein Vergehen gesucht habe. Die Kommission aus psychiatrischen Sachverständigen habe ihn mit knapper Mehrheit für unzurechnungsfähig erklärt. Seit gut zehn Jahren vermoderte er jetzt schon in dieser Klinik. Da Leitner wusste, dass ich mich mit ihm angefreundet hatte, hatte er mir von ihm erzählt, obwohl er nicht sein Patient war. Er hatte mir anvertraut, dass Stafford innerhalb von zehn Jahren keine Fortschritte gemacht habe, weil er seine ganze Intelligenz mobilisiere, um die Therapie zu vereiteln. Er sei davon besessen, seinem Therapeuten seine Überlegenheit zu beweisen.

Ich hatte mittlerweile eine verantwortungsvolle Aufgabe in der Wäscherei übernommen. Ich leitete eine Gruppe von gut zwanzig Typen, alle älter als ich. Aber ich entwickelte mich nicht weiter, die Arbeit wurde allmählich zur Routine. Mein Problem mit der Routine war altbekannt. Die Wiederholung der Dinge nach einer unwandelbaren Ordnung beruhigte mich, bis sie mir so sehr zur Last wurde, dass ich nicht mehr weitermachen konnte. Ohne Routine überfielen mich unbestimmte Ängste. Hatte sich die Routine aber erst einmal eingestellt, machte sich die Wiederholung durch ein verschärftes Unbehagen bemerkbar. An diesem Punkt war ich angelangt. Stafford war gern gesehen in der Bibliothek. Ich fragte ihn, ob er mir dort einen Job verschaffen könne. Er schlüpfte wieder in die Haut des Universitätsprofessors, um mich zu fragen, was ich denn gelesen habe. Ich gab mich für einen Dostojewski-Spezialisten aus. Das war ziemlich dreist, denn ich hatte nichts weiter gelesen als die ersten dreißig Seiten von *Schuld und Sühne*, auch wenn ich die Absicht hatte, meine Lektüre bald fortzusetzen. Ich wollte mich jetzt zwingen zu beenden, was ich angefangen hatte. Mein Leben konnte nicht nur daraus bestehen, Dinge anzufangen und sie dann wieder aufzugeben. Ich begriff, dass dieses Syndrom mit meiner Beziehung zum Raum zu tun hatte, einem wilden Drang, mich auf den Weg zu machen, der sofort durchkreuzt wurde von dem Schuldgefühl darüber, das Weite suchen zu wollen. Hätte Stafford ein bisschen nachgebohrt, hätte er schnell begriffen, dass ich für überhaupt nichts Spezialist war. Doch ihm war das egal. Was zählte, war, dass meine zwei Meter zwanzig sich neben ihm wie ein Wall gegen die Aggressivität einiger gewalttätiger Insassen aufrichteten, die ihm gelegentlich nur zu gern seine Selbstgefälligkeit heimgezahlt hätten. Ein paar Tage, nachdem ich ihn darauf angesprochen hatte, wurde ich in die Bibliothek versetzt, unterstützt von Stafford und dem Leiter der Wäscherei, der »mein bemerkenswertes Organisationstalent« rühmte. Ich hatte nicht ohne Grund in die Bibliothek versetzt werden wollen. Ich wollte ernsthaft zu lesen anfangen und so viel lernen, wie mein Gehirn mir erlauben würde. In meinem Innern liebäugelte ich damit, mich in die Psychiatrie einzuarbeiten und mir mit der Zeit so viel Wissen über dieses Gebiet anzueignen, dass ich mich selbst zu verstehen in der Lage wäre. Meine ersten Studien beschäftigten sich mit Stafford. Durch ihn und die Bücher, die ich las, wurde mir das Problem der Perversität sehr rasch vertraut, und ich brauchte nicht lange, um die Rolle des Vaters hinsichtlich dieser Krankheit zu verstehen. Eines Abends, als sich die anderen Kranken unserer Abteilung ein Fußballspiel im Fernsehen anschauten, begann Stafford, mir von seinem Vater zu erzählen, von seiner Gewalttätigkeit, seiner Feigheit und seiner tiefen Verachtung für seinen Sohn. Dann wechselte er abrupt das Thema und empfahl mir, *Amerika* von Kafka zu lesen, allerdings ohne mir zu sagen, warum. Ich habe es nie gelesen, werde also niemals wissen, ob es auch nur entfernt etwas mit meinem Vater zu tun hat.

Zuverlässig informiert über meine guten Anlagen, suchte ich den Pfarrer des Krankenhauses auf. Er war ein etwa fünfzigjähriger Priester mit traurigem Blick. Unter den Insassen gab es nicht viele Katholiken. Seine erste Frage bezog sich auf meine Motive. Ich erzählte ihm von meiner Geburt unter dem Zeichen des Teufels und dem satanischen Lachen, dem ich mich allein oder mit der jüngeren meiner beiden Schwestern hingegeben hatte. Ich war gezwungen, ihm zu sagen, dass, sollte Gott existieren, er mich vollkommen vergessen habe. Er habe sich niemals manifestiert oder sich auf irgendeine Weise wohlwollend mir gegenüber gezeigt. Aber ich würde an Christus glauben, nicht als Sohn Gottes, sondern als Guru des Menschengeschlechts. Er fragte mich, ob ich irgendwann an Gott zu glauben gedächte. Meine Antwort beruhigte ihn, ja, ich sei durchaus guten Willens. Wir vereinbarten, jede Woche zwei Stunden miteinander zu verbringen.

So wie eine Schlange sich in einer feindseligen Wüste ihrer alten Haut entledigt, wollte ich nicht mehr die Geisel meiner Kindheit sein, nie mehr mit einer Erektion zwischen zwei Träumen aufwachen, die mich verfolgten. Diesen Phasen des Optimismus folgten Phasen eines schwarzen Pessimismus. Ich stellte mir vor, ich würde es nie schaffen und eines Tages die Kontrolle über mich verlieren. Dieser Gedanke machte mich mürrisch wie jemanden, der verdammt ist, niemals seinem Schicksal entgehen zu können. Dann kam die Niedergeschlagenheit. Ich wurde Opfer dessen, was Leitner das Syndrom des lebendig Toten nannte. Ich hatte das Gefühl, bereits tot zu sein, während ich mechanisch weiterlebte, ohne dass auch nur einer meiner Sinne mir eine Freude bereitete, die mir beweisen würde, dass ich noch am Leben war. Ich hatte das Gefühl eines unmittelbar bevorstehenden, fast natürlichen Todes, der aus geheimnisvollen Gründen gegen jede Logik nicht eintrat. Der Kontrast zwischen den zielstrebigen Phasen und diesen Augenblicken des Zusammenbruchs, in denen mir mein Leben fremd, meine Existenz gleichgültig wurde, war erschütternd.

»Das Menschenkind ist, selbst wenn es zum biologisch vorgesehenen Geburtstermin geboren wird, immer noch zu früh geboren. Es ist ein Wasserwesen, das neun Monate lang im Bauch seiner Mutter in einer Fruchtblase herumtollt, ernährt durch eine Schnur, die dem Schlauch des Tauchers ähnelt. Die Geburt des Menschen ist meiner Ansicht nach die bei Weitem brutalste. Wo immer man auf der Welt auch ist, in den Städten, in der Savanne, auf dem Meer, in den Wäldern, niemals hat man einen herzzerreißenderen Schrei gehört als den eines Neugeborenen des Menschengeschlechts. Der Tod ist erschreckend nah, viel näher als bei jeder anderen Tierart, wo das Neugeborene innerhalb weniger Stunden eine relative Selbstständigkeit erlangt. Das Kind schreit seine Schwäche hinaus, die absolute Zerbrechlichkeit eines Wassertiers, das auf ein Land geworfen wird, wo es keinen Orientierungspunkt und keine Funktion hat, die eine auch nur relative Selbstständigkeit fördern würde. Es schreit, weil es für lange Zeit die Geisel seiner Mutter ist. Das Leben in der Gebärmutter setzt sich im Freien fort in einem Zustand der Abhängigkeit des Kindes von der Mutter. Die Geschichte des Menschen ist die des verlorenen Paradieses. Und diese Phasen der Niedergeschlagenheit, die du mir beschreibst, gleichen zum Verwechseln der Abkapselung des Autisten. Es ist die Rückkehr zur Stille, zur Empfindung des Schwebens in der Schwerelosigkeit, zur Sorglosigkeit fern der später gespürten Drohung der Vernichtung. Ich sage nicht, dass du ein Autist bist, Al, ganz im Gegenteil, aber jede Persönlichkeit weist in mehr oder weniger leichter Form klassifizierte Symptome auf. Du kapselst dich ab, weil in deinem Geist die starke Unsicherheit, die deine Mutter dir durch ihr destabilisierendes Verhalten offenbart hat, in Form von Todesangst zurückkehrt, die du bekämpfst, indem du dich auf den unmittelbar bevorstehenden Tod vorbereitest. Ich weiß zum Beispiel, dass deine Enthauptungsfantasien schwächer werden, wenn du dich in diesem leicht krankhaften Schwebezustand befindest. Wenn du dagegen in einer aktiven Phase bist, begleiten diese Fantasien deinen Wunsch zu leben. Das mag etwas widersprüchlich klingen, aber es ist so. Diese Diskrepanz muss ich unbedingt aufheben, damit du in einem psychologisch stabilen Zustand entlassen werden kannst. Diese Anfälle der Niedergeschlagenheit dürfen nicht deine Beziehung zur Gesellschaft bedrohen, du musst zu einer gewissen Beständigkeit in deinen Wünschen zurückfinden. Weißt du, Al, ich habe viel nachgedacht über deine Fantasie, über das, was du deine schlechten Gedanken nennst. Ich habe lange gezögert, aber letztlich glaube ich, dass eine Verbindung mit Kastrationsängsten denkbar ist. Ich bitte dich, mir wirklich ehrlich zu antworten, kann ich mich auf dich verlassen? – Gut. Also, dann sag mir, ob du imstande bist, auf andere Weise Lust zu empfinden, als wenn du dir vorstellst, eine Frau zu enthaupten. Denn tief in deinem Innern hast du das Gefühl, dass deine Mutter dich kastriert hat. Durch ihren Einfluss hat sie dein normales Verlangen nach einer Frau zerstört. Gegen diese Kastration schützt du dich, indem du in deinen Träumen Frauen die Köpfe abschneidest. Das ist eine Möglichkeit, ihnen heimzuzahlen, was du durchgemacht hast. Ich bin mir meiner Schlussfolgerungen noch nicht ganz sicher, aber ich glaube, dass ich nahe dran bin. Wir werden es hinkriegen, Al.«

25

Das war unser letztes Gespräch. An einem Freitagabend. Er hatte mir soeben gesagt, er denke, dass er noch ein oder zwei Jahre mit mir arbeiten müsse, bevor er mich in die Freiheit entlassen könne unter Umständen, die mir erlauben würden, sie zu genießen. Am Montag darauf waren wir für den frühen Nachmittag verabredet. Ich begab mich zu seinem Büro. Dort fand ich zwei hohe Tiere aus der Verwaltung vor, in schwarzem Anzug und mit Krawatte und Trauermiene. Sie forderten mich auf, in mein Zimmer zurückzukehren, unter dem Vorwand, meine Therapiesitzung sei bis auf Weiteres abgesagt. Ich konnte nicht umhin, sie zu fragen, wo Doktor Leitner sei, aber sie gaben mir keine Antwort, und an ihrem besorgten Gesichtsausdruck erkannte ich, dass etwas Ungewöhnliches passiert sein musste. Am Nachmittag hatte ich Schule, und am nächsten Morgen ging ich zu meiner Therapiesitzung, wo mich ein neuer Psychiater erwartete, dem das Ausmaß seiner Aufgabe Sorgen bereitete. Er bat mich, mich zu setzen, und erklärte mir, ohne mich anzusehen, er sei mein neuer Therapeut. Er war älter als Leitner.

In meine Akte vertieft, sagte er, dass Leitner tot sei. Für mich ist jemand erst dann tot, wenn man weiß, wie er gestorben ist. Ich sagte es ihm, und er erklärte, er sei beim Fliegenfischen im Norden des Staates in einer besonders gefährlichen Stromschnelle ertrunken. Die Strömung habe ihn mitgerissen, man habe den Körper zwei Meilen weiter unten gefunden. Mein Gesprächspartner wirkte betroffen. In solchen Augenblicken weiß man nie, ob der Tod eines Menschen die Person, die ihn gekannt hat, wirklich bewegt oder ob die Aussicht ihres eigenen Todes sie erschreckt. Diese Nachricht überraschte mich. Würde ich sagen, sie hat mich erschüttert, so würde ich lügen. Auf emotionaler Ebene hatte sie eine eher neutrale Wirkung auf mich. Ich hatte Leitner geschätzt, ja, ich hatte ihn gemocht. Er hatte mir Wohlwollen entgegengebracht wie niemand zuvor, mit Ausnahme meines Vaters vielleicht. Übrigens hatte er sich sehr gegen diese Gefahr der Übertragung gewehrt, bevor ihm klar geworden war, dass ich nicht zu denen gehöre, die irgendetwas auf irgendjemanden übertragen. Soll ich behaupten, ich sei zutiefst aufgewühlt gewesen und die Tränen seien mir gekommen? Nein. Wissen Sie, das Merkwürdige ist, und ich kann Ihnen nicht erklären, warum, ich konnte ihn mir jetzt tot ebenso gut vorstellen wie als er noch gelebt hatte. Die Erfahrung des Todes ist wirklich etwas, das jedem Menschen fehlt. Ich empfand so etwas wie Aufgeregtheit, aber ich könnte nicht erklären, woher das kam.

Der neue Psychiater arbeitete nicht nach den Methoden Leitners. Er war mir dankbar, dass ich mit ihm weiterarbeitete, als wäre nichts geschehen. Andere Patienten machten ziemliches Theater, vergruben sich in den Schmerz über den Verlust ihrer einzigen Verbindung mit der Welt. Ich nicht, aber eins war klar für mich, ich hatte nicht die geringste Absicht, mich von ihm behandeln zu lassen. Ich wollte zurück auf den Weg in die Freiheit. Man kann nicht zwei Personen in derselben Sache vertrauen. Ich begriff schnell, dass Welton das genaue Gegenteil von Leitner war. Es beruhigte ihn, die Krankheitsbilder zu benennen. Er war ein Anhänger der Klassifizierungen und überzeugt, sich innerhalb einer exakten Wissenschaft zu bewegen. Bevor er in dieser Klinik gelandet war, war er Militärpsychiater gewesen. Zunächst hatte seine Aufgabe darin bestanden, diejenigen Einberufenen ausfindig zu machen, die sich als Verrückte ausgaben, um nicht nach Vietnam geschickt zu werden. Anschließend hatte er dann diejenigen behandelt, die Vietnam verrückt gemacht hatte. Ich erzählte ihm sofort von meinem Vater und seiner Rolle bei den Special Forces, wodurch sich eine Beziehung aufbaute. Meine Vorgehensweise war nicht kompliziert. Leitner hatte glücklicherweise nur sehr wenige Arbeitsnotizen mich betreffend hinterlassen. Mein Fall war Gegenstand mehrerer Berichte gewesen, darunter desjenigen, der mir gestattet hatte, wieder auf die Schule zu gehen. Ich begriff, dass dieser Typ sich eine eindeutige Klassifizierung meines Falls und einen Beweis für meine Genesung erhoffte. Ich erwähnte ihm gegenüber mit keinem Wort meine Fantasien und meine schlechten Gedanken. Innerhalb weniger Monate hatte ich sämtliche in der Bibliothek vorhandenen Bücher über Psychiatrie verschlungen. Welton war beeindruckt von meinen Kenntnissen. Schließlich machte er mich sogar zu seinem Assistenten für die psychologischen Tests der anderen Kranken. Ich mochte ihn nicht. Ich weiß nicht, warum, aber ich habe mir trotzdem einen Schnurrbart wie er wachsen lassen. Ich glaube, dass ihn das freute. Ich erzählte ihm, als ich meine Großmutter getötet hätte, hätte ich die gleiche Verantwortung empfunden wie der Typ einer Elite-Interventionseinheit, der einen Angreifer tötet, um seine Familie zu retten. Das machte mich ihm sympathisch, weil ich ziemlich schnell begriffen hatte, dass dieser Arzt in erster Linie Soldat und erst in zweiter Psychiater war. Und er wäre mir endgültig sympathisch geworden, wenn er nicht einen gewissen Mangel an Selbstvertrauen hinter der Elektroschocktherapie verborgen hätte. Er war nicht sicher, ob ich sie benötigte, dachte aber, in seinen Ledersessel versunken, dass diese Behandlung vorbeugend bei mir angewandt werden sollte. Vermutlich stellte er sich vor, dass mein Gehirn unter einer bestimmten Stromspannung stand, und wollte diese Spannung normalisieren. Das erinnerte fatal an den elektrischen Stuhl meiner Kindheit, doch das erzählte ich ihm wohlweislich nicht. Sie verabreichten mir ein starkes Beruhigungsmittel, das mich ins All schickte, bevor sie wie bei einer Laborratte Strom durch meinen Körper jagten. Eine der Folgen dieser rüden Therapie besteht darin, dass man die Erinnerungen an die Momente, in denen sie praktiziert wird, verliert. Nach sechs Sitzungen war Welton wohl der Meinung, ich sei nun kompatibel mit dem Stromnetz der Vereinigten Staaten von Amerika, und die Behandlung wurde beendet.

26

Es heißt immer, ein Flugzeugunglück sei das Zusammentreffen mehrerer Faktoren. In etwa das Gleiche gilt auch, wenn man eine bedingte Freilassung erreichen will. Der Platzmangel in der Klinik beförderte mich hinaus. Zahlreiche Vietnamkämpfer, die bereits entlassen worden und nach Hause zurückgekehrt waren, litten unter schweren psychischen Störungen. Täglich kamen neue zu uns in die Abteilungen, die unter Halluzinationen und Wahnvorstellungen litten. Manche, die während des Kriegs in Vietnam Vergewaltigungen begangen hatten, schafften es nicht, ihre Sucht zu überwinden. Man sah immer mehr Junkies, die völlig kaputt waren, weil sie sich massive Dosen LSD reinzogen, eine Droge, die, wie es hieß, draußen Mode geworden war.

Meine schulischen Leistungen erlaubten mir, auf eine Universität zu gehen. Hätte ich Basketball gespielt, hätte ich ein Stipendium bekommen können, doch ich konnte nicht laufen. Ich hatte nie Sport getrieben, und wie alle Riesen war ich etwas krumm gewachsen. Ich habe X-Beine, und bei der medizinischen Untersuchung, die meiner Entlassung vorausging, sagte mir der Arzt, meine Knorpel könnten sich vorzeitig abnutzen. Er empfahl mir abzunehmen, weil er hundertdreißig Kilo selbst bei meiner Größe für zu viel hielt.

Zwischen der Entscheidung, mich zu entlassen, und dem

Zeitpunkt, da ich die Klinik verließ, vergingen zwei Monate. Sie versuchten, meinen Vater ausfindig zu machen. Doch er war verschwunden, es gab nicht einmal ein Nummernschild auf seinen Namen im ganzen Land. Anschließend brauchten sie einige Zeit, um meine Mutter zu finden, die aus Montana nach Kalifornien gezogen war. Sie arbeitete jetzt als Sekretärin an der Universität von Santa Cruz südlich von San Francisco. Die Papiere der bedingten Freilassung bestimmten, dass ich nicht wieder bei meiner Mutter leben durfte, aber man konnte mich auch nicht einfach so ohne alle Mittel freilassen. Sie erklärte sich bereit, mich bei sich aufzunehmen, mich aber sofort wieder gehen zu lassen. Der Bewährungshelfer würde alle drei Monate überprüfen, dass ich nicht mit ihr unter einem Dach lebte.

27

Als ich sie im Büro der Verwaltung wiedersah, wäre ich am liebsten zurückgewichen. In den vergangenen vier Jahren hatte sie eine leicht gekrümmte Haltung angenommen. Sie wirkte noch immer eher wie der Quarterback einer Footballmannschaft als eine Hausfrau, doch eine neue Brille ließ sie wie eine Geschäftsfrau aussehen. Gewiss, sie war älter geworden, doch ich hatte sie nie so genau angesehen, um mich an ihr früheres Aussehen erinnern zu können. Sie erschreckte mich immer noch genauso wie früher. Die Gefühlsarmut ihres Blicks bewirkte, dass ich mich fühlte wie ein armseliges Stück Plasma, das sie hinter sich herzog. Ohne mich zu grüßen, vertiefte sie sich in meine Entlassungspapiere. Mehrmals las sie die Klauseln, die sie verpflichteten, und ließ sich einzelne Abschnitte ganz genau erklären. Das dauerte bestimmt eine Dreiviertelstunde. Ich war die ganze Zeit wie gelähmt. Die Welt draußen verursachte mir Schwindel und meiner Mutter Übelkeit. Meine Sinne spielten verrückt. Ich war drauf und dran, wieder auf mein Zimmer zu gehen. Doch dann unterschrieb sie die letzte Seite und drehte sich um, um zu sehen, ob alles da sei. Wir gingen hinaus, sie voraus, ich hinterher. Das Licht draußen blendete mich noch stärker als am Tag meiner Geburt. Ich blickte mich um und sah die Felder, die gekrümmt waren wie die Erde. Das helle Blau des Himmels prallte auf den Asphalt. Ich fühlte mich wie ein kleiner Junge und verspürte plötzlich den Drang, mich aus dem Staub zu machen. Ich dachte daran, ihr die Schlüssel ihres Wagens zu klauen und ohne sie loszufahren, doch man hätte mich sofort in die Klinik zurückgebracht. Ich hatte jetzt ein paar Sekunden lang die frische Luft der Freiheit genossen, und das wollte ich mir nicht nehmen lassen.

Ich setzte mich neben sie. Sie stieß wortlos zurück. Als wir auf der Straße waren, brach es aus ihr heraus.

»Was hast du ihnen gesagt?«

Ich ließ mich nicht einschüchtern.

»Das ist eine idiotische Frage. Glaubst du etwa, wir hätten in vier Jahren die Gelegenheit gehabt zu reden?«

Sie trommelte beim Fahren mit den Fingern auf das Steuer, doch das genügte ihr nicht mehr, sie versetzte ihm jetzt mit der Faust einen heftigen Schlag, als wäre sie ein Hammer.

»Hör auf, mich zu verarschen, Al, was hast du ihnen gesagt, damit sie verlangen, dass du dich von mir fernhalten sollst, hm? Habe ich etwa die Pest? Was hast du ihnen erzählt? Du bist nicht mehr wert als Vogelscheiße, hast du gehört?«

Sie war so rot wie die Schonbezüge der Sitze.

»Du bist ihnen mit der alten Leier der Kriminellen gekommen, die ihre Verantwortung auf ihre Eltern abwälzen. Dass ein Manipulator wie du aus meinem Bauch kommen konnte, tut mir in meinen Eierstöcken weh, hast du gehört. Du bist nicht einmal fähig, zu dem Scheiß zu stehen, den du gebaut hast. Habe ich dir etwa das Gewehr in die Hände gegeben und den Abzug gedrückt?«

Sie bremste abrupt, und der Qualm der Reifen war sicher bis zum Gefängnis zu sehen. Dann atmete sie tief ein und schien sich zu beruhigen.

»Hör mir gut zu, Al. Du bist vielleicht mein Sohn, aber nichts zwingt mich, dich zu lieben, so wie nichts dich zwingt, mich zu lieben. Ich habe eine gute Stelle an der Universität als persönliche Assistentin des Dekans. Ich will nicht, dass du weiter meinen Ruf beschmutzt. Sie haben dich entlassen, weil sie der Meinung sind, dass du geheilt bist. Jetzt wirst du dir Arbeit suchen und verschwinden; ich beherberge dich drei Tage, hast du verstanden, drei Tage, und dann bist du verschwunden. Als du deine Großeltern getötet hast, hast du diese Welt verlassen … Wenn du in sie zurückkehren willst, dann ohne mich.« Sie fuhr in aller Ruhe wieder los und fragte übertrieben freundlich: »Was hast du jetzt vor?«

Ehrlich gesagt hatte ich mir darüber noch nicht den Kopf zerbrochen. Ich hätte gern etwas mit Motorrädern gemacht oder eine Arbeit an der frischen Luft, doch genauere Vorstellungen hatte ich noch nicht.

»Ich werde mich nach Vietnam verpflichten.«

Sie fand die Idee interessant, vermutlich, weil sie radikal war.

»Sie haben dich da drin wirklich verändert. Ich erinnere mich an den großen Angsthasen, der sich bei der geringsten körperlichen Bedrohung in die Hose machte. Aber ist das mit der bedingten Freilassung vereinbar?«

»Ich weiß nicht.«

»Du solltest dich erkundigen. Und zwar sofort.«

Sie drehte um und fuhr zur Verwaltung zurück. Die Frau war vollkommen verdattert, als sie uns zurückkommen sah. Hinsichtlich der Verpflichtung wusste sie nicht so recht Bescheid. Es gab viele Typen, die aus Vietnam in diese Klinik kamen, doch ich war der Erste, der sich dafür interessierte, aus dieser Klinik nach Vietnam zu gehen. Dann steckte einer ihrer Vorgesetzten seinen Kopf in ihr Büro. Sie stellte ihm die Frage. Er beantwortete sie positiv. Solange ich bei der Armee wäre, würde ich ja unter Überwachung stehen, das wäre also kein Verstoß gegen meine bedingte Freilassung. Er gab mir seine Adresse und Telefonnummer, damit das Militär mit ihm Kontakt aufnehmen könne, und versprach, sich mit dem Justizministerium in Verbindung zu setzen. Noch bevor ich überhaupt darüber nachgedacht hatte, hatte ich mich für den Krieg gemeldet. Ich hatte mich seit Monaten darin geübt, meine Reaktionen zu analysieren, mein Unterbewusstsein sozusagen. Ich hatte die Gelegenheit ergriffen, die mich kostenlos so weit wie nur möglich von meiner Mutter entfernte.

Um drei Uhr nachmittags erreichten wir Santa Cruz. Meine Mutter setzte mich im Zentrum ab und fuhr dann weiter zur Universität, unschlüssig, ob sie mir die Zweitschlüssel für ihr Haus aushändigen sollte. Von dem wenigen Geld, das sie mir widerwillig gegeben hatte, kaufte ich mir einen Hamburger. Kaum hatte ich ihn verschlungen, ging ich schon durch die Tür des Rekrutierungsbüros der Armee. Es war ein enges Büro, und der Diensthabende, kurz geschoren und mit blütenweißem Hemd, blickte mich scheel an. Er zog den Kopf zurück, als er meine massige Gestalt sah, und fragte mich, was ich wolle. Nachdem ich ein kleines Formular ausgefüllt hatte, verwies er mich an einen unteren Dienstgrad, der in einem Büro hinter seinem, das noch kleiner war, einen Comic las. Dieser gab sich einen Anschein von Wichtigkeit, in den sich eine kalkulierte Naivität mischte, und wir kamen gleich zur Sache. Ich verschwieg ihm nichts. Die Erwähnung der Ermordung meiner Großeltern überraschte ihn. Sehr schnell kam er auf mein Äußeres zu sprechen, das meine Verwendungsmöglichkeiten einschränke. Er betrachtete meine Füße, die das Symbol für die Kompliziertkeit meines Falls waren. Sein Gesichtsausdruck schien auszudrücken, dass man in der Armee keine Schuhe in meiner Größe finden würde. Der Typ machte einen bekümmerten Eindruck. Freiwillige für Vietnam waren nicht gerade Legion. Aber jemanden wie mich in einen Hubschrauber zu setzen, bedeutete, ihn an den Boden zu fesseln. Ein kleines Modell, das seine Großeltern getötet hatte, oder ein Riese ohne Vorstrafen, damit wäre er zurechtgekommen, aber ein krimineller Riese, das überforderte ihn. Er notierte sich meine Adresse und Telefonnummer und versprach mir, sich zu melden, falls sie mich brauchen könnten.

Meine Mutter hatte ein Haus gemietet, das sich von den anderen Häusern ihrer Straße in nichts unterschied. Es war nicht sehr alt, fünfzehn Jahre vielleicht. Das Licht schien nicht grell hinein. Ein Garten von etwa zwanzig Metern trennte es von den Nachbarn. Eine Mittelschichtsauberkeit gab dem Viertel etwas Steriles. Die Tür, die auf den hinteren Teil des Gartens ging, der vollständig von einer niedrigen weißen Mauer umschlossen war, war abgesperrt. Durch die Glasscheibe konnte ich sehen, dass sie daraus das Paradies ihrer Wettbewerbskatzen gemacht hatte, die sich in der Sonne rekelten. Die Räume, die im Dunkeln lagen, machten mich trübsinnig. Meine Mutter hatte ein Zimmer im Erdgeschoss neben dem Eingang für mich bestimmt. Meine Sachen mussten in meiner Tasche bleiben, für den Fall, dass unerwartet ein Bewährungshelfer aufkreuzen würde. Während ich auf das Abendessen wartete, machte ich einen Spaziergang in die Stadt. Ich traute meinen Augen kaum. Innerhalb von vier Jahren hatte die Welt sich stärker verändert als zwischen dem Anfang und dem Ende des Kriegs, soweit ich das beurteilen konnte. Hunderte von jungen Leuten schlenderten umher, gekleidet und schmutzig wie Penner, in Hemden, geblümten Kleidern und Sandalen. Die Kerle hatten lange fettige Haare wie die Mädchen und ließen sich den Bart wachsen. Sie hatten einen wiegenden Gang, ihre Augen waren blutunterlaufen, und Hals und Handgelenke waren mit handgearbeiteten Anhängern geschmückt. Ich hatte noch nie so von Kopf bis Fuß zerlumpte und grellbunte Menschenwesen gesehen und dachte, es müsste eine gewaltige Krise herrschen, dass so viele obdachlose junge Leute ziellos umherschlenderten. Diese bewusste Hässlichkeit musste einen Grund haben. Zwei- oder dreimal sprachen mich sogar Mädchen an, die mit mir über irgendwelche obskuren Dinge reden wollten, in denen sich Jesus, der Frieden in Vietnam, die Reinkarnation und ein Haufen Unsinn, der ihren bekifften Gehirnen entsprungen war, vermischten. Und ein anderes baute sich mit ausgebreiteten

Armen vor mir auf und nannte mich einen weißen Totem und Indianermörder. Ich brauchte sie gar nicht wegzuschubsen, um meinen Weg fortsetzen zu können, sie war ganz von allein hingestürzt und lachte wie ein kleines, geistig zurückgebliebenes Mädchen. Ich war nicht in der Stimmung, mich mit diesem Gesindel abzugeben. Ich wollte nur in Ruhe gelassen werden. Ein unbestimmtes Verlangen, Schluss zu machen, keimte in mir auf, und ich versuchte, ihm zu widerstehen. Ich setzte mich in einen Park, in dem gut fünfzig dieser dekadenten Sonderlinge in einer eigenartigen inneren Reise hausten. Im Gegensatz zu ihnen war ich stolz, ein sauberes Hemd zu tragen. Es war blau und kurzärmelig. Ich wirkte wohl so furchterregend, dass niemand sich traute, sich neben mich zu setzen. So saß ich eine gute Stunde da, beobachtete die Leute und dachte bei mir, dass dieses ganze Leben keinen Sinn hatte. Nicht eine dieser seltsamen Erscheinungen hatte auch nur die geringste Chance, die nächsten hundert Jahre zu überleben, und die Geschichte unserer Art kam mir vor wie diejenige eines Völkermords durch die Zeitläufte. Jede Generation kämpfte in ihren kleinen Geschichten, bevor sie massenweise die Friedhöfe bevölkerte. Ich war in einer richtigen Katerstimmung, ich leugne es nicht. Ich hätte mir eine Kugel in den Kopf jagen oder all diese Freaks oder die alten Leute erschießen können, die aus Gründen, die nur sie kannten, in dem Park herumliefen. Santa Cruz machte keinen sonderlich guten Eindruck auf mich. Ich kochte vor Wut, weil diese verdammte Klinik mich zu meiner Mutter zurückgeschickt hatte wie in die Abhängigkeit eines Neugeborenen, ohne Geld und ohne Perspektive. Ich spürte, wie ein Hass auf all diese Typen in mir hochkam, die sich angeblich bemüht hatten, mich vier Jahre lang zu behandeln und mich jetzt im Stich gelassen hatten. Ich wollte in die Klinik zurück, um meine Würde zurückzugewinnen. Verdammt noch mal, wie hatten sie so etwas nur tun können. Sie wussten nicht, wozu ich fähig war, wenn ich eine Stinkwut bekam! Ich hätte nur zu gern ihre Gesichter gesehen, wenn sie morgen früh erführen, dass ich auf zwanzig Spaziergänger in diesem Park geschossen hatte und außerdem auf zwei, drei Bullen, bevor ihre Kumpel aufkreuzten und mich abknallten. Bevor sie mich entließen, hätten sie eine Arbeit für mich finden sollen. Ganz gleich, wo, ganz gleich, was, selbst eine Arbeit, die niemand machen will, die Leichen im Leichenschauhaus waschen oder so was, womit ich mir wenigstens meine Unabhängigkeit sichern konnte. Vor Wut weinte ich auf meiner Bank.

28

Meine Mutter kam nach Hause mit Essen für zwei, nicht mehr und nicht weniger. Ich lag auf ihrem Sofa mit den blasslila Fransen. Ich stand auf, um mir eine spitze Bemerkung zu ersparen. Es roch nach Brathuhn und warmem Einwickelpapier. Die Pommes frites befanden sich getrennt in fetttriefenden Papiertüten. Sie hatte mehr Geld für Bier als für Essen ausgegeben; was das betraf, hatte sie sich nicht geändert. Sie blickte abwechselnd nach oben und nach unten, aber nur selten direkt ihr Gegenüber an. Sie trank zwei Flaschen von jeweils einem halben Liter, bevor sie raunzte: »Ich habe einen Job für dich bei einer Tankstelle an der Ausfahrt der Stadt gefunden. Und ein möbliertes Zimmer bei einer anständigen Dame für etwas mehr als ein Drittel deines Fixums. Wenn du gute Trinkgelder bekommst, wirst du die Miete kaum merken. Was haben sie wegen Vietnam gesagt?«

»Sie haben nichts gesagt, ich glaube sie hatten Angst, keine Schuhe für mich finden zu können.«

»Ist das alles?«

»Nein, das kannst du dir ja vorstellen. Hätte ich Indianer getötet, hätten sie mich genommen, aber meine eigenen Großeltern … Ich habe gespürt, wie sie zögerten. Sie wollen sich melden.«

»Sie werden sich niemals melden. Ein Typ, der fähig ist, seine

Großeltern zu töten, ist ebenfalls fähig, seine Regimentskameraden von hinten zu erschießen.«

Voller Wut stand ich auf. »So etwas darfst du nicht sagen!«

»Doch, ich darf, weil ich das denke.«

Ich setzte mich wieder. Sie öffnete eine weitere Flasche Bier, ohne mir eine anzubieten. Meine Wut fiel in sich zusammen wie ein Soufflé. Wir aßen schweigend weiter. Sie schaltete den Fernseher ein, in dem gerade eine Reportage über Vietnam lief. Dann wechselte sie zu einem anderen Sender, wo ein Baseballspiel übertragen wurde. Meine Mutter liebte Baseball, ich sah, wie sie ganz zappelig wurde.

»Deine Schwester ist schwanger.«

Ich ließ mir mit der Antwort Zeit.

»Von was?«

Sie blickte mich verdutzt an.

»Wie, von was?«

»Von einem Meeressäugetier?«

Sie presste die Lippen aufeinander, ein Zeichen, dass sie sich sehr zusammennehmen musste.

»Ich wäre so gern stolz auf dich gewesen, Al.«

Was kann man darauf antworten?

»Wenn ich all die Studenten in der Universität sehe, sage ich mir immer, dass du einer von ihnen sein könntest.«

»Was spricht dagegen?«

»Du wirst niemals ein Stipendium bekommen, und ich kann es mir nicht leisten. Jetzt, da dein Vater verschwunden ist, brauchst du nicht mit mir zu rechnen, dass ich seinen Anteil für was auch immer zahle. Das Geld wäre sowieso aus dem Fenster geworfen. Ich leugne nicht, dass du intelligent bist, Al, aber es fehlt dir am nötigen Willen. Du bist willensschwach. Deine Gedanken sind ohne Zusammenhang. Weißt du überhaupt, was du aus deinem Leben machen willst, außer es zu verpfuschen?«

Sie stand auf, um das Geschirr abzuräumen und zu spülen.

Ich blieb sitzen.

Wütend sagte sie: »Hältst du mich für deine Angestellte? Kannst du nicht aufstehen, um mir zu helfen?«

Ich stand langsam auf und nahm einen Zettel und einen Stift, um die Adresse der Tankstelle und der Vermieterin aufzuschreiben, die sie mir entnervt diktierte. Als sie fertig war, zerriss ich den Zettel.

»Was tust du da?«

»Das siehst du doch, ich hab ihn zerrissen. Ich brauche keinen Zettel, um mich an eine Adresse zu erinnern. Und vor allem brauche ich dich nicht, um einen Job zu finden. Ich werde nicht zu dieser Tankstelle gehen, und auch nicht zu der Vermieterin. Ich will dir nichts schuldig sein. Nicht mal die Nacht hier. Ich werde meine Tasche nehmen und abhauen. Aber nicht, ohne dir vorher noch etwas zu sagen. Ich bereue wirklich, dass ich die Großeltern getötet habe.«

»Du bereust, wie schön!«

Es war ihr völlig egal. Sie suchte nach Feuer, um sich eine Zigarette anzuzünden.

»Ja, ich bereue, ich hätte sie niemals umlegen dürfen. Dich hätte ich erschießen sollen.«

Sie lachte leise und böse, doch ich sah, dass sie Angst hatte. Mein Gesichtsausdruck musste sich verändert haben, ohne dass ich es gemerkt hatte.

»Schön, da du mir mit dem Geschirr nicht helfen willst, werde ich es allein fertig spülen. Du kannst gehen.«

Sie spielte die Stolze, holte sich aber trotzdem ein weiteres Bier.

»An deiner Stelle, Al, würde ich solche Drohungen nicht zu oft aussprechen. Denn dann werde ich deinem Bewährungshelfer davon erzählen, und du bist sofort wieder in der psychiatrischen Klinik. Aber das will ich nicht. Pack deine Sachen, verschwinde wie dein Vater, lebe dein Leben, was für ein Leben auch immer, das ist mir egal, aber verschwinde.«

Während sie das sagte, hatte sie mir den Rücken zugewandt,

und ich betrachtete ihren Nacken. Ich ging in mein Zimmer. Ich packte die wenigen Sachen wieder ein, die ich aus meiner khakifarbenen Jutetasche genommen hatte, und ging ohne ein weiteres Wort mit dem unbestimmten Gefühl, dass ich ihr das Leben gerettet hatte.

Draußen wurde mir bewusst, dass ihr Haus feucht war, denn die Luft war trocken und mild. Die Nacht hatte sich auf die Stadt gesenkt, aber es war nicht vollkommen dunkel. Ich ging wieder zu dem Park, in dem ich am Nachmittag gesessen hatte. Es fällt mir schwer, die Freude zu beschreiben, die ich empfinde, wenn ich spazieren gehe, während eine unbestimmte Gefahr in der Luft schwebt. Es kann nichts passieren, aber man spürt, dass schon eine Kleinigkeit genügen würde, damit die Situation eskaliert. Das ist die Stunde, in der Unzufriedenheit, Groll und Wahnsinn ihr Unwesen treiben. Es ist alles eine Frage der Gelegenheiten, der Umstände und des Mondes.

Mein außergewöhnliches Gedächtnis registriert häufig Details, die für den gewöhnlichen Sterblichen keine Bedeutung haben. Aber es kann auch ganze Abschnitte meiner Existenz auslöschen. Die Klinik war schon sehr weit weg für mich. Und Leitner noch weiter. Während ich durch die menschenleeren Straßen von Santa Cruz ging, fragte ich mich, ob ich ihn wirklich kennengelernt hatte. Ich dachte an meinen verschwundenen Vater und nahm mir vor, ihn wiederzusehen. Ich wollte ihm meine Tat erklären, damit er sich in Kenntnis der Sachlage ein Urteil bilden könnte. Ich konnte mir durchaus vorstellen, in seine Nachbarschaft zu ziehen. Wir hatten uns gut verstanden, als wir zusammen in Los Angeles gelebt hatten. Es waren stets die Frauen, die uns auseinandergebracht haben. Meine Mutter und meine Schwestern, die er wie die Pest gemieden hat. Seine zweite Frau, die sich eingebildet hatte, ich würde sie anstarren. Und dann die Neue, von der ich nichts wusste. Vor allem jedoch meine Mutter, meine Großmutter. Als ich sie tötete, hatte ich ein merkwürdiges Schuldgefühl in ihm geweckt: weil er nicht geweint hat, denn ich bin sicher, dass der Tod seiner Mutter ihn nicht bewegt hat.

In Santa Cruz herrscht die trügerische unbekümmerte Ruhe einer Universitätsstadt. Es fällt schwer, sich diesen Ort als Aschehaufen vorzustellen, sollte die San-Andreas-Verwerfung sich bewegen. Ein Massaker wäre das Ergebnis, die ganze kalifornische Küste würde verwüstet und ins Chaos gestürzt. Die Hölle ist nie weit weg vom Paradies, aber das wollen die Leute nicht wahrhaben, sie schlafen, als wachte ein guter Stern über sie. Sie verbringen ihre Zeit damit, sich Gehege für die Zwergziegen zu bauen, die sie selbst sind. Sie häufen an, sie sammeln, den Blick starr auf ihre Schuhspitzen gerichtet. Es kommt ihnen niemals der Gedanke, sich zu fragen, was sie da tun. Sobald jemand in ihrer Umgebung umgebracht wird, bekommt ihr eigenes Leben eine unerwartete Würze. Die Morde erschrecken sie nicht, sie verleihen ihrem armseligen Lebensweg einen unverhofften Wert.

Zu meiner großen Überraschung war der Park zu dieser späten Stunde belebter als mitten am Tag. Ich musste eine Weile herumlaufen, bevor ich eine Bank fand, auf der ich allein schlafen konnte. Ich hatte nie zuvor eine solche Anhäufung von Freaks erlebt. Gut zehn Menschenansammlungen bildeten einen Kreis und machten mit überaus inspirierten Posen Musik. Die Bekifftesten unter ihnen schliefen auf dem Boden, mit ausgebreiteten Armen und geöffneten Augen durchforschten sie die Galaxie. Ich bereute nicht, dass ich mich vor dem Abendessen rasiert, meinen Schnurrbart geschnitten und mein Hemd gebügelt hatte. Ich setzte mich in die Mitte der Bank, um mein Revier zu markieren, und wollte erst einmal gut schlafen, bevor ich auf Arbeitssuche ging. Ich könnte Ihnen Geschichten erzählen über diese Marsmenschen, die nach Hanf stanken, doch diese Verrückten waren mir vollkommen gleichgültig, ich wollte ihnen nichts Böses. Ich begriff nicht, wo sie herkamen und wo sie hingingen, als kämen sie aus einer immateriellen Welt und zögen als durchsichtige Wolken umher.

Gewiegt von indischer Musik, schlummerte ich langsam ein, als ich spürte, dass jemand unmittelbar vor mir stand. Ich öffnete die Augen, und vor mir stand ein Mädchen ungefähr in meinem Alter. Ihr offenes blondes Haar fiel fast bis auf ihren Po. Der Ansatz ihrer üppigen Brüste war von einem verknitterten weißen, fast durchsichtigen Kleid bedeckt, das durch zahlreiche Zierstreifen gebauscht war. Sie schaute mich wohlwollend an. Ich erwiderte ihren Gruß, weil ich sie wirklich sehr hübsch fand. Die Wut, in die meine Mutter mich versetzt hatte, hatte sich gelegt, jedoch nicht vollständig der Ruhe Platz gemacht.

»Ziehst du umher?«

Sie setzte sich ans Ende der Bank. Mich nicht anzusehen flößte ihr wohl Vertrauen ein.

»Ganz im Gegenteil. Ich versuche, mich niederzulassen.«

»Hast du in Vietnam gekämpft?«

»Nein, sie wollten mich nicht, ich falle zu sehr auf.«

Sie nickte. »Das stand geschrieben.«

»Was stand geschrieben?«

»Seit deiner Geburt stand geschrieben, dass du nicht dort sterben wirst, weil du ein zu großes Ziel bist. Ein Glück für dich. Du hast ein gutes Karma. Ich habe einen Bruder dort. Ich spüre ganz tief in mir, dass er nicht zurückkommen wird. Deswegen ziehe ich umher. Ich komme aus Sacramento. Ich will nicht da sein, wenn Männer in Uniform bei meinen Eltern an der Tür klingeln, um ihnen den Tod meines Bruders mitzuteilen. Ich wollte, dass er desertiert. Er wollte nicht. Ich bin mit einer Gemeinschaft unterwegs, die sich nach und nach durch immer neue Begegnungen bildet. Wir sind schon fünfzehn. Wenn dich das reizt, bist du willkommen.«

»Was für eine Art von Gemeinschaft?«

»Wir versuchen, nach unseren Prinzipien zu leben. Die Abschaffung des Besitzes von Gütern und Menschen.«

Ich sagte: »Kommunistisch angehaucht also?«

»O nein! Absolut nicht. Na ja … Ich weiß nicht genau, was Kommunismus ist. Wir ziehen weiter nach Norden, um Land zu bestellen und von dem zu leben, was wir anbauen. Alles, was wir besitzen, wird allen gehören, die Liebe wird frei sein …«

»Frei?«

»Ja … Es muss endlich Schluss sein mit all diesen Besitzansprüchen, mein Land, meine Frau, mein Hund, mein Fernseher. Wir werden sogar Kinder machen, die der Gemeinschaft gehören werden. Nie zuvor in der Geschichte der Menschheit werden Kinder mit so viel Liebe empfangen worden sein. Sie werden keine psychischen Probleme mehr haben, weder Rivalität noch Konkurrenz kennen. Wir werden eine neue Welt ohne Krieg erfinden, in der nur noch die Liebe zählen wird, eine Welt, die sich radikal von der unserer Eltern unterscheidet, in der die materiellen Probleme keine Bedeutung mehr haben werden. Wir werden wieder im Einklang mit der Natur leben und unsere Zeit damit verbringen zu genießen.« Sie holte Luft und sagte: »Willst du ficken?«

Hätte mich in diesem Augenblick ein Lastwagen überfahren, ich wäre nicht überraschter gewesen.

»Keine Angst, niemand wird zuschauen. Wir kennen keine Geilheit. Wir befriedigen ein natürliches Bedürfnis, ebenso natürlich wie Essen oder Schlafen. Willst du?«

Sie stand auf und hob ihren Rock, um sich rittlings auf meinen Schoß zu setzen. Ich schob sie sanft, aber bestimmt zurück, und sie begriff, dass es ein verhängnisvoller Fehler wäre, weiter zu insistieren.

»Du bist noch nicht bereit für den großen Sprung in eine bessere Welt. Ich verstehe es, Bruder. Aber wenn du dich unserer Gemeinschaft anschließen willst, wir sind noch zwei Tage hier, um mit kleinen Jobs genügend Geld zu verdienen. Anschließend ziehen wir weiter zum Mount Shasta im Norden. Kennst du ihn?«

Natürlich kannte ich ihn, hielt mich aber bedeckt.

»Wenn du eines Tages den Wunsch nach einer besseren Welt hast, wirst du immer willkommen sein. Wie heißt du?«

»Al.«

»Ich bin Lisbeth.«

Es war schrecklich, ein Mädchen wie sie gehen zu lassen, nur weil man nicht weiß, was man mit ihr machen soll.

Sie machte mir ein kleines Zeichen mit den Fingern, bevor sie im Halbdunkel verschwand.

Ich sah sie am nächsten Morgen wieder, als ich mich gegen sieben auf Arbeitssuche machte. Sie lag in einem Schlafsack zwischen zwei schmutzigen Kerlen. Bei dem Gedanken, dass sie abwechselnd oder gleichzeitig mit ihnen geschlafen hatte, drehte sich mir der Magen um. Ich hätte sie gern mit Fußtritten traktiert. Die freie Liebe, ohne so richtig zu wissen, warum, war für mich noch so eine Männerfantasie, die von Frauen verkauft wurde. Doch im Grunde war mir das egal … Dass ich schlecht rasiert einen Job suchen musste, bereitete mir sehr viel mehr Sorgen.

Ich machte mich auf den Weg ins Zentrum, gerädert von der unbequemen Nacht. Mit dem Rest des von meiner Mutter erbettelten Gelds kaufte ich einen dünnen Kaffee und drei Donuts. Ein leichter Wind, der vom Meer kam, strich über mein Gesicht. Ich befand mich in einem Zustand zwischen Wohlbefinden und Angst, mich plötzlich nicht mehr wohlzufühlen. Ich wollte unbedingt vor dem Abend Arbeit finden, um nicht gezwungen zu sein, meine Mutter wiederzusehen. Solange das Wetter es erlaubte, konnte ich weiterhin im Park schlafen, aber ich musste essen, und eine Körpermasse wie die meine lässt sich nicht notdürftig ernähren. Der Besitzer der ersten Tankstelle, die ich aufsuchte, bedauerte, dass er mir keinen Job anbieten konnte. Bei der zweiten war der Boss nicht da, und ich hatte keine Lust zu warten. Bei der dritten hatte ich Glück. Der Pächter von Texaco war ein pummeliger Italiener. Er wirkte wie einer, der eher Pizzas als Benzin verkauft, aber das ist eines dieser Klischees, die keine große Aussagekraft haben. Wie ich erwartet hatte, bot er mir kein Fixum an. Die Trinkgelder fürs Tanken, für das Waschen der Windschutzscheibe, das Aufpumpen der Reifen und für kleine Wartungsdienste wie das Überprüfen des Öl- und Kühlwasserstands gehörten mir. Ihm zufolge würde ich mehr verdienen, als ich hoffte. Zu meinem Glück hatte mein Vorgänger sich mit einer Kundin aus dem Staub gemacht, einer vierzigjährigen Frau, die das neueste Cadillac-Modell fuhr. Laut Giannini würde sie ihm mehr bieten, aber nicht auf Dauer, obwohl er ein hübscher Junge sei, soweit er das beurteilen könne. Zwei dieser Freaks hatten vor mir nach Arbeit gefragt, aber mit solchen Verrückten wolle er nichts zu tun haben. Der Benzin- und Schmierölgeruch reiche seiner Meinung nach nicht aus, um ihren Gestank zu überdecken. Das war vielleicht ein wenig übertrieben, doch die Spaghettifresser übertreiben gern. Er fragte mich, ob ich mich in Automechanik auskenne, weil der Tankstelle eine Werkstatt angeschlossen sei, die ihm gehöre. Der Form halber erkundigte er sich, woher ich käme; die Antwort interessierte ihn nur mäßig. Ich erzählte ihm, dass ich aus Montana komme. Er meinte, dass sei ja eine ganz schön lange Reise, um als Tankwart zu arbeiten oder als Motorradmechaniker, da ich erklärt hatte, ich verfüge über eine gewisse Fachkenntnis auf diesem Gebiet. Da er mir nur bis zur Taille ging, schaute er mich nie an, wenn er mit mir sprach, aus Angst, seine Halswirbel abzunutzen. Es war ihm ein Rätsel, wie man so groß sein konnte. Er hielt mich sicher für sehr stark, weil er sich meine Knochen nie näher anschaute, die für einen Menschen meiner Größe unglaublich zart waren.

29

Gleich am ersten Tag erlaubten mir meine Trinkgelder, mich bei einer Vermieterin vorzustellen. Aus Respekt oder Furcht vor meiner Größe steckten die Kunden die Hand in die Tasche, ohne mit der Wimper zu zucken. Die Gewohnheit präziser und effizienter Bewegungen tat ein Übriges. Diese Frau wohnte in einem Haus, das viel zu groß für sie allein war, an der Ecke von zwei langweiligen Straßen, deren einziger Zweck darin zu bestehen schien, sich zu kreuzen. Die Betonpfähle, auf denen das Gebäude ruhte, ließen es aussehen, als würde es sich nach vorn neigen und könnte bei der ersten Erschütterung einstürzen. Früher müssen alle Zimmer bewohnt gewesen sein, ich konnte es spüren. Trauerfälle, Auszüge, Fälle von Durchbrennen, was weiß ich, hatten die Familie dezimiert, und jetzt war nur noch eine alte runzelige Frau übrig, die ihre Vormittage damit verbrachte, sich Wasserwellen zu machen. Sie hatte keine andere Wahl, als sich selbst zu gefallen. Der Geruch nach verbranntem Haar, der aus dem kleinen Apartment drang, in dem sie wohnte, schnürte einem die Kehle zu, wenn man an ihre Tür klopfte, um die Post zu holen oder die Wochenmiete zu bezahlen. Sie mochte mich sofort, als ich ihr erzählte, dass ich als Tankwart arbeiten würde, um mir mein Studium zu verdienen. Sie war die Sorte Frau, die geheiratet und Kinder bekommen hatte, nur um zu erleben, wie sich eines nach dem anderen aus dem Staub machte, weil sie wie besessen ihr ganzes Leben bestimmt hatte. Sie vermietete drei Zweizimmerwohnungen mit Küche zu einem mehr als vernünftigen Preis. Nach einem Monat besuchte mich der Bewährungshelfer unangemeldet. Da ich ihm keinen Lohnzettel zeigen konnte, lud ich ihn ein, sich vom Gehsteig gegenüber der Tankstelle zu überzeugen, dass ich diese Arbeit wirklich ausübte. Er wollte wissen, ob ich unabhängig von meiner Mutter lebte. Ich beruhigte ihn diesbezüglich, war aber ebenso beunruhigt wie er, weil abgesehen von ihm niemand mehr auf mich aufpasste. Er erinnerte mich daran, dass es mir nicht gestattet sei, den Staat zu verlassen, und dass der geringste Verstoß gegen diese Verfügung zur Aufhebung meiner bedingten Freilassung führen werde.

»Wo soll ich denn hingehen? Soll ich etwa das Klima von Kalifornien verlassen, um den Schneemann in Alaska zu spielen?« Ich merkte, dass er irgendetwas im Schilde führte.

Sorgfältig durchsuchte er meine Wohnung nach Alkohol oder Rauschgift, bevor er mich, als ich es am wenigstens erwartete, fragte, ob es mir gut gehe. Meine lakonische und unmissverständliche Antwort bauschte er zu einem ganzen Abschnitt auf, den er mit winziger Schrift, die er vor meinem Blick verbarg, auf ein Blatt in seiner Akte schrieb. Dieser Typ hatte die Offenheit eines Reptils, das seine harten Schuppen für einen weichen Flaum ausgeben möchte. Ich spürte etwas Ungeheuerliches hinter seiner Fassade eines Handlangers der Justiz: die Art von Last, von der man sich nie mehr befreien kann. In gewisser Weise diente seine Funktion dazu, eine letzte Schutzmauer für ihn selbst zu errichten, sodass der Übergang zur Tat verhindert wurde; jeder Ausdruck seines Gesichts, jede Bewegung seiner Finger drückte diesen Widerpruch aus, diese Angst davor, in die Tiefe gesaugt zu werden. Ich wusste eine ganze Menge über Perverse, das las er in meinem Blick, und einen Moment lang vertauschten sich die Rollen, doch er gewann rasch wieder die Oberhand, indem er sagte, ich solle nicht damit rechnen, dass er vergesse, wer ich sei. Er ließ es mich sogar dadurch büßen, dass er die Zeiträume verkürzte, in denen ich mich bei ihm zu melden hatte.

30

Meine Begeisterung darüber, Tanks zu füllen und Windschutzscheiben zu putzen, hielt nicht länger als zwei Monate an. Der Frühling des Jahres 1967 näherte sich dem Ende, und es juckte mich regelrecht, das Weite zu suchen. Anders als all die jungen Leute meiner Generation, die Nordkalifornien überschwemmten, wäre ich am liebsten in die entgegengesetzte Richtung aufgebrochen. Es hieß, sie seien zu Tausenden in San Francisco eingefallen, und Tausende weitere seien unterwegs, nur gebremst durch chronischen Geldmangel. Ein Kunde, der mich schätzte und der bei der Straßen- und Brückenverwaltung arbeitete, bot mir an, mich zu einem Festgehalt anzustellen. Die Perspektive einer Arbeit an der frischen Luft gefiel mir. Obwohl Giannini mich nur ungern gehen ließ, war er doch stolz darauf, dass ein gewissenhafter Typ wie ich versuchte, in der Gesellschaft voranzukommen, zu einem Zeitpunkt, da so viele junge Leute beschlossen, sich mehr schlecht als recht durchzuschlagen. »Friede« und »Liebe« – sie hatten nur diese beiden Worte, die aus ihrem Mund kamen wie die Schaumblasen einer parfümierten Seife für alte Frauen. Da Santa Cruz zwischen San Francisco und Monterey lag, wimmelte es in der Stadt und an der Universität, wo meine Mutter arbeitete, nur so von pazifistischen Ausgeflippten. Ich wusste das, weil ich manchmal auf dem Campus spazieren ging, um die Umgebung kennenzulernen, in der sie arbeitete. Einmal machte ich mir sogar den Spaß, sie zu besuchen. Aufgrund ihrer Prahlerei wusste ich, dass sie die Privatsekretärin des Dekans der psychologischen Fakultät war, und ging in aller Seelenruhe zu ihr hinauf. Zu behaupten, sie hätte sich nicht über meinen unerwarteten Besuch gefreut, wäre ein Euphemismus.

Das Blut wich aus ihrem Gesicht, und sie erbleichte, bevor sie grün wurde, als oxidierte sie. Doch sie konnte nicht herumbrüllen. Ich habe sie nie so bedauernswert gesehen wie in dem Augenblick, da ihre Kolleginnen ins Büro kamen, um sie zum Mittagessen abzuholen, und mich verblüfft ansahen, als entdeckten sie, dass das Empire State Building eine Mutter hatte. Wir sahen uns so ähnlich, dass sie mich nicht hätte verleugnen können. Sie hatte auch gar nicht die Absicht. Ebenso wenig, wie es zuzugeben. Und so stand sie da wie ein Pferd, das nicht mehr weiß, ob es vorwärtsgehen oder zurückweichen sollte.

Ich wandte mich an ihre Kolleginnen und sagte: »Guten Tag, ich bin Al, ihr Sohn.« Sie waren wie versteinert, und die am wenigsten Schlanke meinte: »Ich dachte, du hättest zwei Töchter.«

Jetzt war ich im Vorteil, und ich fügte hinzu: »Sie wollen doch wohl nicht, dass ich meine Hose runterlasse!«

Eine der Frauen, die meine Mutter wohl nicht mochte, brüllte vor Lachen, und ihr Lachen war so laut, dass der Dekan aus seinem Büro kam. Er war nicht sehr groß und trug eine komische Fliege über einem tadellosen Hemd. Er trat mit einem breiten Lächeln ein, entschlossen, an der Heiterkeit teilzuhaben. Meine Mutter stellte mich daraufhin als ihren Sohn vor. Ihm war nicht klar, was daran so lustig war.

»Meine Mutter ist nicht sehr stolz darauf, dass ich die Straßen Kaliforniens ausbessere, anstatt an einer angesehenen Universität zu studieren, daher vermeidet sie es, mich vorzustellen.«

»Das ist natürlich schon zum Lachen«, erwiderte der Dekan in einem Ton, der niemandem Unrecht tun wollte. Er begriff sehr schnell, dass seine Anwesenheit überflüssig war, und kehrte in sein Büro zurück, nicht ohne einen Blick auf den Postkorb geworfen zu haben, um sein Hereinkommen zu rechtfertigen.

Meine Mutter, die immer noch schwieg, stand auf und nahm ihre Tasche. Sie erholte sich allmählich von ihrem Schrecken darüber, dass ich allen die Wahrheit gesagt hatte. Sie war mir alles andere als dankbar dafür. Als wir draußen waren, verabschiedete sie sich von mir mit: »Bis heute Abend, Al«, als wäre es meine Gewohnheit, abends zu ihr nach Hause zu kommen. Dann verschwand sie mit ihren Kolleginnen.

Ich setzte mich auf eine Bank, die Arme auf der Lehne ausgestreckt, und beobachtete die Studenten, die allein oder in Gruppen von einem Gebäude zum anderen gingen. Das verriet viel über Amerika und seine Veränderung während meiner Inhaftierung. Während der Kommunismus lange Zeit als die Hauptbedrohung betrachtet worden war, die über dem Land geschwebt hatte, schien jetzt eine ganz andere Gefahr es von innen her zu vergiften. Zum Glück besuchte eine Mehrheit von jungen Leuten wie ich die Universität und bezeugte durch ihr Verhalten und ihre Kleidung Respekt vor sich selbst und vor den anderen. Ich hatte das Gefühl, ein schon länger schwelender Bürgerkrieg würde jeden Augenblick ausbrechen, und hatte mein Lager schnell gewählt. In den letzten zwei Monaten hatte ich nur die nötigsten Worte mit Giannini, meinem Bewährungshelfer und meiner Vermieterin gewechselt. Das war zu wenig, um eine Vorstellung von dem zu bekommen, was mich wirklich zu beschäftigen begann. Ich wollte meinem Land nützlich sein und ihm helfen, das Phänomen der Entartung unserer Jugend einzudämmen. Diese Selbsterkenntnis führte zu einem unwiderstehlichen Drang, in die Polizei einzutreten. Ich ahnte, dass das angesichts meiner Vorgeschichte nicht so einfach sein würde, aber wenn ich es intelligent anstellte, müsste ich eine Chance haben.

Am Abend bummelte ich ein wenig durch die Stadt. Als der

Hunger sich meldete, steuerte ich das Haus meiner Mutter an, um ein kostenloses Abendessen zu schnorren. Sie öffnete mir und seufzte auf; irgendwie wirkte sie niedergedrückt.

Ich sagte: »Du hast ja gesagt: ›Bis heute Abend‹, als wir uns heute Mittag getrennt haben, oder habe ich geträumt?«

»Wie man eben so sagt, Al … Du kannst nicht reinkommen, ich habe Besuch.«

Das traf sich gut. Vor anderen konnte sie nicht die Oberhand über mich behalten und war gezwungen, ihre Wut zu zügeln, wenn sie nicht als hysterisch gelten wollte. Ich drückte die Tür auf, damit sie begriff, dass ich nicht die Absicht hatte, klein beizugeben. Sie drehte sich um mit einer Stinkwut, die sie so schlecht verbarg, dass ich mich fragte, wie sie sich Luft machen würde. Der Typ, den sie zu Besuch hatte, war ein nicht mehr ganz junger Professor. Ich dachte bei mir, dass er sexuell frustriert sein musste, andernfalls würde er sich nicht damit abgeben, eine Frau bar aller Weiblichkeit zu verführen, deren Haut vom Alkohol geschädigt war und der man die Trunksucht schon an der Nase ansah. Auch er hatte noch nie von mir gehört, doch das schien ihn nicht zu kränken. In freier Wildbahn interessiert sich ein Männchen, das entschlossen ist, ein Weibchen zu decken, nicht für dessen Brut, außer sie ist seinem Vorhaben hinderlich. Meine Mutter hatte die kleinen Teller auf die großen gestellt und sich gekleidet, als würde sie ausgehen. Dieser alte Professor leitete einen Psychologiefachbereich, und er wollte unbedingt zeigen, dass er in den Leuten zu lesen verstand. Daraus leitete er eine Überlegenheit ab, die ihn schnell unsympathisch machte. Alles, was ihn interessierte, war, ob ich über das Abendessen hinaus bleiben würde, was seine Pläne erheblich gestört hätte.

»Deine Mutter und ich sprachen über all diese jungen Leute, die aus ganz Amerika in diesen Teil Kaliforniens strömen … Was sagst du dazu, Al?«

»Ich sage, dass das eine Bande von Defätisten ist, die sich als

Pazifisten ausgeben. Mit solchen Leuten kann man die Schlüssel Amerikas gleich den Sowjets geben. Sie brauchen die Frauen gar nicht zu vergewaltigen, sie bieten sich ihnen freiwillig in Blumenkörben an.«

Er fand meine Antwort amüsant, das Eis war gebrochen.

»Ich habe versucht, mich nach Vietnam zu verpflichten, aber es sieht so aus, als würde ich eher zu Tode kommen, wenn ich in einen Hubschrauber steige, als von einem Viet abgeknallt zu werden. Sie wollten mich nicht.«

»Und was hast du vor?«

»Ich würde gern studieren und zur Polizei gehen. Ich könnte ihr helfen.«

»Wobei zum Beispiel?«

»Ein psychologisches Profil der Killer zu erstellen, in bestimmten Milieus zu ermitteln …«

»Kennst du dich in Psychologie aus?«

Die Augen meiner Mutter weiteten sich plötzlich in Erwartung meiner Antwort.

»Ich habe mich in den letzten Jahren intensiv mit Psychologie beschäftigt, ich habe sogar ein paar Psychiatern dabei assistiert, Kranke zu testen, als ich im State Hospital in Atascadero angestellt war. Ich habe mich viel mit den Perversen beschäftigt. Mit den Schizophrenen auch. Mit den Manisch-Depressiven kenne ich mich weniger aus.«

Er schätzte meine Offenheit.

»Warum schreibst du dich nicht an der Universität ein, an unserer Universität?«

»Das könnte ich. Ich habe die erforderlichen Zeugnisse, und meine Mutter hat es Ihnen vielleicht nicht erzählt, aber man hat bei mir einen IQ festgestellt, der höher ist als der von Einstein.«

Meine Mutter nickte. Sie fühlte sich ebenso unwohl wie ein Bombenentschärfer, der an einer defekten Granate herumhantiert.

»Beeindruckend.«

Das war alles. Er hatte ein Geheimnis zwischen meiner Mutter und mir aufgespürt, und als geduldiger Mensch hatte er es nicht eilig, es aufzuklären.

Während des Abendessens sabbelte ich ihm die Ohren voll über das Versagen des Vaters als einer der Gründe für Perversität.

Er hörte mir aufmerksam zu, nickte in regelmäßigen Abständen und kam schließlich zu dem Schluss: »Es wäre schade, ihn seine Studien nicht fortsetzen zu lassen.«

Zuerst tat meine Mutter so, als hätte sie nicht zugehört. Doch als sie merkte, dass die Bemerkung des Professors mehr als eine reine Höflichkeitsfloskel war, sagte sie zu ihm: »Intelligenz ist nicht immer ausreichend. Man muss noch andere Qualitäten haben wie Beständigkeit, Ausdauer …«

»Sie haben nicht etwa die Absicht, aus ihm einen Politiker zu machen?«

Nach dieser humorvollen Bemerkung wandte sich das Gespräch anderen Themen zu, die mich nicht interessierten. Ich stand etwas abrupt auf und ging.

31

Ich war nicht lange unterwegs, dann betrat ich eine erste Bar. Sie war voller Freaks, und ich war gleich wieder draußen. Die nächste war leer, und die Vorstellung, allein an einem Tresen zu trinken, begeisterte mich nicht gerade. In der dritten Bar schienen nur Stammgäste und eher konservative Leute zu verkehren, die einzigen Menschen, die zu meiner augenblicklichen Stimmung passten. Drei funkelnde Harleys, die davor parkten, überzeugten mich, dass ich am richtigen Ort war. Ich strich um sie herum. Sie mussten einer Gruppe von Kumpeln gehören, alle drei waren Chopper auf der Grundlage der FLH 1960, verchromt bis zur kleinsten Mutter. Als ich eintrat, sah ich nur die enormen Brüste der Kellnerin und den Billardtisch in der Mitte des Raums. Dazwischen eine Menge angesäuselter Gäste, in der Hauptsache Männer. Ein Freak hatte die glorreiche Idee, hinter mir einzutreten, doch drei stämmige Kerle bauten sich vor ihm auf und deuteten mit ihren Fingern eine Schere an. Nicht so leicht, mit einem Pazifisten eine Schlägerei anzufangen. Der Typ entschuldigte sich mit einer Handbewegung und ging wieder hinaus. Die drei gratulierten sich, als hätten sie eine Heldentat vollbracht, und ich bestellte bei der Kellnerin, die sich für nichts zu interessieren schien, einen doppelten Jack Daniel's. Sie schien unter ihren dicken Brüsten zu leiden, als hinderten sie sie an der Liebe. Man hätte ihr gern ein bisschen

Leben gespritzt, um zu sehen, was passiert. Ich trank ex und bestellte einen zweiten. Ihr Blick verriet mir, dass sie mich im Verdacht hatte, mich betrinken zu wollen, und daher kam ich ihr zuvor, indem ich sie mit der Bemerkung beruhigte, es seien Gallonen nötig, um eine Fläche wie meine zu bewässern. Sie tat so, als hätte sie mich nicht gehört, sodass ich die Musik überschrie, um eine Flasche Wein zu bestellen. Der Whiskey brannte mir unangenehm in der Speiseröhre. Zwei der Motorradfahrer setzten sich neben mich an den Tresen, während sie ihre Frauen an der Hand hielten, eine Blonde und eine Rothaarige, üppig, ohne vulgär zu wirken, aber auch ohne Klasse. Sie begrüßten mich aus Respekt vor meiner Größe. Ich hatte bereits die Hälfte meiner Flasche getrunken, als wir ins Gespräch kamen. Sie tranken ein Bier nach dem anderen, was ohne Folgen blieb, da sie kräftig genug gebaut waren, um einer Überschwemmung zu trotzen. Ebenso schnell, wie sie sich mit einem anlegen, kommen sie sich auch näher. Und das umso leichter, als die Menschen zum Konformismus neigen, dessen bester Garant eine Uniform ist. Diese vier trugen Hells-Angels-Klamotten, während ich mich wie mein Vater kleidete. Ich war immer der Meinung, die originellste Art, sich zu kleiden, sei zu tragen, was alle anziehen. Wir sprachen über Motorräder, und sie merkten, dass ich Ahnung davon hatte. Ich erzählte ihnen von meiner Indian, die ich in Oregon gelassen hatte. Es war klar für sie, dass meine Größe eine der dicksten Maschinen verlangte, wenn ich beim Fahren nicht meine Knie als Sonnenbrille benutzen wollte. Sie boten mir an, mich mit einem Typen bekannt zu machen, der eine Panhead Police solo von 1954 zu einem guten Preis verkaufe. Sie bürgten dafür, dass sie in einem guten Zustand sei. Ich muss zugeben, dass der Gedanke, ein altes Polizeimotorrad zu fahren, mich begeisterte. Und für eine Maschine, die neu tausend Dollar gekostet hatte, hundertfünfzig zu bezahlen, war ein gutes Geschäft. Ich akzeptierte unter dem Vorbehalt, dass sie mir etwas Zeit einräumten, um das nötige Geld beim Straßenbau zu verdienen. Sie waren neugierig zu erfahren, warum ich ausgerechnet in der prallen Sonne im Gestank des schmelzenden Asphalts und in den Auspuffgasen der Autos arbeitete. Ich hätte ihnen von meiner Kindheit in unmittelbarer Nachbarschaft einer Heizung erzählen können, die mir die Hölle schmackhaft gemacht hatte. Doch tatsächlich war alles weit weniger schlimm. Wir besserten Straßenabschnitte aus, doch bisher war ich nur an der Küstenstraße zwischen San Francisco und Santa Cruz eingesetzt worden. Dort atmete ich mehr frische Meeresluft vom Pazifik als Auspuffgase. Die Angels mochten den scheinheiligen Pazifismus der Freaks und ihre affektierte Art, sich auszugrenzen, gar nicht. Die Freaks wollten die Erde in das Urparadies verwandeln. Die Angels dagegen brausten durch die Hölle, ohne sie abkühlen zu wollen. Ihre Vorstellungen waren unvereinbar, das begriff ich sofort. Ich fühlte mich von ihnen angezogen. Ich stellte mir vor, wenn ich mich einer Gruppe anschlösse und mich von ihr tragen ließe, könnte mich das ein wenig von mir selbst befreien, auch wenn ihre langen Haare und ihre Lederkleidung, die sie wie eine zweite Haut trugen, nicht unbedingt mein Ding waren. Es hieß, sie seien gewalttätig, und obwohl ich kein Pazifist war, machten Schlägereien mir Angst. Sie erzählten, in Monterey werde ein Popmusikfestival stattfinden und Tausende von Freaks würden dorthin strömen. Sie konnten nichts gegen diese Invasion tun. An diesem Punkt der Unterhaltung bestellte ich eine zweite Flasche Wein und kann mich nicht mehr so recht erinnern, wie das Gespräch endete. Ich weiß, dass wir auf gewisse Weise in vielen unserer Ansichten übereinstimmten, eine Verbrüderung, die die ganze Nacht anhielt. Je mehr sie tranken, desto intensiver befummelten sie die Frauen, die sie begleiteten. Derjenige der beiden, der Jeffrey hieß, trieb es mit seiner Rothaarigen sogar auf der Toilette, dafür würde ich meine Hand ins Feuer legen. Ihre Freundin wäre nur allzu gern auch dazu bereit gewesen, doch ihr Kerl klebte wie festgenagelt am Tresen. Er trank drei oder vier

Liter Bier und rauchte eine Zigarette nach der anderen, bevor er mir anvertraute, die besten Augenblicke seines Lebens habe er in Vietnam verbracht, auf Vietnamesinnen, die entweder einverstanden gewesen seien oder sich gewehrt hätten. Wenn sie einverstanden gewesen seien, habe er sie stets teuer bezahlen müssen, und sie hätten ihre Arbeit widerwillig und wie in einer Schlachthausatmosphäre verrichtet. Seiner Meinung nach hätte es weniger Vergewaltigungen in den Reisfeldern gegeben, wenn sie ihren Job mit mehr Überzeugung gemacht hätten. Er war sich des Glücks bewusst, unversehrt zurückgekommen zu sein, doch er machte es sich zur Pflicht, die ganze amerikanische Nation an der Hölle, die er erlebt hatte, teilhaben zu lassen. Wie, sagte er nicht, doch in seinem verzweifelten Blick sah ich, dass er sich mit vielen anlegte. Es wurde spät. Ich bezahlte, was ich der Kellnerin schuldete, die das Geld nahm, ohne mich eines Blicks zu würdigen, und ging nach einem freundlichen und schüchternen Schlag auf die Schulter des Hells Angel, der weiter mit sich selbst sprach. Ich verbrachte den Rest der Nacht zwischen zwei Mülleimern sitzend und schlief den ersten großen Rausch meines Lebens aus. Ich wachte gerade rechtzeitig auf, um nicht den Shuttle zu verpassen, der uns zur Baustelle brachte. Während über dem Pazifik ein strahlender Tag erwachte, hatte ich trotz meines schrecklichen Katers ein flüchtiges und heftiges Gefühl zu leben und gratulierte mir, dass ich meine Großeltern nicht in einem erbärmlichen Staat im Mittleren Westen getötet hatte, wo Stoppelfelder sich erstrecken, so weit das Auge reicht.

32

»Haben Sie einen Verleger für mich gefunden?«

»Ich habe mit drei Verlegern gesprochen, aber keiner ist so richtig interessiert. Wenn Sie alles erzählen, könnten die Leser schockiert sein. Wenn Sie nichts erzählen, werden die Leser sich nicht dafür interessieren. Das ist ihre Befürchtung.«

Der Stapel Bücher befindet sich vor ihm. Er hat ihn so heftig zurückgeschoben, dass Susan beim Zurückweichen fast von ihrem Stuhl gefallen wäre.

»Warum tun Sie das?«

»Ich habe es satt. Ich kann diese verdammten Bücher nicht mehr für verdammte Blinde lesen. Für mich tut nie jemand etwas. Man hat mir meine Geschichte geklaut, um Biografien daraus zu machen, sie hat zwei Filme inspiriert, von denen einer weltweit einer der größten Kinoerfolge war, und jetzt, da ich darum bitte, veröffentlicht zu werden, schließen sich alle Türen. Meinen Sie nicht, dass ich auch einmal ein bisschen aus eigener Kraft existieren muss? Ich rede nicht von Nachruhm, Susan. Darauf pfeif ich. Die Menschheit wird irgendwann verschwinden, so viel ist sicher. Nachruhm ist etwas Vorübergehendes. Auch ich möchte Zeugnis darüber ablegen, was wir sind, denn ich bin Teil dieser Gemeinschaft, Susan, verstehen Sie, ich bin Teil von ihr.«

»Ich weiß, Al, ich weiß.«

»Warum besuchen Sie mich dann seit Jahren und sehen mich mit Augen an, die an eine tiefgefrorene mexikanische Dorade erinnern?«

Susan beginnt zu weinen. Er lässt den Schauer vorüberziehen, um dem Kummer, den er ihr bereitet, nicht auch noch seine Verachtung hinzuzufügen. Sie hat sich wieder gefasst.

»Weil Sie mir das Leben gerettet haben.«

Er schweigt, als hätte er den größten Unsinn seines Lebens gehört.

»Ich habe Ihnen das Leben gerettet?«

»Es war gegen Ende 1970. Es war Nacht geworden über der Universität von Santa Cruz, und durch den Nebel konnte man kaum noch die Hand vor Augen sehen. Ich bin länger geblieben, um meine Sachen zusammenzusuchen, ich hatte gerade mein Semester erfolgreich beendet. Ich musste ins Zentrum, und es gab noch einen letzten Bus, der aber erst in einer halben Stunde fuhr. Ich wollte per Anhalter fahren und stellte mich unter eine Laterne. Ich hatte ein bisschen Angst, damals hörte man die merkwürdigsten Geschichten. Ich sah einen weißen Kleintransporter näher kommen, dessen Fahrer ein ehrliches Gesicht hatte. Sie hielten neben mir an. Ich bin ohne Zögern eingestiegen. Ihre Körperfülle hatte irgendwie etwas Beruhigendes. Sie sagten: ›Ich habe eigentlich keine Zeit, Sie irgendwohin zu bringen, aber wenn ich es nicht tue und Ihnen passiert etwas, werde ich mir mein Leben lang Vorwürfe machen.‹ Ich sagte Ihnen, wo ich wohnte, und wir fingen an, uns zu unterhalten. Sie fragten mich, ob ich eine Art Hippie sei und, falls ja, warum ich mein Studium fortsetzen wolle …«

Er ist hypermnestisch und leidet manchmal darunter, dass er nichts vergisst. Die Überlastung seines Gedächtnisses löst häufig Migräneanfälle aus. Ihr Gesicht kann also selbst nach vierzig Jahren nicht aus seinem Gedächtnis verschwunden sein.

Er unterbricht sie: »Haben Sie sich denn so sehr verändert? Haben Sie ein Foto von sich aus jener Zeit?«

Sie holt ein Foto hervor, das auf dem Campus aufgenommen wurde, und er erkennt sie sofort. Die Zeit kennt wirklich kein Mitleid. Er sieht nur noch ein paar kaum wiedererkennbare Überreste des jungen Mädchens, das sie einmal war, vor sich. Er schweigt, um sie weitererzählen zu lassen.

»Sie wollten mich nach Hause fahren, und unterwegs erzählte ich Ihnen von einer Gemeinschaft im Norden von San Francisco, und wir beschlossen ganz spontan, dorthin zu fahren. Erinnern Sie sich?«

»Ich erinnere mich sehr gut.«

»Als ich ein paar Monate später nach Santa Cruz zurückkehrte, waren Sie das Stadtgespräch, und mir wurde klar, dass Sie mir das Leben gerettet hatten. Ich hatte nur einen Gedanken: sie aufzusuchen, denn einen solchen Akt der Liebe hatte ich vorher noch nie erlebt … Verstehen Sie?«

Er ist perplex und fragt: »Ein Akt der Liebe?«

»Ich war überzeugt, dass irgendetwas in mir Sie verwirrt hat, auch wenn es Ihnen nicht bewusst war. Irre ich mich?«

»Ist das wichtig? Ich könnte Ja sagen, damit Sie die nächsten zehn Jahre ruhig schlafen können. Aber das wäre sinnlos. Ich habe Sie niemals geliebt und noch weniger begehrt, weder damals noch später.«

»Ich weiß, dass Sie mich geliebt haben, ich weiß es ganz tief in mir drin, in meinem Fleisch. Wenn es nicht so wäre, hätte ich Ihnen nicht all diese Jahre geopfert, hätte ich nicht darauf verzichtet, mit jemandem zu leben. Sie haben keine Ahnung von der Liebe der Frauen, Al, aber sie ist eine Himmelsmacht. Seit einundvierzig Jahren liebe ich Sie. Aber ich bin nicht verrückt, ich hätte mich dieser Macht der Gefühle nicht ausgeliefert, wenn ich nicht dächte, dass Sie es mir an dem Tag, an dem Sie mir das Leben gerettet haben, nicht tausendmal zurückgezahlt hätten.«

Er findet, das geht ein bisschen zu weit.

»Verdammt noch mal, spinnen Sie oder was?«

Sie starrt ihn eine Weile an, außer Atem, weil sie all diesen Erinnerungen nachgerannt ist.

»Sie spinnen! Ich habe die Hippies, Frauen wie Männer, damals gehasst. Natürlich hätte ich ihnen niemals etwas angetan, aber ich fand euch zügellos in eurer unkontrollierten Art zu ficken, zu fixen, euch in den Straßen herumzutreiben, die Mülleimer zu durchwühlen, wenn euer ganzes Geld mit dem Kauf von Speed und Gras draufgegangen war. Ihr habt mir Angst gemacht, wenn Sie es genau wissen wollen. Das war ein kollektiver Selbstmord. Die Frauen waren besonders abstoßend. Ihr Gehirn wurde weich unter der Wirkung der Droge, man hatte das Gefühl, man brauche nur mit dem Finger auf ihren Schädel zu drücken, damit sie die Beine spreizten. Ich fand es zum Kotzen. Ich habe versucht zu verstehen, ich habe euch gründlich studiert, wenn es nötig war, ich habe alle Begleitumstände dieser psychedelischen Erfahrung genau betrachtet, und alles kam mir wie ein einziges gewaltiges Chaos vor. Selbst die Musik von damals, was ist davon geblieben? Haben Sie mal versucht, Jefferson Airplane oder Grateful Dead zu hören, ohne einen Joint zu rauchen? Und wie verrückt waren wir damals nach dieser Musik. Wenn man nach dreißig Jahren in das Haus seiner Großeltern zurückkommt und entdeckt, dass die riesigen Räume, die sich einem ins Gedächtnis eingebrannt haben, kleine beengte Orte sind, die nichts als Verachtung verdienen, ist man ganz schön ernüchtert. Hiermit ist es das Gleiche.«

»Sie können sagen, was Sie wollen, auch wenn dieser Versuch ein schlechtes Ende genommen hat, ich bereue ihn nicht. Wir haben nach zweitausend Jahren den Weg Christi wiedergefunden. Die Gesellschaft ist durch Täuschungsmanöver verwirrt worden, die Radikalen ebenfalls. Niemals hatte jemand vor uns gewaltfrei protestiert …«

»Doch, Gandhi.«

»Aber nicht in unserem Kulturkreis. Wir haben alle entwaffnet. Und all unsere Prophezeiungen haben sich als richtig erwiesen. Unsere Spezies arbeitet an ihrem Untergang, der nicht mehr allzu fern ist. Wir hätten uns niemals von unserer Umwelt entfremden dürfen. Jetzt sind wir wirklich allein auf der Welt. Geld, Interessen und der Markt bestimmen das Leben der Menschen. All das wollten wir verhindern.«

»Ihr habt überhaupt nichts verhindert. Nicht einmal auch nur das Geringste aufgehalten. Von all dem, was ihr getan habt, bleiben nur XL-T-Shirts für Nostalgiker, die in Haigth Ashbury verkauft werden. Wer hört noch Joplin, Hendrix, wer liest Burroughs, Ginsberg? Der Beweis: Sie haben sie mir nie gebracht, damit ich sie für die Blinden lese. Und Kerouac, der sie angeblich inspiriert hat; was war dieser Kerouac, sagen Sie mir das? Ein Typ, der ständig unterwegs ist und sich fragt, ob er wirklich schwul ist oder ob er träumt. Aber ich weiß, was von all dem bleibt. Aids. Wie man es bekommt? Durchs Ficken oder den Trip, die Grundlage eurer Bewegung. Eure Bewegung gründete sich auf einen schweren Irrtum darüber, was das wirkliche Wesen des Menschen ist. Der Mensch wird nicht gut geboren, um anschließend von der Gesellschaft verdorben zu werden. Er ist ein Reptil, das von einer Zivilisation verfolgt wird, der er ununterbrochen zu entkommen versucht. Und eure verdammten Abgeschmacktheiten haben zum gleichen Resultat geführt wie die Ideologien, die ihr bekämpft habt. Tausende von Kindern, die an einer Überdosis gestorben oder aus einem Fenster gestürzt sind, weil sie stehlen wollten. Ach, übrigens Burroughs, wissen Sie, was er seiner Frau angetan hat? Er hat Wilhelm Tell mit ihr gespielt. Er hat sie an einen Baum gestellt und ihr einen Apfel auf den Kopf gesetzt. Anstatt mit einer Armbrust auf den Apfel zu zielen, hat er einen Colt genommen. Er schoss einen Tick zu tief, und statt des Apfels barst die Schädeldecke seiner Frau. Er ist mit einem Verweis davongekommen, wie man sagen würde. Fahrlässige Tötung. Ich glaube, er ist nicht einmal ins Gefängnis gekommen. Das Ganze geschah in Mexiko oder so, und da er unter Drogen oder Alkoholeinfluss stand, war er für seine Tat nicht verantwortlich. Es ist kaum zu glauben. Wie ist es draußen?«

Sie ist wie vor den Kopf geschlagen, sodass die Frage sie verwirrt.

»Was meinen Sie?«

»Na, geschehen irgendwelche bemerkenswerten Dinge? Ich lese haufenweise Bücher, aber niemals Zeitungen. Und ich schaue auch niemals fern. Die Typen hier gucken immer nur Sport. Die Sportreporter machen mich verrückt. Ich habe niemals Leute gesehen, die so viel reden und so wenig zu sagen haben. Und die übrigen Journalisten sind auch nicht besser, sie hören niemals auf. Er macht einen guten Job, der schwarze Präsident? Es gibt keinen größeren Schaumschläger als ihn. Wir werden uns aus dem Irak und Afghanistan zurückziehen? Im Grunde ist es egal. Es gibt heute keine sinnvollen Kriege mehr.« Er seufzt. »Sie glauben also, ich hätte Sie geliebt, na ja, Gefühle für Sie gehabt … Absolut nicht, Susan. Nehmen Sie das nicht persönlich, ich habe niemals irgendjemanden geliebt. Ich kann nicht behaupten, dass ich dieses Gefühl nicht kenne, aber nur ganz flüchtig. Ich habe die Macht kennengelernt, die es haben kann, als wäre ein Schauer durch meinen Körper gegangen, dem eine grenzenlose Zärtlichkeit folgte, die nicht aus der Tiefe meines Innern kam, sondern von noch weiter her. So sehr lieben, dass man nicht mehr begehren kann, verstehen Sie, was ich meine? Das ist ein so fantastisches Gefühl, dass ich es mir regelmäßig in Erinnerung rufe. Aber was ich Ihnen da beschreibe, konnte ich nie sehr lange empfinden. Ich bin jedes Mal geschlagen worden. Also, wie ist es draußen?«

»Draußen geht alles den Bach runter. Alles, was wir befürchtet haben, ist eingetroffen. Die Erde müht sich ab wie eine alte kranke Frau, die ihr Mann immer noch jeden Tag beehren möchte. Amerika hat gewonnen. Kein Kommunismus mehr, auch kein Traum mehr, nur ein einziges Modell, das unsere.

In fünfzig Jahren wird es in den Meeren nur noch Zuchtfische geben, man wird mit einer Maske atmen, und das Wasser wird teurer als Champagner sein. Ansonsten ist alles in Ordnung, neue Länder entstehen nach unserem Modell. Orwells einziger Irrtum war zu glauben, der Totalitarismus würde ein schreckliches Antlitz haben. Keineswegs! Nichts von alldem, wenn man den sauren Kitsch der sozialen Netzwerke akzeptiert, wenn man hinnimmt, dass alles, was man kauft, nach einem Jahr überholt ist, dass Sisyphus sich nur während des Schlussverkaufs ausruhen kann, dass Google alles über einen weiß und dieses Wissen eventuell den Bullen verkauft, dass man jeden Augenblick über sein Telefon ausfindig gemacht werden kann, riskiert man nichts. Die Menschheit wird immer weniger leiden, und es wird ihr an nichts fehlen, aber sie wird Himmel und Hölle in Bewegung setzen müssen, um im Gänsemarsch durch die Nationalparks gehen zu können, um sich anzuschauen, was von der Natur noch übrig ist, denn ein paar Idioten haben sich gedacht, es sei gut für die Art, sich massenhaft zu vermehren. Die Überbevölkerung, die die Demografen uns prophezeien, möchte ich nicht erleben.«

Susan unterbricht sich, um sich umzublicken. Al fragt sich, was das zu bedeuten hat. Dann schweigt sie. Sie kann nur in Schüben sprechen, ohne die geringste Überzeugung erkennen zu lassen, eher lustlos.

»Wissen Sie was, Susan? Ich habe das Gefühl, Sie sind manisch-depressiv. Ich will ganz offen zu Ihnen sein. Ich bin kein Experte für diese Psychose, ebenso wenig wie für die Schizophrenie oder die Perversion, aber ich weiß genug, um eine Diagnose zu stellen. Sie sollten eine Therapie machen. Die ehemaligen Drogenkonsumenten, und ich denke, dass Sie dazugehörten, neigen häufig zu heftigen manisch-depressiven Anfällen und dissoziativen Störungen, die auf eine Schädigung der neuronalen Verbindungen zurückzuführen sind. Ich will keinen Stein werfen, ich habe selbst stark getrunken, auch wenn das nicht lange gedauert hat. Ich versichere Ihnen, Sie sollten eine Therapie machen.«

»Das kann ich mir nicht leisten.«

»Das ist etwas anderes.«

Das Schweigen bringt wieder etwas Ordnung in ihre Beziehung.

»Ich weiß nicht, ob wir uns wiedersehen werden, Susan, ich habe mein Visum für Angola. Wie lange das jetzt dauern wird, weiß ich nicht.«

»Was werden Sie dort machen, wenn Sie nicht mehr für die Blinden lesen?«

»Ich werde mich um Pferde und andere Häftlinge kümmern. Das wird weniger eintönig sein als hier, wo nie etwas passiert. In der allerersten Zeit besuchten mich eine Menge Leute, ich spielte mit ihnen, manipulierte sie gelegentlich. Ich lernte, sie zu hassen, weil keiner jemals versucht hat, mich zu verstehen. Jeder erkennt in mir einen Teil seiner selbst und genießt es, ihn betrachten zu können, während er schläft. Sehen Sie, Susan, man kann nicht bestreiten, dass ich meiner Umgebung gut tue. Aber Ihnen kann ich es sagen, in meiner Seele gibt es nichts, was mich auf diesen Weg führt. Ich habe angefangen, meine Memoiren zu schreiben, und ich weiß, dass ihnen stets das fehlen wird, was, verschleiert oder nicht, die Würze eines Buchs ausmacht: Empathie. Tschechow und Carver verfügten darüber. Ich sage das, weil Letzterer sich immer als Erbe von Ersterem verstanden hat. Wie auch Céline oder Hamsun, die ziemliche Mistkerle waren, wenn man ihren Biografen glaubt. Beide, Céline mehr noch als Hamsum, dessen Entgleisungen nur durch die Senilität zu erklären sind, haben Bücher geschrieben, die von großer Empathie für die Menschen zeugen, wenn man genauer hinschaut, und diese Bücher machen die Niederträchtigkeit ihres persönlichen Verhaltens wett. In Ihnen berührt mich nichts, Susan, nichts, aber bei anderen ebenfalls nicht. Wenn Sie morgen sterben würden, würde mich das nicht mehr treffen als der Tod irgendeines anderen Menschen auf Erden. Seit mehreren Monaten habe ich immer den gleichen Traum. Ich kenne die Gegend, die Bergstraße zwischen Medford und Goldbeach im Süden Oregons. Diese Straße endet nie, ihre Kurven und Windungen machen einen über viele Meilen hinweg schwindlig, der Wald ist tiefgründig wie eine alte Sage, die Steilhänge sind schwindelerregend, sodass es dort keine Pfade gibt. Wenn man nach Goldbeach kommt und sich in der Ferne das graue Meer vor einem langen Strand ausbreitet, fühlt man sich erleichtert. Es vergeht keine Nacht, in der ich nicht von diesem Wald träume, er symbolisiert das, was ich für meine Familie bin, eine Sackgasse. Keine meiner Schwestern hat Kinder gehabt. Die Jüngere, weil sie keinen Mann gefunden hat, der ihr welche gemacht hat. Und die Ältere ist gestorben, weil es während ihrer Schwangerschaft wegen ihrer Fettleibigkeit zu Komplikationen gekommen ist. Meine jüngere Schwester war nicht die Schlechteste. Wenn ich mich an unsere Kindheit erinnere, finde ich Augenblicke flüchtiger Komplizenschaft, als hätte sie versucht, sich mir anzunähern. Am Anfang hat sie mich ungefähr zehnmal hier besucht. Da sie nicht wusste, was sie sagen sollte, betrachtete sie die Decke, als müsste sie irgendetwas aus sich herauspressen. Sie hatte mir ungenießbare Kuchen mitgebracht, die mit Eiscreme überzogen waren. Sie schien immer hin- und hergerissen zwischen zwei Absichten, aber ich habe niemals herausgefunden, welche. Sie hat aufgehört, mich zu besuchen, lange bevor sie ohne erkennbaren Grund in ihrer Wohnung in Oakland starb. Manchmal ertappe ich mich dabei zu träumen, mein Vater, der spurlos verschwunden blieb, habe spät noch ein weiteres Kind gezeugt, um die Kränkung durch unser Schicksal zu rächen.«

33

Es gefiel mir, die Straßen auszubessern, auch wenn ich es nicht mit großer Leidenschaft tat. Die Tage begannen früh. Wir arbeiteten in Zehnermannschaften, jeder hatte seinen Platz, den er nicht verließ. Da ich keine spezielle Ausbildung hatte, wurde mir meist die Aufgabe zugewiesen, den Wechselverkehr an den Baustellen zu regeln. Die Fahrer sahen mich schon von Weitem meine orangefarbene Flagge schwenken. Ich wusste, dass ich nicht mein ganzes Leben mit dieser Tätigkeit verbringen würde. Zumal mein Großvater, derjenige, den ich ins Jenseits befördert hatte, sein ganzes Berufsleben damit verbracht hatte und ich nicht beabsichtige, seinem Beispiel zu folgen.

Der Geruch des zähflüssigen dampfenden Teers verursachte mir schließlich Übelkeit. Um genau zu sein, damals begann meine Leber, gegen den Alkohol zu rebellieren. Ich hatte mir angewöhnt, mich nach jeder Begegnung mit meiner Mutter zu besaufen, und schließlich trank ich regelmäßig. Früh aufzustehen, um zu den ständig wechselnden Baustellen zu fahren, fiel mir immer schwerer. Eines Morgens, nachdem ich mir in einer Bar gegenüber dem Gerichtsgebäude einen gewaltigen Rausch angetrunken hatte, beschloss ich, nicht mehr aufzustehen. Ich blieb bis zehn Uhr im Bett. Mittags ging ich zur Straßenverwaltung, um mir meinen Restlohn abzuholen. Am Nachmittag verabschiedete ich mich von meinen Kollegen an der Haltestelle des Busses, der sie von einer Baustelle zurückbrachte. Ich log sie nicht an, vom Geruch des flüssigen Teers wurde mir schlecht, ich konnte nicht weitermachen. Sie waren sehr herzlich zu mir. Am Spätnachmittag war ich bei einem Harley-Vertragshändler, um über ein gebrauchtes Motorrad und den damit verbundenen Kredit zu verhandeln. Der Händler schien mich zu mögen, denn da er wusste, dass ich Arbeit suchte, bot er mir einen Job als Verkäufer auf Provisionsbasis an, den ich annahm, ohne zu überlegen. Die Aussicht, wieder mit dem Motorrad unterwegs sein zu können, erfüllte mich mit einer echten Freude, der ich ein andächtiges Andenken bewahre. Jeden Abend und jedes Wochenende würde ich die Ruhe der endlosen Weiten wiederfinden, im Viertaktrhythmus meines Zweizylinders, das Gesicht im Wind, beruhigt durch ein Gefühl zu leben, das mit nichts zu vergleichen ist. Tief in mir keimte auch der Gedanke, dass die Aussicht dieser langen Fahrten mich veranlassen würde, weniger zu trinken. Leitner hatte mir oft gesagt, der Alkohol habe nur deswegen diesen Erfolg bei den Menschen, weil man bis heute kein besseres angstlösendes Mittel gefunden habe. Der Alkohol beruhigte mich, wie er andere anregt. Der Wein hatte nie eine schlimme Wirkung auf mich, im Gegenteil. Nach ein oder zwei Flaschen betrat ich eine wunderbare und ruhige Welt, die meine Zeitgenossen in den künstlichen Paradiesen suchten. Eine dritte oder vierte Flasche löste bei mir nie Exzesse aus, wie sie etwa Bukowski beschrieben hat. Ich wusste, dass der Alkohol mich nirgendwohin führte. Ich sah, wie er das Gesicht meiner Mutter verwüstet hatte und wie sie manchmal in einem Zustand der Abgestumpftheit war, der nichts Gutes verhieß. Der Alkohol machte sie böse, und ich sah keinen anderen Ausweg, als selbst zu trinken, um die Bosheit ertragen zu können, die sie verteilte mit der Großzügigkeit eines Gemeindemitglieds gegenüber afrikanischen Kindern.

Ich hatte niemanden, mit dem ich die gute Nachricht teilen

konnte. Daher ging ich zu ihr, kurz bevor es Zeit zum Abendessen war. Sie schien ziemlich betrunken zu sein und sich in diesem Schwebezustand zu befinden, der ihren Aggressivitätsanfällen normalerweise vorausging. Stolz erzählte ich ihr, dass ich ein Motorrad gekauft und dass der Händler mich angestellt habe.

»Ich frage mich, ob ich mich darüber freuen soll zu wissen, dass du dich früher oder später mit dieser Maschine umbringen wirst, Al. Du weißt ja, dass du kurzsichtig bist und viel zu schnell fährst. Und was die Arbeit betrifft, ich kann nicht erkennen, wieso das besser sein soll, als Straßen auszubessern. Immerhin hätte dir diese Arbeit Aufstiegschancen geboten ... Ich habe dir auch etwas mitzuteilen, ich ziehe nach Aptos um. In diesem Haus habe ich zu viel Schlimmes erlebt, außerdem ist es zu teuer für mich. Warum versuchst du nicht, an der Universität zu studieren, deine Schulnoten würden es dir doch ermöglichen?«

»Das ist ja ganz was Neues. Ich dachte, du wolltest nicht, dass ich in deiner Nähe bin?«

»Ich rede nicht von Santa Cruz. Es gibt genügend Universitäten in Kalifornien.«

»Wie auch immer, ich werde niemals in deinem Dunstkreis studieren.«

Sie sah mich lange mit ihren vom Alkohol getrübten Augen an. »Ich begreife nicht, Al, warum du mich so wenig liebst. Als du ein Kind warst, bin ich hart zu dir gewesen, aber es war zu deinem Besten.«

»Zu meinem Besten?«

Wir schwiegen eine Weile, ohne uns anzublicken. Wie zwei dominante Bären, die sich unvermutet in einem Wald begegnen und den Kopf hin und her wiegen, bekümmert über die Vorstellung, sich gegenseitig abzuschlachten.

Ich durchbrach das Schweigen, ohne mir die Fortsetzung überlegt zu haben. »Wenn ich dich nicht geliebt hätte, hätte ich meinen Psychiater während meiner Internierung nicht angelogen. Ich habe ihm erzählt, dass eine Treppe in den Keller des Hauses im Montana führte. Dabei gelangte man, wie du weißt, durch eine Klappe unter dem Sessel nach unten, in den du dich zu setzen pflegtest.«

»Und was ändert das?«

»Keine Ahnung. Ich habe ihm auch nicht erzählt, dass du die Gewohnheit hattest, mich mit einem Gürtel zu schlagen, dessen riesige Metallschnalle violette Spuren hinterließ. Und erst recht habe ich ihm verschwiegen, dass du geschwiegen hast, als deine ältere Tochter versucht hat, eine sexuelle Beziehung mit mir anzufangen. Ich muss acht gewesen sein. Ich habe die Fakten auf den Tisch gelegt, und du hast sie mit einer Handbewegung weggefegt. Man durfte kein Wort gegen dein Lieblingskind sagen. Ich wollte ihren Ruf nicht mehr beflecken, als es für mich erträglich war. Ich will, dass du das weißt, Punkt. Und ich will dir noch etwas sagen: Du denkst, ich bin der einzige Mann, der dich nie verlassen wird. Das ist möglich. Aber nutze es nicht aus. Ich bin weder mein Vater noch all die Kerle, die sich seitdem die Klinke in die Hand gegeben haben, verheiratet oder nicht. Du hast dich selbst zu einem einsamen Leben verurteilt, Mama, das ist deine Entscheidung. Ich weiß, dass du dich überall damit brüstest, du hättest den Feminismus vor all den Frauen erfunden, die ihn für sich beanspruchen. Ich werde nicht dein letztes Opfer sein.«

Meine Mutter liebte es gar nicht, dass man die Oberhand über sie gewann.

»Was redest du da, du jämmerlicher Kerl? Glaubst du etwa, ich bin nicht mehr interessant für die Männer und werde mich darüber hinwegtrösten mit einem kriminellen Sohn, der mich immer nur angreift? Du bist krank, Al, deine Behandlung ist noch lange nicht abgeschlossen.«

»Anstatt mich zu beleidigen, solltest du mir lieber Mädchen deiner Universität vorstellen. Das wäre eine Abwechslung gegenüber den Mädchen, die ich in den Bars treffe und deren Atem genauso riecht wie deiner.«

»Kein Mädchen meiner Universität hat einen Typ wie dich verdient. Du reichst ihnen nicht mal bis zum Knöchel. Glaubst du etwa, ich werde mir meinen Ruf ruinieren? ›Hier stelle ich Ihnen meinen Sohn vor, der fünf Jahre in einer psychiatrischen Klinik war, weil er seine Großeltern von hinten erschossen hat, aber er hat eine große Zukunft vor sich. Nehmen Sie sich in Acht, meine Damen, er ist vielleicht der künftige Gouverneur von Kalifornien.‹ Ich höre noch Doktor Cadwick, der mir während der Schwangerschaft sagte: ›Hören Sie auf, so herumzurennen, Mrs. Kenner, sonst riskieren Sie noch eine Fehlgeburt!‹ Wenn ich ihn heute treffen würde, würde ich ihm sagen: ›Ich bin die erste Frau, die eine Fehlgeburt zum Abschluss gebracht hat.‹ Das würde ich ihm sagen.«

34

Der Jury Room ist eine fensterlose Bar aus dunklem Leichtbaustein an einem trostlosen Platz gegenüber dem Gerichtsgebäude von Santa Cruz. Sie passt irgendwie nicht in die Stadt, die aussieht, als wäre sie von einem Kind angemalt worden. Obwohl die Stadt auf der San-Andreas-Verwerfung liegt, scheint kein Drama ihr etwas anhaben zu können, und es herrscht dort eine Atmosphäre gesunder Oberflächlichkeit. Bisweilen war ich versucht, eine Gruppe von Personen auf dem Pacific Drive anzuhalten und sie zu fragen: »Verdammt noch mal, hat denn keiner von euch jemals gelitten?«

Ich kann mich nicht erinnern, dass ich, seit meine Mutter nach Aptos gezogen war, auch nur einmal von ihr weggefahren bin, ohne in den Jury Room gegangen zu sein, um dort bis zur Sperrstunde zu trinken. Die meisten Bullen von Santa Cruz hatten die Bar ebenfalls zu ihrer bevorzugten Anlaufstelle erkoren. Manche aus Gewohnheit, die Nähe zum Gericht war sehr bequem für sie. Andere, die Ehestreitigkeiten aus dem Haus trieben, verbrachten hier ihre freie Zeit unter Bekannten. Als ich meine Harley gekauft hatte, dachte ich, ich hätte mir auch ein Schicksal gekauft. Tief in meinem Innern reifte die Idee, Bulle zu werden, wenn möglich motorisiert. Es ging nicht darum, einen Kindheitstraum wahr zu machen, diese Idee war eher eine Art dringliche Notwendigkeit, die ich mir nicht erklären konnte. Ich wollte auf der richtigen Seite der Schranke stehen und mich dort verankern. Die Illusionen ließen mich für ein paar Wochen mein Vorstrafenregister vergessen. Ich wusste, dass man mich früher oder später bei meiner Bewerbung danach fragen würde, doch ich verdrängte das Problem, als würde ich schon Mittel finden, um es zu lösen. In der Zwischenzeit trank ich mit den Polizisten der Stadt, und ihre Gesellschaft verzauberte mich. Ich muss dazusagen, dass es damals schwierig für sie war, sich mit jemandem meines Alters zu unterhalten, ohne als Schwein bezeichnet zu werden. Der Protest gegen die Staatsgewalt nahm damals Formen an, die sie überforderten, sie wussten nicht mehr, wie sie reagieren sollten. Meine Trinkfestigkeit beeindruckte sie, denn sie führte nie zu Entgleisungen, der Beweis, dass ich ein anständiger Kerl war.

Wenn ein Mann weiß, dass er sein Glied nie mehr sehen würde, außer in einem Spiegel, dann hat er unwiderruflich den Weg der Resignation eingeschlagen. Das galt etwa für einen alten Bullen mexikanischer Herkunft, der häufig mit mir bis zum Schluss blieb. Sein bierfassgroßer Bauch quoll über den Gürtel und drohte den Boden zu berühren. Er sah sich nicht mehr pissen, schien sich aber zu sagen, dass er im Ruhestand schon genügend Zeit haben würde, um zu lernen, die Kloschüssel zu treffen. Ganz ernsthaft, ich fragte mich, ob die Unzufriedenheit seiner Frau in dieser Angelegenheit nicht der Grund für das Exil war, mit dem er geschlagen war. Ich hatte gute Gespräche mit ihm. Sein einziger Sohn hatte das Haus verlassen, um sich einer Gemeinschaft in San Francisco anzuschließen, und er lud seine Sorgen bei mir ab. Sein Junge hatte alles hingeschmissen, um sich dieser Bewegung der Gegenkultur anzuschließen, deren verheerender Einfluss bis Santa Cruz spürbar war, einer Stadt auf halbem Weg zwischen Los Angeles, wo das Geld regierte, und San Francisco, wo ein Schwarm durchgeknallter junger Leute sich einbildete, eine alternative Welt zu erfinden. Ich beruhigte ihn mit meinen Worten. Ich wusste nicht viel über die Situation dieser Außenseiter, doch ich argumentierte mit bedeutenden psychologischen und soziologischen Theorien, die ihn verblüfften. Als ich ihm erzählte, dass ich in die Polizei eintreten wolle, meinte er kategorisch, meine Größe würde mir alle Türen verschließen. Er war sich bewusst, dass es sich um eine Art Diskriminierung handelte, und es tat ihm leid für mich, zumal er überzeugt war, dass ich ein guter Polizist hätte sein können. Als er mich zu meinem bisherigen Lebenslauf befragte, wusste ich, dass ich hoch pokerte, denn diese Version würde ich nicht mehr ändern können. Lüge wie Wahrheit haben mich nie sonderlich fasziniert, aber ich wusste um ihre Nähe, die eine darf sich nie zu sehr von der anderen entfernen. Ich sei nach Kalifornien gekommen, um in der Nähe meiner Mutter zu sein, nachdem ich als Psychologiepraktikant in einer psychiatrischen Privatklinik in Montana gearbeitet hätte. Die Budgetkürzungen, die Ronald Reagan in diesem Bereich in Kalifornien vorgenommen habe, hätten mich gezwungen umzuschulen, weswegen ich verschiedene Jobs gemacht hätte, zurzeit arbeitete ich als Harley-Davidson-Verkäufer. Meine Geschichte überzeugte ihn, und er erzählte sie all seinen Kollegen und insbesondere einem gewissen Duigan, einem Iren mit großem Kopf, der die Kriminalpolizei leitete. Wir waren uns sympathisch, denn wir hatten beide die gleichen Probleme, einen Motorradhelm in unserer Größe zu finden. Er besaß eine alte Harley, auf der er sonntags herumfuhr. Dieser Mann übte eine besondere Anziehungskraft auf mich aus. Ich wollte ihm gefallen. Von unserer ersten Begegnung an wollte ich den Eindruck eines vorbildlichen jungen Mannes machen, ohne Laster, ganz den Werten verpflichtet, die Amerika so attraktiv für die ganze Welt gemacht hatten. Als wir uns näherkamen, hatte ich das Gefühl, dass meine Person in eine Umlaufbahn trat, deren Gravitationszentrum er war. Ein Planet kann etwas von seiner Umlaufbahn abweichen, doch meines Wissens verlässt er sie niemals. Duigan war zurückhaltend, wie es sich für einen

Mann gehört, der mit kriminalpolizeilichen Ermittlungen betraut ist. Er kam fast jeden Abend in den Jury Room, um ein Bier zu trinken, bevor er zum Abendessen nach Hause ging. Aber ich sah ihn niemals danach dort, außer er hatte abends Dienst oder Ermittlungen durchzuführen. Er war herzlich mir gegenüber, bewahrte aber dennoch diese Distanz, die für Bullen typisch ist, die jeden für einen potenziellen Verbrecher halten. Ich bemerkte, dass er mich während unserer ersten Gespräche aufmerksam beobachtete und mich reden ließ, während er sich zurückhielt. Ich war damals ziemlich redselig, betrunken oder nicht, das Bedürfnis zu reden war für mich eine noch größere Notwendigkeit als die zu trinken. In den Jahren, die ich in der psychiatrischen Klinik verbracht hatte, hatte ich mich nur mit zwei Psychiatern und einem perversen Literaturprofessor unterhalten. Und ich erinnere mich nicht, dass ich davor mit irgendeinem Menschen ein echtes Gespräch gehabt hätte, abgesehen von ein paar längeren Monologen mit meinem Hund.

35

Dieser Rededrang führte schließlich dazu, dass ich einen gebrauchten Ford Galaxy kaufte, der einen Zufall herbeiführte zu einem Zeitpunkt, da ich fürchtete, für Duigan nicht mehr interessant zu sein.

Wenn ich am späten Nachmittag von der Arbeit kam, tauschte ich meine Harley gegen den Ford aus. Ich fuhr langsam die High Street hinauf in Richtung Universität, die oberhalb von Santa Cruz lag. Der Campus schlängelt sich auf einem hügeligen Gebiet dahin, wo jedes Collegegebäude inmitten hoher Bäume steht. Die Hirschkühe führen ihre Kälber zum Weiden auf die angelegten Grünanlagen, ohne sich um die Studenten zu kümmern, die friedlich zwischen den Häusern hin und her schlendern. Ich war fasziniert von der Konzentration, die von den Studierenden ausging, und die in den Wäldern verstreuten Gebäude kamen mir vor wie die Nervenstränge eines einzigen Gehirns.

Vermutlich weil meine Mutter der Meinung war, dass ich nicht mal an die Knöchel der jungen Studentinnen dieser Universität heranreichen würde, verspürte ich das Bedürfnis, sie zu beobachten und mit ihnen zu verkehren, um zu verstehen, was mich von ihnen trennte. Ich nahm es ihnen keineswegs übel, dass meine Mutter mich als ihr genaues Gegenteil stigmatisierte, doch mich interessierte alles von ihnen, ihre Herkunft, ihre Träume, ihre Motive. Man muss sich klarmachen, dass ich damals kein Gespräch mit jemandem, der sich mir überlegen glaubte, ertrug, das mehr als ein paar Sekunden dauerte. Das einzige Mittel, das ich gefunden hatte, um Studenten zu begegnen, ohne Gefahr zu laufen, von ihnen dominiert zu werden, war, sie als Anhalter mitzunehmen. Der Dienst, den ich ihnen erwies, musste zwangsläufig Dankbarkeit und Demut hervorrufen, vor allem wenn sie entdeckten, was für ein Koloss ich war. Ich ließ mich bei meiner Wahl nicht von ihrem Aussehen oder ihrer Kleidung leiten. Ich drehte eine große Runde über den Campus, und wenn ich sah, dass jemand den Daumen erhoben hatte, ließ ich ihn einsteigen. In der Regel fuhr ich ihn nach Hause, und wenn er mir anbot, sich an den Benzinkosten zu beteiligen, lehnte ich großmütig ab. Autostopp war in jenen Jahren das beliebteste Transportmittel der jungen Leute, und das schon seit Beginn des Jahrzehnts. Die Studenten, die ich mitnahm, fühlten sich zu Dank verpflichtet und zeigten sich redegewandt und begierig, ein Gespräch anzufangen, das nur selten länger als eine Viertelstunde dauerte, die Fahrzeit, die uns vom Stadtzentrum trennte. Meine Abneigung gegen die Hippies und diejenigen, die wie sie sein wollten, hinderte mich nicht daran, sie in meinen Wagen einsteigen zu lassen. Im Gegenteil, ich hatte beschlossen, alles über sie erfahren zu wollen. Zunächst einmal, weil ich mitbekam, dass sie meine Freunde, die Polizisten im Jury Room, beunruhigten. Ich träumte bereits davon, ein Experte für diese Bewegung zu werden und meinen Abscheu zu überwinden, um mich halb als Anthropologe und halb als verdeckter Ermittler mit ihnen zu beschäftigen.

Mein Redebedürfnis verwandelte sich rasch in eine Sucht. Nachdem ich einen Studenten in der Stadt abgesetzt hatte, fuhr ich manchmal zurück zum Campus, um einen weiteren mitzunehmen. Hatte ich einen Mann abgesetzt, nahm ich anschließend ein Mädchen mit. Sie waren misstrauischer, obwohl der Autostopp damals nicht den Ruf hatte, den er seitdem hat.

Doch es kursierten bereits Geschichten von Vergewaltigungen. Die Hippies, die die freie Liebe propagierten, machten sich weniger Gedanken als die kleinen Spießbürgerinnen vom Cliff Drive. Um sie zu beruhigen, blickte ich auf die Uhr wie jemand, der sich fragt, ob er überhaupt die Zeit hat, sich mit einer Anhalterin zu belasten. Sie stiegen jedes Mal ein. Die eingebildeten Puten der vornehmen Viertel stellten alle auf die gleiche Weise eine Distanz zu mir her. Anfängliche Angst, dann Dankbarkeit für den erwiesenen Gefallen gingen schnell in Verachtung für das über, was ich repräsentierte: einen Typen der Mittelschicht, der durch Junkfood-Esserei zu schnell gewachsen und auf dem Weg zur Fettleibigkeit war. Ich hätte lügen und behaupten können, meine Mutter lehre an einer der Fakultäten auf dem Campus, doch das konnte ich nicht. Sie mehr erscheinen lassen, als sie war, verlangte eine unmenschliche Anstrengung von mir, zu der ich nicht einmal fähig war, um ein Mädchen zu beeindrucken. Ihre Verachtung äußerte sich in einer höflichen Herablassung. Wenn sie auf mein Geständnis, dass ich Motorräder verkaufte, mit einem scheinheilig verblüfften »Wow« reagierten, hätte ich ihnen manchmal am liebsten mit der Faust ins Gesicht geschlagen; doch ich spielte das Spiel mit, indem ich ihnen eine Menge persönlicher Fragen stellte, bevor ich sie vor ihren Behausungen aussteigen ließ. Sie hatten eine Art, ihre Familie ins beste Licht zu setzen, die mich aus der Fassung brachte. Kein Versager am Horizont, nichts als Doktoren in irgendwas, super erfolgreiche Unternehmer, gefeierte Sportler. Und ich brachte es irgendwie fertig, schüchtern die Heldentaten meines Vaters einzuflechten, was mir ein flüchtiges Stirnrunzeln einbrachte, bevor sie mich erneut unter einer Lawine von Referenzen begruben, die zu ihrer Geburt geführt hatte. Diese schönen Amerikanerinnen mit zarter Haut und empfindlichen Fingernägeln lebten in einer verzauberten und beschützten Welt. Sie sahen nur selten ein menschliches Wesen in mir, für sie war ich ein disziplinierter Konsument, der natürliche Absatzmarkt für die

Geschäfte ihrer Eltern. Die Fahrzeit vom Campus zu ihnen nach Hause war das Maximum, länger konnte ich diese eingebildeten Mädchen nicht ertragen. Doch ihr Überlegenheitsgetue fing sehr schnell an, mir zu fehlen, denn – ich kann es ruhig zugeben – irgendwie zogen sie mich sexuell an. Dunkelhaarig oder blond, die Mädchen aus den vornehmen Familien haben nicht die gleiche Haut und die gleichen Haare wie die anderen. Ich spürte, dass der Kontakt mit ihnen eines Tages dazu führen könnte, dass ich wirklich eine von ihnen mit Haut und Haaren begehren würde, was für mich eine Art von Erfüllung wäre, selbst wenn ich nicht weitergehen würde. Ich setzte sie mit den Kennedy-Kindern gleich, denen man beibringt, dass das Geld alles verzeiht, sogar, dass man es auf unehrliche Weise verdient hat. Oswald hätte heiliggesprochen werden müssen, weil er diesen Leuten gezeigt hatte, dass Gott manchmal wirklich wacht, selbst wenn man es gar nicht mehr erwartet. Das sagte ich meinen Mitfahrerinnen, wenn sie Robert Kennedy mehr gute Eigenschaften zuschrieben als Jesus Christus. Aber obwohl progressive Ideen damals modern waren, gab es doch immer noch viele Studentinnen, die aus echten republikanischen Familien kamen. Andere waren in die Bewegung der Gegenkultur geraten, weil sie aus einem Milieu ausbrechen wollten, das sie erstickte. Sie stiegen in meinen Wagen, ohne sich Fragen zu stellen. Sie machten sich nicht einmal die Mühe, den Joint auszumachen, den sie zwischen den Fingern hielten. Sie machten es sich bequem, den Kopf an die Wagentür gelehnt, und das Erste, worum sie mich baten, war, die Musik zu wechseln. Dann boten sie mir ihren Joint an, den ich höflich ablehnte. Mit Ausnahme einiger militanter Radikaler erweckten die meisten von ihnen einen Eindruck von Glückseligkeit, der mir auf die Nerven ging, auch wenn ich es mir nicht anmerken ließ. Ich hätte sie am liebsten zum Friseur und unter die Dusche geschickt. Einer von ihnen sagte ich das einmal in einem Anfall von Wut, als mir eine Unterhaltung mit meiner Mutter im

Magen lag, die allerdings am Abend zuvor stattgefunden hatte. Das Mädchen, dem ich die Geschichte meines Vaters erzählt hatte, machte mich darauf aufmerksam, dass dies genau die Methode der Nazis in den Vernichtungslagern gewesen sei, und ich war nicht gerade stolz darauf. Ihre ausgeflippte Kleidung brachte mich auf die Palme. Ich verachtete sie, wenn sie mir nach fünf Minuten eine schnelle Nummer im Wald hinter dem Campus anboten. Besonders wütend machte mich ihre geheuchelte Barmherzigkeit, mit der sie mich zu Ausschweifungen verführen wollten, weil ich mit meinem Schnurrbart und meinem kurzärmligen Nylonhemd so verklemmt auf sie wirkte. Ich erinnere mich an ein großes Mädchen, das eingestiegen war, ohne mich anzusehen, und das nach ein paar Minuten begonnen hatte, mich zu provozieren, indem es mich einen verkappten Homosexuellen nannte, weil ich ihrem Charme nicht erlegen war. Dieses Mädchen war eine makellose Schönheit, und als sie mir in dem gleichgültigen Ton eines Mädchens, das in einem großen Kaufhaus fragt, wo die Toiletten sind, anbot, mir einen zu blasen, hätte ich sie am liebsten erwürgt. Sie spürte die feindselige Atmosphäre, denn sie wechselte das Thema, indem sie mich fragte, ob ich sie zu einer Fahrt auf der Harley entlang der Küste südlich von Carmel einladen würde. Ich erwiderte, ich würde zu schnell fahren, um einen Passagier mitnehmen zu können, woraufhin sie kurz darauf ausstieg, ohne sich von mir zu verabschieden. Ich erzählte ihnen stets die gleichen Dinge über mich. Immer wenn ich konnte, erwähnte ich die Heldentaten meines Vaters, rechtfertigte meine Anwesenheit auf dem Campus mit der Arbeit meiner Mutter und prahlte bisweilen damit, ich sei der Verkäufer des Monats bei Harley und würde sogar die Verkaufszahlen der Harley-Vertretung in Monterey schlagen, die immerhin in einem wohlhabenderen Gebiet lag, doch das beeindruckte niemanden, die Hippies ebenso wenig wie die eingebildeten Puten.

Wendy war voller Bewunderung, als ich meine Verkaufszahlen für das Trimester herunterleierte, und ihre Freundin ebenfalls. Sie waren weder Freaks noch Spießbürgerinnen. Nicht einmal Studentinnen. Ich hatte sie an der High Street ein Stück weit hinter der Universität aufgelesen. Wendy hätte wirklich schön sein können. Doch ihre Brust krümmte ihre Schultern, und sie hatte für ihr Alter etwas zu viel Bauch; ihr Gesicht hingegen strahlte eine erstaunliche Frische aus und war das eines braven Mädchens, das seine Intelligenz unterschätzte. Ihre Freundin war der gleiche Typ, aber richtiggehend hässlich; ihr Gesicht war so sehr von Akne entstellt, dass man es am liebsten mit Sandpapier abgeschmirgelt hätte. Sie folgte Wendy wie ein Hündchen und tat nichts ohne ihre Zustimmung. Ich dachte einen Augenblick, sie seien lesbisch.

Als ich ihnen das sagte, brachen sie in Gelächter aus, und Wendy meinte, während sie eine Hand auf die Schulter ihrer Freundin legte: »Glaubst du wirklich, wenn ich lesbisch wäre, würde ich es mit einem solchen Mädchen treiben?« Sie hatte es ohne Bosheit gesagt, auch wenn es so wirken könnte, ein Zeichen dafür, dass alles eine Frage der Umgangsformen zwischen den Menschen ist. Sie schienen sich treiben zu lassen, ohne irgendetwas Außergewöhnliches zu erwarten, getragen von der leichten Melancholie der Langeweile. Sie hatten kein besonderes Ziel. Ich schlug ihnen vor, gemeinsam etwas zu essen, wobei ich gleich hinzufügte, dass ich nicht die Mittel hätte, sie einzuladen. Wir fuhren zum Vergnügungspark, der gut die Hälfte des Street Beach einnimmt. Vom Riesenrad bis zum Museum des Grauens ist alles vorhanden, was man braucht, um zwischen zwei T-Shirt-Läden vor Angst zu schlottern. Die Burger sind dort nicht teurer als anderswo, aber auch nicht größer. Sie waren sprachlos angesichts dessen, was ich verdrücken konnte, und sie verstanden jetzt nur zu gut, dass jemand, der für drei isst, nicht auch noch zwei Mädchen einladen kann. Wendy hatte einen Freund, der in der Gemüseabteilung eines

Supermarkts arbeitete. Er war dafür zuständig, die Lieferungen auszupacken, und Wendy schien sich von ihm nicht einwickeln zu lassen. Marilyn, die ihre Eltern wegen der Schauspielerin so genannt hatten, ohne zu bedenken, wie grausam das war, gab sich damit zufrieden, das fünfte Rad am Wagen zu sein. Wendy erzählte nicht viel von sich und war ziemlich abgeklärt für ein Mädchen ihres Alters. Ich begriff ziemlich schnell, dass wir uns gleichermaßen schwertaten zu wissen, was wir eigentlich wollten. Sie arbeitete als Vertretung für die Sprechstundenhilfe in einer Zahnarztpraxis, während sie überlegte, ob sie nicht besser ihr Studium wiederaufnehmen sollte. Doch da kein Fach sie wirklich interessierte, wusste sie nicht, welches Studium. Sie bezeichnete sich selbst als kontemplativ, während Marilyn ausgesprochen vegetativ war. Wir entwickelten rasch eine unverbindliche Beziehung, und mir gefiel es, mit den beiden Mädchen zusammen zu sein, die sich nicht verpflichtet fühlten zu reden, wenn sie nichts zu sagen hatten. Ich verspürte große Lust, in den Jury Room zu gehen, um zu trinken, doch ich hatte nicht den Mut, sie dorthin mitzunehmen. Zuerst brachten wir Marilyn nach Hause, die auf dem Weg nach Monterey wohnte, und dann fuhr ich Wendy heim, die direkt oberhalb des Vergnügungsparks wohnte. Das Haus, in dem sie mit ihrem Vater lebte, war ein umgebautes Motel. In dem Augenblick, in dem sie aus dem Ford stieg, stieg ihr Vater aus seinem Wagen, den er soeben geparkt hatte. Ich erkannte Duigan zuerst an seinem großen Kopf. Da er zu den Menschen gehörte, die sich über nichts wundern, schien er nicht überrascht, mich zu sehen, allenfalls neugierig.

»Ihr beide kennt euch?«

Wendy fand es amüsant, dass ich ihren Vater kannte.

»Wir trinken manchmal ein Glas zusammen gegenüber vom Gericht.«

Mit diesem Satz hatte er die ganze Geschichte zusammengefasst.

»Ihre Tochter machte Autostopp an der High Street. Ich wusste nichts von der Verwandtschaft mit Ihnen und dachte mir, mit mir zu fahren sei sicherer als mit irgendeinem anderen.«

»Das hast du gut gemacht. Sie ist das Kostbarste für mich auf der Welt. Hast du noch Lust auf ein Bier?«

Wir gingen in die Wohnung hinauf. Ein großes Glasfenster ging auf den Vergnügungspark, der nur einen Streifen Meer sehen ließ, den der Nebel einhüllte. Vom Park drangen nur leise Geräusche herauf. Die Wohnung war spärlich möbliert. Wir setzten uns auf den Balkon um einen Plastiktisch herum. Duigan holte drei Bier aus dem Kühlschrank und lächelte mir zu. Wendy rieb sich die Augen wie jemand, der versucht, wach zu bleiben.

»Tut mir leid, ich habe keinen Wein.«

»Das macht nichts, den trinke ich nur im Jury.«

»Du trinkst zu viel, ich habe dich beobachtet. Das wird vorübergehen.«

Ich hatte keine Ahnung, woher er das wusste, doch ich nickte.

»Wo habt ihr euch kennengelernt?«

»An der High Street, als ich von der Arbeit kam«, erwiderte Wendy.

»Ich dachte, du nimmst den Bus.«

»Ja, aber Marilyn hat mich abgeholt, wir sind ein bisschen zu Fuß gegangen, aber dann hatten wir keine Lust mehr.«

»Und du, woher bist du gekommen?«

Ich zögerte mit der Antwort, aber nicht lang genug, um ihn misstrauisch zu machen. Es war nicht so leicht, so ohne Weiteres zuzugeben, dass es meine Lieblingsbeschäftigung war, Studenten als Anhalter mitzunehmen, auch wenn das nichts Verwerfliches war.

»Ich habe meine Mutter auf dem Campus besucht.«

»Sie lebt hier?«

»Sie ist Sekretärin des Dekans der psychologischen Fakultät, aber sie wohnt in Aptos. Na ja, seit Kurzem.«

»Und dein Vater?«

»Er lebt in L. A. mit seiner neuen Frau. Zwischen uns herrscht Funkstille.«

»Verstehst du dich gut mit deiner Mutter?«

»Wir sind ziemlich verschieden.«

»Es ist ein Glück, eine zu haben, genieße es. Wendy hat ihre verloren. Sie starb, als sie elf war.«

Wendy verzog keine Miene.

»Und Sie haben nicht wieder geheiratet?«, fragte ich, ohne weiter nachzudenken.

»Eine Frau, die mit einem Polizisten leben will, ist eine Frau, die einen Vorteil darin sieht, ihren Mann nur von Zeit zu Zeit zu sehen, und das gefällt mir nicht. Wendys Mutter war die Ausnahme. Ich habe gehört, dass du zur Polizei willst.«

»Ja, aber Sergeant Ramirez sagt, ich sei zu groß.«

»Das stimmt leider. Wie groß bist du?«

»Zwei Meter zwanzig.«

»Dann klappt es nicht. Sie nehmen Zwerge, aber keine Riesen. Frag mich nicht, warum. Die Regeln sind wie Fallbeile. Im Augenblick arbeitest du als Verkäufer bei Harley, oder? Gefällt dir das nicht?«

»Ich glaube, ich kann was Besseres machen. In der Schule habe ich psychologische Tests gemacht, mein IQ ist höher als der von Einstein.«

»Dann solltest du nicht zur Polizei gehen, mein Junge.« Er lächelte bei diesen Worten, ein trauriges Lächeln, das ihn in der Folge nicht mehr verließ. »Was interessiert dich denn sonst noch?«

»Die Psychologie. Ich habe in einer psychiatrischen Klinik in Montana gearbeitet. Das ist eine für die Gesellschaft nützliche Arbeit. Ich werde vielleicht studieren.«

»Das wäre eine gute Idee. Aber wenn du Kriminalpsychiatrie studierst, werden wir uns nicht mehr sehen können. Ich habe nirgends so viele Flaschen gesehen wie dort. Für sie sind die Bullen Fossilien, sie denken, unsere Intelligenz sei zwischen dem Leder unseres Holsters und dem Stahl unserer Pistole eingeklemmt.«

»Das kommt daher, dass sie alle Patienten auf Biegen und Brechen in eine Schublade stecken wollen. Sie lassen der Individualität keinen Spielraum. In der Psychiatrie ist, so viel ich weiß, jeder Fall einzigartig, aber sie wollen ihn stets auf ein genau definiertes Krankheitsbild zurückführen. In der Kriminalpathologie ist es noch schlimmer durch das Problem der Verantwortung und des Teufels, der da sein Unwesen treibt.«

Der Nebel, der vom Meer kam, versprühte winzige Tröpfchen, aber das Wetter war noch schön.

»Wendy sollte auch endlich wieder studieren. Du solltest sie davon überzeugen. Nicht wahr, Wendy?«

»Und was?«

»Willst du dein ganzes Leben lang Zahnarzttermine vergeben? Es muss doch etwas Interessanteres geben, stimmt's nicht, Al?«

»Mit Sicherheit.«

Wendy stand auf, um uns ein zweites Bier zu holen.

Duigan nutzte die Gelegenheit, mir eine vertrauliche Mitteilung zu machen. »Wendy hat für nichts Interesse, das ist ihr Problem. Vermutlich hat das mit dem Tod ihrer Mutter zu tun. Ich würde sie gern zu einem Psychiater schicken, aber ich habe kein Vertrauen zu diesen Leuten. Du solltest ihren Freund sehen. Er packt den ganzen Tag Gemüse aus. Wenn er damit fertig ist, surft er. Kannst du mir sagen, was das für einen Sinn haben soll, sich auf ein Brett zu stellen und sich von einer Welle antreiben zu lassen? Wenn ihm noch Zeit bleibt, besucht er Wendy, und sie hören Musik. Für mich ist das keine Musik, sondern Lärm, aber was soll's, sie sitzen stundenlang da, ohne zu reden. Es ist wie eine ritualisierte Depression. Dieser Typ tut ihr nicht gut, ich weiß nicht, ob du einen IQ hast, der höher als der von Einstein ist, aber seiner ist höchstens der einer Krake. Er ist weder gut noch schlecht, beides würde eine zu große Anstrengung verlangen. In seinem Alter war ich im Pazifik und tötete Japse.«

»Mein Vater tötete Deutsche.«

»Wo war er?«

»In den Special Forces von Fort Harrison in Montana.«

»Wie wurden sie noch gleich genannt?«

»Die Teufelsbrigaden.«

»Genau. Er hat bestimmt Schlimmes erlebt. Bei so einem Vater wundert es mich nicht, dass du direkt bist.«

Wendy kam mit dem Bier zurück, und wir tranken es in aller Ruhe, ohne uns unterhalten zu müssen, wie Leute, die sich schon eine Ewigkeit kennen.

»Wenn niemand auf die komische Idee kommt, jemanden zu töten, könnten wir doch am Wochenende mit dem Motorrad in den Süden fahren, was meinst du?«

Ich hätte am liebsten einen Freudensprung gemacht. Doch der Gedanke, dass Wendy dabei wäre, hielt mich davon ab. Auch wenn sie ein tolles Mädchen war, mit schönen Augen und feinen Gesichtszügen, zog sie mich nicht an. Doch zu spüren, dass ihr Vater mir vertraute, gab mir eine wahnsinnige Befriedigung. Wir verabschiedeten uns nach dem vierten Bier. Ich hatte große Lust, den Abend im Jury zu beenden, doch ich wollte nicht, dass Duigan erführe, ich wäre mich besaufen gegangen, nachdem ich von ihm weggefahren war.

36

Ich stieg wieder in meinen Wagen und fuhr in Richtung Aptos, um mir das neue Haus meiner Mutter anzusehen. Aptos liegt fünf Kilometer auf dem Highway 101 von Santa Cruz entfernt. Ich musste etwas herumkurven, um es zu finden. Das Haus lag in einer Art Siedlung aus bunt zusammengewürfelten Gebäuden. Ich fragte einen Typen, der, eine Lampe zwischen den Zähnen, am Motor eines alten Ford herumfummelte, den er wieder in Gang zu bringen hoffte. Er sah mich etwas schief an, bevor er mir die Nummer 2909A nannte. Das Haus thronte in einer Kurve, etwas höher und etwas weniger präsentabel als die anderen, wozu auch der abblätternde grau-blaue Anstrich beitrug. Das Licht brannte. Meine Mutter öffnete mir. Sie war noch angezogen. Anscheinend hatte sie Besuch. Als ich eintrat, stellte sie mir Sally Enfield vor, Sekretärin wie sie, allerdings mit dem Aussehen eines geprügelten Hundes, die Sorte Frau, die sich dafür entschuldigt, dass sie lebt. Meine Mutter konnte keine Freundin haben, die ihr die Show stahl. Sie war guter Laune, vermutlich weil sie bereits reichlich getrunken hatte, unterstützt von ihrer Freundin, die das wohl ebenfalls brauchte, um zu überleben. Letztere schien meine Größe zu erschrecken, doch sie münzte ihre Angst in Komplimente um, die sie meiner Mutter für den schönen Sohn machte, den sie habe. Meine Mutter blickte mich an, als sähe sie mich zum ersten

Mal, bevor sie indigniert das Gesicht verzog und sich ein Glas Wein einschenkte. Sie hatten sich wohl vorgenommen, den ganzen Abend ununterbrochen zu reden und zu trinken, denn nichts anderes taten sie, ohne sich die Mühe zu machen, mir irgendeine Frage zu stellen. Alle wurden sie durchgehechelt, die Professoren und Studenten der Fakultät. Und alle bekamen eins aufs Dach. Meine Mutter hatte alle Hemmungen verloren. Sie hielt sich für Elizabeth Taylor in *Wer hat Angst vor Virginia Woolf?*, doch mit ihren eins neunzig, ihren aufgedunsenen Gesichtszügen und den Bisonaugen hinter ihren dicken Brillengläsern war sie einfach nur grotesk. Ich machte ihrem Getue ein Ende und bat sie, mir Geld zu leihen. Ich war nicht in dieser Absicht gekommen, doch als ich sah, welche Wendung der Abend nahm, fiel mir nichts anderes ein.

»Das überrascht mich nicht. Sally, warum, glaubst du, wäre er sonst gekommen?« Und zwischen den armseligen Möbeln ihres Wohnzimmers schwankend, fuhr sie fort: »Dieser Unmensch erkundigt sich niemals, wie es mir geht, aber brauchen tut er mich ständig. Er behauptet, ich sei zu hart zu ihm gewesen, als er ein Kind war, und deswegen gehe es ihm schlecht und mache er nichts als Dummheiten, die ich dir erspare, Sally … Es ist dermaßen ungeheuerlich, dass du es dem Wein zuschreiben würdest. Also, ich gebe dir eine Antwort vor Zeugen, Al. Ich habe kein Geld, das ich dir leihen kann. Ich bin hierher umgezogen, weil sich dadurch meine Miete halbiert. Es hat schließlich seinen Grund.«

Das schwarze Loch, das jeden Tag meines Lebens begleitet und das durch die Bekanntschaft mit Duigan kleiner geworden war, öffnete sich wieder riesengroß.

»Ich bitte dich lediglich um zwei Tankfüllungen für meine Harley für dieses Wochenende. Gib es mir oder gib es mir nicht, aber mach nicht so ein Theater. Scheiße, ich hau ab!« Ich stand auf, und während ich durchs Wohnzimmer in die Küche ging, hörte ich sie.

»Und dieser Kerl will, dass ich ihm meine Studentinnen vorstelle. Kannst du mir sagen, Sally, warum sie sich für einen Seeelefanten interessieren sollten, der seine Mutter nur besucht, um sie anzuschnorren?«

In der Küche öffnete ich ihre Handtasche, nahm das Geld für zwei Tankfüllungen heraus und ging. Ich wusste, dass ich diese Sally und ihren grauen Teint wiedersehen würde. Meine Mutter besiegelte ihre Freundschaft mit einer Person stets, indem sie mich vor ihr beschimpfte. Das war ihre Art, die Leute an sich zu binden, indem sie ihnen die Obszönität unserer Beziehung vor Augen führte. Als ich wieder in mein Auto stieg, fühlte ich mich schlecht. Wegfahren, nach Hause zurückkehren, ein paar Stunden dort bleiben, das alles war schmerzlich für mich. Nachdem ich sie gesehen hatte, flüchtete ich mich in den Alkohol, um ein wenig Vertrauen zum Leben zurückzugewinnen. Ich rede nicht von Fröhlichkeit, sondern einfach nur von dem Gefühl zu leben, das sich bei mir nur in einem grausamen Wechsel einstellte. Das Gefühl, dass das Leben einen zu Lebzeiten verlassen hat, ist der Ausdruck absoluter Einsamkeit. Niemand kann das verstehen und teilen.

Eine Zerstörung zu bewerkstelligen, die der Größe dieses klaffenden Lochs vergleichbar ist, ist der einzige Weg, diese Lebensferne zu ertragen, sich zumindest durch einen seidenen Faden mit ihm zu verbinden. Und ist das Schlimmste erst einmal passiert, erwartet man, denke ich, nur noch, dass die Gesellschaft diesen Faden durch ihre Vertreter durchtrennt. Oswald muss sich in diesem Zustand befunden haben, als er Kennedy tötete. Er hatte nicht zwangsläufig persönliche Gründe dafür. Doch Kennedy, die Ikone der Demokraten und der ganzen Welt, zu töten, war eine Möglichkeit, ein verdammt großes schwarzes Loch zu füllen. Robert Kennedy wusste vermutlich tief in seinem Innern, dass er früher oder später einem Typen begegnen würde, den seine innere Leere hilflos gemacht hatte. Als er während des Wahlkampfs nach San Francisco kam, habe ich ihn mir angesehen. Ungelogen, für mich war er ein zum Tode Verurteilter. Er ging in Chinatown nur ein paar Meter von mir entfernt vorbei, schmaler, als ich ihn mir vorgestellt hatte. Mit knochiger, fiebriger Hand schob er die Locke zurück, die ihm in die Stirn gefallen war. Ich sah, wie er erbleichte und in Panik geriet, als in der Nähe seines Wagens ein Knallkörper explodierte, und ich sagte mir: »Du hast nicht mehr lange, mein Junge, der Typ, der sein gähnendes Loch füllen wird, indem er dich ermordet, ist unterwegs.« Ich erzählte Duigan von meiner Theorie, die ihn verblüffte. Er glaubte nicht, dass ein Ereignis vom Ausmaß der Ermordung eines Kennedy sich wiederholen könnte. Als Bob im Hotel Ambassador in L. A. am Abend seines Siegs bei den Vorwahlen in Kalifornien erschossen wurde, rief er mich bei meiner Vermieterin an. Er war ganz schön durcheinander, wollte es sich aber nicht anmerken lassen.

Meine Vorhersage dieses Ereignisses trug viel zu meiner Berühmtheit bei den Bullen bei, die im Jury Room verkehrten.

37

Mein Bewährungshelfer kreuzte eines Morgens wie gewöhnlich ohne Vorwarnung auf, bevor ich meine Wohnung verließ, um zur Arbeit zu gehen. Sein unerwarteter Besuch glich einer Hausdurchsuchung, die ihm eine boshafte Freude bereitete. Sorgfältig suchte er jeden Quadratzentimeter ab nach Alkoholflaschen, Drogen oder allen möglichen Indizien, die darauf hinwiesen, dass ich mein Wort gebrochen hatte. Ich trank niemals allein und erst recht nicht zu Hause. Als er unverrichteter Dinge gehen wollte, bat ich ihn, ein Gutachten zu schreiben, damit meine bedingte Freilassung aufgehoben würde. Er erwiderte, er werde sehen, was er tun könne, mit der unentschlossenen Miene eines Typen, der fürchtet, einen Kunden zu verlieren.

Was ich als bester Harley-Verkäufer des Monats verdiente, reichte nicht aus, um meine Kosten zu decken. Ich war ständig unterwegs, und das Herumfahren verbrauchte Benzin. Die Spritztouren auf den Campus in meinem Wagen kosteten mich ein Vermögen. Aber nicht mehr als meine Obsession, nachts mit dem Motorrad loszubrausen, wenn ich nicht die Abende im Jury damit verbrachte, literweise Wein zu trinken. Merkwürdigerweise gab das Trinken mir das Gefühl, dass es mich daran hinderte, eine Riesendummheit zu begehen. Ich wusste nicht, welche, doch da bei mir nichts klein war, fürchtete ich etwas Ungeheuerliches. Ich gab Unsummen im Jury aus, um mich volllaufen zu lassen, ganz zu schweigen von den Bieren, die ich meinen Bullenfreunden spendierte.

An den Abenden, an denen ich es schaffte, trocken zu bleiben, brauste ich über die Straßen Kaliforniens bis an die Staatsgrenzen, ohne sie jemals zu überschreiten, weil meine bedingte Freilassung davon abhing. Am Tag zu fahren hätte einen ganz normalen Menschen aus mir gemacht. Nachts entlastete mich die Fahrerei von mir selbst und gab mir ein Gefühl von Macht und Freiheit. Von den Städten sah ich nur Lichter. Manchmal fuhr ich ganze Nächte kreuz und quer durch San Francisco. Ich machte mir einen Spaß daraus, im Sommernebel seine Hügel hinauf- und hinunterzufahren. Haight wimmelte bis in die Morgenstunden von Hippies, und ich beobachtete ihre Wanderungen, bis ich in einem wahnsinnigen Geschwindigkeitsrausch weiterfuhr nach Norden. Ich reizte die Grenzen meiner Kräfte aus und kehrte bei Tagesanbruch erschöpft, mit stierem Blick und wie in Ekstase zurück.

Mir blieb gerade mal Zeit, mich umzuziehen, mich zu rasieren und meinen Schnurrbart zu schneiden, bevor ich die Harley-Filiale öffnete. Die Monate vergingen, und die Kundschaft machte mir ganz schön zu schaffen. Meist waren es Hells Angels. Immer die gleichen kräftigen Kerle mit den immer gleichen Mienen, dem immer gleichen kodierten Antikonformismus, der immer gleichen Beschränktheit. Sie kultivierten ihre Rüpelhaftigkeit, und das Brummen ihrer Maschinen machte sie weniger zu Außenseitern als die Borniertheit ihrer Sicht auf die Welt. Ich hatte nichts mit ihnen gemein.

Die Spritztouren mit Duigan fanden sonntags statt, wenn der Dienst ihn nicht in Santa Cruz festhielt. Er liebte es, hinter Monterey weiter nach Süden zu fahren. Wir fuhren bei Tagesanbruch los. Ich transportierte die Sandwiches und das Bier in meinen Satteltaschen aus Büffelleder, er Wendy. Duigan ließ sie manchmal hinter mir Platz nehmen, seit ich ihm zu Gefallen in einen Soziussattel investiert hatte. Dann ließ er mich vorausfahren, um seine Tochter niemals aus den Augen zu verlieren.

38

Da ich immer nachts kreuz und quer durch Kalifornien gefahren war, kannte ich es nur unter einem düsteren Schleier. L. A. war für mich mit dem Traum von einem Leben bei meinem Vater verbunden. Manchmal weinte ich, wenn ich daran dachte. Atascadero, weiter im Norden, erinnerte mich daran, dass man mich für verrückt gehalten hatte. Wir wagten uns nur selten in das Gebiet unterhalb von Big Sur, an der Küste, wo die Straße bedrohlich ansteigt und ein paar verstreute Häuser, die wirken, als könnten sie jeden Augenblick in den Pazifik stürzen, den Abgründen zu trotzen scheinen, zum Ruhm ihrer Besitzer, reicher Spinner. Die Straße war herrlich, kurvig und schwindelerregend genug, um sich vorstellen zu können, was passiert, wenn man aus einer Kurve geschleudert wird. Ich setzte mich der Anziehungskraft der Leere aus, und wenn Wendy auf das Motorrad ihres Vaters zurückgekehrt war, stellte ich mir vor, den großen Sprung zu wagen. Manchmal machten wir auf der Rückfahrt halt in Carmel. Ich war noch nie in Santa Barbara oder in Beverly Hills gewesen und konnte mir die Existenz solcher Enklaven nicht vorstellen, in denen die Mächtigen in einer stillen Gemeinschaft leben und wo es nicht mehr darum geht zu leben, sondern friedlich in einer Atmosphäre ausgestopfter Tiere alt zu werden. Die Spaziergänger auf der kleinen Straße, die am Strand entlangführte, warfen uns unverhohlen beunruhigte Blicke zu. Tadellos gekleidet, führten sie paarweise alberne Hündchen spazieren, deren Fell wie Buchsbäume gestutzt war. Diese Leute machten bestimmt nur dann Kinder, wenn sie keine Hunde haben konnten, denn junge Leute waren in diesem Badeort nicht zu sehen. Das Städtchen mit seinen Häusern und winzigen Gärtchen, für deren Pflege eine Nagelschere ausreichte, stellte eine frostige Gleichgültigkeit zur Schau. Trotzdem parkten wir unsere Motorräder am Strand, um im Meer zu baden und in einer windgeschützten sandigen Ecke Würstchen zu grillen. Duigan schlief nach dem zweiten Bier auf seinem Badetuch ein. Wendy legte sich in die Sonne, die Arme über den Augen verschränkt. Ich lehnte mich im Schatten an die Steinmauer der Küstenstraße und beobachtete ein paar prächtige Segeljachten, die auf dem Meer kreuzten. Wendys Freund war nicht zu unserem Ausflug eingeladen, was ein bezeichnendes Licht auf die Wertschätzung warf, die Duigan ihm entgegenbrachte. Es war offensichtlich, wem er den Vorzug gab, aber ich wusste nicht, wie ich damit umgehen sollte, um ihn nicht zu enttäuschen. Für ihn gab es niemanden, der geeigneter wäre als ich, um seinen Schatz zu beschützen, und das Vertrauen zwischen uns wurde mit jedem Tag größer. Auch Wendy gab mir, gelinde ausgedrückt, Zeichen ihrer Freundschaft.

Ich hatte durchaus Gefühle für Wendy, doch ich begehrte sie nicht. Als sie mich das erste Mal küsste, verkrampfte ich mich, ohne es mir anmerken zu lassen. Anschließend schlang sie stumm ihre Arme um mich. An dem Tag, an dem sie versuchte, etwas weiter zu gehen, wies ich sie zurück, unter dem Vorwand, ich beabsichtige, sie zu heiraten, und meine Prinzipien würden mir verbieten, vor der Ehe zur Sache zu kommen. Sie reagierte verständnisvoll, da sie selbst keinen so großen Wert darauf legte. Wir bildeten daraufhin ein »schönes Paar«, um einen Autor zu zitieren, der mir damals gänzlich unbekannt war, doch dieses Bild würde nur von kurzer Dauer sein, denn früher oder später würde Duigan erfahren, dass ich meine Großeltern getötet hatte, und mir seine Tochter verweigern, die ich eigentlich gar nicht wollte. In der Zwischenzeit machte im Jury Room das Gerücht die Runde, ich wäre sozusagen der Schwiegersohn des Chefs der Kriminalpolizei geworden, und es fehlte nicht mehr viel, und sie betrachteten mich als einen der Ihren.

Duigan wachte auf, die Augen geschwollen von der Müdigkeit der vergangenen Woche, und als er sah, dass Wendys Kopf auf meiner Brust ruhte, lächelte er uns zu. Wendy setzte sich für die Rückfahrt auf mein Motorrad, und wir brausten zwischen den Feldern dahin, auf denen kleine Mexikaner ihre gekrümmten Rücken dem Meer zuwandten. Bei Duigan setzten wir uns wieder auf die Terrasse. Der Lärm des Vergnügungsparks verscheuchte den Sonntagabendblues, der uns überfiel. Wir tranken Bier, während unsere melancholische Stimmung nach und nach verschwand. Das Telefon läutete. Duigan hatte es nicht eilig dranzugehen. Als er zurückkam, war er aufbruchfertig gekleidet und bat mich ohne weitere Erklärung, ihn mitzunehmen.

39

Die Küstenstraße, die sich nach Norden schlängelt, war voller Surfer, die von ihren Kunststücken noch ganz erregt waren und nach Santa Cruz zurückkehrten. Gut aussehende junge Burschen zumeist, begleitet von hübschen Mädchen, ein noch feuchtes Handtuch um die Taille. Das Salz hatte ihre Haut gebleicht, was ihre hellen Augen stärker zur Geltung brachte. Auf den großen Häusern gegenüber dem Meer bemerkte ich zwei amerikanische Fahnen, die an Balkonen hingen. Vor einer Woche waren sie noch nicht da gewesen. Zwei Söhne von Reichen waren gerade in Vietnam gestorben, und mehr war dazu nicht zu sagen. Wir mussten etwas über Santa Cruz hinausfahren auf dem Highway 1, der in Richtung San Francisco nach Half Moon Bay führt. Auf einer sandigen und bewaldeten Anhöhe hatte sich ein Menschenauflauf gebildet. Wagen und Motorräder der Polizei versperrten den Feldweg, der in eine mit Bäumen bestandene Schlucht hinabstieg, bevor er zum Meer weiterführte. Die Menschenansammlung hatte sich ziemlich weit von der Straße entfernt gebildet. Ich folgte Duigan mechanisch durch die Leute hindurch, die ihm Platz machten. Auf dem grauen Sand, der mit hohem wildem Gras bewachsen war, breitete sich aschgraues Haar aus. Es umrahmte das schöne Gesicht eines jungen Mädchens, dessen große blaue Augen ins Unendliche starrten. Sie war nackt, die Beine waren in einer ungewöhnlichen Verdrehung unter ihr angewinkelt. Ihre Därme bildeten eine widerwärtige Masse. Duigan ging in die Hocke. Ich stand hinter ihm. Ich konnte an nichts anderes mehr denken als daran, wie dieses junge Mädchen zu Tode gekommen war, als wäre dies das einzige Rätsel, das auf Erden von Bedeutung wäre. Die Sanitäter warteten darauf, dass Duigan ihnen die Erlaubnis gab, das Mädchen zu ihrem Krankenwagen hinaufzubringen. Was mich erschütterte, war weniger die Tatsache, dass sie tot war, als die Unabänderlichkeit dieses Todes und folglich die Macht desjenigen, der ihn herbeigeführt hatte. Ich sah meine Großmutter wieder vor mir, in dieser lächerlichen Körperhaltung, in der meine Kugel sie hatte erstarren lassen, und empfand erneut das einzigartige Gefühl zu leben. Der Mörder hatte sicherlich ebenso empfunden, und die plötzliche Übereinstimmung, die sich dadurch zwischen uns herstellte, war mir unangenehm. Ich stand auf seiner Seite, ob ich wollte oder nicht.

Nachdem die Aufregung sich gelegt hatte, bekamen wir die ersten Informationen. Das Mädchen war unterwegs nach San Francisco gewesen, der Rucksack, der in ihrer Nähe gefunden worden war, bezeugte es. Ein Messerstich hatte ihr Herz durchbohrt, bevor sie aufgeschlitzt worden war. Der Mörder hatte sie vor höchstens zwei Stunden hier abgelegt. Ein Hund, der zu einem einzeln stehenden Haus etwas weiter entfernt gehörte, hatte sie gefunden, sich neben sie gesetzt und gebellt, bis sein Herrchen sich Sorgen gemacht hatte.

Laut Duigan hatte der Mörder sie in seinem Wagen getötet und erst hier an Ort und Stelle aufgeschlitzt. Er gab den Befehl, Straßensperren zu errichten und nach einem Wagen zu suchen, dessen Innenraum Spuren von Blut aufweise. Duigan ließ seine Beamten den Tatort reinigen und bat mich, ihn zu seinem Büro zu fahren.

Das Polizeipräsidium war fast leer, abgesehen von zwei Wachhabenden. Duigan hatte sich hinter eine Glaswand zurückgezogen, die ihn von seinen Kollegen trennte. Er forderte mich auf, mich ihm gegenüberzusetzen. Er sagte nichts, zeigte keinerlei Regung, versuchte lediglich, diese emotionale Prüfung in eine administrative zu verwandeln. Dann streckte einer seiner Deputies, den ich aus dem Jury kannte, seinen Kopf herein, um ihm zu sagen, das Mädchen sei aus Santa Cruz. Ich sah, wie er blass wurde. Der Deputy bot sich an, ihn zu begleiten, um ihrer Familie die schreckliche Nachricht zu überbringen. Er lehnte knurrend ab. Diesmal nahmen wir einen Dienstwagen und stellten mein Motorrad im Keller des Gebäudes unter. Die Eltern des Mädchens wohnten etwas abseits der vornehmen Viertel in der Nähe eines kleinen schattigen Parks. Als wir kamen, las der Vater in einem großen Buch mit steifem Einband. Mitte fünfzig, strich er sich über einen sorgfältig geschnittenen grauen Bart. Seine Frau, die uns geöffnet hatte, rief ihn hinzu. Beide machten einen beunruhigten Eindruck, als sie diesen Polizisten mit dem großen Kopf, begleitet von einem Riesen, auftauchen sahen. Duigan wusste nicht, wie er sich verhalten sollte, und schrie sie fast an, als er ihnen sagte, er müsse ihnen etwas Schlimmes mitteilen. Er stellte mich als Hilfspolizisten vor. Der Vater war ein würdiger Mann. Er bat uns einzutreten und am Gartentisch Platz zu nehmen, während seine Frau sich die Ohren zuhielt.

Duigan stotterte ziemlich herum: »Ihre Tochter, ermordet, an der Küste, gefunden in einem Wäldchen von einem Hund …« Und da er den Kummer dieser Leute nicht mehr mit ansehen konnte, begann er, sie in aller Eile zu befragen, als wollte er ihrem Leid ein Ende machen, erschrocken über ihre Fassungslosigkeit und seine Unfähigkeit, sie zu trösten. Schließlich ließen wir sie allein mit ihrem Schmerz. Das Mädchen hatte das Haus verlassen, um an diesem Sonntagabend ein Konzert in San Francisco im Fillmore zu besuchen. Sie hatte behauptet, sie würde mit einer Gruppe von Freunden dorthin fahren, während sie in Wirklichkeit fest entschlossen gewesen war, ganz allein Autostopp zu machen. Die Straßensperren auf dem Highway 1 hatten nichts ergeben. Duigan war überzeugt, dass der Mörder aus Santa Cruz kam.

»Hast du eine Vorstellung, was für ein Typ das sein könnte?«

Meine Antwort kam instinktiv: »Ich würde sagen, etwas über dreißig, Psychopath, weil es sich um ein rituelles Verbrechen handelt. Und die schlechte Nachricht, Mr. Duigan, ist, dass er weitermachen wird.«

»Wie kannst du das wissen?«

»Ich weiß es nicht. Ich spüre es. Durch sein Verbrechen hat er eine andere Welt kennengelernt. Es ist notwendig für ihn, dieses Lustgefühl erneut zu empfinden, so viel ist sicher. Und irgendwann wird er genug haben. Nach vier oder fünf Toten. Sie werden keine Spur von Vergewaltigung finden. Er tötet und besudelt. Aus bestimmten Gründen, deren Ursachen in seiner Kindheit zu suchen sind. Aber er wird sich irgendeine Wahnvorstellung suchen.«

»Eine Wahnvorstellung?«

»Ja, eine mystische Rechtfertigung oder etwas in der Art. Er will Öffentlichkeit. Er hat nicht versucht, das Verbrechen zu vertuschen. Er wusste, dass das Mädchen zu einem Konzert wollte. Er hatte alle Zeit der Welt, den Körper weit weg zu bringen, ihn zu zerstückeln und die Reste zu verteilen. Wenn man in Amerika ein totes Mädchen verstecken will, fehlt es einem nicht an räumlichen Möglichkeiten. Aber er, nein, er will Öffentlichkeit, er will, dass man davon erfährt. Er ist richtig stolz auf seine Tat.«

»Wir werden die psychiatrischen Kliniken durchkämmen!«

Das State Hospital in Atascadero war die einzige psychiatrische Klinik, in der die gefährlichen Irren des Staates eingesperrt wurden, und wenn man dort nachforschte, würde man auf meine Akte stoßen. Mir war so sehr daran gelegen, ihn zu beeindrucken, dass ich leichtsinnig wurde.

Das Bild dieser leblosen Frau ging mir wochenlang nicht aus

dem Kopf. Die Obszönität des Todes ließ mir keine Ruhe. Ihr Mörder hatte sich nicht damit begnügt, sie zu töten und nackt auszuziehen, er hatte auch noch ihre Eingeweide, das Innere ihres Körpers, zur Schau stellen müssen, damit die Blicke derer, die sie entdecken würden, in sie drangen. Die Bilder der jungen Studentin weckten mein Begehren. Nicht ihr geschundener Körper, gewiss nicht, sondern ihr bleiches, fast graues Gesicht und die Starrheit ihres trüben Blicks. Ich empfand keinerlei Scham. Wie kam es, dass ich keinerlei Begehren für Wendy empfand, während die Bilder dieses Mädchens, die sich in mein Gedächtnis gebrannt hatten, mich verwirrten? Ich fand keine andere Antwort auf diese Frage, als zwei Flaschen Wein im Jury zu trinken, während ich betete, dass keiner der dort anwesenden Bullen die Gabe haben möge, in mir zu lesen. Nach der zweiten Flasche bekam ich Halluzinationen und ging schlafen in der Hoffnung, der Schlaf würde mich von diesen schlechten Gedanken befreien. Doch am Morgen waren sie immer noch da. Lustlos ging ich ins Geschäft. Ein junges Paar, nicht wirklich Hippies, aber mit ihnen sympathisierend, wollte eine Harley kaufen. Ich riet ihnen, mit einem kleinen Modell zu beginnen, einer 1200 Sportster. Sie waren ganz aufgeregt. Das Mädchen klammerte sich an den Arm des Typen wie ein Schimpansenbaby an seine Mutter, und dieses Bild der Verschmelzung empörte mich. Sie sahen alle beide gut aus, blond mit blauen Augen, wohlgestaltete Gesichtszüge. Sie legten die Anzahlung bar auf den Tisch und gingen fröhlich hinaus.

40

Ich hatte Wendy schon eine ganze Weile nicht mehr gesehen. Um ganz offen zu sein, ich ging ihr aus dem Weg. Doch an dem Tag spürte ich, dass ich sie verlieren könnte. Die Verehrer standen Schlange, seit sie ihrem Gemüsesurfer den Laufpass gegeben hatte. Ich rief sie an, um mich für die Mittagspause mit ihr zu verabreden. Ich konnte es noch immer nicht fassen, dass eine Tote mir so sehr den Kopf verdreht hatte, und wollte diese erbärmliche Erinnerung hinter mir lassen. Daher fuhr ich sofort schwere Geschütze auf.

»Ich möchte dich heiraten, Wendy«, sagte ich.

Sie nahm ihren Hamburger in die Hand und fragte misstrauisch: »Du willst mich heiraten? Das ist dir einfach so eingefallen?«

»Nein, ich will eine Familie mit dir gründen, Kinder kriegen, ein Wohnmobil kaufen und sorglos und unbeschwert durch die Gegend fahren.«

»Hast du Sorgen?«

»Nein. Ich merke nur, dass unsere Beziehung dich nicht wirklich befriedigt.«

Ich spürte eine gewisse Verdrossenheit bei ihr.

Doch in ihrer Stimme lag kein Vorwurf, als sie sagte: »Von was für einer Beziehung redest du überhaupt, Al? Du umarmst mich nie, du hältst nie meine Hand, wir sehen uns höchstens ein- oder zweimal in der Woche und dann auch meist nur, wenn mein Vater dabei ist.«

»Eben, ich will, dass sich das ändert.«

»Wirst du mich deiner Mutter vorstellen?«

Die Frage war wie ein Peitschenhieb.

»Wozu? Sie wird tot sein, wenn wir heiraten!«

Sie sah mich von unten an, beunruhigt. »Warum sagst du das, Al?«, fragte sie.

»So wie sie trinkt, macht sie es nicht mehr lange.«

»Ich muss sie doch kennenlernen, meinst du nicht?«

»Nein.«

Wir schwiegen eine Weile, und erst als Wendy sich ausgiebig mit ihrem Eis beschäftigte, willigte sie ein.

»Wann möchtest du mich heiraten?«

Ihre Zustimmung überraschte mich.

»Ich weiß nicht … wann du willst …«

»Ich möchte ein weißes Kleid … Glaubst du, wir können uns das leisten?«

»Ich werde das Geld auftreiben, Wendy.«

»Zum Glück sind wir beide katholisch, das macht es leichter, oder?«

Wir setzten kein Datum fest.

Ich ging zu meiner Arbeit zurück und hatte den ganzen Nachmittag mit bedauernswerten Typen zu tun, die sich zum Träumen bringen lassen wollten, ohne auch nur den geringsten Dollar in der Tasche zu haben. Als ich zusperrte, fühlte ich mich nicht gut, und anstatt mich im Jury zu besaufen, setzte ich mich auf mein Motorrad. Ich wollte nach Oregon fahren und am nächsten Morgen wieder zurück sein.

Die Kühle senkte sich nach und nach auf die Küste herab. Ich fuhr auf dem Highway 101 ins Landesinnere. Zahlreiche Lkws mit einem oder zwei Anhängern brausten wie auf einer Schiene nach Norden, manche mit dem Ziel Kanada. Ich war nie weiter als bis Klamath Falls gefahren und träumte davon, meinen Weg bis Seattle fortzusetzen, die Grenze bei Olympia zu überschreiten, Vancouver zu entdecken und so weit wie möglich nach Alaska hinaufzufahren. Da ich im Straßenbau gearbeitet hatte, wusste ich, was für Mühen es gekostet hatte, eine Straße wie die 101 zu bauen, wie viele Tonnen Dynamit nötig gewesen waren, um die unermessliche unberührte Weite zu durchlöchern, wie viele Männer dabei ihr Leben gelassen hatten, und es erfüllte mich mit echtem Stolz, mich dort wie zu Hause zu fühlen, immer auf der linken Fahrspur, mit durchgedrücktem Gaspedal, ohne mich um Geschwindigkeitsbeschränkungen zu kümmern. Für meine hundertdreißig Kilo brauchte ich eine große Harley, die an die vierhundert Kilo wog, mit einem gewaltigen Traktormotor. Ohne Windschutzscheibe lastete der Wind wie Blei auf meinen Armen, doch ich liebte dieses Gefühl, meine Freiheit den Elementen abzutrotzen, mehr als alles andere. Die Grenze von Oregon zeichnete sich gegen zwei Uhr morgens ab, als die Müdigkeit mich bereits in eine Art Trancezustand versetzt hatte, trunken vom Geräusch der Kolben und dem Übermaß an Sauerstoff. Es wurde Zeit umzukehren, doch eine höhere Macht trieb mich, diese Grenze zu überschreiten, das Verbot zu übertreten. Da mir das Benzin auszugehen drohte, war ich gezwungen, den Highway zu verlassen. Nachdem ich vollgetankt hatte, setzte ich meinen Weg in umgekehrter Richtung fort. Mein Vorhaben hatte seinen Reiz verloren. Es kam mir plötzlich lächerlich vor. Ich beruhigte mich. Die Müdigkeit war nicht der einzige Grund für dieses Umschwenken. Ich fuhr mit vernünftiger Geschwindigkeit bis Pepperwood. Dort nahm ich eine Straße, die durch einen Wald von Mammutbäumen führte, deren Wipfel am Sternenhimmel zu kratzen schienen. Unten war es ebenso dunkel wie in dem Keller meiner Kindheit, weswegen ich eine Weile mit dem Blick nach oben gerichtet fuhr, beruhigt durch das Geräusch meines Motors, das die tiefe Stille durchbrach.

Dann verwandelte sich dieses Geräusch in das der Heizung in dem Haus in Montana, und ich wäre am liebsten vom Motorrad gesprungen. Ich hob den Kopf, angezogen vom Sternenhimmel, als ein Damhirsch im Licht meiner Scheinwerfer auftauchte. Ich versuchte nicht, ihm auszuweichen. Er kippte über mich hinweg, und als ich dachte, ich wäre mit einem blauen Auge davongekommen, fand ich mich am Boden wieder. Solange man nicht so schwer hingestürzt ist, hat man keinen Begriff von seinem eigenen Gewicht. In dem kurzen Augenblick, in dem ich durch die Luft flog, dachte ich, ich könnte ohne eine Schramme davonkommen oder sterben – und beide Lösungen waren mir recht. Das Motorrad lag auf der Straße, und der vordere Scheinwerfer beleuchtete mich wie eine Fackel. Ich sah, dass mein Arm einen rechten Winkel bildete und mein Fuß vom Bein abstand. Der Überraschung folgte der Schmerz, der von meinem Gefühl der Ohnmacht noch verstärkt wurde. Die Stille kehrte zurück, und mein Überlebensinstinkt meldete sich. Ich robbte auf den Seitenstreifen, um nicht überfahren zu werden, falls durch einen äußerst unwahrscheinlichen Zufall jemand zu so später Stunde auf die Idee kommen sollte, mit dem Auto diese Straße zu benutzen. Es tauchte nicht vor dem ersten Schimmer des anbrechenden Tages auf. Ein Förster stieg aus. Sein Gesicht zeigte keine Regung. Er begann, den Damhirsch zu untersuchen, der reglos dalag. Dann kam er zu mir und betrachtete mich, die Hände in die Hüften gestützt.

»Man kann sagen, dass du ganze Arbeit geleistet hast.«

Dann holte er ein Päckchen Zigaretten heraus und zündete sich eine Kippe an.

»Du bist kaum besser dran, mein Alter. Aber du lebst wenigstens. Viel gebrochen?«

»Einen Arm und ein Bein.«

Er beugte sich über das Motorrad und sagte: »Das kann ich unmöglich allein da wegschaffen. Du kannst mir wirklich nicht helfen?«

Ich gab ihm keine Antwort, es lohnte sich nicht.

»Und dich kann ich auch nicht in meinen Wagen laden, hm?«

Schließlich beschloss er, etwa zwanzig Meilen entfernt Hilfe zu holen.

41

Meine vorübergehende Unbeweglichkeit verschaffte mir eine enorme Erleichterung. Ich konnte mich für ein paar Tage von mir selbst erholen, bequem untergebracht in einem kleinen Krankenhauszimmer in Garberville. Wendy verstand nicht, warum ich mich ein paar Stunden, nachdem ich ihr die Ehe vorgeschlagen hatte, auf einer Straße an der Staatsgrenze herumgetrieben hatte.

»Was hast du da nur gemacht, Al?«

»Keine Ahnung, Wendy. Ich brauchte einfach frische Luft. Manchmal habe ich Santa Cruz, den Nebel, die Nähe des Meers ein bisschen satt. Das ist der Ruf der Straße. Aber ich freue mich auch, wenn es aufhört. Das ist immer schon so gewesen, Wendy.«

»Und wird das so weitergehen, wenn wir verheiratet sind?«

»Keine Ahnung, Wendy, ich bin noch nie verheiratet gewesen. – Und dein Vater?«

»Ich sehe ihn kaum, er hat sehr viel zu tun. Es hat einen neuen Mord gegeben.«

»Einen neuen Mord?«

»Ja, ein Mädchen aus Aptos, das per Anhalter nach Monterey unterwegs war. Sie haben sie am Fuß einer Steilwand gleich hinter Carmel gefunden. Sie war aufgeschlitzt wie die Erste, und in ihrer Tasche steckte eine Nachricht.«

»Und was stand da drin?«

»Eine Wahnvorstellung. Eine himmlische Stimme habe ihm befohlen, elf Frauen zu opfern, um Nordkalifornien vor den Erdbeben zu bewahren. Und er tue nichts anderes, als dieser Weisung zu folgen. Elf Frauen zu töten, um Tausende zu retten, ist für ihn ein akzeptables Opfer, und er bittet die Polizei, es ebenso zu sehen. Und dann noch andere Dinge, an die ich mich nicht mehr erinnere. Wann kommst du zurück, Al?«

»In zwei Wochen, wenn meine Mutter mir etwas Geld schickt.«

Kurz nach der Operation, bei der man meinen Arm und mein Bein gerichtet hatte, besuchte mich der Sheriff. Er wirkte beunruhigt.

»Du bist also bedingt freigelassen?«

Schwierig, es zu leugnen.

»Du wolltest nach Kanada fliehen?«

»Fliehen wovor?«

»Das frage ich dich. Bist du sicher, dass du keine Dummheit gemacht hast, bevor du losgefahren bist?«

»Warum fragen Sie mich das?«

»Weil in der Gegend, aus der du kommst, von einem Frauenmörder gesprochen wird.«

»Ich weiß Bescheid. Ich kenne den Chef der Kriminalpolizei von Santa Cruz, ich werde seine Tochter heiraten. Übrigens habe ich ihn an den ersten Tatort gefahren. Und wenn es Sie interessiert, am Tag des Verbrechens waren wir, er, seine Tochter und ich, mit dem Motorrad an der Küste von Carmel unterwegs.«

Ich spürte, dass ihn das beruhigte.

»Du hast ein ganz schönes Strafregister für dein Alter, verstehst du …«

»Ich habe Leute getötet, die mich unterdrückten, und habe mich gestellt. Das ist etwas anderes, als Unbekannte zu töten und Nachrichten bei den Leichen zu hinterlassen.«

Er spürte, dass er mich mit seinem ungeschickten Versuch,

mir diese Verbrechen anzulasten, verärgert hatte, und kam nie mehr darauf zurück. Wir sahen uns danach noch ein paarmal. Ich glaube, er schätzte mich. Genug jedenfalls, um mit mir ganz offen über seine Alltagssorgen zu sprechen. Garberville war zu einer Art Rangierbahnhof für die Hippies geworden, die sich dort trafen. Von meinem Zimmer aus sah ich sie in Scharen umherschlendern. Sie waren sesshaft geworden und trieben Handel in der Hauptstraße; manche verkauften klägliche Kunstwerke, die meisten Drogen. Diejenigen, die es am stärksten erwischt hatte, streunten herum wie räudige Hunde, und ihr übertriebenes Lachen passte so gar nicht zu ihren Sterbensmienen. Manchmal kam es zu Zusammenstößen mit jungen Leuten aus der Gegend. Wie der Sheriff mir erzählte, hatte tags zuvor eine Gruppe in einem grauen Dodge ein Paar junger Freaks entführt, um ihnen den Schädel zu rasieren und das Mädchen ein bisschen zu begrapschen. Der Typ hatte Anzeige erstattet, doch das Mädchen wollte von Bullen nichts hören. Deswegen hatte sie ihn verlassen, und der Typ hatte sich in den Fluss gestürzt und war ertrunken. Kurz, das kleine städtische Krankenhaus, in dem ich lag, hatte sich nach und nach in eine Ambulanz verwandelt. Ich begegnete dort einer Vielzahl dieser jungen Leute, die von Krankheiten, die als ausgerottet galten, heimgesucht wurden, um die Träume dieser halluzinierenden und dahinvegetierenden Geistesgestörten zu durchkreuzen.

Zu der Zeit, da ich den Unfall hatte, drehte ich mich im Kreis, und dieses Ereignis schleuderte mich aus dem konzentrischen Kreis, in dem ich mich mühsam bewegte. Als ich erfuhr, dass die Straße, auf der ich meinen Umfall gehabt hatte, Avenue of the Giants hieß, sah ich darin ein Zeichen, auch wenn dieser Name sich nur auf die Mammutbäume bezieht, die sie säumen. Am Tag meiner Entlassung hatte der Sheriff mein Strafregister vollständig vergessen und erinnerte sich lediglich an einen jungen Mann, der trotz seiner Schmerzen jeden Morgen auf Krücken zum Waschbecken ging, um sich zu rasieren. Schüchtern wie ein Kind, das seine Glückwünsche loswerden will, kam er zu mir. Er hatte eine große Schachtel in der Hand und stellte sie auf meine Knie, als ich im Rollstuhl zum Krankenwagen geschoben wurde. Ich öffnete sie und entdeckte darin den Kopf des Damhirschs, den ich getötet hatte. Er war von einem Tierpräparator ausgestopft worden. Seine Geste rührte mich wirklich sehr. Auch in diesem Geschenk sah ich ein Zeichen.

42

Die Geldnot, in die mein Unfall mich stürzte, zwang mich, wieder bei meiner Mutter zu wohnen. Mein Chef hatte mir gekündigt, obwohl er mich mochte. Nachdem er mich im Krankenhaus besucht hatte, war er mit dem Versprechen gegangen, am nächsten Tag wiederzukommen, doch in der Zwischenzeit hatte er erfahren, dass ich durch die Nacht gerast war, und das hatte ihm überhaupt nicht gefallen. Ich rief meine Mutter aus Garberville an, um ihr zu sagen, dass ich die Krankenhauskosten nicht bezahlen könne, dass ich gefeuert worden sei und dass ich meine Wohnung nicht behalten könne.

Sie blieb scheinbar ruhig und sagte: »So was passiert eben Leuten wie dir, Al, ein langer Sturz ins Nichts. Soll ich dir sagen, dass es mich überrascht? Nein, es überrascht mich nicht. Du wirst nur so lange bei mir wohnen wie unbedingt nötig. Glaubst du etwa, ich durchschaue dein Spiel nicht? Ich weiß, dass du davon träumst, dich bei mir einzunisten, der einzige Mann meines Lebens zu werden und die anderen auf Abstand zu halten.«

Welche anderen? Schon seit Langem interessierte sich kein Mann mehr für sie.

Ihr Haus in Aptos hatte keine bessere Aura als das in Montana. Meine Mutter hatte sich vergrößert, indem sie ein paar Wochen vor meinem Unfall die obere Etage dazugemietet hatte, als hätte sie die Vorahnung gehabt, dass sie ihre Tage mit mir beenden würde. Alles in dieser Bude war trostlos, altmodisch, geschmacklos. Die Katzen waren die uneingeschränkten Herrscher, und ihr Geruch überlagerte alle anderen. Durch die zu wenigen Schiebefenster mit ihren kleinen Scheiben kam zu wenig Licht herein. Ich wohnte allein im oberen Stockwerk, das ich nicht verlassen konnte, solange mein Bein mir nicht erlaubte, die Außentreppe hinunterzusteigen. In den eineinhalb Monaten meiner Rekonvaleszenz begnügte sie sich damit, mir das Essen vor die Tür zu stellen, ohne auch nur einmal mit mir zu sprechen. Sie legte eine Rolle Toilettenpapier hinzu, wenn sie es für nötig hielt. Manchmal erwartete ich sie oben an der Treppe, die Krücken unter die Achseln geklemmt. Ich sah ihr zu, wie sie außer Atem heraufkam, rot vor Anstrengung.

»Man könnte meinen, der Alkohol in deiner Leber kommt zu den Poren deiner Haut raus!«, sagte ich.

»Halt's Maul, Al. Sonst lasse ich dich verhungern.«

»Du weißt, dass du dich schlimmer benimmst als die Gefängniswärter während meiner Untersuchungshaft. Warum redest du nicht mit mir?«

Sie blieb mitten auf der Treppe stehen. »Weil ich dir nichts zu sagen habe. Ich habe mit einem jungen Psychologieprofessor, der neu zu uns gekommen ist, über dein Verhalten gesprochen, ohne ihm zu sagen, dass es sich um meinen Sohn handelt. Er war ganz offen zu mir.« Sie senkte die Stimme, um zu vermeiden, dass das ganze Viertel sie hörte. »Für ihn bist du ein verkappter Homosexueller, Al.« Und mit noch leiserer Stimme: »Eine dicke Schwuchtel, die sich selbst nicht akzeptiert. Ich hatte deinem Vater oft genug gesagt, dass er dich in diese Richtung erzieht. Er wollte mir nicht glauben. Wo ist er jetzt? Sag?«

Ich blieb ganz ruhig, großmütig. »Dein Typ irrt sich. Ach, weißt du eigentlich, dass ich heiraten werde?«

Sie machte kehrt, um wieder hinunterzugehen. »Du kannst ruhig heiraten. Ich wette mit dir, dass du sie nicht anrühren wirst.«

Die Neugier hielt sie noch einen Augenblick zurück, und sie fragte: »Wer ist das Mädchen?«

»Die Tochter des Chefs der Kriminalpolizei von Santa Cruz.«

»Kennt sie deine Vergangenheit?«

»Nein, aber mein Vorstrafenregister wird in Kürze gelöscht werden.«

Sie zögerte nicht, die Mittel zu testen, die ich ihr in die Hand gab.

»Wenn du weiter auf meinen Nerven herumtrampelst, Al, werde ich deinem zukünftigen Schwiegervater erzählen, was für ein vorbildlicher Enkel du gewesen bist.«

Befriedigt ging sie die restlichen Stufen hinunter.

Ich knallte die Tür so laut zu, dass ich vermutlich das ganze Viertel aufweckte, und setzte mich auf mein Bett in dem einzigen Zimmer, das im oberen Stock eingerichtet worden war, denn für die übrigen hatte sie kein Geld. Das Atmen fiel mir wahnsinnig schwer. Ich versuchte, mich zu beruhigen, und dachte darüber nach, ob ich irgendwann einmal einen Mann begehrt hatte. So sehr ich auch in meinem Gedächtnis kramte, diese Art von Verlangen hatte ich nie verspürt. Die Halluzination, die darauf folgte, hatte große Symbolkraft. Die Wände und die Decke des Zimmers kamen immer näher auf mich zu, bis sie mich wie in einem kleinen Würfel einschlossen. Völlig niedergeschlagen verbrachte ich so die Nacht. Am nächsten Morgen warf mir meine Mutter, bevor sie zur Universität fuhr, als Friedenszeichen zum ersten Mal die Zeitung die Treppe hinauf. Als sie gegen die Tür prallte, weckte mich das dumpfe Geräusch. Ich lag immer noch in meinen Kleidern zusammengerollt auf dem Bett.

Ich nahm mir nicht die Zeit, einen langen Artikel über Vietnam und die Dominotheorie gründlich zu lesen, demzufolge ganz Asien, wenn man den Krieg dort verlöre, ins Lager der Kommunisten fallen würde, bevor es den Rest der Welt ins Verderben stürzte. Sie hatten recht durchzuhalten. Verdammt! Ich weiß nicht, was ich dafür gegeben hätte, dorthin geschickt zu werden; ich bin überzeugt, ich hätte einen guten Job gemacht. Auf der ersten Seite prangte ein Foto von Duigan, auf dem er sichtlich sauer wirkte. Grund genug hatte er. Es war gerade ein junges Landstreicherpaar ermordet am Rand eines Sandwegs aufgefunden worden. Sie waren beide jeweils durch eine Kugel in den Hinterkopf gestorben, ein Kaliber, das für die Elefantenjagd benutzt wird und das ihnen keine Chance gelassen hatte. Das Mädchen war aufgeschlitzt worden, nachdem es erschossen worden war. Keine Nachricht diesmal. Damals wurde ganz schön viel gemordet an dieser Küste. Viel später kamen mir die Mündungsgebiete in den Sinn, in denen sich das Wasser des Meeres mit dem Flusswasser mischt. Die Haie sollen dort völlig außer Rand und Band geraten und tödliche Angriffe unternehmen, die keinem bekannten Muster gehorchen. Anfang der Siebzigerjahre traf dieses Mündungssyndrom Kalifornien. Ich analysiere es auf meine Weise: Wir waren die Kinder der Nachkriegszeit. Unsere Väter hatten im Pazifik und in Europa Schlimmes erlebt, und all das, was in den Familien unausgesprochen blieb, wurde durch den Wohlstand überdeckt. Die traditionelle Familie hatte sich häufig in einen Albtraum verwandelt, im Fernsehen sah man zum ersten Mal Bilder von den Massakern in Indochina; die Kompassnadel schlug wild aus für viele junge Leute, die nicht mehr wussten, wie sie leben sollten. Manche sahen keinen anderen Ausweg, als zu töten, und das massenhaft, denn eine einzige Person zu töten genügte nicht mehr.

Duigan wurde regelmäßig von Wendy informiert, wie es mir ging. Er mochte mich immer noch, obwohl er nicht verstand, warum ich mich mitten in der Nacht im Norden fast zu Tode gefahren hatte. Wendy konnte nicht zu mir kommen. Sie hatte kein Auto, und Autostopp zu machen war zu jener Zeit nicht gerade zu empfehlen. Mir war es sehr recht, dass sie mich nicht besuchen konnte. Andernfalls hätte ich ihr sagen müssen, dass meine Mutter sie nicht bei sich sehen wolle, unter dem Vorwand – der aus ihrem Mund fadenscheinig und widersprüchlich klang –, dass sie nicht mit anhören wolle, wie ihr Sohn über ihr, in ihrem Haus, fickt.

Fast jeden Abend bekam meine Mutter Besuch von Sally Enfield, und es kam nicht selten vor, dass sie bei ihr übernachtete. Sie waren unzertrennlich geworden. Meine Mutter hatte das starke Bedürfnis zu reden, nur nicht mit mir. Sie war eine redselige Alkoholikerin, während Sally sich vor allem damit begnügte, geräuschlos zuzustimmen. Ich konnte die beiden Klatschbasen durch den Fußboden hören.

»Ich weiß, woher mein Problem mit den Männern kommt, Sally.«

»Da hast du Glück, wenn du das weißt.«

»Mein erster Mann hat mich sehr enttäuscht. Er glaubte, ich würde die Frau eines kleinen Elektrikers bleiben. Null Ehrgeiz, Sally. Ein ruhiger Job, ein Bier mit den Kumpels abends nach der Arbeit und sonst nichts … Als hätte ich nur davon geträumt. Vor allem, weil dieser Typ sich als Kriegsheld vorgestellt hatte. Und im Vertrauen gesagt, er hatte einen ganz Kleinen.«

Man konnte ihren Grad an Betrunkenheit an ihrer Vulgarität messen. Sie hatte jetzt mit Sicherheit mehr als zwei Flaschen Wein intus.

»Er hatte kleine Füße für seine zwei Meter zehn. Und der Rest entsprechend.«

Sally Enfield fing an, wie verrückt zu lachen. Obwohl sie ihn nicht kannte, lachte sie über meinen Vater. Ich hätte sie am liebsten erwürgt.

Und meine Mutter, die über nichts lachen konnte, fuhr fort: »Und dann kam Al. Du, die du keine Kinder hast, kannst es nicht wissen, aber wenn du Mutter wirst, spürst du das Kind, das du gezeugt hast. Soll ich dir was sagen, ich habe sofort gewusst, dass er ein Monster ist. Daher habe ich ordentlich die Zügel angezogen, um ihn zu zähmen. Aber das hat nicht gereicht. Ich bin gescheitert. Beinahe wäre es mir gelungen, aber sein Vater hat hinter meinem Rücken gegen mich agiert. Dir kann ich es ja sagen: Als Al seine Großeltern getötet hat, habe ich gejubelt. Die Ereignisse haben mir recht gegeben. Ich wette mit dir, er wird nie mehr arbeiten. Er ist von seinem Motorrad gefallen, um zu seiner Mutter zurückzukehren. Hätte ich einen mongoloiden Sohn, wäre es nicht schlimmer. Was hab ich Gott nur getan, dass er mich so bestraft?«

Ich hörte, wie ein Glas gegen einen Flaschenhals stieß.

»Im Grunde ist ein Ehemann niemals wirklich ein Ehemann. Man weiß, dass man nie das haben wird, was man sieht. Ein Kind dagegen kommt aus unserem Bauch. Und wenn man dann feststellt, dass er nichts von einem hat, ist das eine wahnsinnige Enttäuschung.«

In Sally Enfield hatte meine Mutter einen Hund gefunden, der auf die Fragen antwortet. Ich habe festgestellt, dass die Leute, die sich einen Hund zulegen, mit ihnen reden, weil es ihnen Vergnügen bereitet, dass ihnen nie widersprochen wird. Doch die ärgerliche Kehrseite ist, dass der Hund auch niemals zustimmt. Sally jedenfalls sparte nicht mit beifälligen Bemerkungen.

»Du hast recht, Cornell, du hättest es nicht besser ausdrücken können.«

Sie sprach nie von sich, und sollte es doch einmal vorkommen, unterbrach meine Mutter sie, wie ein Lehrer es tut, wenn ein Schüler vom Thema abkommt. In einem Monat der Rekonvaleszenz über diesen beiden Frauen erfuhr ich nichts über sie außer dieser unerklärlichen Willenlosigkeit, die sie in einem Zustand der Knechtschaft hielt.

43

Endlich konnte ich mich wieder auf mein Bein stützen. Mein Arm, der an drei Stellen gebrochen war, blieb noch einen guten Monat länger in Gips. Arbeit zu suchen war mir noch nicht möglich, doch ich war imstande zu fahren. Ich nahm meine Ausflüge im Ford Galaxy wieder auf. Ich musste reden, mich mit anderen unterhalten. Der wahnsinnige Mörder hatte seine drei letzten Opfer umgebracht, ohne sie vorher als Anhalter mitgenommen zu haben. Die kollektive Angst ist wie das Erschrecken der Pferde: spektakulär und schnell vergessen. Die Studentinnen, die in meinen Wagen stiegen, waren zögerlicher als noch zwei Monate zuvor, doch ihre Befürchtungen hielten der Aussicht auf einen anstrengenden Fußmarsch von zwei oder drei Meilen in die Stadt nicht lange stand.

Ich ging jetzt den Mädchen der Protestbewegung aus dem Weg und konzentrierte mich auf die kleinen Spießbürgerinnen, die glatt und sauber wie die Felsen von Wasserfällen waren. Ich war verlobt mit Wendy, weshalb diese Mädchen tabu für mich waren, aber gerade das machte vermutlich den Unterschied, den Reiz aus. Die einzige Gelegenheit für mich, sie zu treffen, war, sie als Anhalterinnen mitzunehmen. Sie verkehrten nicht im Jury, obwohl es dort mehr Bullen als Löckchen auf dem Kopf einer Hure gab. Sie waren auch nicht in vergleichbaren Kneipen anzutreffen. Manchmal setzte ich mich etwas abseits an den Strand und bewunderte ihre braun gebrannten Schultern, über das glänzendes Haar fiel. Sie waren alle sportlich und hielten ihren Körper tadellos in Form. Die Berliner Mauer war vermutlich leichter zu überwinden als diejenige, die mich von diesen Geschöpfen trennte. Wenn sie mir auf der Strandpromenade begegneten, nahmen sie mich überhaupt nicht zur Kenntnis. Manchmal jedoch prallte ihr Blick gegen meinen großen Körper, und sie stießen einen leisen Schrei der Überraschung darüber aus, dass ein Mammutbaum aus dem Yosemite-Nationalpark Füße bekommen hatte. Wir lebten zur selben Zeit und an denselben Orten, und dennoch wären wir uns nie begegnet, wenn ich nicht die Initiative ergriffen hätte. In meinem Wagen stellte ich ihnen eine Menge Fragen über ihre Erwartungen an das Leben, ihre Hoffnungen, ihre Ängste. Es faszinierte mich, dass sie vor nichts zurückschreckten, dass sie glaubten, ihr Leben sei schnurgerade vorgezeichnet wie eine Eisenbahnschiene. Sie ließen niemals zu, dass sich in irgendeiner Weise Ernüchterung in ihnen breitmachte. Die Superlative unterdrückten jeden Hauch von Pessimismus schon im Keim. Sie behandelten das Glück wie ein Hündchen, das ohne sein Frauchen eingeht. Zwischen Universität und Strand hielten Dutzende von Mädchen dieser Art mein Interesse am Leben wach.

44

Duigan hatte abgenommen. Der Gedanke an die nächsten Opfer ging ihm nicht aus dem Kopf. Und diese Hilflosigkeit machte ihn depressiv. Seit Beginn der Mordserie waren keinerlei Hinweise über den Täter aufgetaucht. Er machte keinen Fehler. Er tötete in regelmäßigen Abständen, als hätte er es nicht eilig, Ziele zu erreichen, die er sich mit der Sorgfalt eines Verkaufsdirektors gesetzt hatte. Sein Aktionsradius beschränkte sich auf die Küstenregion, obwohl er die Leichen niemals ins Wasser warf.

»Warum tut er es nicht?«

Ich saß Duigan auf seiner Terrasse gegenüber. Wendy verspätete sich, und das machte ihn nervös. Es war mein erster Besuch seit meinem Unfall. Ich hatte ein paarmal mit Wendy telefoniert, doch wir waren uns beide bewusst, dass irgendetwas zwischen uns nicht stimmte. Und dieses Etwas war ich.

»Vertraulichkeiten sind Frauensache.«

Das hatte ich ihr geantwortet, als sie mir Vorwürfe gemacht hatte.

»Wie soll sich Vertrauen zwischen uns einstellen, wenn ich mir selbst nicht vertraue? Meine Mutter steht zwischen uns. Ich muss mein Problem mit ihr regeln.«

»Was für ein Problem denn, Al? Wenn du es mir wenigstens erklären würdest.«

»Sie torpediert meine Beziehung zu Frauen.«

»Warum verlässt du sie nicht?«

»Sie ist die Sorte Frau, die man nicht verlässt. Wie soll ich dir das erklären? Wenn ich mich von ihr entferne, laufe ich Gefahr, dass sie mich noch mehr beherrscht. In ihrer Nähe habe ich das Gefühl, sie zu kontrollieren. Sobald ich auf Abstand gehe, gewinnt sie die Oberhand, ich weiß, es ist nicht leicht zu verstehen, aber ich werde eine Lösung finden.«

»Aber wie, Al?«

»Ich denke darüber nach, ich habe noch keine Lösung, aber ich denke darüber nach.«

Abgesehen davon, dass Wendy ein gutes Mädchen war, bewies sie auch eine Geduld, die in der Welt der Frauen nicht ihresgleichen hatte.

Ein leichter Wind kam auf. Kinder spielten auf der Straße, und ihre Schreie hallten in unser Schweigen.

»Die Vorstellung, dass das Meer die Leichen angreift, muss ihm missfallen. Das Aufschlitzen, das so etwas wie seine Signatur ist, wäre dann möglicherweise nicht mehr so eindeutig. Er tötet schnell und legt die Leiche ab, ohne sie zu verbergen, in der Absicht, dass sie zugänglich ist und in dem Zustand gefunden wird, in dem er sie zurückgelassen hat. Das ist alles, was man über ihn weiß.«

»Das reicht nicht für ein Phantombild.«

»Er liebt die Frauen nicht. Er hat ein großes Problem mit ihnen. Das Problem mit seiner Mutter muss massiv sein. Aber das reicht nicht. Da ist noch etwas anderes, sehr Persönliches, das nur schwer zu fassen ist, wenn man ihn nicht kennt. Kann ich offen sprechen, Mr. Duigan?«

»Natürlich.«

»Er ist ein verkappter Homosexueller. Es gelingt ihm nicht, es auszuleben. Daher rächt er sich an den Frauen und schlitzt sie auf. Der Bauch hat eine Bedeutung, verstehen Sie, was ich meine? Denken Sie daran, dass er bei dem Paar, das er getötet hat, nur die Frau aufgeschlitzt hat. Die Verdrängung muss ziemlich massiv sein. Vermutlich von Seiten seines Vaters. Ein Berufssoldat oder ein Unternehmer, würde ich sagen, obwohl ich kein Experte bin. Damit wir uns richtig verstehen, Mr. Duigan, ich verfüge nicht über das Fachwissen, um …«

»Ich weiß, rede weiter.«

»Ich würde sagen, er ist ein junger Mann, der bis zu einem bestimmten Alter sehr brillant und entsprechend erfolgreich gewesen ist, und dann war plötzlich Schluss. Sie werden ihn sehr viel eher in den vornehmen Vierteln finden als in einer Baracke. Ich hatte es Ihnen ja bereits erklärt, er hat zwangsläufig eine gewisse Zeit in einer psychiatrischen Klinik verbracht mit einer ausgeprägten psychischen Störung. Was noch? Nichts. Doch, er ist vollkommen subjektiv, das muss ich ausdrücklich betonen, und er ist vermutlich eher klein. Ich würde sogar sagen, ungewöhnlich klein … nein, nur kleiner als der Durchschnitt. Genug, um einen Komplex zu entwickeln, aber nicht bis zur Anormalität. Er ist kein guter Kunde für Sie, er ist sehr organisiert aufgrund seiner überlegenen Intelligenz.«

In diesem Augenblick kam Wendy zurück, unbekümmert wie immer.

Duigan sprang auf. »Verdammt noch mal, wo bist du gewesen?«, schrie er.

Ich hatte nie erlebt, dass er seine Tochter so anging. Ich begriff, dass er wirklich auf hundertachtzig war und dass ich ihm helfen musste.

Wendy ließ sich nicht aus der Fassung bringen und erwiderte: »Ich habe mit Hale Norton ein Eis auf dem Anlegesteg gegessen.«

Duigan nahm sich sichtlich zusammen. »Glaubst du, das ist der richtige Moment, sich herumzutreiben?«

»Dieser Typ würde sich niemals an der Tochter des Chefs der Kriminalpolizei vergreifen, ist es nicht so, Al?«

Ich setzte mein Expertengesicht auf und sagte: »Ich denke nicht.«

»Weil auf deinem T-Shirt steht, dass du die Tochter des Chefs der Kriminalpolizei bist?« Doch Duigans Wut hatte sich mittlerweile weitgehend in Erleichterung verwandelt. »Was gibt es auf dem Anlegesteg? Ich bin seit Jahren nicht mehr dort gewesen.«

Der Anlegesteg glich allen Anlegestellen auf der Welt: ein Auswuchs aus Balken auf ins Meer gerammten Pfählen. Am unteren Teil der Pfähle machen Seelöwen es sich auf den Stützblöcken bequem und stoßen heisere Schreie aus. Touristen machen Fotos. Auf der Mole reiht sich Restaurant an Restaurant, in denen den ganzen Tag über immer irgendjemand gerade isst.

Ich sagte: »Viel kann man dort nicht unternehmen.«

Da wir über nichts Wichtiges sprachen, dachte ich über den Kriminellen nach, von dem ich ein präzises psychisches Porträt entworfen hatte. Ich hatte eine intuitive Vorstellung von ihm. Ich hätte seinen Atem auf meiner Schulter spüren können. Wäre ich ihm begegnet, hätte ich ihn demaskieren können, dessen war ich sicher.

Duigan ließ uns allein, und ich ging mit Wendy auf ihr Zimmer; wir hörten Radio. Ich bekam buchstäblich kaum Luft, wie immer, wenn ich mit ihr allein war. Sie lehnte ihren Kopf an mich, doch ich fand ihn zu schwer und schob ihn sanft von mir. Bevor Wendy ärgerlich reagieren konnte, ergriff ich die Initiative.

»Wir müssen über diese Heirat reden.«

Wendy stand langsam auf, reckte sich und gähnte. Dann wandte sie sich langsam mir zu. »Was ist los mit dir, Al? Immer wenn du mich zurückstößt, sprichst du von Heirat. Ist dir das eigentlich klar? Deine Handlungen widersprechen deinen Worten, ist es nicht so?«

»Hast du mit deinem Vater darüber gesprochen?«

»Mit meinem Vater? Er hat nur seinen Mörder im Kopf. Und ich habe keine Lust, mit ihm darüber zu reden.«

»Warum?«

»Weil es keine Heirat geben wird, Al, das weißt du besser als ich. Du magst mich, und du versuchst den Mangel an echter Liebe dadurch zu verbergen, dass du mich heiraten willst.«

Ich hatte plötzlich einen Kloß im Hals.

»Aber ich kann nicht ohne dich leben, Wendy!«

Sie begann im Zimmer hin und her zu laufen, als wollte sie die Gegenstände inspizieren; dann drehte sie sich jäh zu mir um und starrte mich an. »Du bist ein toller Kerl, Al. Ich kann mich nicht erinnern, dass du mir jemals eine Szene gemacht hättest. Du bist sehr intelligent, sogar mein Vater sagt das, du siehst ziemlich gut aus und hast eine beruhigende Wirkung, wenn du dir Mühe gibst. Und eine Frau zu beruhigen ist wichtig, Al, vor allem eine Frau wie mich, die Angst hat, dass ihr Schatten sich weniger langweilt als sie. Aber du empfindest keinerlei Begehren. Warum? Ich habe nicht die geringste Ahnung. Immer wenn ich mit meinem Körper von Begehren spreche, sprichst du von Heirat und wirst steif wie eine Wachsfigur. Ich bin nicht so dumm, wie es den Anschein hat, Al.«

»Hast du mit deinem Vater darüber gesprochen?«

»Worüber?«

»Über all das.«

»Aber ich habe dir doch schon gesagt, dass ich es nicht getan habe. Ich habe das Gefühl, dass er für dich wichtiger ist als ich. Ohne ihn würdest du vergessen, mich zu besuchen.«

Wir verbrachten die nächste Stunde schweigend. Es gibt Mädchen, bei denen man das Schweigen ohne Weiteres für Intelligenz halten kann und es später bereut. Wendy gehörte nicht zu ihnen. Sie las Zeitschriften für Mädchen ihres Alters, in aller Ruhe, als hätten wir über nichts Wesentliches gesprochen. Im Radio lief englische Musik. Schließlich ging ich.

Die Straßen von Santa Cruz waren wie ausgestorben. All diese Häuschen in Reih und Glied mit ihren albernen Gärten, in denen ein riesiges Sternenbanner aufgepflanzt war, all diese erbärmlich kleinen Leben an der Grenze zum tierischen Bewusstsein verursachten mir Übelkeit. Ich fuhr langsam durch die Stadt. Um diese Zeit waren nur Leute unterwegs, die nichts zu verlieren hatten, weder Geld noch Ehre. Ein paar Freaks schlenderten umher wie die Nachhut einer Herde, die von den gesündesten Tieren ausgestoßen worden war. Die vornehmen Viertel unterschieden sich von denen der Mittelschicht nur durch die Größe der Häuser und Gärten. Ich fuhr bis zum Jury. Die Sperrstunde war noch fern, und in der Bar herrschte reger Betrieb. Vor allem Bullen, die immer im Einsatz waren. Der Schlitzer war in aller Munde. Ich beneidete sie darum, immer unter Adrenalin zu stehen. Ein unbescheidener Gedanke ging mir durch den Kopf. Wenn man mich in die Polizei aufgenommen hätte, würde der Killer nicht mehr lange sein Unwesen treiben. Als ich einem Deputy von Duigan zum zweiten Mal ein Phantombild von ihm entwarf, fühlte ich mich ihm in gewisser Weise überlegen, weil ich wusste, was ihn zum Töten trieb. Mein psychologisches Pseudogutachten nervte ihn ein bisschen, und wäre ich nicht der Freund der Tochter seines Chefs gewesen, ich glaube, er hätte mich geradewegs zum Teufel gejagt. Ich trank mehrere Gläser hintereinander und fuhr zu meiner Mutter, um zu schlafen.

45

Sie schlief wohl schon seit einiger Zeit, denn in ihrem Zimmer, das auf die Straße ging, brannte kein Licht. Ich stieg die Treppe hinauf, die ins obere Stockwerk führte, und ein heftiges Verlangen überkam mich, sie zu wecken und zu schütteln, um ihr Fragen zu stellen. Ich war kurz davor, es zu tun, besann mich dann aber und legte mich schlafen in dem seelenlosen Zimmer, das meines geworden war. Das Holz der Wände strahlte die Feuchtigkeit eines Ferienhauses am Meer aus. Dabei war das Meer weit weg. Ich hatte mich gerade hingelegt, als der Nachbar aufstand, um am Motor seines Wagens, ein alter brauner Pontiac, der ebenso altmodisch wie ein Küchentisch war, herumzubasteln. Gegen fünf Uhr morgens begann er, mit einem Hammer auf dem Anlasser herumzuschlagen, und meine Nacht war zu Ende. Ich war versucht, ihn anzuschnauzen, doch ich stand auf und ging wortlos an ihm vorbei. Als ich an meinem Wagen war, bemerkte ich, dass ich kein Geld hatte. Ich hatte alles im Jury auf den Kopf gehauen. Die Tür des Erdgeschosses war verschlossen, und meine Mutter hatte mir keinen Schlüssel dafür gegeben. Ich nutzte den Krach, den mein Nachbar verursachte, um eine Scheibe des Küchenfensters einzuschlagen, das Fenster hochzuschieben und einzusteigen. Aus unerklärlichen Gründen befand sich ein schönes Bündel Zehndollarscheine in der Tasche meiner Mutter. Ich nahm die

Hälfte und ging auf demselben Weg wieder hinaus, auf dem ich hineingekommen war, doch dann kamen mir Bedenken. Ein normaler Einbrecher hätte nicht die Hälfte des Bündels in der Tasche gelassen, daher kehrte ich noch einmal zurück und packte alles bis auf den letzten Cent. Ich zögerte, in das Zimmer meiner Mutter zu gehen. Der Türgriff quietschte, als ich ihn drehte. Sie lag auf dem Rücken, in einem seidig glänzenden Nachthemd, das bis zu den Schenkeln hinaufgerutscht war und ihre von Krampfadern verbeulten Beine entblößte. Sie hatte die Arme ausgebreitet, ihr Kopf lag auf der Seite, und sie schnappte nach Luft. Im Zimmer stank es nach Alkohol und ihrem widerlichen Atem. Ich schloss die Tür und schwor mir, sie nie mehr wiederzusehen.

Ich benutzte die ersten Dollar, um Wendy zwei Platten zu schenken und zum Mittagessen einzuladen; sie konnte es gar nicht fassen. Ich wartete vor dem Haus, in dem sie arbeitete. Ich fühlte mich wirklich elend, doch ich ließ es mir nicht anmerken. Ich führte sie in ein Restaurant an der Ecke der Beach Street und der Hafenmole. Es ist ein Ort, der stark frequentiert wird sowohl von den Einwohnern von Santa Cruz als auch von durchreisenden Touristen, und es herrscht eine wirklich gesellige Atmosphäre, noch verstärkt dadurch, dass die Hamburger dort geradezu unverschämt günstig sind. Eine breite Glasfront öffnet sich zum Meer hin, und es ist schwierig, diesen Ort hungrig zu verlassen. Ich erklärte Wendy, dass ich meine Mutter endgültig verlassen und für zwei oder drei Tage verschwinden würde, um unsere Trennung zu organisieren. Ich erzählte ihr von einer Anzeige von Green Giant, die ich in der Zeitung gelesen hatte. Ich fuhr sie zur Arbeit zurück, und wir verabredeten uns für den übernächsten Tag am selben Ort und zur gleichen Zeit. Wendy schien überglücklich, dass ich meine Lebenslust und meine Energie wiedergefunden hatte.

Am Nachmittag begann es zu regnen. Eine solche Chance

konnte ich mir nicht entgehen lassen. Ich steckte meinen Zugangsausweis an den Rückspiegel meines Ford Galaxy und fuhr zur Universität. Dort stellte ich mich auf den Parkplatz der Fakultät für Mathematik und Naturwissenschaften. Ich fühlte mich, als parkte ein Sattelschlepper auf meiner Brust. Ich versuchte, den Schlaf der letzten Nacht nachzuholen, doch es gelang mir nicht, einzuschlafen. Der Regen, der immer wieder kurz nachließ, wurde so stark, dass er meine Windschutzscheibe geradezu überschwemmte und mich von der Welt isolierte. Dann verwandelte sich der Schauer in Nieselregen, und ich fuhr wieder los. Ich überlegte, ob ich in die Stadt zurückkehren sollte, um ein Glas zu trinken, oder ein Mädchen mitnehmen sollte, obwohl mir nicht nach Reden zumute war. Ich entschied mich für das Glas im Jury. Und ich bereute es nicht, denn die jüngsten Morde hielten die jungen Studentinnen deutlich davon ab, sich mitnehmen zu lassen, auch wenn es regnete wie aus Kübeln. Doch während ich in die Stadt hinunterfuhr, bemerkte ich zwei Mädchen, wie ich sie liebte; sie liefen nebeneinander unter demselben Regenschirm die Straße entlang. Als ich mich langsam näherte, drehte sich eine von ihnen um, lächelte und hob den Daumen, als wollte sie sagen: »Sie können doch zwei schöne junge Mädchen aus guter Familie nicht so durch den Regen laufen lassen.«

Ich blickte auf die Uhr, während ich neben ihnen anhielt.

Die Dunkelhaarige hatte sichtlich keine Lust, per Autostopp zu fahren, doch sie konnte sich dem spontanen Impuls ihrer Freundin, einer Blondine mit bezaubernd feinen Gesichtszügen, nicht widersetzen. Nicht ein Hauch von Vulgarität oder Trägheit in ihrem Gesicht. Ihre Augen waren von einem leuchtenden Blau, und ich wäre enttäuscht gewesen, wenn ich hinter ihrer Schönheit nicht eine gewisse Kühle entdeckt hätte. Die Dunkelhaarige setzte sich in den Fond, auf den Sitz ohne Fenster und Tür. Die Blondine machte es sich neben mir bequem, und ihre Bemühungen, mich zu bezaubern, waren mit einem

Mal wie weggeblasen. Einen Augenblick dachte ich sogar, sie wolle mich ihr erstes Lächeln büßen lassen. Ihr Ziel überraschte mich nicht. Sie waren nicht die Sorte Mädchen, die auf dem Vergnügungspark lebte.

46

Eine gute Woche zuvor hatte ich einen Brief erhalten, in dem ich dazu aufgefordert wurde, vor einer psychiatrischen Kommission zu erscheinen, die meine Akte neu bewerten, meine bedingte Freilassung beenden und eventuell mein Strafregister löschen sollte. Ich würde eine Art Normalitätsprüfung ablegen. Die Kommission trat in San Francisco zusammen, und dorthin begab ich mich am nächsten Tag. Der Warteraum dieses Gebäudes der Gefängnisverwaltung öffnete sich auf die Stadt. Durch das Fenster konnte man in der Ferne die Bay Bridge über einem smaragdgrünen Meer erkennen. Meine Rehabilitation bedeutete mir nicht viel. Denn wer konnte besser als ich wissen, wer ich war? Ich wollte lediglich den Staat verlassen können, in dem ich gestrauchelt war. Vor mir saßen drei Experten. Drei alte Männer kurz vor der Pensionierung. Sie schienen es nicht eilig zu haben, wieder zu ihrer jeweiligen Alten zu kommen, und studierten sorgfältig meine Akte. Ihre Mienen waren völlig ausdruckslos. Von Zeit zu Zeit hoben sie die Nase, um mich zu mustern und zu sehen, ob mein Gesicht etwas anderes ausdrückte als die Papiere. Sie kamen sofort auf meine Mutter zu sprechen. Ich erzählte von ihrer Stelle an der Universität, von unserem Zusammenleben in einem Haus mit zwei Etagen und zwei Eingängen, von dem Motorradunfall, der mich vorübergehend gezwungen hatte, mich ihr wieder anzunähern. Unsere

Nähe schien sie zu beunruhigen. Ich nutzte die Gelegenheit, um ihnen zu erklären, dass ich sehr mit meiner Entlassung und der Löschung meines Strafregisters rechne, gerade um mich von ihr entfernen zu können.

»Und was wollen Sie tun?«, fragte ein kleiner Glatzköpfiger.

»Ein bisschen Geld verdienen, um Kriminologie studieren zu können.«

Er lächelte und drehte sich zu seinen Kollegen um. »Interessant. Und warum?«, fragte er.

»Es gibt da gewisse Mechanismen, die mich faszinieren. Und um ganz offen zu sein, ich werde die Tochter des Chefs der Kriminalpolizei von Santa Cruz heiraten. Ich arbeite schon jetzt mit ihrem Vater an einem Fall zusammen. Verzeihen Sie mir, aber ich denke, die Tatsache, dass man getötet hat, verleiht einem eine echte Legitimation auf diesem Gebiet, vor allem, was die Einsicht in das Phänomen des Übergangs zur Tat betrifft, das für einen Anfänger immer ein Geheimnis bleiben wird.«

Die drei Alten nickten, einer mit dem Ausdruck echter Befriedigung. Ich hatte ihnen offenbar überzeugende Argumente geliefert.

»Ich verhehle Ihnen nicht, dass ich mich trotz meiner Größe, die mich von vornherein disqualifiziert, erkundigt habe, um in die Polizei einzutreten. Es ist offensichtlich, dass dies, solange ich ein so … beachtliches Strafregister habe, unmöglich ist. In Wirklichkeit würde ich gern die Tat vollkommen auslöschen können, der meiner Ansicht nach damals ein plötzlicher schizophrener Wahn zugrunde lag.«

»Haben Sie seitdem ähnliche Symptome gehabt?«

»Sie meinen, den Drang zu morden?«

»Richtig.«

»Nein, nie.«

»Auch nicht Ihrer Mutter gegenüber?«

»Ganz aufrichtig: Meine Mutter hat sich seit meiner Kindheit kaum geändert, aber ich habe eine Art von Gelassenheit entwickelt, die auf einem wesentlichen Element beruht: Kein Kind ist gezwungen, seine Eltern zu lieben, wenn sie es nicht verdienen. Das Problem der Schuldgefühle ist damit geregelt, was mir erlaubt, ihr gegenüber eine recht objektive Haltung einzunehmen. Und diese Distanz zu dem, was sie ist, und zu dem, was sie mir angetan hat, schafft einen Schutzwall zwischen uns.«

»Und Ihre Sexualität heute? Fühlen Sie sich irgendwie befangen? Fühlen Sie sich wie die anderen jungen Leute Ihrer Generation oder … als Außenseiter?«

»Ich will ganz offen sein. Ich denke, dass zu allen Zeiten und heute mehr denn je die Männer über die Sexualität entscheiden. Die sexuelle Revolution, die Trennung von Liebe und Verlangen sind männliche, keine weiblichen Entwürfe, wie man uns glauben lassen möchte. Die Empfängnisverhütung ist ein Wunsch, den die Männer den Frauen einreden in der Hoffnung, hemmungslos mit ihnen schlafen zu können. Ich habe eine recht edle Meinung von den Frauen. Ich glaube nicht, dass sie sich wirklich wünschen, mehrere Partner zu haben, wie man es bei den Hippies sieht. Ich kann mit diesen Pseudoemanzipationsbewegungen nichts anfangen, denn meiner Meinung nach haben sie kein anderes Ziel, als die Frau dem Verlangen des Mannes noch ein bisschen mehr zu unterwerfen. Jedenfalls, was mich betrifft: keine Trennung von Liebe und Verlangen. Das traditionelle Paar hat sich bewährt.«

»Im Grunde sind Sie der wahre Feminist«, sagte derjenige der drei, der mich von Anfang mit seinen Blicken durchbohrt hatte, und gluckste geradezu.

Wir stimmten alle in sein Lachen ein, und euphorisch, aber bedächtig fuhr ich fort: »Ich möchte nicht den Eindruck erwecken, dass ich meine Tat unterschätze. Es vergeht kein Tag, an dem ich nicht an sie denke. Das macht aus mir nicht einen normalen Menschen, und dieses absolute Verbrechen, das der Mord darstellt, ist nicht leicht auszulöschen. Manchmal begegne ich Vietnamveteranen, die dem Alkohol verfallen sind, da sie sich schuldig fühlen, weil sie getötet haben. Ich verstehe sie, und doch hat die Nation ihre Tat legitimiert. Meine ist nicht legitim und wird es niemals sein. Sie ist eine tiefe Wunde, und selbst wenn dieses Schuldgefühl mich nicht verfolgt, ist es lebendig in mir, das ist alles, und das ist genug.«

Ich konnte nicht fassen, dass ich meine gewöhnlich so wirren Gedanken mit einer solchen Präzision in Worte zu fassen vermochte. Die drei Kommissionsmitglieder beobachteten mich aufmerksam, und ich konnte in ihren Augen erkennen, dass sie wirklich zufrieden waren. Das Wunder der Erlösung spielte sich vor ihren verblüfften Blicken ab.

»Ich denke weiterhin, dass Sie sich unbedingt von Ihrer Mutter entfernen müssen«, sagte derjenige, der den Vorsitz führte, denn er saß in der Mitte.

»Das ist eine Frage von Tagen, Doktor. Mein Motorradunfall hat mich zu ihr zurückgetrieben, wie der Wind das schiffbrüchige Segelschiff zum Ufer zurücktreibt. Aber es ist völlig ausgeschlossen, dass ich bei ihr bleibe. Ich kann ihren Selbstmord nicht länger mit ansehen.«

»Was für einen Selbstmord?«

»Meine Mutter ist zur Alkoholikerin geworden. Sie hatte immer einen Hang zur Flasche, aber ich habe eine schwerwiegende Verschlimmerung festgestellt. Tagsüber lässt sie sich bei ihrer Arbeit nichts anmerken, aber abends trinkt sie, bis sie einschläft.«

»Wie erklären Sie das?«

»Ihr Misserfolg bei den Männern. Meine Mutter hasst die Männer. Ihr Vater hatte sich seinen Töchtern auf spezielle Weise genähert. Sie konnte nie Tacheles mit ihm reden, ihre Eltern starben früh bei einem Unfall in Montana. Und seitdem lässt sie es alle Männer, denen sie begegnet, büßen.«

»Haben Sie mit ihr darüber gesprochen?«

»Niemals.«

»Will sie es nicht, oder wollen Sie nicht?«

»Beides. Ich warte darauf, dass sie darüber spricht. Ich warte darauf, dass sie überhaupt mit mir redet. Aber sie wird es nie tun. Eigentlich müsste sie eingesperrt werden, nicht ich. Wissen Sie, ich will nicht mehr ihre Marionette sein. Als ich meine Großeltern tötete, war ich in gewisser Weise ihre Marionette. Für mich ist es unvorstellbar geworden zu töten oder irgendetwas Illegales zu tun, ich hätte das Gefühl, dass sie meinen Arm führt, und dieses Vergnügen will ich ihr nicht bereiten.«

Der Vorsitzende lächelte, sah seine beiden Beisitzer an und sagte: »Letzten Endes ist unser Freund gefährlicher für sich selbst als für die Gesellschaft. Ich schlage vor, dass diese Schlussfolgerung in den Bericht aufgenommen wird. Hören Sie mit dem Motorradfahren auf, Kenner, das ist unser Rat. Was alles Übrige betrifft, so scheinen Sie mir auf dem besten Weg zu sein.«

Einer der Beisitzer, der bis dahin nicht viel gesagt hatte und der mir von den dreien derjenige zu sein schien, der mich mit der größten Objektivität beäugte, ergriff das Wort: »Glauben Sie, dass Ihre Mutter tatsächlich von ihrem Vater missbraucht worden ist?«

»Ich weiß es nicht genau. Ich habe zufällig ein Gespräch zwischen meinen Eltern mit angehört, als ich Kind war, das ist alles. Aber eine Erklärung muss es ja geben. Man schürt den Hass bei seinem eigenen Sohn schließlich nicht ohne Grund.«

Der Psychiater schien nachzudenken, dann sagte er: »Also, was für eine Empfehlung sprechen wir hinsichtlich dieses jungen Mannes aus?«

Der Vorsitzende schenkte mir ein breites Lächeln. »Wir werden dem Richter eine Rückkehr ins normale Leben empfehlen. Keine bedingte Freilassung mehr und ein blütenweißes Strafregister.«

47

»Warum besuchen Sie mich schon wieder, Susan?«

»Weil ich denke, Sie sollten nicht aufhören zu lesen. Dass Sie nicht mehr für die Blinden lesen, ist eine Sache, aber nicht mehr für sich selbst, das glaube ich nicht.«

Sie holt zwei Bücher aus ihrer Tasche und legt sie auf den Tisch. Ein Cormac McCarthy und eine Neuausgabe von Erzählungen Hemingways. Sie weiß, dass sie ihm mit solchen Autoren willkommen ist.

Susan trägt ein langes Kleid, wie man es Ende der Sechzigerjahre bei den jungen Frauen im Viertel Haight Ashbury sah. Er denkt unwillkürlich, dass der Stoff und die Motive dieses Kleides, die übrigens sehr fröhlich sind, für seine Trägerin grausam sind. Susan ist auf Vertrauen aus, und das will sie zeigen.

»Wie steht es mit Ihrer Verlegung?«

»Nach Angola?« Er lacht leise. »Es wird niemals eine Verlegung nach Angola geben. Ich habe lediglich eine Reportage über dieses Gefängnis gesehen und mir gesagt, es wäre schön, dorthin zu gehen, um sich umzubringen. Das war zu einer Zeit, da ich daran dachte, mich zum Tod zu verurteilen. Und warum sollte man meiner Verlegung nach Louisiana zustimmen? Ich habe meine Strategie geändert. Ich habe erneut um meine bedingte Freilassung ersucht. Ein Psychiater, der mich vor drei oder vier Monaten befragt hat, verbreitet in allen Sendungen, seiner Meinung nach sei ich der einzige Sträfling im Gefängnis von Vacaville, der keine Gefahr für die Gesellschaft darstelle. Er ist bereit, darauf zu wetten. Die Gefängnisverwaltung allerdings nicht. Mir ist das egal. Ich wüsste nicht, was ich draußen tun könnte, ich habe seit bald fünfzig Jahren den Anschluss an jeden technischen Fortschritt verloren. Die Freiheit ist mir genauso recht wie die Haft. So wie mir das Leben genauso recht ist wie der Tod. Ich bin wie viele Leute: keine Lust zu leben und noch weniger zu sterben. Das Lesen ist die schönste menschliche Erfahrung. Ob man es in einer Zelle tut oder in einem Zimmer in der Stadt, das ich nur mit Mühe bezahlen kann, was ändert das? Ich bin in einem Zustand, in dem mir alles recht ist und nichts mich befriedigt. Übrigens habe ich noch mal über unser Gespräch neulich nachgedacht. Bilder dieser Gemeinschaft sind zurückgekehrt, friedlich und beruhigend. Wäre ich damals fähig gewesen, mich ein bisschen gehen zu lassen, hätten sich, glaube ich, viele Dinge vermeiden lassen, auch wenn der Besitzer der Farm sich als Guru aufgespielt hat. Es steckte durchaus Gutes darin. Aber ich war vollkommen verkalkt. Ich hatte nicht den nötigen Humor. Ich erinnere mich an den Typen, der aus dem Nichts auftauchte und mir, ohne sich vorzustellen, an den Kopf knallte: ›Du weißt, man sagt, Waffen seien gefährlich, das ist falsch. Ich glaube, die wahre Bedrohung sind die Typen, die einen Schnurrbart tragen.‹«

»Sie haben diesen Satz auf T-Shirts gedruckt, die sie in Haight verkauft haben.«

»Haben Sie dieses Kleid dort gekauft?«

»Gefällt es Ihnen?«

»Sehr.«

»Ich habe Ihnen ein Geschenk mitgebracht.«

»Ich weiß nicht, ob ich Geschenke mag.«

»Es ist nichts Besonderes.«

Susan holt aus einer Plastiktüte ein T-Shirt mit dem Porträt von John Wayne, auf dem steht: »Ein Mann muss tun, was ein Mann tun muss.«

Er lächelt und dankt ihr.

»Ich bin in einem Dutzend Geschäften gewesen, um die richtige Größe zu finden, ich kann es noch umtauschen.«

»Könnten Sie mir ein T-Shirt mit der Geschichte mit den Knarren und dem Typen mit dem Schnurrbart kaufen?«

»Für Sie?«

»Nein, zum Verschenken. Und diesmal muss es die kleinste Größe sein.«

»Für wen ist es?«

»Für einen Häftling in meiner Abteilung. Erinnern Sie sich an Jeff McMullan?«

»Nein.«

»Sie erinnern sich nicht an den Typen, der Ende der Sechzigerjahre mordete? Er schlitzte den Frauen systematisch den Bauch auf. Er sitzt seine lebenslängliche Haftstraße zwei Zellen von mir entfernt ab. Tun Sie mir den Gefallen, die kleinste Größe, ja?«

»Und das Manuskript?«

»Ich komme voran, aber es ist noch nicht beendet. Die härtesten Passagen habe ich noch vor mir. Ich fürchte, dem Verleger, wenn Sie einen finden, werden sie nicht gefallen. Warum fragen Sie mich danach?«

»Ich habe jemanden gefunden, der Interesse haben könnte.«

»Dann muss ich mich aber anstrengen. Bis jetzt habe ich mehr oder weniger geschrieben, als wäre ich der einzige Leser …«

»Ändern Sie nichts. Ich wollte Ihnen auch sagen …«

Sie bricht ab, mit dieser Kleinmädchenverlegenheit, die Al nur allzu vertraut ist und die ihn manchmal zur Weißglut bringt.

»Wenn Sie daran denken, hier herauszukommen … Ich werde da sein. Aber warten Sie nicht zu lange. Wir sind beide um die sechzig, und ich weiß nicht, wie ich in zehn oder zwanzig Jahren sein werde.«

Er lacht.

»Glauben Sie etwa, ich würde dieses Gefängnis verlassen, um es jeden Tag mit einer Frau wie Ihnen zu treiben, die einmal Hippie war? Ich glaube, da ziehe ich doch das Gefängnis vor.«

Sein Gelächter wird immer heftiger. Susan lässt sich davon anstecken. Es ist das erste Mal, dass sie zusammen lachen.

48

Ich traf Wendy wieder, als sie aus der Zahnarztpraxis kam, in der sie arbeitete. Ich litt seit Tagen stumm unter einem kariösen Zahn, aber ich hatte nicht das Geld, mich behandeln zu lassen, und nicht den Mut zu betteln. Ich entfernte den Zahn an einer Autobahnraststätte mit einer Zange. Es blutete zehn Minuten. Später stellte ich fest, dass der Zahn mir nicht fehlte.

Wendy war nicht wie sonst. Sie, die bisweilen so phlegmatisch war, wirkte wie aufgezogen. Sie atmete heftig und lächelte in einem fort.

»Mein Vater will dich sehen, Al.« Und als sie mein erstauntes Gesicht sah, fügte sie hinzu: »Er will dich sofort sehen.«

»Wir haben nicht einmal Zeit zum Mittagessen?«

Wendys Miene entnahm ich, dass er mich nicht sehen wollte, um mich des Diebstahls zu bezichtigen, obwohl meine Mutter durchaus zu der Sorte Frau gehörte, die ihren Sohn bei der Polizei anzeigt, nur damit die Ordnungskräfte sie in ihrem Hass auf ihre Familie bestärken.

»Was ist los, Wendy?«

»Das kann ich dir nicht sagen. Wir essen zu Mittag, und dann gehst du zu ihm ins Büro.«

»In sein Büro? Kannst du mir nicht etwas mehr verraten?«

»Ich habe versprochen, dir nichts zu sagen. Aber ich glaube, du kannst mich getrost zu einem guten Mittagessen einladen.«

Wir kasteiten uns nicht. Ich hatte seit dem Abend zuvor nichts Richtiges mehr gegessen, und meine hundertdreißig Kilo waren ausgehungert. Wir ließen es uns eine gute Stunde schmecken in dem Restaurant an der Ecke, die die Hafenmole mit der Beach Street bildete. Ein heftiger Nieselregen fiel, und der graue Himmel verschmolz nachgerade mit dem ruhigen Meer. Auf dem Strand spielten ein paar Studenten Volleyball, um ein bisschen zu schwitzen. Wendy brachte das Gespräch wieder auf die Heirat.

»Wie viele Kinder könntest du dir vorstellen, Al?«

Ich wusste nicht, was ich antworten sollte. Ich wusste, dass eine höhere Macht mich daran hindern würde, welche zu haben, selbst wenn dieser merkwürdige Wunsch mich überkommen sollte. Al Kenner III. ist der Letzte seiner Dynastie. Das steht geschrieben, wo, weiß ich nicht, aber es steht geschrieben.

»Vier, fünf …«

Solange man nicht daran glaubt, kann man ruhig in die Vollen gehen.

»Meinst du das ernst, Al? Soll ich etwa völlig aus dem Leim gehen?«

»Dann sag du.«

»Zwei. Ein Junge und ein Mädchen. Was meinst du?«

»Perfekt.«

Wir verloren keine Zeit. Ich brachte sie zu ihrer Arbeit zurück und fuhr direkt zu Duigans Büro, gespannt, was er mir zu sagen hatte.

Den Beamten am Empfang des Polizeipräsidiums schien meine Größe zu erschrecken. Er rief bei der Kriminalpolizei an, um sich zu vergewissern, dass ich dort erwartet wurde, und als ihm das bestätigt worden war, wies er mir kurz den Weg.

Das Großraumbüro der Kriminalpolizei nahm eine ganze Etage ein, in der Zwischenwände für kleinere Abteilungen sorgten. Mich verblüfften die Berge von Papier, die sich dort auf den Schreibtischen türmten, und ich fragte mich, wie die Beamten es fertigbrachten, sich in diesem Wust von Informationen zurechtzufinden, der beim geringsten Luftzug fortzufliegen drohte. Alle Typen, mit denen ich gewöhnlich im Jury Room verkehrte, waren da. Es fiel ihnen schwer, mich nicht zu erkennen, und nach und nach begrüßte mich jeder von ihnen. Ich weiß nicht, ob sie es getan hätten, wenn ich nicht von ihrem Chef eingeladen worden wäre. Selbst sein Stellvertreter, der mich für einen Träumer hielt, kam auf mich zu, um mir auf die Schulter zu klopfen. Duigan telefonierte aufgeregt, als ich mich seinem Büro näherte, doch er machte mir ein Zeichen einzutreten.

»Das war der Bürgermeister«, sagte er, nachdem er aufgelegt hatte. Dann betrachtete er mich mit einem zufriedenen Schweigen. »Setz dich. Wir suchen dich seit vierundzwanzig Stunden … Wo warst du, ich hätte fast einen Vorführungsbefehl erlassen. Du wirkst völlig fertig. Schläfst du nicht?«

»Selten, aber ausreichend.«

»Ich wollte dich sehen, weil ich dir einen Job anbieten will.«

»Bei der Polizei?«

»Nicht ganz, aber genauso gut. Ich habe meine Vorgesetzten überzeugt, dass wir schwach in psychologischer Analyse sind und dass es für uns von großem Nutzen sein könnte, eine Hilfskraft auf diesem Gebiet hinzuzuziehen. Ich muss dazusagen, dass du mir sehr geholfen hast, sie zu überzeugen.«

»Und wie?«

»Bist du nicht informiert?«

»Wovon?«

»Hat Wendy dir nichts gesagt?«

»Nein.«

»Vorgestern hat der Schlitzer am späten Nachmittag versucht, ein Mädchen in der Nähe von Palo Alto zu entführen. Doch in dem Augenblick kam ein Wagen. Der Killer hat von seinem Opfer abgelassen und ist im Auto geflohen. Der Spielverderber hat sich sein Kennzeichen gemerkt, sodass wir ihn identifizieren konnten. Jeff McMullan.«

»Ich freue mich für Sie, Mr. Duigan, aber was habe ich damit zu tun?«

»Dieser Typ war in einer psychiatrischen Klinik, wie du gesagt hattest. Er war infolge eines Anfalls von Wahnsinn interniert worden, der durch den Unfalltod seines besten Freundes ausgelöst worden war. Den Psychiatern zufolge war McMullan in seinen besten Freund verliebt. Er ist also ein verkappter Homosexueller. In der Klinik ist er sehr gefährlich geworden. Er wurde auf akute Schizophrenie behandelt. Wie du angenommen hast, kommt er aus einer wohlhabenden und streng moralischen Methodistenfamilie. Nach seiner Internierung hat er seine Familie nicht wiedergesehen.«

»Haben Sie ihn verhaftet?«

»Noch nicht. Er ist nicht in seine Wohnung zurückgekehrt, die sich in einem schönen Anwesen an der Küste in der Nähe von San Francisco befindet. Ich denke, er fährt herum. Was mich beunruhigt, ist, dass man nicht weiß, ob er arbeitet und wovon er lebt. Ich denke, dass er sehr viel unterwegs ist und ein Meister darin, sich zu verstecken. Trotzdem werden wir ihn bald haben. Jedenfalls hast du ein bemerkenswert zutreffendes psychologisches Profil von ihm entworfen.«

»Das hat aber nicht dazu geführt, ihn zu identifizieren.«

»Das ist ein Beweis, dass du ihn richtig eingeschätzt hast. Und das genügt mir, um dir einen Job als Ermittler anzubieten. Was McMullan betrifft, kommen wir allein zurecht. Wenn du eine Idee hast, was er jetzt tun könnte, würde uns das natürlich helfen. Aber wir haben mehrere Fälle verschwundener Personen in der Region, in denen wir den Familien keine befriedigenden Erklärungen geben können. Wir denken, dass die Betreffenden von zu Hause weggelaufen sind. McMullan gehört nicht zu der Sorte Killer, die töten und die Leichen anschließend verstecken. Für mich sind sie nicht wirklich von zu Hause weggelaufen. Übrigens ist ein Mädchen, das vor einem Monat verschwunden ist, gestern zurückgekommen. Sie war einem Freak gefolgt. Als sie genug davon hatte, Autostopp zu machen und sich aus Mülleimern zu ernähren, hat der Traum sich in eine ernüchternde Realität verwandelt und sie nach Hause zurückgebracht. Gestern Abend wurde uns das Verschwinden von zwei Studentinnen gemeldet. Aber da er gegen sechzehn Uhr in Palo Alto identifiziert wurde, als er ein junges Mädchen entführen wollte, würde es mich wundern, wenn er zur selben Zeit auf dem Campus von Santa Cruz gewesen wäre, wo die beiden Mädchen zum letzten Mal gesehen wurden. Wenn du einverstanden bist, morgen früh anzufangen, werde ich dich zu ihren Eltern begleiten und dir die Ermittlungen übertragen. Es ist an dir herauszufinden, ob sie die Sorte von Mädchen sind, die von zu Hause ausreißen. Du wirst feststellen, dass die Eltern häufig ein Bild von ihren Kindern haben, das nicht der Realität entspricht. Sie sind überzeugt, eine ideale Beziehung zu ihren Sprösslingen zu haben, während diese nur einen Gedanken haben: so weit wie möglich von zu Hause wegzulaufen. Das ist ein Phänomen unserer Zeit, ich habe keine Ahnung, wohin uns das führen wird, aber wir müssen uns damit auseinandersetzen. Was dein Gehalt und den damit verbundenen Papierkram betrifft, wende dich an Debbie Watson. Das ist die kleine grauhaarige Frau am Eingang neben der Tür. Das wär's, mein Junge.« Er stand auf, um mich zur Tür zu begleiten. Bevor er sie öffnete, sagte er leise: »Ich nehme dich wegen deiner besonderen Qualitäten, Al. Also, wenn deine Absichten mit meiner Tochter ernst gemeint sind, dann prahle nicht damit meinen Männern gegenüber, deine Anstellung könnte als Vetternwirtschaft ausgelegt werden, und das ist nicht meine Art, okay?«

»Okay.«

»Irgendwas nicht in Ordnung, Al?«

In meinem Kopf tobte plötzlich ohne Vorwarnung ein Sturm, und das war mir vermutlich anzusehen.

»Ich habe gestern zwei Mädchen auf dem Campus als Anhalterinnen mitgenommen. Ich mache das oft, um ihnen unangenehme Begegnungen zu ersparen. Aber ich habe sie auf dem Gebiet der Universität wieder rausgelassen, es kam mir ungelegen, sie ins Zentrum zu fahren.«

»Das macht dich zum Verdächtigen Nummer eins«, sagte Duigan. Dann lachte er, bevor er, wieder ernst, fortfuhr: »Sollten es die Mädchen gewesen sein, von denen wir sprechen, hast du irgendetwas Besonderes bemerkt?«

»Nein, es waren Mädchen aus guter Familie, die ständig redeten, als würde Schweigen arm machen.«

»Glaubst du, jemand hätte ihre Schwäche ausnutzen können?«

»Woher soll ich das wissen?«

49

Der Nachmittag war bereits fortgeschritten, als ich zum Campus fuhr, um meine Mutter zu besuchen. Ich wollte, dass sie mit mir redet, ohne unter dem Einfluss des verdammten Alkohols zu stehen, der sie unnachgiebig und böse machte wie eine Schauspielerin, die dazu verdammt ist, immer dieselbe Rolle in einem schäbigen Theater zu spielen. Tagsüber trank sie nie, ihre Angst, ertappt zu werden, war stärker als ihre Sucht. Wenn sie dann wieder zu Hause war, betrank sie sich nach allen Regeln der Kunst. Sie soff so lange, bis der Schlaf dieser vorsätzlichen Sauferei ein jähes Ende setzte. Jeden Morgen wachte sie mit einem fürchterlichen Kater auf und musste sich wieder in der Realität zurechtfinden. Ich denke mir, dass sie wohl eine gute Viertelstunde ernsthaft überlegte, Schluss zu machen, bevor sie sich entschloss, einen weiteren Tag zu leben. Die Universität und ihr grässlicher Stolz, sich nichts anmerken zu lassen, hielten sie für den Rest des Tages aufrecht. Doch sobald sie allein war, hielt sie nichts mehr zurück.

Ich wartete auf dem Parkplatz, bis sie herauskam. Eine junge Damhirschkuh stellte sich vor meinen Wagen und begann zu weiden. Bei verdächtigen Geräuschen hob sie den Kopf, ohne wirklich an eine reale Bedrohung zu glauben. Ich stieg aus, um mir die Beine zu vertreten. Das Verwaltungspersonal kam pünktlich heraus, doch meine Mutter war nicht darunter. Als ich schon wieder fahren wollte, hörte ich Schritte hinter mir. Sally Enfield, die mich vom Büro aus gesehen hatte, kam mit ihrem drolligen Gang auf mich zu.

»Suchst du deine Mutter?«

Die Frage verdiente keine Antwort.

»Sie liegt im Bett.«

»Seit wann?«

»Seit eine große Geldsumme aus ihrer Tasche verschwunden ist.« Sie betrachtete ihre Füße. »Es ist Geld, das sie schuldete. Ihr droht eine Gehaltspfändung. Und solange diese Drohung über ihrem Kopf schwebt, traut sie sich nicht, sich hier sehen zu lassen. Du hast keine Idee, wer es ihr gestohlen haben könnte?«

»Der Alkoholhändler«, erwiderte ich schroff. »Wenn man bedenkt, was sie beide so konsumieren, muss sie ganz schön in der Kreide stehen.«

Sie war nicht die Sorte Frau, die aufmuckte.

»Hat sie Anzeige erstattet?«

»Das kann sie nicht, aber sie hat großen Ärger. Sag, du bist es nicht gewesen, Al?«

»Ich bin gerade in die Polizei eingetreten, das ist wohl kaum der richtige Augenblick, meiner Mutter Geld zu stehlen.«

»Du solltest sie vielleicht besuchen, um sie etwas aufzumuntern.«

Ich lachte schallend. »Um ihr als Fußabtreter zu dienen vielleicht, aber um sie aufzumuntern … Sie sind doch ihre gute Freundin, haben Sie nicht bemerkt, dass sie nie niedergeschlagen ist? Sie mag sich schämen, das kann vorkommen, aber Niedergeschlagenheit, das ist ein Begriff, der nicht zu ihr passt. Ich will sie nicht mehr sehen.«

»Aber warum denn?«

»Sagen Sie ihr, dass ich Arbeit gefunden habe, dass ich noch zwei Wochen bei ihr schlafen werde, um finanziell wieder auf die Beine zu kommen, danach wird sie nie mehr von mir hören. Ich habe jetzt Arbeit, und ich denke daran zu heiraten. Ein normales Leben. Es wird nicht mehr lange dauern, und die Zigaretten und der Alkohol werden sie umgebracht haben. Das kann man an ihrem Teint erkennen. Neben ihr sieht eine exhumierte Leiche aus, als käme sie aus einem Seebad. Meine Mutter hasst die Einsamkeit, sie wird Sie mitnehmen. Ich wäre ihr lieber gewesen, aber keine Chance, ich bin widerstandsfähiger, als sie glaubt.«

Ich stieg in meinen Wagen, ohne noch etwas hinzuzufügen. Ich hatte bereits genug gesagt. Meine Nerven waren so angespannt, dass ich leicht hätte ausrasten können. Ich fuhr langsam los. Ich spürte etwas Mächtiges in mir aufsteigen. Ich hatte die Straße, die in die Stadt hinunterführt, noch nicht erreicht, als ich ein junges Mädchen sah, das den Daumen hob, unsicher und bereit, ihr Vorhaben beim geringsten Zweifel aufzugeben. Sie trug einen kurzen Rock, was sie zu bereuen schien. Ich hielt neben ihr an, öffnete die Tür auf der Beifahrerseite, blickte auf die Uhr und sagte: »Ich hoffe, Sie haben es nicht weit, ich habe nicht viel Zeit, ich muss in einer Viertelstunde im Polizeipräsidium sein.«

Diese Worte beruhigten sie. Sie hatte asiatische Züge und war eher klein, weshalb sie zwei Versuche benötigte, um einzusteigen. Als sie saß, warf sie mir dieses nichtssagend ausdruckslose Lächeln zu, das für die Mädchen ihres Milieus typisch ist. Ich erwiderte ihr Lächeln, ohne sie anzusehen, und spürte, dass ich mich langsam wieder beruhigte. Nachdem ich mich nach ihrem Ziel erkundigt hatte, fing ich ein Gespräch an.

»Wo studieren Sie?«

»An der Universität für Mathematik und Naturwissenschaften.«

»Und was wollen Sie mal machen?«

»Aeronautik. Eigentlich habe ich mein Studium hier beendet, morgen fahre ich nach Stanford. Ich beginne mit dem Doktorstudium.«

»Sie sind jung, um den Doktor zu machen.«

»So jung bin ich gar nicht, ich bin zweiundzwanzig.«

»Das sieht man Ihnen wirklich nicht an.«

»Und Sie?«

»Ich werde Ihnen einen Witz erzählen. Als man zu Hitchcock sagt, dass er nicht älter wird, antwortet er: ›Das ist normal, mit zwanzig sah ich schon wie achtzig aus.‹ Bei mir ist es das Gleiche.«

Sie lachte. »Aber nein, Sie sehen jung aus«, fügte sie höflich hinzu.

»Sind Sie Vietnamesin?«

»O nein, mein Vater ist Chinese aus Hongkong, und meine Mutter ist Amerikanerin.«

»Die Chinesen sind hierhergekommen, um die Strecke der Pazifikeisenbahn zu bauen, nicht wahr?«

»Ja, aber mein Vater ist erst lange danach gekommen.«

Ich hatte es mir gedacht.

»Geschwister?«

»Nein, ich bin die einzige Tochter.«

»Ihre Eltern müssen stolz auf Sie sein.«

»Ich weiß nicht, sie zeigen es nicht sehr.«

»Geben sie Ihnen nicht genug Liebe?«

»In gewisser Weise schon, aber sie sind eher zurückhaltend.«

»Das ist ein Fehler, man sollte seinen Kindern immer zeigen, dass man sie liebt.«

»Jeder macht es auf seine Weise. Warum sagen Sie das? Haben Ihre Eltern Sie nicht geliebt?«

»Mein Vater schon. Meine Mutter auf ihre Weise. Die Liebe des einen entschädigte für die fehlende Liebe der anderen, das ist die Bedingung des Gleichgewichts. Wollen Sie Kinder?«

»Ja, aber ich habe es nicht eilig. Ich muss mein Studium beenden, Arbeit finden, bei Boeing in Seattle, hoffe ich, und anschließend den passenden Mann.«

»Lieber einen Asiaten oder einen typischen Amerikaner?«

»Ich habe keine Vorliebe. Das Aussehen ist mir nicht wichtig.«

»Meinen Sie, ich könnte Ihnen gefallen?«

Meine Frage brachte sie in Verlegenheit.

»Ich weiß nicht, wir kennen uns nicht. Mir kam es so vor, als sagten Sie, Sie seien bei der Polizei, ich glaube nicht, dass das die Tätigkeit ist, die mir bei einem Mann gefallen könnte.«

»Warum?«

»Nicht genügend Zeit, immer im Einsatz, ist es nicht so?«

»Das stimmt. Ich habe Sie einfach nur so gefragt, in Wirklichkeit werde ich bald heiraten, die Tochter eines Polizisten übrigens.«

Ich spürte ihre Erleichterung. Sie blickte aus dem Fenster. Wir waren fast angekommen.

50

Eines der beiden Mädchen, deren Fall Duigan mir übertrug, stammte aus Santa Cruz, die andere aus Sacramento. Die Eltern Ersterer wohnten drei Häuser von McMullans erstem Opfer entfernt, in Richtung Meer. Duigan fuhr langsam. Er war am Rande der Erschöpfung, doch seine kräftige Konstitution eines Iren verhinderte, dass er zusammenklappte. Ich hatte seit sechsunddreißig Stunden nicht geschlafen und hielt mich mit Koffeinkapseln wach. Dinger, die bei Autoüberführern in Mode waren, die damit zwei Tage durchfahren konnten, ohne zu schlafen. Duigan holte Fotos der beiden verschwundenen Mädchen aus der Tasche seiner Jacke und legte sie mir auf die Knie.

»Du hast mir doch erzählt, du hättest an dem Tag zwei Studentinnen als Anhalterinnen mitgenommen?«

Ich warf nur einen kurzen Blick auf die Fotos.

»Das sind sie nicht, keinerlei Ähnlichkeit. Auch eine Blonde und eine Dunkelhaarige, aber anders. Viel schöner jedenfalls.«

»Schade, das hätte uns Zeit erspart. Ich kann mich nicht allzu lange mit ihnen aufhalten. Ich stelle dich den Eltern vor und lasse dich dann mit ihnen allein. Ich muss diesen Scheißkerl McMullan schnappen. Wenn er noch jemanden tötet, bevor er verhaftet wird, riskiere ich, dass der Bürgermeister mich feuert. Ganz zu schweigen davon, dass ich mich verantwortlich fühlen würde, weil ich ein weiteres Blutbad nicht verhindert habe. Glaubst du, er könnte es wieder tun?«

»Ich denke, er wird versuchen, sich zu verstecken und dafür zu sorgen, dass man ihn vergisst. Er hat das alles getan, um seinem Vater eins auszuwischen. Es muss ihn mit Befriedigung erfüllen, ihm ein schlechtes Gewissen gemacht zu haben, jetzt, da sein Name in aller Munde ist.«

»Wo wird er sich verstecken?«

»Wo ist er her?«

»Aus Salinas.«

»Zu klein. Er ist bereits in den Süden nach L. A. unterwegs oder in den Norden nach San Francisco. Ich würde schätzen, San Francisco.«

»Wir haben heute Morgen erfahren, dass er sein Bankkonto in Salinas abgeräumt hat. Ein hübsches Sümmchen.«

»Sie sollten ihn unter den Gays suchen. Es ist möglich, dass seine Morde ihm helfen, seine Neigung zu akzeptieren. Zumindest für eine Weile, denn er ist ein echter Verrückter, früher oder später wird er wieder Halluzinationen bekommen. Ich denke nicht, dass er wieder Mädchen, eines nach dem anderen, töten wird. Stattdessen könnte er die Sache mit einem Gemetzel beenden.«

Die Villa der Dahls musste ihre Besitzer einen schönen Batzen gekostet haben. Im oberen Stock öffneten sich große Fenster aufs Meer. Dort befand sich auch das Wohnzimmer, das wie eine große Schiffskabine eingerichtet war. Als ich die unermessliche Weite sah, die grau und feindselig vor mir lag, fiel mir auf, dass ich in meinem ganzen Leben niemals auf dem Meer gewesen war. Ich war auch nie hineingegangen, weder am Strand noch in einer abgelegenen Bucht. Der Gedanke, meinen Körper den Blicken der anderen auszusetzen, war mir nie gekommen. Ich konnte nicht verstehen, dass man so viel Geld ausgibt, um sich ein Stück von dieser Sicht auf nirgendwo anzueignen.

Duigan stellte mich den Dahls als Detective vor, den die städtische Polizei der Abteilung, die sich um verschwundene Personen kümmert, beigeordnet habe. Der Vater war ein großer, noch jugendlicher Typ. Das Verschwinden seiner Tochter hatte sein Vertrauen zu ihr nicht erschüttert. Die Mutter war eine eingefleischte Optimistin, die sich weigerte, auch nur in Erwägung zu ziehen, dass ihrer Tochter etwas geschehen sein könnte. Sie hatte insofern recht, als bis jetzt nicht davon die Rede sein konnte. Vermutlich hatte noch nie jemand von meiner Statur ihr Wohnzimmer betreten, denn sie zögerten lange, mir einen Platz anzubieten, bevor sie auf das Sofa deuteten. Die Holztäfelung des Raums roch nicht wie die im Haus meiner Mutter, deren Geruch eher an einen billigen Sarg als an die Auskleidung einer Jacht erinnerte. Manche Mammutbaumwälder verströmen diesen Duft, der einen geradezu wachsen lässt.

Ich muss zugeben, dass die geistige Auseinandersetzung mit diesen Leuten mich anregte. Der Vater war ein geborener Entscheidungsträger, und es war nicht schwer zu erkennen, dass er anderen nur bedingt Glauben schenkte, was immer man auch sagen mochte.

»Sie denken, unsere Tochter sei von zu Hause weggelaufen … Aber das ist ein Verhalten, das in absolutem Gegensatz zu ihrem Wesen steht, Captain.«

Duigan hatte nicht die Kraft zu diskutieren. Er stand auf und erklärte, ich würde ihnen zur Verfügung stehen, und er werde den Fall aufmerksam verfolgen. Dahl hatte vermutlich eine gute Beziehung zum Bürgermeister, dass dieser ihm eine so hochkarätige Unterstützung bei der Suche nach seiner Tochter zugesagt hatte.

Bevor er ging, sagte Duigan: »Jedenfalls kann ich Ihnen garantieren, dass das Verschwinden Ihrer Tochter nichts mit dem Killer zu tun hat, nach dem wir fahnden. Es war ihm faktisch nicht möglich, auf dem Campus zu sein, als Ihre Tochter und ihre Freundin verschwunden sind. Dieser Teil der Küste bringt nicht so viele Serienmörder hervor, dass mehrere gleichzeitig ihr Unwesen treiben. Das hat es in der Geschichte von Santa Cruz, das trotz allem eine ruhige Stadt ist, niemals gegeben. Dennoch werden wir allen Spuren nachgehen, seien Sie dessen versichert.«

Mrs. Dahl servierte uns Kaffee in kleinen Tassen. Ich hatte so etwas noch nie getrunken, er schien direkt aus Südamerika zu kommen. Ich trank dieses Wundergetränk in einem Zug und kam sofort zur Sache.

»Ich habe vor allem eine psychologische, um nicht zu sagen psychiatrische Ausbildung. Ohne mich rühmen zu wollen, es ist mir gelungen, ein sehr präzises Profil von Jeff McMullan zu erstellen, dem flüchtigen Killer.«

Ich wurde gewöhnlich für fünf oder sechs Jahre älter gehalten, als ich war, eine Fehleinschätzung, die für meine Glaubwürdigkeit unerlässlich war.

»Ich habe ein paar Jahre mit Kriminellen in einer psychiatrischen Klinik in Montana gearbeitet, bevor ich in die Ermittlungsabteilung hier eintrat, aber das hindert mich nicht daran, mich für die Opfer zu interessieren, nun ja … die potenziellen Opfer. Ich lasse mich immer von der Intuition leiten. Anschließend versuche ich zu beweisen, dass diese Intuition richtig ist. Aber ich akzeptiere auch, unrecht zu haben. Was Ihre Tochter betrifft, scheint mir die Hypothese eines dramatischen Ereignisses sehr unwahrscheinlich. Aus den Gründen, die der Captain Ihnen soeben dargelegt hat. Und Sie selbst sind sich ja auch sicher, dass Ihre Tochter ihrem Wesen nach nicht zu denen gehört, die von zu Hause weglaufen. Ich will Ihnen gern glauben. Dennoch bleibt die Hypothese, dass sie ausgerissen ist, wahrscheinlicher als die einer Entführung oder eines Mords. Befassen wir uns mit Ersterer, wenn Sie einverstanden sind. Wie heißt sie noch?«

»Janis.«

»Sollte es sich erweisen, dass Janis nicht weggelaufen sein kann, werden wir eine andere Fährte verfolgen.«

»Aber dann wird es zu spät sein«, erwiderte Dahl, immer noch misstrauisch.

»Absolut nicht, Mr. Dahl. Wegen Entführung zu ermitteln, gibt uns nicht mehr Spielraum als wegen Durchbrennens, glauben Sie mir. Ich werde mich persönlich auf die Suche nach ihr machen, und ich werde sie finden, wo immer sie auch ist. Dafür brauche ich Ihre Hilfe. Und am besten helfen Sie mir, wenn Sie Ihre Vorurteile über Bord werfen. Können wir anfangen?«

Mrs. Dahl warf ihrem Mann einen fragenden Blick zu. Sie hatte ein für alle Mal auf jede eigene Meinung verzichtet. Sie hatte nur Augen für diesen Mann, der sich bewährt hatte. Überflüssig, ihn nach seinen Dienstzeugnissen zu fragen, er hatte sich im Krieg sicher nicht krankschreiben lassen. Ich ließ meinen Blick rasch durch den Raum wandern und bemerkte Fotos von Gruppen in Uniform. In einer kleinen Vitrine neben ihm waren seine Medaillen ausgestellt. Ich sah sie mir lange an, damit Dahl mein Interesse für seine Auszeichnungen bemerkte.

»Mein Vater war in den Special Forces in Italien.«

Er riss die Augen auf als Zeichen des Respekts, sagte aber nichts.

»Was macht Sie so sicher, dass Ihre Tochter nicht von zu Hause weggelaufen ist?«

Dahl schüttelte langsam den Kopf, bevor er, getrieben von seiner Nervosität, aufstand und sagte: »Das wäre dermaßen unwahrscheinlich!«

»Haben Sie das Gefühl, sie so gut zu kennen?«

Mrs. Dahl entzog sich einer Antwort, indem sie nickte.

»Wer kann sein Kind besser kennen als ein Vater oder eine Mutter?«, erwiderte Dahl verdutzt.

»Sehr harmonische Paare, wie Sie es zu sein scheinen, lassen ihren Kindern manchmal sehr wenig Raum zum Atmen. Ist Ihnen niemals der Gedanke gekommen, sie könnte Ihr Idealbild infrage stellen?«

Dahl wirkte entrüstet.

»Verzeihen Sie, aber selbst die unterdrückte Heftigkeit Ihrer Reaktion auf meine Provokation zeigt, dass Sie niemals in Betracht gezogen haben, sie könnte sich von Ihrer Idealvorstellung unterscheiden, eine Hochschule zu besuchen … Übrigens, was studiert sie?«

»Architektur.«

»Verzeihen Sie, aber welchen Beruf üben Sie aus?«

»Ich bin Immobilienmakler.«

Anstatt etwas zu sagen, entschied ich mich zu schweigen, was meiner Meinung nach wirkungsvoller ist. Dann fuhr ich fort: »Erinnern Sie sich an den Tag, an dem sie diese Wahl traf?«

Dahl überlegte in aller Eile. »Es war kurz vor ihrem achtzehnten Geburtstag. Ihr Bruder, sehr viel begabter als sie, studierte Medizin, und wir sprachen über meine Nachfolge, die irgendwann ansteht. Ich schlug ihr vor, Architektur zu studieren. Die Architekten sind immer mein wunder Punkt gewesen. Sie war von der Idee begeistert.«

»Der Weg war also vorgezeichnet. Die Nachfolge Papas und ein vorbildlich zusammengeschweißtes Paar, wenn mein erster Eindruck richtig ist. Wo bleibt da Raum für die Entwicklung der eigenen Persönlichkeit?«

Dahl hätte mich am liebsten zum Teufel gejagt, doch er hielt sich zurück, weniger aus Angst, mich zu verärgern, als aus dem Wunsch, Haltung zu bewahren.

Ich fuhr fort: »Hat Ihre Tochter einen Freund?«

»Unseres Wissens nicht«, erwiderte Mrs. Dahl, nachdem sie sich mit einem Blick vergewissert hatte, dass sie antworten durfte.

»Sind Sie sicher, dass sie nie mit einem jungen Mann ihres Alters eine Beziehung hatte?«

»Ja«, sagte Dahl, »sie war leicht zu durchschauen, es wäre uns nicht verborgen geblieben.«

»Brachte sie niemals einen guten Freund mit nach Hause?«

»Doch, manchmal, Sportler. Janis hatte eine ziemlich traditionelle Vorstellung von der Liebe. Sie hatte keine Lust, sich mit einem Freund zu belasten, bevor sie nicht ihr Studium beendet hatte. Sie wollte nur einen Mann kennenlernen, heiraten und Kinder bekommen.«

»Wie erklären Sie dann, dass sie die Pille nahm?«

Das Paar sah mich fassungslos an. Ich stand ebenfalls auf, um zu dem großen Fenster zu gehen. Das Meer war bewegt, und ein schräger Nieselregen tränte auf den Scheiben.

»Wir befinden uns immer noch auf dem Gebiet der Hypothesen. Aber ich denke, wenn Mrs. Dahl so freundlich wäre, das Zimmer Ihrer Tochter zu durchsuchen, müsste sie dort eine Schachtel Pillen finden. Das ist wichtig für unsere Ermittlungen.«

Meine Statur bewahrte mich vor einer feindseligen Reaktion Dahls, der seine Frau schließlich mit einem Handzeichen aufforderte, nach oben zu gehen. Während ihre Schritte über unseren Köpfen hallten, setzte er sich wieder und schenkte sich Kaffee ein, ohne mir welchen anzubieten.

»Ich denke, das wird eine Enttäuschung für Sie, Detective.«

Finster und müde saß er da.

Es verging eine ganze Weile, bevor Mrs. Dahl wieder erschien. Sie kam hinter mir herein, doch in Dahls Gesicht sah ich, dass ich mich nicht geirrt hatte. Ich spielte die Entdeckung herunter.

»Ich möchte nicht, dass Sie denken, Ihre Tochter verberge Ihnen etwas. Sie führte lediglich ihr eigenes Leben, das eines Mädchens ihres Alters. Die wissenschaftlichen und technologischen Entwicklungen tragen häufig mehr zur Entwicklung bei als die geistigen Strömungen. Ihre Tochter gehört der Generation der Pille und des Transistorradios an, auch wenn Sie das nicht wahrhaben wollen. Keine vorschnellen Schlussfolgerungen, sondern immer noch Hypothesen. Die Freundin, mit der sie verschwunden ist, hatte Streit mit ihren Eltern. Sie haben es mir am Telefon gestanden. Sie hat Janis möglicherweise zu einer neuen Erfahrung ermuntert. Es sei denn, Janis hatte eine

Beziehung zu einem jungen Mann der Gegenkultur und wollte zu ihm. Sie ist schon weit weg und am Leben. Viele junge Leute in Janis' Alter sehnen sich nach einer Gemeinschaftserfahrung. Die stärksten Persönlichkeiten sind diejenigen, die die Erfahrungen etwas weiter treiben. Ihre Tochter ist neugierig. Sie hat sich sicher keiner Bewegung angeschlossen, aber die Umwälzungen ihrer eigenen Generation beschäftigen sie.«

Ein Segelboot hob sich vom Horizont ab, eine schwimmende Gefängniszelle … Das Meer gaukelt einem die absolute Freiheit vor, und diese bleibt doch reine Illusion.

»Was ist besser? Feststellen, dass die eigene Tochter nicht die ist, für die man sie hält, oder sie für immer verlieren?«

Die Dahls, die noch unter dem Schock der Entdeckung standen, dass ihre Tochter möglicherweise eine Sexualität hatte, ermaßen nicht die Bedeutung dessen, was ich ihnen klarzumachen versuchte.

»Ich werde mich darum kümmern, sie wiederzufinden. Sobald ich sie ausfindig gemacht habe, werden Sie über das weitere Vorgehen entscheiden.«

»Was werden Sie unternehmen?«, fragte Dahl, der sich wieder gefasst hatte.

»Die jungen Leute der Gegenkultur sind wie Schafe. Ihre Herdenwanderung folgt immer der gleichen Route in Richtung bestimmter Gemeinschaften, zumeist nördlich von San Francisco.«

»Aber was interessiert sie so sehr?«, fragte Mrs. Dahl.

»Ihre Generation hat den Krieg gehabt, um auf sich aufmerksam zu machen. Manche jungen Leute unserer Generation verurteilen ihn. Sie ersinnen einen Cocktail aus Abgeschmacktheiten für eine bessere Welt. Da ist zum einen die Rückkehr zum Urchristentum, mit der Droge als Draufgabe. Denn das Haupthindernis für das Christentum, so glauben sie, ist die Realität, und mit der Droge glauben sie, diese Grenze zu überschreiten. Hat Ihre Tochter jemals Drogen genommen?«

»Wir haben ja nicht einmal gedacht, dass sie die Pille nimmt«, sagte Dahl.

Er hatte etwas von seinem Dünkel, von seiner Überheblichkeit verloren. Ich spürte, dass er mich trotz der Stichhaltigkeit meiner Argumente nicht sehr mochte.

»Woher wissen Sie all das über diese Leute, Mr. Kenner?«, fragte Mrs. Dahl beunruhigt.

»Durch eine umfangreiche soziologische Studie, die mich viele Monate beschäftigt hat. Ich habe fast tausend Studenten als Anhalter mitgenommen. Das Innere eines Wagens wird schnell zu einem Ort des Gesprächs. Die jungen Leute wissen, dass sie mir nicht ein weiteres Mal begegnen werden, daher öffnen sie sich, als wäre ich eine Art harmloser Vertrauter. Ich stehe nicht auf ihrer Seite, und ohne das Auto hätte ich nicht die Gelegenheit gehabt, mit ihnen zusammenzukommen.« Ich ging auf sie zu, um mich zu verabschieden, und sagte: »In weniger als zwei Wochen werde ich Ihre Tochter gefunden haben!«

»Halten Sie uns über Ihre Fortschritte auf dem Laufenden«, gab Dahl verstimmt zurück, als reichte es für sein Glück nicht aus zu wissen, dass seine Tochter vermutlich am Leben war.

51

Ich kehrte über die Küstenstraße in die Stadt zurück. Nachdem ich die Tür der Dahls hinter mir geschlossen hatte, fiel ich in ein tiefes Loch. Es gelang mir nicht, wieder ich selbst zu werden. Der echte Al Kenner hatte während der gesamten Strecke, die mich mit strammen Schritten zur Beach Street zurückbrachte, Mühe, wieder zu sich zu kommen. Ich marschierte eine gute Stunde, um mich zu beruhigen, bevor ich ins Polizeipräsidium ging, um Duigan Bericht zu erstatten. Der Coup mit der Pille haute ihn fast um.

»Wie konntest du das wissen, Al?«

»Eine plötzliche Eingebung. Die Chancen, mich zu irren, standen eins zu zwei, das Risiko war also nicht sehr groß.«

Duigan blickte lange nach draußen, dann sagte er: »Aber wenn sie von zu Hause weggelaufen ist, meinst du nicht, dass sie dann die Pille mitgenommen hätte?«

»Nein, ich denke, dass sie, als sie die Universität verlassen hat, wobei der letzte Zeuge sie Arm in Arm mit ihrer Freundin hat weggehen sehen, noch nicht die Entscheidung getroffen hatte durchzubrennen. Vergessen wir nicht, dass sie ein sehr konservatives Mädchen ist. Das Abenteuer reizt sie, aber sie ist unfähig, ihre Flucht zu planen. Wenn man sie jedoch auf den Fotos sieht, glaube ich, dass sie impulsiv genug ist, um von einer Sekunde auf die andere zu entscheiden auszureißen. Es reicht, dass die Person, die sie mitgenommen hat, eine Frau ist, dass sie San Francisco als Richtung angegeben hat, und schon war die Entscheidung getroffen. Hier kommt erneut die Frage des Übergangs zur Tat ins Spiel. Ich stelle mir vor, dass sie in diesem Augenblick, in dem wir miteinander sprechen, trunken vor Freiheit und voller Schuldgefühle ist. Sie ist nicht in der Lage, einen Telefonhörer zu nehmen, um ihre Eltern zu beruhigen … Wissen Sie, warum?«

»Nein.«

»Das Vergnügen, das es ihr macht, sie zu beunruhigen, ist im Augenblick noch größer, als es die Schuldgefühle sind, die sie zeitweilig hat. Ich bin überzeugt, dass sie versucht ist, für immer mit ihnen zu brechen.«

»Aber warum?«

»Die Dahls sind ein sehr korrektes Paar. Einerseits ist die Frau abhängig von ihrem Mann. So sehr, dass sie Angst hat, ihm zu missfallen, wenn sie ihren Kindern Liebe zeigt. Janis ist aus der Beziehung ihrer Eltern ausgeschlossen. Auf der anderen Seite ketten sie sie an sich. Sie absolviert ein Studium, das ausschließlich im Interesse ihres Vaters ist. Diese beiden widersprüchlichen Kräfte sind explosiv. Was war der Funke? Wir werden es bald wissen. Ich denke, ich kann sie finden. Janis ist ein Mädchen mit Charakter. Sie wird in der Auflehnung gegen ihr Familienmodell sehr weit gehen. Aber eines nahen Tages wird sie plötzlich zurückkehren.«

»Ich weiß nicht, ob ihr Ausreißen uns wirklich betrifft, aber Dahl ist ein Freund des Bürgermeisters. Ich gebe dir zehn Tage, um sie ausfindig zu machen. Lass dir von der Verwaltung das Geld für deine Auslagen geben.« Und ohne mich anzublicken, fragte er: »Meinst du es ernst mit der Heirat meiner Tochter?«

»Ja. Ich habe nur gewartet, bis ich eine geregelte Arbeit habe.«

»Finde Janis Dahl, und du hast eine geregelte Arbeit. Ich hoffe, du bist ehrlich, Al. Meine Tochter ist verletzbarer, als sie zugibt. Sie ist ein gutes Mädchen, aufrichtig, manchmal ein bisschen antriebslos, aber ich weiß, dass der Tod ihrer Mutter daran nicht unschuldig ist. Es fällt ihr schwer, an das Leben zu glauben.«

»Als ich in der psychiatrischen Klinik in Montana gearbeitet habe, hatte ich einen Chef, der mich sehr geprägt hat. Er sagte immer, alle Probleme beginnen an dem Tag, an dem man aus dem Bauch der Mutter kommt und das Kind seine Wut hinausschreit, aus der Welt der Schwerelosigkeit in diejenige der Schwerkraft zu wechseln, in der man niemals vergessen darf zu atmen. Wenn dann auch noch die Mutter verschwindet, ist die Enttäuschung komplett.«

»Du beruhigst sie, Al. Fast mehr als ich. Als ich sie neulich fragte, was sie an dir findet, sagte sie: ›Er ist wie eine Lokomotive aus Gusseisen, und ich bin wie ein Waggon aus Holz.‹ Und sie fügte hinzu, dass du von vollendeter Höflichkeit zu ihr bist, dass du sie respektierst. Es stimmt, dass du in einer Zeit, da die jungen Leute miteinander schlafen, bevor sie miteinander reden, eine gute Figur machst, Al. Nun gut, damit wir uns richtig verstehen, mein Junge, ich dränge dich nicht, meine Tochter zu heiraten, ich will nur wissen, ob ihr auf der gleichen Wellenlänge seid.«

»Sind wir, Mr. Duigan.«

»Du kannst mich Pat nennen.«

52

Als ich aus dem Polizeipräsidium kam, ging ich in die erstbeste Bar. Jetzt war ich ihr Kollege geworden, es kam mir nicht mehr so sehr darauf an, ihnen im Jury zu begegnen. Das St. James, kaum weniger heruntergekommen als das Jury, befand sich unmittelbar neben einem McDonald's, und ein Geruch nach öltriefenden Pommes drang über seine Türschwelle nach draußen, dass einem übel wurde. Drei Harleys parkten auf dem Gehsteig. Als ehemaliger Motorradverkäufer sah ich sofort, dass sie völlig stillos hergerichtet worden waren. Ihre Besitzer spielten Billard und rauchten, eine Flasche Whiskey und Bier neben sich. Das Mädchen, das die Bar führte, war recht hübsch. Trotz ihrer Bemühungen, vulgär zu wirken, gelang es ihr nicht. Ich bestellte Wein, und wir unterhielten uns ein bisschen, während die Motorradfahrer einen Höllenlärm veranstalteten. Sie kam aus der Sierra Nevada, aus Bass Lake, ein paar Meilen von North Fork entfernt. Wie ich hatte sie mit dem Meer nicht viel am Hut. All dieses Salzwasser, auf dem Blödmänner mit Brettern herumsurften, sagte ihr nichts. Sie träumte davon, in die Sierra Nevada zurückzukehren. Sie wünschte sich einen Job im Yosemite-Nationalpark. Für sie gab es nichts Besseres, als einen Sandwich- und Souvenirshop zu haben, aber wenigstens dort, in den Bergen, wo die Luft trocken und kühl war. Das Geld, das sie in der Saison hier am Meer verdiente, würde ihr erlauben, den

Winter ruhig und friedlich wie ein Amerikanischer Schwarzbär zu verbringen.

Das Tageslicht drang nur durch die Tür herein, wenn ein Gast sie öffnete. Die gedämpfte Beleuchtung verlieh dem Fußboden eine bräunliche Färbung. Die Billardspieler stießen mit ihren Köpfen immer wieder an die Lampenschirme über dem Billardtisch, und ihre Gesichter erschienen durch den Lichteinfall oft aberwitzig verzerrt. Die Kellnerin bemerkte irgendwann, dass ich kräftig trank, und ich legte von Zeit zu Zeit Geld auf den Tresen, um sie zu beruhigen. Sie fragte, ob ich Liebeskummer hätte. Ich erwiderte, es sei viel schlimmer.

Einer der Motorradfahrer kam schwankend zur Theke, packte die Kellnerin an den Brustwarzen und begann, sie zu drücken. Dabei rief er: »Streck die Zunge heraus, und ich lass dich los.«

Wenn ich nicht schon so viel getrunken hätte, hätte ich wohl nicht den Mut gehabt einzuschreiten. Der Typ wehrte sich, doch ich tat so, als griffe ich nach einer Pistole in meinem Rücken. »So benimmt man sich nicht einer Frau gegenüber. Ich bin Bulle, zwing mich nicht, meine Waffe zu ziehen«, sagte ich.

Dies und meine beeindruckende Größe genügten, ihn zu beruhigen. Ich legte meine Hand wieder auf den Tresen, heilfroh, dass mein Bluff nicht entdeckt wurde. Die drei Typen gingen schließlich hinaus, ohne weiter Ärger zu machen. Ich blieb allein mit der Kellnerin zurück. Es gab zwar jemanden in ihrem Leben, doch sie war keineswegs abgeneigt, mich näher kennenzulernen. Als ich sie und die Bar schließlich verließ, war ich betrunken wie nie zuvor in meinem Leben. Ich hievte mich in meinen Wagen und fuhr vorsichtig nach Aptos. Ich parkte etwa hundert Meter vom Haus meiner Mutter entfernt hinter einem hölzernen Gartenschuppen. In meinem Zimmer roch es muffig, doch ich hatte nicht den Mut, das Fenster zu öffnen. In meinem unruhigen Schlaf hörte ich wie aus weiter Ferne die Stimmen meiner Mutter und von Sally Enfield. Meiner Mutter ging es vermutlich nicht viel besser als mir, denn ausnahmsweise zog diese verfluchte Sally über die anderen her. Als sie bemerkte, dass meine Mutter wegdöste, nahm sie mich ins Visier.

»Weißt du, dass dein Sohn mir Angst macht, Cornell? Ich habe mich nie vor jemandem gefürchtet, aber wenn er sich vor uns aufbaut, ist er mir manchmal unheimlich. Ich glaube, es liegt an der Starrheit seines Blicks. Wäre er bedrohlich, hätte ich weniger Angst vor ihm, aber er verwandelt sich in Stein. Diesen Blick hatte er, als er seine Großeltern tötete, das garantiere ich dir. Stell dir nur mal vor, das ist ihr letztes Bild vom Leben.«

Ich spitzte die Ohren, um die Antwort meiner Mutter zu hören.

»Sie haben ihn nicht gesehen, er hat sie von hinten erschossen.«

»Ich hoffe, dass ich einfach tot umfalle, Cornell. Du nicht?«

»Ganz sicher nicht«, erwiderte meine Mutter. »Man hat mir mein Leben gestohlen, ich lege keinen Wert darauf, dass man mir auch noch meinen Tod stiehlt. Ich möchte die Zeit haben, ihn kommen zu sehen, ihn zu genießen.«

Dann fing sie an zu husten wie eine alte Schwindsüchtige. Sie hustete gut zehn Minuten. Kurz darauf schlief ich ein. Bei Tagesanbruch weckte mich ein Typ, der mit Metall auf Metall hämmerte.

Ich frühstückte im Vergnügungspark am Strand. Das Riesenrad stand still, als ruhte es sich von den Anstrengungen des vorhergehenden Tags aus. Der Kaffee war ebenso dünn wie schlecht, und die Donuts trieften vor Fett. Von dort aus fuhr ich zum Haus der Duigans hinauf. Ich wartete geduldig, bis Wendy herauskam. Sie war überrascht und glücklich, mich zu sehen. In ihrem schönen blauen Kleid sah sie unglaublich weiblich aus. Ich wollte sie zur Arbeit fahren. Sie fand, mein Ford habe einen komischen Geruch, was mich wunderte. Ich öffnete die Fenster, und da wir zu früh dran waren, fuhren wir noch etwas in die Hügel.

»Mein Vater sagt, dass du viel zu tun hast.«

»Ja, deswegen wollte ich heute Morgen einen Augenblick mit dir verbringen. Ich ermittle im Fall des Verschwindens zweier Studentinnen. Ich werde in den Norden fahren.«

»Warum in den Norden?«

»Ich weiß nicht, jeder hat einen Kompass im Kopf, meine Nadel zeigt zurzeit nach Norden.«

»Glaubst du, dass sie ermordet wurden?«

»Nein, sie sind einfach von zu Hause weggelaufen. Sie werden von ganz allein zurückkommen, aber da eine von ihnen die Tochter eines Freundes des Bürgermeisters ist, ein großer Immobilienmakler, hat dein Vater mich beauftragt, sie ausfindig zu machen.«

»Wie willst du vorgehen?«

»Ich habe da so eine Idee.«

Wir lächelten uns zu, und sie legte ihren Kopf auf meine Schulter. Ich hätte in diesem Augenblick viel dafür gegeben, wie alle anderen zu sein.

»Mein Vater sagt, dass du sehr begabt bist für den Beruf des Ermittlers. Er hat vor, dich fest in die Polizei aufzunehmen, sobald du dich bewährt hast. Wann heiraten wir, Al?«

»Wie wär's in zwei Monaten? Weißt du, ich habe nicht die Mittel für eine große Hochzeit.«

»Ich weiß, Al. Wie viele Personen wirst du einladen?«

Ich glaube, ich lachte hämisch.

»Niemanden«, antwortete ich dann.

»Ich habe mir überlegt, Marilyn und meinen Chef einzuladen.«

»Und dein Vater wird das ganze Polizeipräsidium einladen, das ist sicher.«

»Das ist sicher, aber er wird dich nicht für sich bezahlen lassen. Wann kommst du zurück?«

»In ein bis zwei Wochen.«

»So lange brauchst du?«

»Vielleicht schneller.«

Sie stieg aus und drehte sich um, um mir zuzuwinken. Ich war unglaublich erleichtert, allein zu sein. Während ich sie in ihrem blauen Kleid davonschweben sah, wünschte ich mir, sie würde verschwinden, sich in Luft auflösen, und wir hätten uns nie kennengelernt.

53

Ich saß eine Weile reglos da und hatte das Gefühl zu zerfallen, mich aufzulösen. Ich stellte mir meine Großeltern in einem Luxussarg vor, den mein Vater ihnen vermutlich spendiert hatte. Die Sonntagskleidung, in der man sie beerdigt hatte, befand sich mittlerweise vermutlich in einem besseren Zustand als sie. Ich startete den Motor, und meine traurigen Gedanken verflüchtigten sich. Ich fuhr zum Polizeipräsidium, ging in die Verwaltung und holte mir meinen Vorschuss auf Gehalt und Auslagen. Duigan hatte alles organisiert, trotzdem dauerte es eine gute Stunde, bis der ganze Papierkram erledigt war.

Als ich auf den Vorplatz des Gebäudes trat, wartete dort eine Meute von Fotografen und Journalisten. Ich fragte einen von ihnen, was los sei.

»McMullan, der Schlitzer, ist verhaftet worden.«

Ich wartete einen Augenblick und sah, wie er von zwei triumphierenden Beamten aus einem als Privatwagen getarnten Auto gezerrt wurde. Duigan stieg aus dem Fahrzeug, und es begann eine angeblich improvisierte Pressekonferenz, während der Verbrecher ins Innere des Gebäudes gebracht wurde. Der Bürgermeister, der wie aus dem Nichts aufgetaucht war, wie Politiker es häufig tun, stellte sich neben ihn.

»Die Verhaftung von Jeffrey McMullan erfüllt unsere Polizei mit Erleichterung«, sagte Duigan. »Seit mehreren Monaten forderte dieses Monster unsere Gemeinde heraus, indem es sie in Angst und Schrecken versetzte. Er hat die Schwächsten angegriffen. Doch darf unsere Freude, ihn hinter Schloss und Riegel zu sehen, uns nicht den Schmerz der Familien der Opfer vergessen lassen.«

Dann ergriff der Bürgermeister das Wort, und ich ging in aller Ruhe ins St. James.

In den Augen der Kellnerin sah ich, dass sie glaubte, ich käme ihretwegen zurück. Ich wählte einen Titel in der Jukebox, guter alter Elvis. Ich habe mich nie für Musik interessiert, aber sie ist nun mal praktisch, wenn man nicht reden will. Die Kellnerin traute sich nicht, mich anzusprechen, und sie war gut beraten, es nicht zu tun. Was man tags zuvor noch ertragen hat, kann man am nächsten Tag nicht mehr hören, Banalitäten haben immer nur eine Chance. Ich trank zügig, aber ohne Hast. Am frühen Nachmittag verließ ich die Bar, ohne etwas gegessen zu haben, und fuhr zum Campus. Es ging mir schlecht, wie jedes Mal, wenn ich zu viel grübelte. Ich machte mich auf die Suche nach jemandem, um reden zu können.

Das erste Mädchen, das den Daumen hob, hatte nichts Besonderes an sich. Dem nächsten sah man die republikanischen Gene buchstäblich an. Die dritte junge Frau war Susan. Sie hatte bereits diesen verstohlenen Blick hinter ihrer runden Janis-Joplin-Brille, strapaziertes rotes Haar und kleine blaue feuchte Augen. Ihr Körper steckte in bunten und zerknitterten Klamotten. Sie trug eine eindrucksvolle Sammlung von Geschmeide mit sich herum, das bei jeder ihrer Bewegungen wie eine Kuhglocke klirrte. Das Patschuli überdeckte kaum einen hartnäckigen Schweißgeruch. Ich fragte sie nach ihrem Ziel, und sie zögerte, bevor sie die Frage an mich zurückgab.

»Ich würde gern einfach so ins Blaue fahren, aber ich bin noch unentschlossen«, sagte ich daraufhin. »Ich habe von Gemeinschaften weiter im Norden gehört. Es reizt mich, da mal hineinzuschnuppern.«

»Als ich Sie sah, hätte ich alles geglaubt, nur das nicht«, erwiderte sie ohne Spott.

Ein Glück für sie, denn ich hätte nicht gezögert, sie während der Fahrt aus dem Wagen zu stoßen.

Sie fuhr fort: »Wenn ich zu Hause ein paar Sachen einpacken würde, würden Sie auf mich warten?«

»Ich glaube nicht.«

Sie überlegte es sich, dann sagte sie: »Na ja, im Grunde brauche ich nichts. Muss ich mich an den Benzinkosten beteiligen?«

»Nein.«

Sie errötete vor Freude. »Es vergeht kein Tag, an dem ich mir nicht sage, dass ich alles hinschmeiße, um mich einer Gemeinschaft anzuschließen, und dann tauchen Sie an dem Tag auf, an dem ich meine Prüfungen beendet habe. Sie sind der Weihnachtsmann!«

Ich empfand ihre Freude als deplatziert. »Finden Sie nicht, dass da irgendetwas nicht stimmt? Ein großer Typ mit kurzem Haar, einem kurzärmeligen blauen Hemd und Schnurrbart?«

»Nein«, antwortete sie verlegen.

Ich fuhr in demselben neutralen Ton fort: »Wissen Sie, dass Sie die Tür auf Ihrer Seite nicht öffnen können?«

Sie lachte gezwungen und versuchte es, wobei sie mich ansah.

»Haben Sie von McMullan, dem Schlitzer, gehört?«, fragte ich leichthin.

Das Lächeln war mit einem Mal aus ihrem Gesicht verschwunden.

»Ja.«

»Also, er ist heute Vormittag verhaftet worden.«

Sie entspannte sich sofort.

»Zumindest glauben sie es.«

»Warum?«

»Das war ein Scherz.«

»Nein, sagen Sie, Sie sind nicht wenigstens eine Art Satyr?«

»Wäre ich es, glaube ich nicht, dass ich mich an einem Mädchen wie Ihnen vergreifen würde.«

Dabei beließen wir es.

»Kennen Sie denn eine bestimmte Gemeinschaft?«, fragte ich schließlich.

»Ja, ich habe eine Freundin, die die Uni verlassen hat, um sich ihr anzuschließen, und sie ist schon fünf Monate dort. Also muss dort irgendetwas Cooles passieren.«

»Gut, dann fahren wir hin. Welche Richtung?«

»Wenn ich mich recht erinnere, befindet sie sich am Highway 1, oberhalb von San Francisco.«

»Wie weit entfernt von San Francisco?«

»Ich würde sagen, zwei Stunden, immer an der Küste entlang.«

»Der Name des Orts?«

»Das weiß ich nicht mehr genau, aber wenn ich ihn irgendwo geschrieben sehe, fällt er mir sicher wieder ein.«

54

Ich nahm den Highway 101 in Richtung San Francisco. Susan war ganz aufgeregt, stieß immer wieder freudige Seufzer aus und hopste auf ihrem Sitz herum. Aus dem Radio tönte Chuck Berry, und sie wollte, dass ich etwas anderes suchte. Ich schaltete auf stur. Sie kam auf die Geschichte mit der Tür zurück.

»Warum geht sie auf meiner Seite nicht auf?«

Ich ließ mir mit der Antwort Zeit, dann sagte ich: »Der Mechanismus ist blockiert, denke ich, mein Galaxy kommt langsam in die Jahre.«

»Es ist komisch, ich habe das Gefühl, Sie zwingen sich, unsympathisch zu sein.«

»Ich zwinge mich niemals zu irgendetwas, das ist ja mein Problem.«

Als wir uns San Francisco näherten, wurde der Verkehr dichter, und wir fuhren in Schrittgeschwindigkeit. Susan nutzte die Gelegenheit, um mich auszuhorchen.

»Warum wollen Sie sich einer Gemeinschaft anschließen? Sie wirken eher wie ein Einzelgänger. Lieben Sie die anderen wirklich?«

»Nein, aber ich würde es gerne lernen.«

»Ich habe das Gefühl, Sie befinden sich in einer Phase, in der Sie keine Wahl mehr haben. Stört es Sie, wenn ich mir einen Joint drehe?«

»Bis jetzt war dies ein Nichtrauchervan.«

»Heißt das, dass ich rauchen darf?«

Ich antwortete mit einem kategorischen Nein, und sie zog sich in ihr Schneckenhaus zurück. Dann überkam sie ein heftiger Drang zu pinkeln. Wir näherten uns auf der überfüllten Autobahn der Bay Bridge, und ich sah keine Möglichkeit anzuhalten.

»Solange wir nicht die Golden Gate hinter uns haben, werden Sie es zurückhalten müssen.«

»Und wann wird das sein?«

»Wenn es so weitergeht, würde ich sagen, in einer Stunde.«

»So lange kann ich auf keinen Fall warten!«

Sie flehte mich an, auf der Standspur zu halten, und ich musste um den Wagen herumgehen, um ihr die Tür zu öffnen. Sie erleichterte sich hinter dem Van, der sie vor Blicken schützte. Ich dachte ernsthaft daran, sie dazulassen, schließlich wusste ich genauso viel wie sie, um die Gemeinschaft zu finden. Doch ein Gedanke hielt mich davon ab: Ohne sie würde ich das Misstrauen der Gemeinschaft erwecken, und das wollte ich vermeiden. Nebel senkte sich auf San Francisco, der so feucht war, dass man ihn für Regen halten konnte, und der Fahrzeugstrom ließ nicht nach.

»Ich glaube nicht, dass ich in die Zivilisation zurückkehren werde«, meinte sie hochtrabend.

»Wie kannst du das wissen?«

»Weil sie keinen Sinn hat. Schauen Sie doch, wir sind zusammengepfercht wie eine Herde Schlachtvieh. Wir sind da, um zu konsumieren, und damit basta. Ich sehe mich mit einem Häuschen und einem Garten, der den Nachbarn offen steht, die mir Apfelkuchen mit Sahne bringen, um mich willkommen zu heißen, während sie sich im Haus nach einem Hinweis auf meinen Glauben umschauen. Es gibt nirgends so viele schlechte Menschen, die sich auf Christus berufen, wie in diesem verdammten Land. Und er bleibt stumm. Aber entweder ist er wirklich tot, das heißt, die Auferstehung ist schiefgegangen, oder er ist so erschüttert, dass er das Handtuch geworfen hat. Und was mir an der Erfahrung unserer Generation gefällt, ist, dass sie zu ihren Grundlagen zurückkehrt und all diesen Betrügern zeigt, dass die Liebesbotschaft Christi immer noch aktuell ist.«

»Ihr werdet auf die Schnauze fallen.«

»Warum?«

»Weil der Mensch schlecht ist. Das Böse ist von Geburt an in ihm. Schau dich doch auf einem Schulhof um, da ist es kaum besser als auf einem Gefängnishof.«

»Sind Sie schon mal im Gefängnis gewesen?«

»Darum geht es nicht.«

Der Typ vor uns bremste scharf. Ich berührte ihn leicht, ohne Schaden anzurichten. Doch er stieg aus seinem Wagen und sah aus, als wollte er mich gleich töten.

»Schaust du nicht nach vorn, du Blödmann?«, blaffte er und stürzte sich auf meine Wagentür.

Als ich ausstieg, blickte er verblüfft auf die zwei Meter zwanzig, die sich vor ihm aufrichteten. Er hätte es nicht zwangsläufig mit der Angst zu tun bekommen müssen, doch ich hatte eine Neunmillimeter in der Hand. Er machte sich augenblicklich aus dem Staub, drehte sich nicht mal mehr um, als wäre nichts passiert.

Susan hatte sich gegen ihre Wagentür gedrückt. »Sie haben eine Knarre hervorgeholt, sind Sie verrückt oder was?«

»Ich bin nicht verrückt, aber ich mag es nicht, wenn man es mir gegenüber an Respekt fehlen lässt.«

Wir fuhren weiter.

Zwei Meilen später, nachdem die Aufregung sich gelegt hatte, sagte ich: »Ich bereue es nicht. Als Kind geriet ich in Panik, wenn man mich beschimpfte, jetzt ist das vorbei. Und wenn du die Reise nicht mit mir fortsetzen willst, setzte ich dich ab, wo immer du willst.«

»Das ist nicht cool, wirklich nicht cool.«

Sie wiederholte diesen Satz mehrere Male, aber sie blieb.

Dann bat sie mich, mich von meiner Waffe zu trennen.

»Es ist auf jeden Fall illegal.«

»Dann werden wir die Sache jetzt ein für alle Mal klären«, sagte ich. »Ich bin Polizist. Das ist meine Dienstwaffe. Ich bin auf der Suche nach zwei Mädchen, die verschwunden sind. Ich hoffe, sie in einer Gemeinschaft zu finden; wenn nicht, bedeutet das, dass sie ermordet wurden. Du wirst das für dich behalten, verstanden? Ich will deinen Brüdern nichts Böses, ich will sogar versuchen, sie zu verstehen, aber ich werde niemals einer von euch werden, ich verabscheue Bärte, lange Haare, Rauchen, Liebe und Dreck.«

Der Regen begann, auf den Wagen zu prasseln, und machte das Schweigen, das eingetreten war, erträglicher. Susan saß mit angezogenen Knien da, gegen ihre Tür gedrückt. Ihre plötzliche Anhänglichkeit ähnelte der eines Opfers seinem Peiniger gegenüber. Ich hätte ihr sagen können, was ich wollte, sie übel beschimpfen können, nichts hätte sie davon abgehalten, bei mir zu bleiben. Diese Situation widerte mich an.

»Willst du dich dieser Gemeinde anschließen, um wild herumzuvögeln?«

»Warum sagen Sie das?«

»Weil die freie Liebe für die Hässlichen erfunden wurde. Ein hübsches Mädchen kann haben, wen es will, oder?«

»Warum sind Sie so gemein zu mir? Was bringt Ihnen das?«

»Ich glaube, ich mag dich nicht. Irgendwas stört mich an dir.«

»Sie finden mich nicht begehrenswert, ist es das? Sie hätten gern das Angenehme mit dem Nützlichen verbunden, aber ich gefalle Ihnen nicht, hm? Sie haben doch gesehen, wie ich aussehe, als ich in Ihren Wagen stieg?«

Diese Unterhaltung führte zu nichts, weil wir beide nicht genau wussten, was der Ausgangspunkt gewesen war.

»Was weißt du über diese Gemeinschaft?«

»Meine Freundin hat mich nur einmal angerufen. Sie haben kein Telefon, und mit dem Münztelefon kostet es ein Vermögen. Sie hat erzählt, die Leute seien sehr cool, sie hätten noch Probleme mit der Ernährung, aber sie seien auf einem guten Weg. Ich denke, wir sollten ihnen etwas mitbringen.«

»Wie zum Geburtstag? Wir können Wein kaufen.«

»Das ist nicht so sehr ihr Ding, glaube ich, sie ziehen Gras oder Dots vor.«

»Was sind Dots?«

»LSD.«

Wir schwiegen eine Weile. Die Golden Gate war klatschnass. Die Wagen fuhren in Schrittgeschwindigkeit. Unter ihr wirkte das schlammige Wasser wie ein Hai, der seine Beute beobachtet, die an der Oberfläche herumfuchtelt.

Plötzlich brach es aus ihr heraus: »Eine Frau, selbst die Hässlichste, findet immer jemanden, der sie bumst. Für die Männer gilt das nicht im gleichen Maße.«

Ich erwiderte nichts, es lohnte sich nicht, und ich war nicht in der Stimmung dazu. Ich stellte fest, dass die Fahrt durch San Francisco eine gewisse Zeit beansprucht hatte, denn sie musste schon wieder pinkeln. Ich verließ den Highway 101 auf der Höhe von Sausalito, einer kleinen Küstenstadt reicher Bohemiens, die eines Tages ins Meer kippen würde, und fuhr auf den Highway 1. Er führt in engen Serpentinen zur Küste durch eine Natur, die ihre Schätze ohne jede Bescheidenheit auspackt. Ich ließ Susan auf einem Feldweg raus. Sie beschwerte sich, sie sei nicht genug vor Blicken geschützt. Etwas genervt fragte ich sie, was sie schon großartig zu verbergen habe. Ich hätte es wissen müssen, sie gehörte zu der Sorte Frauen, die sich in einen Typen verlieben, der sie schlecht behandelt. Ich sagte es ihr, und alles, was sie zu antworten wusste, war: »Aber ich habe nicht das Gefühl, dass Sie mich schlecht behandeln, Al.«

Während die Straße sich dahinschlängelte, dass einem schlecht wurde, holte sie ihre Pillenschachtel aus der Tasche.

»Ich wusste nicht, dass es einen Mann in deinem Leben gibt.«

»Es gibt niemanden, aber ich liebe keine Überraschungen.«

Sie meinte das ganz ernst und fügte hinzu: »Das hier ist die Erfindung des Jahrhunderts, eine Menge Tragödien werden dadurch vermieden. Je ärmer die Leute sind, desto mehr Kinder kriegen sie; je mehr sie sich anschreien, desto mehr Kinder kriegen sie. Man hat den Eindruck, Kinderkriegen ist das Heilmittel gegen alles. Ich weiß nicht, warum meine Mutter mich gekriegt hat. Sie liebte meinen Vater nicht. Nicht mehr als mich. Sie wurde schwanger, sie hat den Braten behalten, ohne weiter darüber nachzudenken. Und so weit ich zurückdenken kann, ich erinnere mich nicht, dass ich leben wollte.«

Ich scherzte: »Du nimmst mir allen Mut, ich hatte vorgehabt, dich umzubringen, und du raubst mir jede Motivation. Man tötet nicht jemanden, der getötet werden will, oder macht gerade das das Vergnügen aus?«

»Ich schwör Ihnen, dass mir ganz am Anfang für einen Augenblick der Gedanke durch den Kopf gegangen ist, Sie könnten ein Mörder sein, aber dann hab ich mir gesagt: ›Ach, das wär ja lustig.‹ Ich habe mir dieses Aufeinandertreffen zwischen einem Lebensdieb und jemandem, dem es überhaupt nichts ausmacht, es zu verlieren, ausgemalt.«

»Ich kann nicht glauben, dass du nicht leben willst.«

»In der Natur kommt mir mein Leben legitim vor, aber in der Stadt denke ich manchmal daran, mich zu beseitigen.«

»Hast du es schon mal versucht?«

»Nein, dafür liebe ich mich nicht genug. Aber sagen Sie, wer sind diese beiden Mädchen, die verschwunden sind?«

»Zwei Mädchen, die Architektur studieren.«

»Ich studiere Literatur, wir werden uns also kaum begegnet sein. Eher Gegenkultur?«

»Du meinst vom Aussehen her?«

»Ja.«

»Nein, zwei konservative Mädchen.«

»Ich kenne viele Mädchen wie sie, die die Seite gewechselt haben. Eine Frage des Überlebens. Die Familie ist der sauerstoffärmste Ort, also müssen sie das Weite suchen. Unsere Alten denken unter dem Vorwand, dass sie im Krieg gekämpft und ihn gewonnen haben, ihr Modell sei unangreifbar. Aber sie können sich ihr Modell der Arbeit, der Religion, des Vaterlands sonst wohin stecken! Stolz, Amerikaner zu sein, pah … Wie kann man stolz sein, Amerikaner zu sein, angesichts all der schlimmen Dinge, für die wir in Vietnam, in Südamerika, in Afrika verantwortlich sind? Sobald jemand versucht, die Reichtümer etwas gerechter zu verteilen, wird er fertiggemacht. Angeblich, weil er Kommunist ist. Amerika ist das Paradies der falschen Fünfziger, der Heuchler, der …«

»Wenn du nicht endlich das Maul hältst, gehst du zu Fuß weiter.«

Sie hatte sich ein bisschen in Rage geredet und bemerkte es.

»Sie kommen aus Vietnam zurück, nicht wahr?«

»Warum sagst du das?«

»Ich kann einen Mann, der getötet hat, von einem Mann, der es niemals getan hat, unterscheiden. Sie sind angespannt wie ein Mann, der gezwungen war zu töten und der sich von dieser Übertretung nie mehr erholen wird, der diese Schuld bis ans Ende seiner Tage mit sich tragen wird. Ich verstehe Sie, wissen Sie, unsere Väter haben getötet, sie hatten die Moral auf ihrer Seite, aber Leben in Vietnam auszulöschen, das kann man nicht vor sich selbst rechtfertigen. Und Sie mögen Leute wie mich nicht, weil wir Ihnen nicht helfen zu rechtfertigen, was Sie getan haben, weil wir Sie nicht glorifizieren für das, was Sie getan haben. Aber ich vergebe Ihnen, wissen Sie.«

Ich hätte sie töten können. Vor Männern wie Duigan oder Dahl war ich ein anderer. Ich bediente mich all meiner geistigen Fähigkeiten, um sie zu beeindrucken, als hätte ich meinen Vater vor mir. Doch Schlampen wie diese Susan warfen mich auf den wahren Al Kenner zurück. Ich hätte sie innerhalb einer Sekunde töten und in diesen Busch werfen können, der die Straße säumte und in dem sich nicht einmal ein Hund zurechtgefunden hätte. Doch dieser Trieb zu töten gehörte zu denen, die man nie in die Tat umsetzt. Sie spürte, dass ich sie gerne töten würde, dass ich dazu fähig wäre, und sie genoss es, weil sie nicht an ihrem erbärmlichen Leben hing. Der Mann, der töten möchte, aber sich nicht traut, und die Frau, die sterben möchte, ohne sich zu trauen, so weit war es mit uns gekommen, als das Meer nach einer Serpentine auftauchte. Ganz ehrlich, wer möchte schon eine junge Frau mit dieser Art von Depression töten?

55

Eine kleine Straße, die bewusst schlecht instand gehalten wurde, damit man langsam fahren musste, führte linker Hand zum Meer. Ich bog in sie ein und landete auf einem Parkplatz, der für ein paar Camper hergerichtet worden war. Ich parkte und machte mich, ohne ein Wort zu ihr zu sagen, allein auf den Weg zum Strand. Sie begriff, dass sie mich allein lassen sollte. Eine Holzbrücke überspannte einen klaren Fluss. Ich ging hinüber, um zu den Dünen aus weißem Sand zu gelangen, die das Meer von der Zivilisation abschotteten. Zu dieser späten Stunde zog es ein paar Spaziergänger ins Landesinnere zurück. Familien mischten sich unter barfüßige Alternative. Ein paar in Gedanken Versunkene blieben am Strand zurück, eine halbkreisförmige kleine Bucht, von der aus man die Häuser von Stinson sah. Ich setzte mich auf den Sand in der Hoffnung, meine Gelassenheit wiederzufinden. Doch das Kribbeln des Unbehagens ließ nicht nach, als erinnerte mich irgendetwas in mir unaufhörlich an meine Besonderheit. Schließlich kam Susan näher. Sie zog sich neben mir bis auf Unterhose und Büstenhalter aus.

»Gehen Sie nicht ins Wasser?«, fragte sie.

»Nein, ich mache der Tierwelt Angst.«

Sie lächelte. Ich fand es seltsam, dass ein Mädchen, das eine solche Vitalität ausstrahlte, so wenig am Leben hing. Das war sicher die Haltung eines Mädchens, das sauer ist, weil es den

Männern nicht gefällt. Ihre unansehnlichen Formen wurden immer kleiner, bis sie ins Wasser hineinging, wo sie vor Kälte zusammenzuckte. Ich dachte daran, mit ihrer Kleidung zum Wagen zurückzugehen und sie in dieser lächerlichen Aufmachung an diesem einsamen Strand zurückzulassen. Ich wollte ihr nicht mehr wehtun. Völlig durchgefroren vom Wind kam sie aus dem Wasser. Vor Kälte schlotternd, zog sie sich an und begann zu weinen. Ich tat, als bemerkte ich es nicht, und stand auf, um zum Wagen zurückzugehen.

Als ich den Schlüssel in den Anlasser stecken wollte, fühlte ich mich sehr schlecht. Ich sah schon den Moment kommen, wo ich nicht mehr losfahren könnte und man mich in eine psychiatrische Klinik bringen müsste. Ich versuchte, positiv zu denken, indem ich dieses Unwohlsein auf eine Unterzuckerung schob. Susan hatte nichts mitgekriegt, doch an der Art, wie ich losfuhr, begriff sie, dass es eilte. Wir fuhren zur Hauptstraße, und ich parkte im nächsten Ort vor dem Lebensmittelgeschäft. Eine freundlich lächelnde dicke Schwarze führte ihn, und obwohl sie gerade schließen wollte, wartete sie geduldig, bis ich mich in der Alkoholabteilung umgeschaut hatte. Ich nahm vier Flaschen Wein, und allein schon die Tatsache, dass ich sie in meinen Armen trug, tat mir gut. Susan wartete an den Wagen gelehnt und rauchte einen gewaltigen Joint. Ich stieg hinten ein, um geschützt vor den Blicken zu trinken. Ich trank zwei Flaschen auf einmal, ohne wirklich Durst zu haben. Susan stieg ebenfalls ein, mit einem strahlenden Lächeln im Gesicht. Sie erinnerte sich endlich an die Stadt, in der die Gemeinschaft lebte. Ihr Name sagte mir nichts, doch ich fand ihn sofort auf der Karte. Das Städtchen lag gerade mal zwei Fahrstunden nach Norden entfernt, am Meer. Man brauchte nur der Küstenstraße zu folgen, und genau das taten wir. Die Animosität zwischen uns stellte sich wieder ein. Es bestand keine Gefahr, auf dieser Straße Bullen zu begegnen, und ich öffnete eine dritte Flasche Wein, die ich in kleinen Schlucken trank, während ich die Landschaft betrachtete. In regelmäßigen Abständen bildete die Küste kleine Lagunen, in denen das Meer zur Ruhe kam. Geschützt vor Wind und Gezeiten, hatten Pilger, die an dieser Küste gestrandet waren, sie mit Holzhäuschen verunstaltet, in denen sie ihren Träumen von Einsamkeit nachhingen.

Eine Welle der Zuversicht brandete durch meinen Kopf, und ich begann, an Wendy zu denken, an das Haus, das wir gemeinsam kaufen könnten, an das alte Motorrad, das ich in der Garage restaurieren könnte, während sie den Teig für die Cookies gehen lassen würde … Und während die Straße sich vom Meer entfernte und jetzt durch grüne Wiesen führte, kamen mir die Tränen bei dem Gedanken, dass ich ein Mensch war, für den es in dieser Welt keinen richtigen Platz gab. Man sollte das nicht für Gefühlsduselei halten, ich habe immer nur mich selbst bemitleidet, und selbst dann muss ich schon ziemlich betrunken sein, damit diese Art von eruptiven Gefühlen sich überhaupt einstellt. Susan hatte ihre Füße auf das Armaturenbrett des Wagens gelegt, und ihr gerafftes Kleid rutschte auf ihren Beinen nach oben, die durch diese Stellung schlanker wirkten. Das Gras hatte sie in eine wunderbare Welt versetzt, ohne Angst und ohne unbeholfene Schüchternheit.

»Wir sind die erste Generation der Menschheit, die das menschliche Bewusstsein auf ein solches Niveau hebt, das ist die Wahrheit.«

Ich erwiderte nichts, weil ich ihr nicht zuhörte.

»Unsere Eltern sind als Sieger aus dem letzten Krieg hervorgegangen? Aber blind. Sie merken nicht, dass die Menschen wieder ihr finsterstes Gesicht aufgesetzt haben, indem sie sich gegenseitig töten. Es hat weder Gute noch Böse gegeben. Nur eine Spezies, die keinen Platz mehr auf dieser Erde hat. Amerika macht uns immer noch glauben, dass es für seine Grundsätze kämpft, während es in Wahrheit nur für seine Interessen kämpft. Wir werden diese Gesellschaft von innen sabotieren, friedlich. Wir werden den Konsum, die Produktion und all diesen Schwachsinn, der uns erstickt, entschärfen.« Sie verstummte von selbst, wie ein Rasenmäher, dem das Benzin ausgegangen ist. Dann schloss sie: »Ich hoffe, dass sie uns in ihrer Gemeinschaft akzeptieren.«

»Dass sie dich akzeptieren«, verbesserte ich sie. »Ich bleibe nicht.«

»Das sagen Sie, aber Sie können es nicht wissen. Verschließen Sie sich dieser Erfahrung nicht, sie kann Ihnen das Leben retten.«

»Mir das Leben retten? Sicher nicht. Aber vielleicht das Leben anderer.«

Sie begriff nicht, was ich meinte.

»Es gibt nicht genügend Gemeinschaften für die Tausende junger Leute, die in ihnen leben wollen.«

»Warum gründen Sie keine?«

»Es ist nicht so einfach, Gelände zu finden.«

Das Trinken hatte mich hungrig gemacht.

56

Nach mehreren Meilen auf einer Straße, die, mal näher, mal ferner, am Meer entlangführte, entdeckten wir eine größere Hütte aus Rundholz, die als Restaurant diente. Dort gab es nur gebratenen Fisch, und ich hatte noch nie in meinem Leben Fisch gegessen. Als ich das Susan erzählte, fragte sie mich, warum, doch woher sollte ich das wissen? Und ebenfalls zum ersten Mal in meinem Leben trank ich Wein woanders als in einer Bar oder in meinem Zimmer oder auch in meinem Wagen. Susan lächelte nach jedem Bissen, was mich sehr schnell nervte. Ein Salzwassersee erstreckte sich vor dem Restaurant, und das Wasser sah aus wie Eis. Fischerboote waren am Anlegesteg vertäut, der zu einem kleinen Holzhaus auf Pfählen führte. Dort lebte ein Mann. Vom Restaurant aus konnte man ihn in seiner kleinen Küche beobachten. Dann kam er in hohen Plastikstiefeln heraus. Ein langer weißer Bart, der eine massive Kahlköpfigkeit wettmachte, fiel auf seine Brust. Für den Bruchteil einer Sekunde wünschte ich mir, sein Leben gegen meines zu tauschen. Ich träumte einen kurzen Augenblick lang, dass die Natur mich an einen Ort bindet, den ich nicht mehr verlassen kann, und dass meine Beziehungen zu anderen sich auf ein höfliches Nicken beschränken, wenn ich im örtlichen Laden, in dem mir niemand auch nur die geringste Frage stellt, Streichhölzer kaufe. Als die Rechnung kam, erwachte ich aus meinen Träumereien. So eine hohe hatte ich noch nie gesehen. Ich bezahlte sie von meinem Spesengeld und fragte mich, wie ich Susans Mahlzeit rechtfertigen könnte. Dann sagte ich mir, dass sie eine Art Spitzel für mich war, und als solchen würde ich sie auch präsentieren. Im Wagen spülte ich mir den Fischgeschmack aus dem Mund, indem ich die letzte Flasche Wein nahezu in einem Zug austrank. Susan schlief ein, noch bevor ich den Motor angelassen hatte, und schweigend und langsam fuhr ich weiter, denn dies war die Zeit, da die Hirsche sich überall zu Hause fühlen. Vor noch gar nicht so langer Zeit, vor knapp hundert Jahren, waren Männer und Frauen im Zuge der Eroberung des Westens an dieses feindselige Meer gekommen, und ich dachte an sie, die erschöpft, aber glücklich waren, endlich ihr Ziel erreicht zu haben. Anschließend hatten sie ins Landesinnere zurückkehren müssen, in fruchtbarere Gebiete. Diese Küste, die im gelben Licht meiner Scheinfahrer an mir vorbeizog, kam mir eigenartig verlassen vor. Man konnte meilenlang fahren, ohne ein Haus zu sehen oder einem Auto zu begegnen. Ich dachte an meine Familie, die aus Deutschland nach New York gegangen war. Ich wusste nicht, was diese friedlichen Bauern getrieben hatte, ihren Grund und Boden zu verlassen und an Bord eines Passagierschiffs voller von Sorgen gezeichneter Emigranten zu gehen. Man hatte nie darüber gesprochen, aber sowohl meine Vorfahren mütterlicherseits als auch die Großeltern meines Vaters hatten ihre Heimat Bayern etwa zur selben Zeit verlassen. Sie alle waren nicht vom Hunger dazu getrieben worden, dafür würde ich meine Hand ins Feuer legen, sondern sicherlich von finsteren Geschichten, die man seinen Kindern nicht voll Stolz erzählt, wenn die Nacht hereinbricht, am Kamin auf einer abgelegenen Farm in Montana oder in der Sierra Nevada. Das ist die Art von Geheimnis, die einem früher oder später wieder entgegenweht, und ich bin derjenige, der den Wind entfacht. Ich bin der amerikanische Albtraum dieser beiden Familien, das »tote Ende« ihres Abenteuers. In jeder Generation hat sich durch einen dramatischen Zufall, den niemand zu erklären vermag, letzten Endes immer nur einer gefunden, der die Linie fortsetzt. Ich bin der Letzte der Kenners, so wie mein Vater und vor ihm mein Großvater. Und ich bin auch der Letzte der Hazlers. Die beiden Schwestern meiner Mutter sind kinderlos gestorben. Meine ältere Schwester ist während ihrer Schwangerschaft gestorben. Sie war zu dick, um noch mehr anzuschwellen, ihr Herz hat im dritten Monat nicht mehr mitgemacht. Meine andere Schwester ist ebenfalls gestorben, aber ich erinnere mich nicht mehr genau, wie, dabei hatte ich sie der älteren immer vorgezogen. Vorziehen heißt nicht, dass ich sie deswegen auch geliebt habe.

Die Straße war allzu kurvig für einen müden Mann, der vier Flaschen Wein intus hatte, doch ich war immer noch klar im Kopf. Ich schwor mir, nach meiner Rückkehr von diesem Ausflug nach meinem Vater zu suchen. Irgendwo musste er ja sein. Im Osten konnte ich ihn mir nicht vorstellen. Im Südwesten noch weniger. Die Texaner gingen ihm auf die Nerven. Florida mit all diesen alten Leuten, die sich dort die Sonne auf den Pelz brennen ließen, jagte ihm noch mehr Angst ein als ein Friedhof. Louisiana war die reinste Waschküche. Er hasste das Klima dort, und obwohl er kein Rassist war, behauptete er, dass die Schwarzen sich dort in zu großer Zahl fortpflanzten. Man muss dazusagen, dass er niemals auch nur in einem dieser Staaten gewesen war, aber das war die Vorstellung, die er davon hatte. Nach Montana war er mit Sicherheit nicht zurückgekehrt. Ich hatte so eine Ahnung, dass er nicht weit entfernt von mir mit seiner neuen Frau lebte, die es vielleicht schon nicht mehr war. Als das Schild, das anzeigte, dass wir Tomales erreicht hatten, im Scheinwerferlicht auftauchte, schlief Susan tief und fest. Ihr Kopf fiel ihr auf die Brust. Ich schüttelte sie und bemerkte, dass sie zuerst nicht wusste, wo sie war und was sie hier machte. Ich parkte vor einem Hotel unter einer Laterne. Zu dieser späten Stunde schliefen die Bürger hinter dicken Vorhängen. Ich stieg aus dem Wagen und lief durch die Gegend, in der Hoffnung, jemandem zu begegnen. Ein alter Mann, der weiß der Teufel woher auftauchte, parkte in unserer Nähe, um in sein Haus zu gehen, das an einer Straßenecke lag. Er musterte uns ohne Angst, aber misstrauisch. Ich ging zu ihm, und er zog seinen Hut.

»Entschuldigen Sie, Mister, wir suchen eine Gemeinschaft hier in der Gegend.«

Er machte ein bekümmertes Gesicht und sagte: »Wollen Sie die Gemeinschaft dieser Geistesgestörten verstärken?«

Ich beruhigte ihn. »O nein, wir suchen nur jemanden.«

Meine Antwort schien ihn zufriedenzustellen. Er deutete auf eine Straße, die nach links abzweigte.

»Das ist die Ocean Avenue, und wie ihr Name schon sagt, führt sie zum Ozean. Sie werden sehen, dass die Landschaft sich nach drei Meilen vollständig verändert, man könnte sich in den schottischen Highlands wähnen.«

Ich wusste nicht, wie die schottischen Highlands aussahen, außerdem war es dunkel. Höflich wies ich ihn darauf hin.

»Dann sagen wir, dass nach drei Meilen, die durch ziemlich flaches Land führen, die Landschaft plötzlich hügelig wird. Die Straße verläuft in weiten Kurven. Nach weiteren zwei Meilen, wenn Sie Glück mit dem Mond haben – aber selbst wenn der Mond herauskommt, verbirgt ihn der Nebel –, sehen Sie linker Hand eine ziemlich eindrucksvolle Farm, deren vordere Gebäude verfallen sind.«

Susan, die zu uns gekommen war, machte wohl einen schlechten Eindruck auf ihn, denn er erwiderte ihren Gruß nicht.

»Dort leben sie und pflanzen sich fort. Sie rammeln da drin wie die Kaninchen, heißt es. Man sieht hier häufig Frauen herumlaufen, sie sind immer schwanger. Wir mögen sie nicht, aber wir tun ihnen nichts. Wenn Sie in ein Dorf aus kleinen Holzhäusern kommen, das ist Dillon Beach, dann sind Sie schon zu weit gefahren.«

Als er begriff, dass ich nicht zu diesem Gesindel gehörte, wurde er plötzlich nachdenklich.

»Wissen Sie, ich habe nichts gegen diese armen Kinder, aber ich gehöre einer Generation an, die hart gearbeitet hat, um vom Fortschritt zu profitieren. Zu sehen, wie sie mit Holz heizen und Öllampen benutzen, um Licht zu haben, ist fast so etwas wie eine Beleidigung für Leute wie uns. Angeblich waschen sie sich nicht mit warmem Wasser, und trotzdem tauschen sie ihre Frauen. Verstehen Sie, man kann noch so tolerant sein, irgendwann hört das Verständnis auf. Immerhin, um autark sein zu können, fehlt es ihnen nicht an Mut. Vor zwei Jahren haben sie Böden übernommen, die zu den unfruchtbarsten des ganzen County gehören, und sie bringen es trotzdem fertig, davon zu leben. Wenn man die schlechten Dinge kritisieren will, muss man auch fähig sein, die guten anzuerkennen. Aber ich mag sie nicht, da beißt die Maus keinen Faden ab.«

Er wünschte uns eine gute Nacht und ging.

Wir fuhren langsam weiter, es war stockdunkel. Nieselregen trübte meine Sicht noch mehr, bevor die Nebelschwaden uns fast zum Anhalten zwangen. Wir fuhren in Schrittgeschwindigkeit, ohne die Einfahrt der Ranch zu finden, bevor wir auf ein winziges Dorf stießen. Etwa zwanzig Häuser aus Brettern, umgeben von winzigen Gärten, erhoben sich auf einer sandigen Plattform. Neben jedem standen ein Pick-up und ein kleines Boot. Weiter konnten wir nicht, und umzukehren hatte keinen Sinn. Ich beschloss, dort zu bleiben, bis es Tag wurde. Susan schlief ein, und ich dachte nach. Alkohol und Drogen sind das einzige Mittel, um ein wenig Abstand zu sich selbst zu bekommen. Ansonsten ist man immer mit sich selbst zusammen, und das wird bedrückend, vor allem für Leute, bei denen sich der Schlaf nur selten einstellt. Ich dachte an Wendy.

Wendy schlief viel. Sie hätte es gern gesehen, dass wir zusammen schlafen, aber ich konnte mir nicht vorstellen, bei ihrem Vater mit ihr zu schlafen oder sie zu meiner Muter mitzunehmen, die ihr alles über meine Vergangenheit erzählt hätte. Sie hatte mir vorgeschlagen, ins Hotel mit mir zu gehen, aber ich hatte in meinem ganzen Leben nie ein Hotel betreten und hätte das Gefühl gehabt, sie wie eine Hure zu behandeln. Ich konnte nicht begreifen, dass sie meiner nicht überdrüssig wurde.

57

Als ich endlich Schlaf fand, setzte bereits die Morgendämmerung ein.

Susan, die beim Schlafen den Daumen im Mund hatte, wurde erst wach, als ich den Motor anließ. Sie reckte sich ausgiebig und fror unübersehbar. Zudem hatte sie Hunger und wollte nicht mit leerem Magen in der Gemeinschaft erscheinen. Wir machten kehrt und mussten noch eine Stunde warten, bis der einzige Laden von Tomales seine Pforten öffnete. Der Besitzer war ein anständiger Kerl, mit einer Frisur und einem Bart wie General Custer. Das kleine Geschäft reichte offenbar nicht aus, um seine Energie einzudämmen, weswegen er unaufhörlich zwischen den Regalen hin und her lief und sehr beschäftigt tat. Ich kaufte ein paar in Plastik verpackte Donuts, eine große Flasche Cola und eine Kiste Wein. Nicht dass ich ihn gebraucht hätte, ich meine den Wein, aber man konnte nie wissen. Er fragte uns, wohin wir wollten, und wir kamen auf die Gemeinschaft zu sprechen.

»Sind Sie eingeladen?«, fragte er.

Susan und ich sahen uns überrascht an.

»Warum, kommt man nur mit einer Einladungskarte hinein?«, fragte ich.

»Nein, aber es gibt zahlreiche Anfragen. Jede Woche kommen Dutzende junger Leute hier vorbei.«

Dann lachte er auf, wie jemand, der einen guten Witz gemacht hat. »Verstehen Sie, das ist kein Kloster, man geht dort nicht hin, um sich den Gürtel enger zu schnallen. Du meine Güte!« Und mit kreisrunden Augen fügte er hinzu: »Die freie Liebe muss schon was Tolles sein. Ich scherze ... All diese jungen Leute haben bestimmt gute Gründe, dorthin zu gehen. Ich weiß, dass sie ein paar Deserteure verstecken. In den nächsten Tagen müssen sie mit einer Razzia rechnen. Ansonsten sind sie ganz nette Leute, wohlerzogen. Wollen Sie bei ihnen leben?«

Ich deutete auf Susan. »Sie schon. Ich begleite sie nur.«

Wir machten uns wieder auf den Weg, in umgekehrter Richtung, ich das Steuer in der einen Hand, den Donut in der anderen. Der Nebel hatte sich aufgelöst, und die Farm war nun deutlich zu erkennen. In einer Biegung schmiegte sie sich an weitläufige gemähte Wiesen, die in Richtung Meer anstiegen. Die vorderen Gebäude sahen aus wie die Überreste nach einem Indianerüberfall. Eines von ihnen war sogar abgebrannt, und das Balkenwerk war in sich zusammengefallen wie ein Mikadospiel. Zwei Häuser hatten dem Zahn der Zeit getrotzt. Wir fuhren durch ein rostiges Tor vom Ende des letzten Jahrhunderts, stellten den Wagen dann vor einer der Scheunen ab und gingen auf das erste Haus zu. Unterwegs begegneten wir mehreren Personen, die uns mit einem Lächeln grüßten, ohne Fragen zu stellen. Ein Typ, der etwas misstrauischer war, kam uns entgegen.

»Kann ich Ihnen helfen?«

»Ich bin gekommen, um eine Freundin zu besuchen«, sagte Susan schnell, »und Al begleitet mich. Er ist auf der Suche nach zwei Mädchen.«

Der letzte Satz irritierte ihn. »Wir geben niemals Auskunft über die Leute, die hier gewesen sind, niemals, das ist eine Regel«, sagte er. »Sind Sie von der Polizei?«

»O nein! Ich arbeite im Auftrag von zwei Familien, die ihre

Töchter suchen. Wir haben gute Gründe anzunehmen, dass sie hierhergekommen sind.«

»Haben sie das gesagt, als sie weggingen?«

»Nein, aber Ihre Gemeinschaft ist dafür bekannt, dass sie viele Leute anzieht.«

»Viel zu viele. Aber das ist kein Grund, irgendwelche Auskünfte über die Männer und Frauen zu geben, die hier gewesen sind.«

»Stellen Sie sich vor, ein Serienmörder hätte mehrere Mädchen in einer bestimmten Gegend aufgeschlitzt und Ihre Tochter wäre in genau dieser Gegend verschwunden. Ich denke, Sie wären verdammt froh zu erfahren, wo sie ist und wie es ihr geht, glauben Sie nicht?«

Er ließ sich nicht aus der Ruhe bringen.

»Stellen Sie sich vor, diese Mädchen würden nicht wollen, dass ihre Eltern erfahren, wo sie sind und wie es ihnen geht.«

Ich holte zwei Fotos hervor und hielt sie ihm vor die Nase.

Er reagierte ganz ruhig. »Diese Mädchen sehen aus wie Tausende Mädchen. Aber ich erinnere mich nicht, welche gesehen zu haben, die ihnen ähneln. Wie auch immer, sie sind nicht hier. Wären sie in der Gemeinschaft, würde ich Sie nicht hereinlassen.« Er bedeutete uns, ihm zu folgen.

So wie Susan ihn ansah, musste er ein gut aussehender Bursche sein. Sein etwas unsteter Blick beeinträchtigte seine Männlichkeit. Ein Pferdeschwanz bändigte sein Haar im Nacken. Ansonsten wirkte er eher durchschnittlich, ich würde sogar sagen wie ein Student der Naturwissenschaften. Er führte uns direkt in den großen Gemeinschaftsraum, in dem die Mahlzeiten eingenommen wurden. Etwa fünfzehn Männer und Frauen gingen dort wie in der Stille einer Kathedrale ihren Beschäftigungen nach. Selbst die Kinder machten wenig Lärm. Ein Geruch nach Tee und frischem Brot erfüllte den Raum. Ein Mann um die fünfundzwanzig, der mit einer wunderschönen blonden Frau am Tisch saß, stand auf und kam näher. Im selben Augenblick stürzte auch Susans Freundin Linda auf uns zu. Sie freute sich mächtig. Der Typ, der uns empfangen hatte, stellte alle einander vor. Der Mann Mitte zwanzig musterte uns ausgiebig, und statt der Frage, die ich erwartete, bedeutete er mir, mich zu setzen und mich zu bedienen, bevor er zu der Blonden zurückkehrte, die von einem anderen Planeten zu kommen schien. Ich verstand, warum er vollständig von ihr verzaubert war. Jeder normal veranlagte Mann würde so reagieren. Ich setzte mich auf eine Bank, und während Susan und Linda ihr Wiedersehen feierten, richtete niemand das Wort an mich. Doch immer, wenn ich einem Blick begegnete, lächelte man mir zu. Niemand sprach, alle murmelten wie in einem Beichtstuhl. Ich blickte in die Runde. Man musste keine Leuchte sein, um die Vietnamdeserteure zu erkennen. Es waren drei. Sie fielen durch ihr schlechtes Aussehen, durch ihre sorgenvollen Mienen und die Blässe ihrer Haut auf. Während sie mich verstohlen ansahen, konnten sie sich nicht vorstellen, dass ich mich vor gerade mal zwei Jahren auch hatte verpflichten wollen. Die Welt war schlecht. Susan konnte nicht anders, als von unserem Gespräch mit dem Kolonialwarenhändler im Dorf zu berichten. Es war ihnen vermutlich klar, dass alle darüber Bescheid wussten, dass die Gemeinschaft Deserteure versteckte. Als die blonde Schönheit aufstand, nutzte ihr Gesprächspartner die Gelegenheit, um zu mir zu kommen. Er setzte sich auf die Bank mir gegenüber und trank mit spöttischer Miene in kleinen Schlucken seinen Kaffee aus einem irdenen Gefäß. Er wirkte sehr selbstsicher. So sehr, dass er nichts sagte, solange der andere nicht das Gespräch angefangen hatte. Aber ich blieb standhaft.

Schließlich fragte er: »Glauben Sie wirklich, dass die Bullen sie hier suchen werden?«

Ich stellte mich dumm. »Wovon reden Sie?«

»Von den Kriegsverweigerern natürlich.«

»Kriegsverweigerer oder Deserteure?«

»Hm! Wenn man es ganz genau nimmt, würde ich eher Deserteure sagen. Das ist schlimmer, nicht wahr?«

»Ich weiß nicht.«

»Warum fragen Sie dann?«

»Weil es schlimmer sein kann. Und wenn es schlimmer ist, haben die Bullen erst recht einen Grund, hier aufzukreuzen.«

»Das klingt vernünftig. Was machst du bei den Bullen?«

Er hatte wunderschöne, vollkommen ebenmäßige weiße Zähne und bildete sich ein, es reiche, sie zu zeigen, damit man ihm seine Provokationen verzeihe.

»Wer hat dir gesagt, dass ich Bulle bin?«

»Niemand. Wenn du es nicht bist, dann willst du es werden. Aber du interessierst dich nicht für die Deserteure, das ist nicht dein Gebiet, dein Ding ist das Verschwinden von Mädchen aus guter Familie, die ihr republikanisches Milieu verlassen, um das echte Leben zu finden … Ist es nicht so? Im Grunde kommt es aufs Gleiche raus, die Jungs verraten das Vaterland, die Mädchen die Familie, das ist die gleiche Bewegung.«

Ich blickte ihn lange an, um ihn zu beeindrucken. Doch ihn beeindruckte nichts.

»Ich bin nicht wirklich bei der Polizei, die Familien haben mich beauftragt, ihre Töchter zu finden. Bestünde nicht die Gefahr, dass sie ermordet wurden, wäre ich nicht hier.«

»Ich verstehe, aber es verstößt gegen unsere Prinzipien, wem auch immer Auskunft über einen Bruder oder eine Schwester zu geben.« Er reckte das Kinn vor. »Ich versichere dir, Alter, wir können es nicht tun … Aber du bist uns willkommen. Du kannst so lange bleiben, wie du willst.«

Er stand auf, um sich zu recken, und sein Hemd öffnete sich über einem behaarten Bauch. Dann beugte er sich plötzlich vor und reichte mir über den Tisch hinweg die Hand.

»Ich bin Ted Wolf.«

Langsam leerte sich der Raum.

Ted setzte sich wieder und fuhr fort: »Dieser Besitz gehörte meiner Familie, und ich habe ihn der Gemeinschaft geschenkt. Zwanzig Personen können hier in einer vernünftigen Autarkie leben. Wir züchten Schafe. Wir tauschen das Fleisch der Lämmer gegen Gemüse. Und es gelingt uns auch, ein paar stärkehaltige Nahrungsmittel anzubauen. Drei Brüder fahren zum Fischen hinaus auf einem Boot, das etwas weiter entfernt am Dillon Beach liegt. Und der Rest der Gemeinschaft beschäftigt sich damit, die Schafwolle zu weben. Beim Verkauf unserer Produkte lösen wir uns ab, was uns erlaubt, ein bisschen herauszukommen. Auch beim Unterrichten der Kinder lösen wir uns ab. Im Augenblick haben wir sechs Kinder. Keines ist im Schulalter, aber wir machen erzieherische Spiele mit ihnen. Was noch? Tja, alles, was ich dir gesagt habe, betrifft die materielle Organisation der Gemeinschaft. Aber wir haben auch ein sehr intensives spirituelles Leben. Wenn es dich interessiert, können wir uns ein wenig darüber unterhalten. Aber jetzt muss ich zum Arbeiten. Jeder, der hier wohnt, muss als Gegenleistung für die Nahrung, die er erhält, etwas von seiner Zeit abgeben. Wenn du nicht arbeiten willst, kannst du dir im Dorf etwas zum Essen kaufen, wir werden dich nicht daran hindern, wir sind keine Sektierer.«

Da meine Neugier letzten Endes doch stärker war als mein Wunsch, mich sofort wieder auf den Weg zu machen, entschied ich mich, noch etwas zu bleiben.

58

Brian, der Typ, der uns empfangen hatte, brachte mich zu einem kräftigen Kerl, der in einer Werkstatt arbeitete, und ließ uns dann allein. Paul, so hieß er, benahm sich mir gegenüber, als würden wir uns schon immer kennen. Sein langes Haar und sein Bart ließen ihn älter aussehen, als er war. Er beklagte sich gutmütig, dass er der einzige ein wenig muskulöse Typ in der Gemeinschaft sei, was ihn für die meisten körperlichen Arbeiten prädestiniere. Er musterte mich von Kopf bis Fuß und klopfte mir auf die Schulter.

»Dich schickt der liebe Gott. Ich muss einen langen Zaun für die Schafe errichten. Und sie haben sehr hohe Pflöcke genommen. Ich muss mich auf eine Kiste stellen, um sie in die Erde zu rammen. Das ist das Problem des Tauschgeschäfts: Man tauscht, was man hat, gegen etwas, das man nicht unbedingt will.«

Die Pflöcke reichten mir bis zum Gürtel. Wir luden sie zusammen mit dem dazugehörigen Drahtzaun, einem Brecheisen und einem großen Hammer auf einen zweirädrigen Wagen, der von einem sanftmütigen Pferd gezogen wurde. Da es nur an Menschen gewöhnt war, die nicht meine Größe hatten, scheute das Tier ein wenig, als es mich sah. Paul erkannte sofort, dass ich mich mit Farmarbeiten auskannte. Ich erzählte ihm von meiner Jugend in Montana und von all den Schulferien, in denen meine Mutter mich auf eine Ranch geschickt hatte, zu Leuten, die sich das Sprechen abgewöhnt hatten, so abgeschieden lebten sie. Wir fuhren zu einer weitläufigen Wiese, von der aus man in der Ferne das Meer sehen konnte, grau mit weißem Kragen, das auf den menschenleeren Strand brandete. Die Seeluft drang bis zu uns herüber und vermischte sich mit dem Duft des Joints, den Paul sich gedreht hatte, während wir uns unterhielten. Wie so oft, wenn ich einen Tag im Zustand unkontrollierbarer Nervosität verbracht hatte, überkam mich am nächsten Tag eine eigenartige Gelassenheit. Ich atmete normal, und ich dachte normal. Ich nutzte dies weidlich aus, da ich wusste, dass die Beruhigung niemals länger als ein oder zwei Tage anhielt, und das war die Frist, die ich mir für meinen Aufenthalt gesetzt hatte. Paul machte das Loch und hielt den Pflock, während ich ihn in die Erde rammte. Nach einer Weile machten wir eine Pause. Er drehte sich erneut einen Joint, zündete ihn an und reichte ihn mir. Ich lehnte ab mit den Worten, dass ich so etwas nicht anrühren würde.

»Du hast recht, man weiß nie, wohin einen das führt. Angeblich kommt es bei starken Rauchern zu Dissoziationen, verstehst du, was ich meine?«

»Sehr gut«, erwiderte ich. »Ich habe in einer psychiatrischen Klinik gearbeitet.«

»Verdammt, du hast ja wirklich alles gemacht. Ich habe nur zwei Dinge gemacht. Ich habe Mathematik studiert und zwei Jahre lang getötet.«

Ich reagierte nicht.

Er fuhr fort: »Stell dir vor, wir errichten hier unseren Zaun, und aus der Ferne kommt das Geräusch eines Flugzeugs immer näher. Eine Minute später leert dieses Flugzeug die Fracht in seinem Bauch über uns aus. Und wir sind wieder zu Staub verwandelt. Zu einem noch feineren Staub, als die Bibel ihn uns verspricht. Es bleibt nichts mehr übrig. Das ist die Apokalypse. Kein Lebewesen mehr, keine Blume. Ich habe zwei Jahre in diesen Flugzeugen als Navigator verbracht. Natürlich bin ich nicht verantwortlich. Das sage ich mir jedes Mal, wenn ich daran denke. Und ich denke dauernd daran. Und da ich es mir nicht einreden kann, zünde ich mir einen Joint an, der meine Erinnerungen weit weg rückt. Zwei Jahre Krieg, ohne dass du einen Toten siehst, das musst du dir mal vorstellen. Aber ich weiß, dass wir Tausende von Männern, Frauen und Kindern verbrannt haben, ohne genau zu wissen, was sie uns eigentlich getan haben. Ich habe zu einer Statistik beigetragen, mein Alter. Und mit allem guten Willen der Welt werde ich mich nie davon erholen. – Bist du in Vietnam gewesen?«

»Ich wollte, aber sie haben mich wegen meiner Größe nicht genommen.«

»Verdammt, was für ein Glück, Alter, was für ein Glück! Sei froh, wir haben dort unten nichts Gutes getan, auch wenn die Kerle in Washington das Gegenteil behaupten. Es ist das Ende der Welt, das sag ich dir. Ich bin hierhergekommen, als meine Zeit vorbei war. Ich habe niemals den Mut gehabt zu desertieren. Wenn diese Gemeinschaft mich nicht aufgenommen hätte, wäre ich auf der Straße. Ted ist ein guter Kerl. Er hilft den anderen wirklich. Er hat Theorien, die vernünftig sind. Er sagt, dass die Ursache aller Probleme, das, was uns in die Katastrophe führt, die Aneignung ist. Jeder denkt nur daran, sein Revier zu vergrößern, und eignet sich das Geld und die Frauen der anderen an. Es ist eine Art von Taoismus. Ich weiß nicht genau, was das bedeutet, aber ich glaube zu verstehen, dass das eine Haltung ist, die darin besteht, dass man zu seinem Ego, seiner Vergangenheit und seiner Erziehung auf Distanz geht und sich voller Bescheidenheit in die Natur integriert. Das gefällt mir. Wir arbeiten hart, um durchzukommen. Es ist ein Wettlauf mit dem System. Die Bullen haben uns auf dem Kieker, aber am schlimmsten ist angeblich der Fiskus, der enorme Steuernachzahlungen auf den Tauschhandel verlangt. Hast du vor hierzubleiben?«

»Nein, ich bin nur gekommen, um ein Mädchen abzusetzen, das das Abenteuer wagen will, und mich nach zwei Studentinnen zu erkundigen, zu erfahren, ob sie in den letzten zwei Wochen hier gewesen sind.« Ich ließ den Worten Taten folgen und zog die Fotos aus der Tasche.

Er betrachtete sie lange, bevor er seufzte und sagte: »Ich verbringe so viel Zeit damit, high zu sein, dass ich mich nicht festlegen will, aber die Blonde sagt mir was. Die andere ist gewöhnlicher. Gute Gesichter vorbildlicher Studentinnen. Warum suchst du sie?«

Ich betete meine Geschichte herunter.: »Sie sind verschwunden, nachdem sie den Campus von Santa Cruz verlassen hatten. Und da zur selben Zeit ein Killer in der Gegend sein Unwesen trieb, machten die Eltern sich Sorgen.«

»Mit gutem Grund. Es ist durchaus möglich, dass sie hier waren. Aber eins ist sicher, sie sind nicht geblieben. Und wenn sie nicht geblieben sind, wohin könnten sie gegangen sein?« Er lachte auf. »Meine Güte, wenn ich an all die Bullen Kaliforniens denke, die hinter deinem Killer her sein müssen, weil er ein paar Mädchen getötet hat, dann finde ich das richtig. Aber ich, der ich Tausende von Vietkong pulverisiert habe, ich habe eine Medaille. Eine verdammte Medaille, die ich im Haus meiner Eltern ins Klo geworfen habe. Meine armen Alten, sie glaubten, sie hätten einen Helden vor sich. Manchmal sage ich mir, dass ich die Vietkong lieber im Nahkampf getötet hätte. Dann hätte ich wenigstens Notwehr geltend machen können. Aber von so hoch oben, stell dir das mal vor.«

Paul war kein schlechter Kerl, aber er begann mich totzuquatschen. Ich griff wieder zu Hammer und Pflock, ein Zeichen weiterzumachen. Die Mittagspause war nicht lang gewesen. Wir hatten etwas Suppe im Gemeinschaftsraum gegessen. Ich war eine Mahlzeit ohne Fleisch nicht gewöhnt. Einen Augenblick lang fragte ich mich, ob ich mir nicht einen Hamburger kaufen sollte. Nach einer Stunde setzten wir unsere Arbeit fort, und anderthalb Stunden später stießen wir auf einen Untergrund aus Stein. Obwohl ich mit voller Kraft zuschlug, drangen die Pflöcke nicht mehr als einen Zoll in die Erde ein. Paul war verärgert, aber das war nicht mehr mein Problem. Wir mussten den Verlauf des Zauns auf der Wiese ändern, und der umzäunte Raum fiel kleiner aus, aber das war immerhin besser als nichts.

Abends, im schwachen Schein der Öllampen, lobte Paul mich so sehr über den grünen Klee, dass Ted mir vorschlug zu bleiben. Ich erwiderte, das Leben in einer Gemeinschaft sei nichts für mich, ich liebe die anderen dafür nicht genügend und sei der Meinung, dass ihre Utopie früher oder später dahinschmelzen werde wie Schnee im Frühling. Während wir uns unterhielten, spürte ich, dass die anderen lebhaft diskutierten, wer mit wem schlafen würde. Ich begriff, dass das irgendwie obligatorisch war. Eine der unantastbaren Regeln der Gemeinschaft besagte ausdrücklich, dass sie keine bereits bestehenden Paare duldete und dass es verboten war, ein festes Paar zu bilden. Ted zufolge war das die Voraussetzung, um nicht auf die Irrwege des traditionellen besitzergreifenden Familienmodells zu geraten. Ich unterhielt mich mit Ted bis tief in die Nacht. Ich sah, wie Susan sich entfernte, mit einem Typ im Schlepptau, der nicht unbedingt eine Schönheit war, und dachte bei mir, dass sie endlich ihre ungestillte sexuelle Lust würde befriedigen können. Ted erklärte mir ausführlich seine Philosophie, als wollte er sie für sich selbst zusammenfassen und sich vergewissern, dass er auf dem richtigen Weg sei. Die schöne Blonde wartete auf ihn. Es war ihr anzusehen, dass sie sich nicht traute, allein schlafen zu gehen, aus Angst, ein anderer als Ted könnte in ihr Bett schlüpfen. Ihr Außenseitertum, ihre notdürftig zusammengehaltene Philosophie, ihr Anachronismus störten mich nicht. Doch ihre Art, die Frauen zu beschmutzen, sie zu schwängern, ohne dass man wirklich wusste, wer der Vater ist, war so mies, dass mir übel wurde. Die Frauen waren gegenüber den Männern in der

Minderheit, und jeden Abend gingen zwei Typen leer aus wie zwei Männer, die Wache haben, während der Rest der Schiffsmannschaft schläft. Kurz, an diesem Abend blieben wir zu dritt übrig, drei arme verlassene Typen inmitten des Gestöhns, das von überall zu uns drang. Nur wenige Paare schlossen ihre Tür, und es kam vor, dass sie mitten in der Nacht die Partner wechselten. Und die beiden Männer leisteten mir Gesellschaft, weil sie es wollten. Ein Mädchen gesellte sich zu uns, es war nicht ihr Tag, sie hatte ihre Periode bekommen und es jetzt erst gemerkt. All diese Leute, die versuchten, den Urinstinkten des Menschen zu entkommen, akzeptierten letzten Endes noch weniger Tabus als der Urmensch, was sie auf dem Gebiet der Sexualität zu echten Wilden machte. Ihnen war das egal, weil sie alle bekifft waren. Gegen zwei Uhr morgens tauchte Susan auf, splitterfasernackt, eine kleine Wolldecke wie einen Putzlumpen notdürftig um sich gewickelt. Sie fragte mich, ob ich nicht mit ihr kommen wolle, und sagte, ich sei nicht verpflichtet, mit ihr zu schlafen, es seien noch andere Mädchen mit im Zimmer. Das veranlasste mich, endgültig Reißaus zu nehmen. Ich tat so, als wollte ich mich in der Natur erleichtern, und sie sahen mich nicht mehr wieder.

Im Wagen machte ich mich über meinen Weinvorrat her und leerte zwei Flaschen, bevor ich losfuhr, erleichtert, wieder allein zu sein. Ohne besonderen Grund dachte ich an Charles Manson und seine Horde, die Sharon Tate ermordet hatten. Ich hätte das Gleiche machen können in dieser Gemeinschaft. Ich hätte nur meine Neunmillimeter herausholen und drauflosballern müssen. Aber warum? Solche Dinge lassen sich nicht vernünftig erklären. Man verspürt den Drang, es zu tun, oder man verspürt ihn nicht. Ich hatte nicht das Bedürfnis dazu, obwohl diese Menschen mich anwiderten. Als ich das Dorf erreichte, ließ ich die Küstenstraße zu meiner Rechten und fuhr zum Highway 101.

Ich trank zwei weitere Flaschen, um einzuschlafen, nachdem ich wieder in meinem Zimmer war. Es geschieht selten, dass der Tag mich sozusagen überholt.

59

Bei Tagesanbruch wachte ich mit schrecklichen Kopfschmerzen auf. Ich hatte große Lust auf einen Cheeseburger. Nachdem ich geduscht und mich sorgfältig rasiert hatte, bügelte ich eines meiner kurzärmligen blauen Hemden, zog es über eine der beiden einzigen Hosen an, die ich hatte, und verließ das Haus. Meine Mutter war in eine merkwürdige Gegend gezogen. Es hätte nicht viel gefehlt, und es wäre ein wohlhabendes Viertel geworden, und noch weniger, und es wäre ein Armenviertel geworden. Seit ich aufgewacht war, verfolgte mich der Gedanke, mit ihr zu reden, wie nie zuvor. Es war unmöglich, morgens mit ihr zu reden. Obwohl sie nüchtern war, vernebelte der Alkohol ihr den Verstand. Ich hatte beschlossen, an diesem Abend früh nach Hause zu kommen, um sie zu erwischen, wenn sie noch vernünftig denken konnte. Worüber wollte ich mit ihr reden? Ich wusste es noch nicht, aber ich musste mit ihr reden.

In der Beach Street rieb man sich um diese Zeit noch die Augen. Ein paar Pilger verließen nach und nach ihre Häuser. Ich ging über den Anlegesteg zu einem Restaurant, das wegen der Fischer schon früh am Morgen geöffnet hatte, bestellte einen riesigen Cheeseburger und Pommes und kippte eine ganze Flasche Ketchup darüber. In diesem Augenblick spürte ich so etwas wie Wohlbefinden. Ich trank einen Liter Kaffee und machte mich in aller Ruhe auf den Weg zum Haus der Dahls. Ich war froh, sie so früh am Morgen kurz nach dem Aufwachen zu erwischen. Sie würden weniger im Korsett ihrer sozialen Überlegenheit stecken. Ich ging an der Steilküste entlang, an der kleine Gedenktafeln immer wieder daran erinnerten, dass waghalsige junge Leute ertrunken waren, weil sie geglaubt hatten, sie könnten ungestraft dem Meer trotzen. Das war natürlich bedauerlich, aber nicht traurig. Die aufgehende Sonne beleuchtete den aufsteigenden Nebel. Die sanfte Brise, die von der offenen See kam, schien dem morgendlichen Spaziergänger ein wenig Ruhe einhauchen zu wollen. Als ich läutete, war es noch nicht mal acht. Dahl öffnete mir im Morgenmantel.

»Ich habe Sie nicht zu so früher Stunde erwartet. Treten Sie ein.«

Er musterte mich, ohne sich zu trauen, nach dem Ergebnis meiner Ermittlungen zu fragen; er zog es vor, es von meinem Gesicht abzulesen, anstatt es zu hören. Doch meine undurchdringliche Miene ließ ihm keine Chance. Wir gingen ins Wohnzimmer. Unterwegs klopfte Dahl an die Tür des Zimmers seiner Frau, um sie auf mein Kommen hinzuweisen. Dann öffnete er die Glastüren der Veranda, damit wir uns auf die Terrasse setzen konnten.

»Nun?«

Ich ließ mir Zeit, um ihn in seiner Überheblichkeit nicht zu bestärken, die er zur Schau stellte, obwohl es um das Leben seiner Tochter ging.

»Ich habe sie ausfindig gemacht.«

Er stand abrupt auf, zog seinen Morgenmantel zurecht, stürzte zu seiner Frau, die gekleidet wie für Thanksgiving erschienen war, und rief mit zugleich lauter und beherrschter Stimme: »Er hat sie gefunden, Beth, er hat sie gefunden.«

Ich genoss die Wirkung, die ich erzielt hatte.

»Na ja, ich habe eine Idee, wo sie sich befinden könnte.«

»Wo?«

»In einer Gemeinschaft am Pazifik nördlich von San Francisco. Fragen Sie mich nicht, wo, ich musste den Typen, die mir bei meinen Ermittlungen geholfen haben, versprechen, den Ort, wo sie leben, nicht zu nennen. Jedenfalls ist sie nicht mehr dort. Sie muss noch weiter nach Norden gegangen sein.«

Verärgerung trat an die Stelle der Erleichterung auf den Gesichtern der Dahls.

»Um ganz aufrichtig zu Ihnen zu sein, Mr. Kenner, ich habe niemals Zweifel gehabt, dass meine Tochter noch lebt. Zumal der Serienmörder gerade verhaftet wurde und jedes seiner Verbrechen zugegeben hat. Laut Duigan, mit dem ich gestern telefoniert habe, ist er stolz auf das, was er getan hat, und bekennt sich sehr präzise zu jeder seiner Gräueltaten. Erzählen Sie mir von dieser Gemeinschaft. Sie sagen, sie ist nicht mehr dort?«

»Als ich dort war, nicht, aber es kann sein, dass sie sie für ein paar Tage verlassen hat, bevor sie auf Dauer bei ihnen bleibt. Die Mitglieder der Gemeinschaft haben sich nicht sehr kooperativ gezeigt. Man muss wissen, dass sie ein paar Vietnamdeserteuren Unterschlupf bieten.«

Dahl hielt es für angebracht, schroff zu sein. »Okay! Und was macht diese Gemeinschaft?« Plötzlich behandelte er mich wie einen Angestellten und blickte auf seine Uhr. Die Geschäfte gingen weiter.

»Sie züchten Schafe auf einem großen Grundstück, das einem der Mitglieder gehört, sie rauchen reichlich Marihuana, sie praktizieren die freie Liebe. Paare sind nicht geächtet, aber nicht gern gesehen. Sie sind Vegetarier und besorgen sich Früchte und Gemüse im Tausch gegen ihre Tiere, deren Wolle sie weben. Auf spiritueller Ebene sind sie Taoisten.«

»Was ist das für ein Quatsch?«

»Soweit ich verstanden habe, ist das eine Art und Weise, seinen Platz in der Natur und im Universum neu zu definieren, sich von seinen Urinstinkten zu entfernen, deren schädlichster der Besitz ist, und jede Form von materieller und spiritueller Entfremdung abzulehnen. Sie erkennen die Bibel nicht an. Laut ihnen ist sie der Gründungstext aller Abkehr von der Spiritualität, die einen unwahrscheinlichen Gott schaffe, der im Dienst der Menschen und ihrer kleinen Interessen stehe. Aber sie preisen die Güte Gottes.«

»Hörst du das, Darling!«

Mrs. Dahl hörte sehr gut, und während sie mir zuhörte, hatte sie sich mit den Händen den Mund zugehalten. Jetzt stammelte sie: »Und … was die freie Liebe betrifft, wollen Sie sagen …«

Ich hielt mich strikt an die Fakten.

»Abends bilden sich die Paare nach den Wünschen eines jeden. Und im Morgengrauen lösen sie sich wieder auf. Es kommt auch vor, dass mitten in der Nacht die Partner getauscht werden oder Paare beschließen, sich neu zu bilden. Die Idee ist, dass diese Gruppierungen sich im Morgengrauen auflösen und jeder wieder an die Arbeit geht mit seinen Erinnerungen, aber ohne das geringste Recht über den Partner der Nacht.«

Dahl erhob sich. »Verdammt, Kenner, sagen Sie mir nicht, dass meine Tochter bei so etwas mitmacht!«

»Ich habe sie nicht mit meinen eigenen Augen gesehen, aber es ist sehr wahrscheinlich, dass sie die Regeln der Gemeinschaft befolgt hat. Vielleicht hat sie sie aber auch verlassen, weil sie diese Praktiken missbilligte? Es gibt zahlreiche andere Gemeinschaften, die auf dem traditionellen Paar gründen und in denen kein Partnertausch praktiziert wird.«

Dahl ging ein paar Sekunden mit großen Schritten auf der Terrasse hin und her, ohne etwas zu sagen, sah dabei aber seine Frau an, als müsste sie sich darauf gefasst machen, etwas Ungeheuerliches zu hören. Schließlich stieß er aus: »Meine Tochter interessiert mich nicht mehr. Von heute an ist sie nicht mehr meine Tochter. Ich habe große Hoffnungen auf unsere Zusammenarbeit gesetzt. Wahrscheinlich hätte sie irgendwann das Familienunternehmen übernommen. Damit ist es nun vorbei. Selbst wenn sie morgen zurückkäme. Selbst wenn sie mir bei allem, was ihr heilig ist, schwören würde, dass sie nie Drogen genommen und an diesen Orgien teilgenommen hat, selbst wenn sie ihre Eskapade und den Schmerz, den sie uns zugefügt hat, bereut. Siehst du das auch so, Beth?«

Mrs. Dahl begann zu weinen, doch der vernichtende Blick ihres Mannes, der verhindern wollte, dass die Situation allzu rührselig wurde, trocknete ihre Tränen wie ein Föhn. Er kehrte ins Wohnzimmer zurück, öffnete die Schublade einer Kommode und nahm ein Bündel Geldscheine heraus, das er mir reichte.

»Für Ihre Mühe.«

Ich machte eine ablehnende Handbewegung.

»Ich werde für meine Arbeit von der Polizei bezahlt, Mr. Dahl. Würde ich dieses Geld annehmen, geriete ich in einen Interessenkonflikt.«

Er begleitete mich wortlos zur Tür, und als wir uns trennten, sah ich in seinen Augen, dass sie tot für ihn war, dass nichts jemals seine Enttäuschung wiedergutmachen könnte.

Ich erlaubte mir zum Abschied die Bemerkung: »Ich wüsste nicht, was wichtiger sein könnte, als die Freude zu wissen, dass Ihre Tochter am Leben ist, Mr. Dahl, verzeihen Sie, dass ich Ihnen das sage.«

60

Auf dem Rückweg wimmelte es auf der Küstenpromenade vor Hunden und ihren Herrchen in Sportkleidung. Ein paar junge Leute joggten. Ich kehrte zu meinem Wagen zurück und fuhr zum Polizeipräsidium. Duigan war gerade eingetroffen. Er war frisch rasiert. McMullans Verhaftung hatte ihn entspannt. Dagegen fand er, dass ich müde aussähe, und war aufrichtig besorgt.

»Ich schlafe so gut wie nicht, deswegen wahrscheinlich«, erwiderte ich.

»Es gibt doch keinen Grund für deine Schlafstörungen?«

»Vielleicht nicht, aber sie sind die Gefährten meiner Nächte geworden.«

Er klopfte mir auf die Schulter. »Wenn du jede Nacht mit meiner Tochter schlafen wirst, wirst du deine Gelassenheit wiederfinden. Es gibt nichts Besseres als eine Frau, um uns wieder mit gutem Gewissen schlafen zu lassen. Und deine Ermittlungen?«

»Ich habe die Spur der Mädchen in einer Gemeinschaft nördlich von San Francisco gefunden. Entweder sind sie nicht dort geblieben, oder sie haben sie vorübergehend verlassen. Es ist nicht leicht, in diesem Milieu zu ermitteln, sie beherbergen zahlreiche Deserteure, also herrscht das Gesetz des Schweigens. Und wenn sie mich sehen, können sie sich denken, dass ich nicht zu ihnen gehöre.«

»Du bist jetzt ein Spezialist für Studentinnen, die von zu Hause weglaufen. Hast du die Dahls beruhigt?«

»Ja. Wenn man es so sagen kann. Sie haben sehr schlecht reagiert. Sie dachten, ihre Tochter sei wie sie.«

»Das ist verständlich. Wenigstens wird der Vater aufhören, den Bürgermeister anzurufen, der mich wie ein Zeckenbiss quält. Ich weiß nicht, wie ich reagieren würde, wenn meine Tochter in die Gegenkultur abrutschen würde. Mit dir als Ehemann besteht da keine Gefahr. Apropos Ehe, Al, wir haben nie darüber gesprochen … Was für eine Religion hast du?«

»Katholisch.«

Duigan lächelte breit. »Katholisch? Zum Henker, das trifft sich gut. Weißt du, ich messe diesen Dingen keine große Bedeutung zu. Ich bin praktizierender Katholik, nicht sicher, ob ich gläubig bin, aber trotzdem, meine Großeltern kamen aus dem Süden Irlands, und es hätte mich gestört, wenn … Nun ja, du bist Katholik, da bin ich erleichtert. Schön …«

»Hat Wendy Ihnen nichts gesagt, wir haben schon darüber gesprochen.«

»Nein … Wendy redet nicht viel über dich. Uns sind weitere Studentinnen gemeldet worden, die von zu Hause weggelaufen sind …«

Er suchte auf seinem Schreibtisch, der dem Tempel von Jerusalem am Tag nach seiner Zerstörung glich, und zog drei Blätter hervor, die er mir reichte. »Nichts Beunruhigendes. Aber wenn du dich darum kümmern könntest …« Er legte die Beine auf seinen Schreibtisch. »Ich habe McMullan verhört. Großer Gott, Al, ich habe in meinem ganzen Leben noch nie einen so durchgeknallten Typen gesehen. Ich habe mit seiner Mutter gesprochen. Sie hat ihn mir als einen Jungen beschrieben, der bis zum Tod seines besten Freundes vielversprechend und ausgeglichen gewesen war. Danach kapselte er sich ab und begann, Wahnvorstellungen zu haben, bis seine Eltern beschlossen, ihn einweisen zu lassen. Er wurde behandelt, und da man zu dem Schluss kam, er sei nicht gefährlich, wurde er entlassen. Dabei merkt man sofort, wenn man sich mit ihm unterhält, dass dieser Typ vollkommen durchgeknallt ist. Die Familien der Opfer werden sich nicht einmal damit trösten können, dass er sich den Arsch auf einem elektrischen Stuhl verbrennt.«

»Warum?«

»Kalifornien hat ein Moratorium für die Anwendung der Todesstrafe beschlossen. Glaubst du, dass McMullan ein geborener Killer ist?«

Ich überlegte lange, die Frage war des Nachdenkens wert.

»Der Prozentsatz geborener Killer ist verschwindend gering. Und alle anderen geben der Gesellschaft nur all das Böse zurück, das ihnen angetan worden ist. Und wenn ich Gesellschaft sage, meine ich vor allem die Familie. So wie die meisten Verbrechen im Familienrahmen stattfinden, ist die Familie der wichtigste Gärungsort für die Kriminalität. Anstatt Ihnen ihren Sohn als einen vollkommen normalen Jungen zu beschreiben, hätte McMullans Mutter Ihnen besser erzählt, was schiefgelaufen ist mit ihm, was ihn dazu gebracht hat, homosexuelle Triebe zu entwickeln, die in seinem familiären Umfeld mit Gewalt unterdrückt wurden, sodass er das Bedürfnis hatte, die Gewalt gegen arme Mädchen zu wenden, deren Bauch er geöffnet hat, als wäre es der seiner Mutter. Von hundert Männern, die unter den gleichen psychischen Störungen leiden, kommen sechzig mit ihnen zurecht, indem sie trinken oder Drogen nehmen. Achtunddreißig begehen Selbstmord. Die letzten beiden werden Serienmörder.«

»Ich hoffe nur, dass der andere seine scheußlichen Taten in einem anderen County und wenn möglich in einem anderen Staat als Kalifornien begeht.«

Duigan wurde zu einem gewöhnlichen Mord gerufen, eine Frau hatte ihren Mann, der sie geschlagen hatte, mit fünf Kugeln in den Kopf getötet, der Beweis, dass er sie schon lange schlug, sonst hätte eine Kugel gereicht. Bevor er ging, lud er mich ein, am nächsten Samstag zum Abendessen zu ihm zu kommen.

61

Eine Angstattacke packte mich, als ich das Polizeipräsidium verließ, und ich dachte, ich könnte sie nur überwinden, wenn ich zu meiner Mutter ginge. Ich fuhr zum Campus, um sie zur Mittagessenszeit zu überraschen. Sie war allein in ihrem Büro mit einem Sandwich und einem selbstgemachten Salat; ihre dicke Brille war auf der Nase herabgerutscht, und sie hatte sich von ihrem Rausch vom Abend zuvor und seinen enormen Nachwirkungen nicht genügend erholt, um sie im Büro verbergen zu können. Als sie mich sah, wich sie unwillkürlich zurück.

»Was machst du denn hier, Al? Ich habe dir x-mal gesagt, du sollst mich nicht bei meiner Arbeit stören.«

Sie sagte die Worte mit absichtlich schwacher Stimme.

»Du kommst doch nicht etwa, um mich um Geld zu bitten, nachdem du mir welches gestohlen hast.«

»So kannst du es wenigstens nicht vertrinken.«

Ich stellte mich ans Fenster, die Hände auf dem Rücken, reglos, und im Zimmer wurde es dunkel wie bei einem Unwetter.

Sie stand auf, um hinauszugehen. Ich versperrte ihr den Weg. Da das Fenster nicht mehr verdeckt war, wurde es wieder hell.

»Ich bin gekommen, damit du mit mir redest.«

»Mit dir reden?«

»Hast du nicht das Gefühl, dass du mir etwas zu sagen hast? Denk nach!«

»Was meinst du nur, Al? Das hier ist nicht der Ort dafür, das weißt du.«

»Das ist der einzige Ort, der dich daran hindert herumzuschreien. Deswegen bin ich gekommen.«

»Ich habe dir nichts zu erzählen, abgesehen von all den Enttäuschungen, die ich dir verdanke.«

»Ist das alles?«

»Das ist alles.«

Man muss den Ausdruck des Ekels auf ihrem Gesicht gesehen haben.

»Ich bin gekommen, um dir mitzuteilen, dass ich Arbeit bei der Polizei gefunden habe.«

Sie seufzte. Das war alles.

»Dann wirst du ausziehen und dir eine Wohnung leisten können?«

»Ich habe es dir doch gesagt, Mama, ich werde bald heiraten und mit meiner Frau zusammenziehen.«

»Weiß sie, was du getan hast?«

»Nein.«

»Du solltest es ihr besser sagen. Ihr Vater ist Bulle, früher oder später wird er auf dein Strafregister stoßen.«

»Ich bin nicht mehr vorbestraft. Ich habe mich einer psychiatrischen Kommission vorgestellt, und sie hat mich für geeignet gehalten, ein normales Leben zu führen. Aber damit ich das kann, musst du mit mir reden, es mir erklären, verstehst du?«

»Was soll ich dir erklären? Das Böse, das in dir ist? Es ist das Leben, Al, man wird gut oder böse geboren. Du kannst den Guten spielen, aber du wirst immer böse sein, du wirst immer der kleine Junge sein, der den Katzen seiner Mutter den Kopf abgeschnitten hat, du wirst immer der Jugendliche sein, der seine Großeltern von hinten erschossen hat. Du bist nicht verantwortlich, Al, du bist so geboren. Du bist ohne Empathie für die anderen geboren. Der Schmerz der anderen kümmert dich nicht, meiner ist dir egal. Du siehst doch, wie sehr ich leide.

Warum trinke ich, was meinst du? Ich trinke, um mich über deinen Mangel an Empathie für mich hinwegzutrösten. Dir ist überhaupt nicht bewusst, was du mir angetan hast. Du kannst dir nicht vorstellen, was es für eine Mutter bedeutet, eine Tochter verloren zu haben und einen kriminellen Sohn zu haben. Und was möchtest du? Dass ich vor Freude auf meinen Stuhl springe und dich meinen Studentinnen als den idealen Schwiegersohn vorstelle? Du könntest überleben, Al, aber leben, vergiss es. Du hast verloren, was den Wert eines Menschen ausmacht, seine Ehre. Will dein Vater dich wiedersehen? Nein, keine Nachrichten. Funkstille. Er hat dich aus seinem Leben gestrichen. Deinetwegen weiß er nicht einmal, dass seine ältere Tochter gestorben ist. Worüber also soll ich mit dir reden?« Sie sank auf ihrem Stuhl zusammen, vollkommen desillusioniert und in Gedanken versunken, mit langsamen kreisenden Kaubewegungen. Nachdem sie ihren Bissen hinuntergeschluckt hatte, fuhr sie fort: »Die einzige Frage, die sich stellt, ist, ob ich zulasse, dass du das Leben eines unschuldigen Mädchens zerstörst, das in dir nichts als einen großen Jungen sieht, der ihr guttut. Das wäre unverantwortlich von mir. Wenn irgendetwas passiert, könnte die Justiz mich verantwortlich machen, Al, und im Grunde hätte sie nicht unrecht.« Sie warf den Rest ihres zur Hälfte gegessenen Sandwiches in den Papierkorb unter ihrem Schreibtisch. »Im Augenblick habe ich mich noch nicht entschieden. Ich könnte genauso gut schweigen, Al. Also tu mir den Gefallen und verschwinde.«

Ich hätte nicht geglaubt, dass die Wut mich bis in die Haarwurzeln hinein erfüllen könnte, doch genau das war der Fall. Ein Wesen, das aus dem Innern der Erde kam, schlüpfte in mich und trieb mich, dieses Büro, dieses Gebäude, diese Fakultät zu zerstören und nichts übrig zu lassen als ein paar Atome, als wären sie die Stiefkinder einer nuklearen Welt. Doch keiner meiner Wutanfälle war jemals in Gewalt ausgeartet. Und auch dieses Mal verschwand sie und ließ mich allein mit meiner

Mutter, die wieder an die Arbeit gegangen war. Ich brauchte eine Viertelstunde, um die Kraft zum Fahren wiederzuerlangen. Ich öffnete eine Flasche Wein und trank sie hastig aus. Danach fühlte ich mich nicht wirklich besser, aber mir war nicht danach, eine zweite zu öffnen. Ich ließ den Motor an, fuhr langsam los und schaltete das Radio ein, um auf andere Gedanken zu kommen. Ein Mann mit einer seltsam sanften und hohen Stimme sang einen Song, in dem wie ein Refrain mehrmals der Satz wiederkehrte: »I'd rather be the devil than to be that woman's man – Ich wäre lieber der Teufel als der Mann dieser Frau.« Schließlich nannte der Sprecher den Namen des Sängers: Skip James. Nach dem Song kam eine Werbung: »Haben Sie schon Ihre Schwitzbilanz gemacht? …« Diese Leute, die immer etwas zu verkaufen haben, haben wirklich vor nichts Respekt. Meine Krankheit kehrte zurück. Ich wusste sehr gut, warum ich nicht schlafen konnte, meine Träume hatten mich verlassen.

62

Man verlässt den Campus über eine langgezogene Kurve, die nach Santa Cruz hinunterführt. Von dort aus sieht man in der Ferne einen Streifen Meer und, mit etwas Glück, Monterey. An dieser Stelle ist eine Bank aufgestellt worden, damit man die Landschaft betrachten kann, doch merkwürdigerweise ist sie von der Straße durch Stacheldraht getrennt. Dort standen zwei Mädchen und machten lässig Autostopp. Ich überlegte, ob ich sie mitnehmen sollte, da ich mir nicht sicher war, ob ich ihr Geschnatter ertragen könnte. Dennoch fuhr ich langsamer und hielt schließlich an. Nachdem ich wie üblich auf meine Uhr geblickt hatte, stiegen sie auch schon ein. Hätte ein ganzer Hühnerhof meinen Ford im Sturm genommen, meine Trommelfelle wären nicht weniger strapaziert worden. Sie gingen in ihrer Unhöflichkeit so weit, dass sie ihre Unterhaltung fortsetzten, als wäre ich überhaupt nicht vorhanden. Ich bremste scharf mitten auf der abfallenden Strecke. Diejenige, die neben mir saß, prallte mit dem Kopf gegen das Handschuhfach, und die hintere stieß mit der Nase gegen die Rücksitzlehne ihrer Freundin. Man hätte das Meer hören können. Dabei war es drei bis vier Meilen entfernt. Sie hatten sich nicht verletzt, aber sie hatten sofort begriffen, wer der Boss in der Karre war. Ich entschuldigte mich.

»Tut mir leid«, sagte ich, »ich habe Schuhgröße neunundvierzig, und da erwische ich manchmal das Bremspedal, ohne es zu wollen.«

Sie glaubten mir zwar, blieben aber merkwürdig stumm.

»Wo soll ich euch absetzen?«

Sie wollten nach Aptos. Ich sagte ihnen, dass ich ebenfalls dort wohnen würde. Sie hatten keine Ahnung, wo mein Haus lag, aber das war ja auch egal. Ich machte sie darauf aufmerksam, dass ich noch Besorgungen zu machen hätte. Ich wollte einen Plattenspieler und eine bestimmte Platte kaufen. Sie waren begeistert von der Idee, und wir fuhren zur Ausfahrt von Santa Cruz, wo sie in einem Einkaufszentrum zwei Läden kannten, in denen ich finden müsste, was ich suchte. Sie hielten mich für einen Elektriker, was mich ziemlich ärgerte, obwohl es die letzte mir bekannte Arbeit meines Vaters gewesen war. Als ich ihnen erzählte, dass ich Polizist sei, entschuldigten sie sich, aber für sie war es kein nennenswerter Unterschied. Der Musikverkäufer war nicht sicher, ob er Skip James hatte, doch nachdem er gründlich gesucht hatte, kam er mit einem Album aus den Dreißigerjahren zurück. Die Mädchen begleiteten mich. Sie lachten in einem fort über jede Kleinigkeit, als wollten sie vor irgendetwas weglaufen. Nicht vor mir jedenfalls. Sie stiegen wieder in den Wagen, und ihr Geschnatter war voller Andeutungen, die sich nur ihnen erschlossen. Dann fuhren wir weiter in Richtung Aptos.

63

Ich kehrte erst am nächsten Abend mit meinem Plattenspieler und dem Skip-James-Album zu meiner Mutter zurück. Sally Enfields Wagen stand auf meinem Platz, und ich stellte mich davor. Anschließend ging ich ins obere Stockwerk hinauf, um mich ein bisschen hinzulegen. Ich hörte sie ihre üblichen Unterhaltungen führen, ohne wirklich zu verstehen, was sie sagten. Ich wollte schlafen. Sonst nichts. Mein Blick trübte sich, und mir kamen die Tränen, ohne dass ich wusste, warum. Ich musste mich beinahe dazu zwingen zu atmen, um meine Lungen mit Luft zu füllen, und mein Körper schien eine Tonne zu wiegen. Nie zuvor hatte ich mich so müde gefühlt. Ich betrachtete lange das Foto von Skip James auf der Plattenhülle. Ich hätte nie gedacht, dass Musik mich so sehr rühren könnte, noch dazu Musik von einem Schwarzen – im Grunde hatte ich ja nichts gegen diese Leute, denen ich nur selten in meinem Leben begegnet war, außer in Los Angeles, als ich kurze Zeit bei meinem Vater gelebt hatte. Mein Vater pflegte zu sagen: »Der Blues ist die Seele, die tropft.« Und ich verstand nun zum ersten Mal die Bedeutung dieses Satzes. Ich war also, im Gegensatz zu dem, was meine Mutter behauptete, durchaus zu einer Art Empathie fähig. Sie, die niemals Mitleid mit jemandem hatte, war wirklich die Richtige, um mir Lektionen darin zu erteilen. Ich schlief ein, wurde aber nach einer halben Stunde vom Gelächter der beiden Frauen wieder geweckt, die soeben den Höhepunkt ihrer Trunkenheit erreicht hatten. Ich hörte das Vibrieren ihrer Stimmbänder, die Alkohol und Zigaretten verdunkelt hatten, die Stimmen von Alkoholikerinnen, die das Lachen besonders schaurig machen. Ich schloss den Plattenspieler an und spielte Skip zum ersten Mal. Dann ein zweites Mal, lauter diesmal. Das Gelächter beruhigte sich. Beim dritten Mal stellte ich den Ton richtig laut. Ich hörte, wie mit einem Besenstiel gegen meinen Fußboden gestoßen wurde und meine Mutter zu schreien begann. Daraufhin ging ich nach unten. Die Tür war abgeschlossen. Ich klopfte. Keine der beiden öffnete. Ich klopfte lauter. In meiner Verzweiflung versetzte ich einer der Scheiben einen Faustschlag und drehte den Schlüssel. Sie standen beide aufrecht da, ein Glas in der Hand, der Wohnzimmertisch war übersät mit leeren Flaschen.

»Was suchst du hier, Al, siehst du nicht, dass ich eine Freundin zu Besuch habe?«

Ich fixierte die Freundin und sagte: »Ich kenne deine Freundin, die sich hier umsonst volllaufen lässt.« Ich deutete mit dem Finger auf sie und fuhr fort: »Ein elendiges Leben, das dieser Sally Enfield. Wenn sie krepiert sein wird, wird nichts übrig bleiben, nicht einmal ein Hund, der auf ihr Grab pisst. Wie bei dir, Mama.«

Die Gesichtszüge meiner Mutter entgleisten vor Wut.

»Wenn du dieses Zimmer nicht in einer Minute verlassen hast, Al, rufe ich die Bullen und erzähle ihnen alles über deine Vergangenheit!«, krakeelte sie.

Anstatt hinauszugehen, setzte ich mich aufs Sofa und musterte Sally Enfield. »Du gehst jetzt schlafen«, befahl ich ihr, »es wird Zeit, ich sag's dir nicht noch mal.«

»Bleib!«, befahl meine Mutter.

»Sally, was habe ich gesagt? Die Familiengeschichten gehen nur die Familie an, die richtige, die Blutsbande, nicht die mit Alkohol geknüpften, verschwinde in dein Zimmer, bevor ich böse werde.«

»Rühr dich nicht von der Stelle, Sally«, schrie meine Mutter.

Mit sanfter Stimme fuhr ich fort: »Was ich dir zu sagen habe, geht sie nichts an. Es sei denn, du willst, dass ich ihr gewisse Familiengeheimnisse verrate.«

Sie senkte die Arme, und Sally Enfield ging in ihr Zimmer wie ein kleines Mädchen, das bestraft worden ist. Meine Mutter nutzte die Gelegenheit, um sich ein Glas einzuschenken und sich eine ihrer langen Mentholzigaretten anzuzünden. Sie hatte keine Ahnung, wie sie wieder die Oberhand gewinnen könnte.

»Du wirst mich nie wieder kleinmachen, Mama, niemals. Jetzt, da wir beide allein sind, rede mit mir. Ich weiß, dass du mir antworten wirst: ›Ich habe dir nichts zu sagen‹, aber ich weiß auch, dass ich, wenn du dich bemühst, vielleicht anfangen könnte, ein wenig zu verstehen. Ich rede nicht von verzeihen, Mama, man verzeiht seiner Mutter nicht als Gegenleistung für Worte, man verzeiht ihr, weil sie unsere Mutter ist, das ist alles. Aber rede mit mir.«

Sie stand eine Weile schweigend da, trank in kleinen Schlucken und zog so intensiv an ihrer Zigarette, dass in ihrer Lunge totale Finsternis herrschen musste. Ihr Kiefer zitterte ebenso stark wie ihre Hand, die das Glas hielt, und die Eiswürfel, die gegen das Glas schlugen, klangen wie kleine Glöckchen.

»Warum erzählst du mir nicht von deinem Vater?«

»Mein Vater? Was soll ich dir denn von ihm erzählen?«

»Ich weiß nicht … überleg mal.«

»Das habe ich.«

»Als ich in Montana unter deinem Schlafzimmer schlafen musste, hast du einmal mit Papa über deinen Vater gesprochen, der euch berührt hat.«

Sie brach in selbstzufriedenes Gelächter aus, dann sagte sie: »Das muss ich erfunden haben, Al. Weil es mir in den Kram passte. Manchmal hilft die dramatische Übertreibung, um eine Ehe zu kitten. Ich habe es erfunden.«

»Bist du sicher, dass dein Vater dich nicht missbraucht hat?«

Sie lachte schallend. »Meine Güte, nein. Mein Vater wäre niemals zu so etwas fähig gewesen. Nein, Al, du irrst dich, so etwas ist nie vorgekommen. Ich schwöre es beim Grab meiner verstorbenen Schwester.«

Aus meiner Erfahrung in der psychiatrischen Klinik wusste ich, dass wenn man eine entscheidende wunde Stelle im Leben von jemandem berührt, dieser Jemand seine Gesichtsfarbe verändert. Ihr marmoriertes Zinnoberrot blieb jedoch, wie es war. Selbst an ihren geringsten Bewegungen erkannte ich, dass sie nicht log.

»Dann rede mit mir.«

Sie sah mich an, lachte wie eine Besessene, hörte abrupt auf und sagte: »Suche nicht woanders, was in dir ist, Al.« Sie sagte es, ohne allzu sehr daran zu glauben, aber sie sagte es mehrmals, und dann schwankte sie, zu erschöpft, um fortzufahren, in ihr Zimmer, dessen Tür sie schloss, ohne sich umzudrehen, um meinem Blick nicht zu begegnen. Als ich es schon nicht mehr erwartete, öffnete sie die Tür einen Spalt und warf mir an den Kopf: »Ich muss all dem ein Ende bereiten, Al, ich muss ihnen sagen, was für ein Monster du bist. Das Schlimmste, was mir passieren könnte, ist, dass du ein Kind kriegst. Ich will nicht für die Ausbreitung des Bösen verantwortlich sein, verstehst du?«

64

Susan tritt ein und nimmt in dem üblichen kleinen Besuchszimmer Platz.

Al kommt zu spät. Er entschuldigt sich: »Ich habe gerade vor einer Klasse von High-School-Schülern aus Sacramento ein Plädoyer gegen die Schusswaffen gehalten.« Er setzt sich und streckt seine Beine seitlich aus, um Susan nicht zu stören. »Man sollte alle Waffen einziehen, die nicht beruflichen Zwecken dienen. Aber die Amerikaner wollen das nicht. Sie hätten das Gefühl, pudelnackt und völlig schutzlos herumzulaufen.«

Er lacht. Er hat gute Laune. Dann seufzt er.

»Ich habe mir noch mal unseren Ausflug nach Tomales vergegenwärtigt. Wann sind Sie von dort weggezogen?«

»Lange nach Ihnen, das sagte ich ja. Ich habe mich in einen Typen verliebt, der aus Mississippi kam. Ich ging auf Distanz, als ich mitbekam, dass er mit anderen Frauen schlief. Ted hat diese Bezogenheit auf uns selbst gar nicht gern gesehen, und nach einer Weile hat er uns geraten zu gehen, unter dem Vorwand, wir würden nicht mehr im Geist der Gemeinschaft leben. Manche behaupteten, er wolle weiterhin mit allen Mädchen schlafen können. Ich denke nicht. Er war aufrichtig überzeugt, dass die Rückkehr zu konventionellen Praktiken uns in die restliche Gesellschaft zurückführen würde. Zwanzig Jahre später habe ich ihn in San Francisco wiedergesehen. Wir unterhielten uns ein bisschen. Er arbeitete bei Apple. Er schien Erfolg zu haben. Aber in seinem Gesicht konnte man die Bitterkeit über das Scheitern unseres Experiments lesen. Werden Sie über diese Episode schreiben?«

»Das habe ich schon. Jetzt beginne ich mit dem letzten Teil meines Buchs. Ich bin noch unsicher, wie ich vorgehen soll. Ich habe Angst, dass das Buch denjenigen Lesern aus den Händen fällt, die mir bis hierher gefolgt sind. Könnte ich nicht mit dem Verleger darüber sprechen, der Interesse gezeigt hat?«

»Sie wollen ein fertiges Manuskript. Hinterher ist immer noch Zeit, Passagen zu überarbeiten.«

»Ich werde das Problem auf meine Weise lösen. Und das wirft die Frage auf, wie weit man in der Darstellung der Realität gehen kann. Die Fiktion ist die Realität. Warum sollten die Leute lesen, wenn der Roman sie nicht zum wahren Leben zurückführen würde? Aber man benutzt zu viel Realität in der Fiktion, man entfernt sich von ihr, weil die Realität nicht die Realität ist. Das ist die Geschichte von der Henne und dem Ei. Ich habe mich wegen meines Antrags auf bedingte Freilassung bei der psychiatrischen Kommission vorgestellt.«

»Und?«

»Sie fanden, dass ich bei vollkommen klarem Verstand sei und keine Gefahr für die Gesellschaft darstelle. Trotzdem und trotz meines vorbildlichen Verhaltens befürwortet der Gefängnisdirektor meine Entlassung nicht. Er hat es mir persönlich gesagt. Ich habe ihm gestanden, dass ich diesen Antrag gestellt hätte, um mich zu beschäftigen, dass ich aber im Grunde keine große Lust hätte, mich in Freiheit zu befinden. Hier habe ich wenigstens freie Kost und Logis und bekomme meine Wäsche gewaschen. Und man respektiert mich. Außer McMullan, der mich einen ›Mörderwal‹ genannt hat, was mir gar nicht gefallen hat. McMullan ist ein kleiner Magerer, der vermutlich um die fünfundfünfzig Kilo wiegt. Im Speisesaal war er gerade beim Essen. Ich ging zu ihm und zog langsam an seinem Stuhl. Dann setzte ich mich auf seinen Schoß und stellte mein Tablett auf seins. Ich ließ mir Zeit mit dem Essen. Seine Beine waren hinterher violett. Er hat mich nie mehr Mörderwal genannt.« Er lächelt und fährt fort: »Ich langweile mich ein bisschen. Ich habe keine persönliche Lebenserfahrung mehr. Das ist ein bisschen traurig, aber es ist so. Wie sollte es auch anders sein? Das hätte keinen Sinn. Also, das Land soll am Rande des Bankrotts sein?«

»Das sagt man.«

»Man verdient nicht mehr, was man ausgibt. Hier ist das unmöglich, niemand gibt einem Kredit. Kein Geld, keine Freundschaft, keine Liebe. Nichts. Ich möchte wenigstens eine Begierde haben. Die Strafe dafür, dass man ununterdrückbare Begierden gehabt hat, ist, dass man keine mehr hat, nachdem man sie gestillt hat. Ein komischer Mechanismus, derjenige der Begierde. Treiben Sie es immer noch mit Kerlen?«

Susan errötet wie ein Bauernmädchen. »Der Einzige, mit dem ich es treiben möchte, sind Sie.«

Al prustet los. »Selbst wenn man mich entlassen sollte, würde ich nicht mit Ihnen schlafen. Die ehemaligen Knastbrüder sind nicht zwangsläufig verdammt, es mit den Hässlichsten zu treiben, Scheiße!«

Susan schluchzt leise, aber voll Würde. »Wie gemein Sie manchmal sein können«, sagt sie dann.

»Ich bin nicht gemein, Susan, ich necke Sie.«

65

Es war Samstagmorgen. Jeden Samstagmorgen bereitete der Nachbar sich darauf vor, ans Meer zu fahren. Sein Boot ähnelte eher einer Badewanne als einer Jacht, aber er hatte vermutlich nicht die Mittel, sich ein besseres zu kaufen. Es blieb die ganze Woche auf dem Anhänger, wie eine Seele in Not, und ich fragte mich, wo der Nachbar Wasser fand, das ruhig genug war, um sein Leben in einer solchen Nussschale zu riskieren. Wir hatten nie miteinander gesprochen. Je entwickelter ein Land ist, desto weniger sprechen die Nachbarn miteinander. Das heißt es jedenfalls. Wenn es in meinem Leben einen Tag gibt, an dem ich absolut nicht wollte, dass mich jemand anspricht, dann dieser. Ich ging aus dem Haus und schloss die Tür hinter mir. Der Nachbar überprüfte die Vertäuung seines Boots auf dem Anhänger und die Leine, die den Anhänger mit seinem Wagen verband.

»Ich bin aus dem Alter für solche Expeditionen heraus.«

Er erwartete vielleicht, dass ich ihm zustimmte oder widersprach. Mein Schweigen überraschte ihn, und ich las in seinem Gesicht, dass er es bedauerte, mich angesprochen zu haben. Ich sah ihm an, dass er wusste, dass ich derjenige war, von dem man sich erzählte, er habe seine Großeltern getötet. Man erzählte es, weil meine Mutter damit prahlte. Ich konnte den Tag ihrer Prahlerei sogar datieren, denn seitdem war der

Blick, mit dem die Nachbarn mich ansahen, nicht mehr der gleiche.

Er beeilte sich fortzufahren: »Aber ich habe Angst, dass ich, wenn ich aufhöre, überhaupt noch das Alter für irgendetwas habe. Oh! Ich fahre nie weit hinaus, aber der Nebel fällt dermaßen schnell in der Bucht. Letztes Jahr hat er mich überrascht. Außerdem war das Meer stürmisch. Ich sah schon mein letztes Stündlein gekommen.«

Mir war absolut nicht nach einer Unterhaltung mit ihm zumute.

Als ich in meinen Wagen stieg, sagte er mit einem verlegenen Lächeln: »Grüßen Sie Ihre Mutter von mir.«

Ohne nachzudenken, erwiderte ich: »Das habe ich schon.« Er stand sprachlos da, mit baumelnden Armen, und ich fuhr los.

66

Eine solche Müdigkeit hatte ich vorher noch nie erlebt. Ich schluckte zwei Koffeintabletten und fuhr in Richtung Norden. Ich spürte ein Kribbeln im Kopf. Irgendetwas in mir würde explodieren, dessen war ich sicher. Meine Beine erstarrten, mein Blut floss wie Lava. Ich fuhr auf den Highway 101, wählte den linken Fahrstreifen und drückte das Gaspedal durch. Ich war so nervös, dass ich keine Reflexe mehr hatte. Ich wusste, dass ich, sollte jemand zu lange brauchen, um mir Platz zu machen, weder bremsen noch ihm ausweichen könnte. Zum Glück kam mein Ford nicht über achtzig Meilen in der Stunde bei Gefälle. Ich sah mich schon in einen Sattelschlepper vollgestopft mit Hühnern aus Minnesota prallen. Meine Wut verschwand ebenso wenig wie das Fieber eines Kindes, das von einer Meningitis heimgesucht wird. Es war nichts zu machen. Ich würde mich umbringen, das war sicher. Es handelte sich weder um eine Vermutung noch um einen Wunsch, sondern um ein unabwendbares Schicksal. Ich nahm das Entsetzen in den Augen der Fahrer wahr, die ich überholte. In der Nähe von Vacaville zwischen San Francisco und Sacramento, einer Stadt, die wegen ihrer Strafvollzugsanstalt mehr eingesperrte als freie Bürger hatte, wurde mir schlagartig bewusst, dass die Bullen mich letzten Endes verhaften und meine Pläne durchkreuzen würden, auch wenn ich sie noch nicht kannte. Ich nahm die Ausfahrt und hielt auf einem Parkplatz. Völlig überreizt ging ich in eine Autobahnraststätte und trank einen Liter Kaffee. Dann hielt ich meinen Kopf eine gute Viertelstunde unter den Wasserhahn der Damentoilette. Eine schimpfte, ich hätte dort nichts zu suchen, doch sie bereute es, als sie meine Augen sah, nachdem ich mich aufgerichtet hatte. Ich trank einen weiteren Liter Kaffee, dann kam ich auf die Idee, ein Cabriolet zu stehlen, um mir den Wind um die Nase wehen zu lassen. Das war zu einer Obsession geworden. Ich wollte mit dem Kopf im Wind fahren, um nicht einzuschlafen. Ich trieb mich eine Stunde in den Vororten von Vacaville herum, um das geeignete Auto zu finden. Schließlich entdeckte ich ein Mustang Cabriolet von 1967, das mit geschlossenem Verdeck abgestellt war. Ich brachte den Wagen innerhalb von zwei Minuten zum Laufen. Ich fuhr zu meinem Ford zurück, um meine Sachen herauszunehmen, die sich auf eine Neunmillimeter und ein Seil beschränkten. Dennoch schaute ich gründlich nach, um mich zu vergewissern, dass ich nichts vergessen hatte, und fand einen Blister Pillen. Ich nahm sie ebenfalls mit. Als wahres Geschenk des Himmels erwies sich, dass der Fahrer seine Papiere im Handschuhfach gelassen hatte. Da ich jedoch nicht auffallen wollte, beschloss ich, langsam zu fahren. Ich setzte mich ans Steuer und merkte, dass ich tatsächlich mit offenem Verdeck fahren musste, andernfalls würde mein Kopf den Autohimmel ausbeulen und der Mustang wie ein Dromedar aussehen. Der Hersteller war vermutlich nie auf den Gedanken gekommen, dass ein Typ von meiner Größe einmal diesen Wagen fahren würde. Innerhalb von drei Sekunden hatte ich es zusammengefaltet. Damit waren meine Probleme allerdings noch nicht gelöst. Die obere Kante der Windschutzscheibe befand sich genau vor meinen Augen. Und da ich mich nicht kleiner machen konnte, war ich gezwungen, den Hals zu recken, um auf die Fahrbahn sehen zu können. All diese Details beschäftigten mich. Ich fuhr wieder auf den Highway 101. Tropfen begannen zu fallen und vermischten sich mit meinen Tränen. Ich dachte an meinen Vater. Ich hätte alles dafür gegeben, ihn wiederzufinden. Warum meldete er sich nicht bei mir? Als Kind war ich sein Liebling gewesen. Er nannte mich Kid, ich lief in seinen zu großen Schuhen und ließ sie auf dem Boden knallen, meine Güte, ich konnte gar nicht mehr aufhören zu weinen; ich hätte mir gewünscht, alles würde wieder von vorn beginnen, alles würde ausgelöscht, würde zu einer leeren weißen Seite. Er hätte mich niemals im Stich lassen dürfen. Ich wusste, was ich sagen musste, sollte ich ihm eines Tages alles erklären müssen. Nein, ich bin nicht verrückt. Nein, ich habe keine Psychose. Ich hatte keine andere Wahl, als zu perversen Schutzmechanismen zu greifen, um nicht wahnsinnig zu werden. Ich bin immer an der Schwelle zum Wahnsinn stehen geblieben, weil ich stark genug dafür war. Verlangen Sie von mir nichts Unmögliches, wie Gottes undurchdringliches Durcheinander. Verlangen Sie nicht von einem Typen, den man in den Wahnsinn treibt, sich nicht zu schützen. Der Regen fiel immer heftiger. Er überschwemmte meine Brille, und ich sah genauso viel wie auf dem Grund eines Teichs, der von Seerosen bedeckt ist. Ich wollte trotzdem nicht hier sterben, verringerte meine Geschwindigkeit und wechselte auf die rechte Fahrspur, ohne allerdings anzuhalten. Sollte ich sterben, würde niemand diese ganze Geschichte jemals verstehen. Und dann hätte mein Leben tatsächlich keinen Sinn gehabt. Diese Sinnlosigkeit konnte ich nicht ertragen. Trotzdem hatte ich den Wunsch, mir beim Fahren eine Kugel in den Kopf zu schießen, dieses verdammte elende Leben voller Leid zu beenden. Wo waren meine Freuden gewesen? Wer konnte mir das sagen? Da sie mir verboten waren, konstruierte ich sie mir. Seltsame Freuden, das muss ich zugeben. Doch man tut, was man kann. O verdammt, ich habe rechtzeitig aufgehört. Rechtzeitig, selbst wenn es zu spät ist. Es ist nicht für alle zu spät. Niemand hat mich gestoppt. Wer hat mich gestoppt, hm? Niemand. Ich habe ganz allein aufgehört, weil meine Klugheit es mir erlaubt hat. Ich habe nicht umsonst einen IQ, der höher als der von Einstein ist. Sie haben meine emotionale Intelligenz verbrannt, daran besteht nicht der Hauch eines Zweifels. Aber ich kann noch allein denken. Der Regen wurde stärker. Ich machte mir nicht mehr die Mühe, meine Brille abzuwischen. Ich orientierte mich an den Scheinwerfern der Lastwagen vor mir. Die Leute in den anderen Autos sahen mich entgeistert an. Ich spielte den Burschen, den nichts erschüttern kann, als würden die Regentropfen mich nicht erreichen. Mein Hemd klebte an meiner Haut. Die Gefahr einzuschlafen war gebannt, das war das Wichtigste, alles andere zählte nicht. Schließlich machte ich eine Pause, um erneut Kaffee zu trinken.

67

In einem Fast-Food-Restaurant bestellte ich einen starken Kaffee. Ich war klatschnass, und das Wasser tropfte nur so auf den Boden. Das Mädchen, das mich bediente, bot mir ein Handtuch für einen Vierteldollar an. Meine Geldscheine tropften ebenfalls. Ich hatte einen fürchterlichen Durchhänger. Nachdem ich meine Haare getrocknet hatte, sagte sie, sie erkenne mich, sie habe mich schon mal bedient, nicht in der letzten Nacht, sondern die Nacht davor. Doch ich erkannte sie nicht, obwohl ich tatsächlich in jener Nacht in dieser Gegend gewesen war. Ich trank den Kaffee und ging wieder. Der Regen hatte aufgehört. Ich setzte mich in den Mustang und brach in Tränen aus. Ich rief nach meinem Vater. Ich wollte, dass er mich holt, dass er mich zu sich nach Hause mitnimmt, ich weinte so sehr, dass ich fast erstickte. Dann hörten die Tränen abrupt auf. Daraufhin fuhr ich weiter. Als ich volltankte, stellte ich fest, dass mein Geld gerade noch reichen würde, um meine Reise zu beenden. Mithilfe der geladenen Neunmillimeter konnte ich mir natürlich welches beschaffen, doch ich wollte nicht zu einem gewöhnlichen kleinen Gelegenheitsverbrecher werden. Während ich durch Eureka fuhr, dachte ich daran, mir eine Kugel in den Kopf zu jagen, ein ehrenhaftes Ende für ein Leben, das nicht so ganz eines war, obwohl man darüber diskutieren konnte, und das meine ich ernst. Ich habe es nie geschafft, mir mein Leben anzueignen, das ist die Wahrheit. Dennoch erinnere ich mich an all meine Bemühungen, meine schlechten Gedanken zu verscheuchen. Ich brauchte nur eine Sache zu tun, um es zu schaffen. Eine einzige. Und ich habe sie getan. Zu spät. Mein Verstand war blockiert. Nicht mal eine einfache Gleichung konnte ich mit meinem IQ lösen. Ich bin zermürbt vom Bedauern. Ich habe nichts Böses getan. Diesbezüglich hatte meine Mutter recht. Ich habe keine Empathie, das Böse, das ich getan habe, bleibt theoretisch. Ich habe Kollateralschäden verursacht. Und Kollateralschäden weint man nicht nach, man bedauert sie, allenfalls entschuldigt man sich, doch man fleht nicht für den Rest seiner Tage um Verzeihung. Die Empathie ist nicht allen Menschen gegeben. Soldaten und Politiker kennen sie nicht, und niemand wirft es ihnen vor. Die Macht liegt in der Hand von Männern und Frauen ohne Empathie, sie sind in gewisser Weise meine Brüder, und wenn man genau hinsieht, findet man vielleicht die gleichen Entschuldigungen. Auch ich wollte von den Meinen, von der Masse der Leute berufen werden. Auch ich wollte die Aufmerksamkeit auf mich lenken, auch wenn ich kein narzisstischer Perverser bin. Im Grunde überhaupt kein Perverser. Ich habe perverse Schutzmechanismen. Die jetzt unwirksam werden. In dem Augenblick, da ich die geistige Reinheit eines Neugeborenen wiedererlange, bin ich tot. Übrigens werden sie mich töten. Sie sollten mich töten. Ich an ihrer Stelle würde es tun. Deswegen kämpfe ich seit Beginn meiner Fahrt gegen den Gedanken, dieses diabolische Gehirn zu neutralisieren. Um es ihnen zu überlassen. Aber sie können mich nicht hinrichten, ohne dass ich es ihnen erkläre. Diese Gesellschaft muss ein für alle Mal begreifen, dass ich nicht geboren wurde, um zu töten.

68

Als ich mich der Avenue of the Giants näherte und mein Hemd fast wieder trocken war, begann es erneut zu schütten. Ich hatte allmählich die Nase voll von diesem Regen, der sich ohne Vorwarnung einstellte, und diesmal hatte ich es satt, durchnässt zu werden, die Sache hatte ihren Reiz verloren. Eine Tankstelle streckte mir unterhalb der Autobahn ihre Arme entgegen. Ich tankte, dieser Mustang war der reinste Benzinfresser. Ein alter Mann bediente mich. Seine Frau war für die Kasse und eine kleine Bar zuständig, in der ein paar warme Speisen serviert wurden. Diese Leute waren aus dem Alter heraus, in dem man noch arbeitet, doch vermutlich konnten sie nicht anders. Ich bestellte sechs Spiegeleier mit Speck und Kaffee. Die alte Dame trippelte davon, um sie für mich zuzubereiten. Eine etwa dreißigjährige Frau kam herein. Sie trug einen grauen Regenmantel und einen kurzen Rock, unter dem schöne Beine sichtbar wurden. Sie setzte sich auf einen der beiden verbliebenen Stühle, holte eine Zigarette heraus und begann nervös zu rauchen. Ich spürte, dass sie mich ansprechen wollte, aber sie konnte sich nicht entschließen. Und ich ermunterte sie auch nicht wirklich. Völlig erschöpft starrte ich auf die Fritteuse und das dunkle Öl darin.

Endlich entschloss sie sich: »Sie fahren nach Norden?«

Ich antwortete nicht sofort. Schließlich sagte ich: »Ja.«

»Könnten Sie mich mitnehmen? Ich will nach Eugene in Oregon.«

»Ich fahre ebenfalls nach Oregon, aber ich bleibe kurz hinter der Grenze in Golden Beach.«

»Das ist besser als nichts, wenn Sie einverstanden sind, mich mitzunehmen.«

»Schon, aber es gibt da ein Problem. Ich fahre ein Cabriolet, und wegen meiner Größe kann ich das Verdeck nicht schließen. Sollte es also regnen, kann ich nicht dafür garantieren, dass Sie trocken bleiben.«

»Aber warum haben Sie dann ein Cabriolet gekauft?«

»Ich habe es nicht gekauft, ich habe es gestohlen. Aber es ist, wie wenn Sie Schuhe im Umkleideraum eines Sportstadions stehlen, Sie wissen nicht, ob sie Ihnen passen werden.«

Ich drehte nicht den Kopf, um ihre Reaktion zu sehen.

Die alte Dame kam zurück. Die Pommes frites waren noch richtig heiß.

Sie bestellte eine Cola und fragte erneut: »Also, nehmen Sie mich mit?«

»Auf eigenes Risiko. Ich habe seit drei Tagen nicht geschlafen. Sie sollten vielleicht auf jemand anderen warten.«

»Ich habe keine Zeit zu warten.«

Ihr Leben interessierte mich nicht. Ich sagte es ihr und schloss: »Okay, ich nehme Sie mit, aber ich möchte nichts über Sie wissen und mich nicht verpflichtet fühlen, mich mit Ihnen zu unterhalten. Ich werde Sie in der Nähe von Reading absetzen, falls wir bis dahin noch am Leben sind.«

Plötzlich schienen ihr Zweifel zu kommen. »Haben Sie das ernst gemeint, Sie haben seit drei Tagen nicht geschlafen?«

Ich schluckte meinen Bissen hinunter. »Ja.«

»Gut, also dann werde ich auf jemand anderen warten.«

Ich aß auf und sagte: »Ihre Probleme sind nicht so schlimm, dass Sie Ihr Leben riskieren sollten. Es ist Ihnen eben bewusst geworden, und das ist doch schon was.«

Ich stand auf und ging zu dem Cabriolet unter einem Himmel, dessen Blau fast schon unverschämt war. Ich warf einen Blick nach Westen. Es war keine Wetterverschlechterung zu erkennen. Ich setzte mich hinein, und als ich losfahren wollte, schlief ich ein. Ich schlief eine gute Stunde. Als ich erwachte, stand die junge Frau vor meiner Motorhaube mit ihrem Koffer, den Regenmantel um die Taille geschlungen. Als sie sah, dass ich die Augen öffnete, näherte sie sich.

»Jetzt, da Sie geschlafen haben, könnten Sie mich vielleicht mitnehmen?«

Ich startete den Motor und fuhr langsam an.

»Jetzt, da ich geschlafen habe, habe ich keine Lust mehr dazu.«

Ich brauste davon, das Blut von meinen Erinnerungen gepeitscht.

Der Schlaf hatte mich nicht erquickt. Die Müdigkeit lag immer noch schwer auf mir wie Kuhmilch im Magen eines Neugeborenen. Der Verkehr auf dem Highway 101 machte mich schwindelig. Ich verließ den Highway, um auf der Küstenstraße nach Golden Bay an der Mündung des Rogue River zu fahren. Ich fand mich in Oregon wieder, ohne es gemerkt zu haben. Das war nicht weiter wichtig, ich legte keinen besonderen Wert darauf, aus Kalifornien zu fliehen. Golden Beach war die letzte Stadt, durch die ich musste, bevor ich in den Wald eintauchte. Auf den letzten hundert Meilen hatte ich meine Entscheidung nicht geändert. Ich würde in die Berge fahren und mir in der Nähe eines vom Blitz getroffenen Baums eine Kugel in den Kopf jagen. Nicht direkt unter ihm. Ich wollte nicht beleidigend sein. In Golden Beach war eine Zeitlang Gold gefördert worden. Die Dunkelheit überzog einen grauen Himmel, der mit einem beunruhigenden Meer zu verschmelzen schien. Der große menschenleere Strand sah aus, als würde er das Städtchen verachten, das nichts besaß, was seine Existenz rechtfertigen könnte. Drei Motels waren gebaut worden, eines davon in irischem Stil. Ich dachte sofort an Duigan. Und dann an Wendy. Bis jetzt hatte ich weder die Zeit noch die Ruhe gehabt, um an sie zu denken. Wendy hatte mir eines Tages von ihrer Mutter erzählt. Als diese erfahren hatte, dass ihr Krebs sie ins Grab bringen würde, hatte sie es mehrere Tage lang nicht geglaubt. Sie hatte Wendy gesagt, es gebe keinen größeren Schmerz im Leben, als zu wissen, dass man innerhalb einer bestimmten Frist unweigerlich sterben werde. Verdammt, dieser Satz weckte so viele Erinnerungen an Schweinereien, die ich begangen hatte, dass ich mich auf den Rückweg zum Wagen machte, den ich am Highway 1 zurückgelassen hatte. Ich musste die Sache möglichst schnell beenden. Verdammt, was musste ich so herumtrödeln? Und als ich schon nicht mehr damit rechnete, kam mir plötzlich der zündende Einfall: Ich musste etwas Gutes tun. Ich hatte mich nie in meinem Leben vor etwas gedrückt. Selbst wenn ich im Begriff war, verrückt zu werden wegen der Schuldgefühle, die immer größer wurden wie ein Gehirntumor – ich musste Duigan alles sagen. Ich war ihm die Wahrheit schuldig. Der arme Mann musste schon genug ausbaden. Nein, nein, ich war keiner von diesen Mistkerlen, die den Leuten, die ihnen vertraut hatten, jede Erklärung verweigern. Ich konnte es einfach nicht. Ich konnte es wirklich nicht. Doch anstatt mich zu beruhigen, machte diese Entscheidung mich erst recht nervös. Ich fuhr gut zehn Meilen am Rogue River entlang. Dort, am Fuß des Gebirges, kannte ich einen Weiler. Niemand lebte dort, mit Ausnahme eines alten Mannes, der die einzige Tankstelle in einem Umkreis von Dutzenden von Meilen steiler Straßen führte. Inmitten eines breiten Vorplatzes aus gestampfter Erde repräsentierte seine Zapfsäule für durstige Autofahrer mehr als ein thronender Christus für christliche Pilger. Sein Haus war lächerlich klein. Fast genauso winzig wie die Telefonkabine, die auf dem Vorplatz stand. Abgesehen von zwei oder drei Autowracks, war die Gegend verwaist, umstanden von Koniferen und gesäumt vom

Rogue River, der ins Meer floss. Der Alte erkannte mich wieder. Er war ein anständiger, zahnloser Kerl. Er sah mich zum dritten Mal. Ich war niemals einem so sonnigen Gemüt wie ihm begegnet. Er war Mitglied in einem Weinklub und sehr stolz auf seine Flaschen. Unglücklicherweise, wie er selbst sagte, mochte er nur Bier. Also zeigte er sich den Liebhabern gegenüber großzügig, um den exorbitanten Preis seines Benzins wettzumachen. »Hat man jemals einen Typen, der am Verdursten ist, weil er zu Fuß die Mojave-Wüste durchquert hat, über den Wasserpreis diskutieren sehen?« Er bot mir Wein an. Ich trank eine Flasche, um mich zu beruhigen. Er bot mir eine zweite an, mit dem Argument, er müsse seinen Keller leeren. Man habe gerade einen bösartigen Tumor in seiner Lunge gefunden, die er seit fünfzig Jahren systematisch einräucherte.

»Ich bin nicht sicher, ob ich noch da sein werde, wenn du das nächste Mal kommst. Sie wollen mich operieren. Wenn sie mich nicht operieren, werde ich krepieren. Wenn sie mich operieren, werde ich nicht das Geld haben, um sie zu bezahlen. Ich werde ebenfalls gezwungen sein zu krepieren, um mich meinen Schulden zu entziehen. So ist das Leben, alles läuft gut, und plötzlich setzt einen das Schicksal schachmatt. Aber ich beklage mich nicht.«

Er öffnete die zweite Flasche und schnupperte am Korken.

»Das ist ein Wein, den man lange lagern kann, aber wer wird ihn lange lagern? Wenn du willst, kannst du die restlichen Flaschen mitnehmen. Ich habe keine Familie.«

»Das ist schade, aber ich kann sie auch nicht lagern.«

»Und warum nicht?«

»Ich bin nicht sicher, dass ich lange lebe.«

Er sah mich an, zutiefst geschockt.

»In deinem Alter, Söhnchen, ist das nicht normal.«

Bevor ich seine für einen einsamen, allein lebenden Mann verständliche Neugier befriedigen konnte, erhob ich mich und fragte: »Funktioniert das Telefon?«

»Heute Morgen funktionierte es. Ich habe einen Typen gesehen, der anhielt und wild gestikulierte, als versuchte er, jemanden am anderen Ende der Leitung zu überzeugen.«

69

Nervös ging ich zur Kabine und nahm den Hörer ab. Ohne es mir einzugestehen, hoffte ich, die Verbindung würde nicht zustande kommen. Schließlich hörte ich es auf der anderen Seite läuten, so lange, dass ich schon wieder auflegen wollte. Bis die Stimme einer jungen Frau sich außer Atem meldete.

»Kriminalpolizei Santa Cruz, kann ich Ihnen helfen?«

Sie musste von der Kaffeemaschine zum Telefon gelaufen sein.

Ich verlangte nach Captain Duigan.

»Er hat heute keinen Dienst«, erwiderte sie mit sanfter Stimme.

»Dann geben Sie mir den Officer, der Bereitschaft hat.«

»Das ist Lieutenant Carlsson.«

Ich erinnerte mich an Carlsson, einen Blonden mit engstehenden Augen. Er kam von Zeit zu Zeit ins Jury, trank aber nicht. Er kam aus Angst, etwas zu verpassen. Er mochte mich nicht besonders.

»Wen darf ich ihm melden?«

»Al Kenner.«

»Darf ich fragen, worum es sich handelt?«

»Nein.«

»Gut, ich werde fragen, ob er mit Ihnen sprechen will.«

»Sagen Sie ihm, ich bin Duigans zukünftiger Exschwiegersohn.«

Sie stutzte angesichts des zukünftigen Exschwiegersohns.

»Ja, ich sollte nächsten Monat seine Tochter heiraten.«

»Und jetzt nicht mehr?«

»Es wird wohl nichts werden.«

»Gut, ich verbinde Sie mit Lieutenant Carlsson.«

Ich musste eine ganze Weile warten. Ich fürchtete schon, die Münzen würden mir ausgehen.

Schließlich meldete sich Carlsson.

»Sie wollen mit Duigan sprechen? Er hat das Wochenende freigenommen.«

»Dann müssen Sie ihn suchen, wo immer er auch ist.«

»Und warum?«

»Ich habe meine Mutter und ihre Freundin getötet.«

Die Pause dauerte nicht lange.

»Ich hatte im Jury schon bemerkt, dass Sie eine gewisse Neigung zum Trinken haben, Kenner, aber ich habe keine Zeit für solchen Unsinn, ich bin allein.«

»Ich sage Ihnen, das ist die Wahrheit. Ich bin in einer Kabine, und ich habe nicht viele Münzen, ich gebe Ihnen die Nummer, sagen Sie Duigan, er soll mich anrufen. Tun Sie es, denn ich bin im Begriff, vollkommen durchzudrehen, und ich habe eine Neunmillimeter bei mir.«

Ich begann, die Nummer zu diktieren, doch die Verbindung brach ab. Vor Wut war ich nahe dran, die Kabine umzustoßen. Ich hatte keine Münze mehr, keinen Schein. Ich kehrte zu dem Alten zurück, um ihn zu bitten, mir auszuhelfen. In der Zwischenzeit hatte eine Frau neben der Telefonkabine angehalten und den Hörer abgenommen. Sie trug einen Schal im Haar. Ich näherte mich ihr, und sie schloss die Tür. In der dämmrigen Stille des Tals konnte ich alles mit anhören.

»Deine Frau ist mir scheißegal, Sean, scheißegal. Ich habe mich angezogen, um dich zu sehen, und ich werde in zwanzig Minuten da sein. Nein, Sean, jetzt heißt es, sie oder ich, und wenn ich aufkreuze, dann, denke ich, wird es heißen, ich. Mach eine Flasche eiskalten Weißwein auf, jag deine Frau zum Teufel, und noch bevor du duschen konntest, werde ich bei dir sein.«

Der Typ muss irgendetwas geantwortet haben.

»Was glaubst du eigentlich, Sean!? Dass ich zulasse, wie du es dir mit deiner Frau an einem Samstagabend in deinem Haus mit Meeresblick bequem machst, während ich mir in meinem Wagen unter einer Straßenlaterne einen Hamburger reinziehe? In zwanzig Minuten bin ich da, Sean.«

Sie legte auf und verließ die Kabine.

»Haben Sie zugehört?«, fragte sie mich.

»Nein, ich habe alles gehört.«

Nun bekam sie Gewissensbisse. »Also, ich werde ihm eine Stunde lassen, um seine Frau rauszuschmeißen, was meinen Sie? Der arme Liebling, er ist so hilflos vor Sorgen.«

»Sie werden später telefonieren. Ich habe einen dringenden Anruf zu erledigen.«

Sie stand da wie angewurzelt.

Diesmal geriet ich an den alten Ramirez, mit dem ich Dutzende von Runden im Jury Room geteilt hatte.

»Was ist das für ein Unsinn, Al? Du weißt doch, dass du zu so etwas nicht fähig bist.«

»Doch, ich bin dazu fähig.«

»Was ist los, flippst du jetzt völlig aus?«

»Nein, ich versichere es Ihnen. Ich gebe Ihnen die Adresse.«

Ich diktierte.

»Es ist ein graues zweistöckiges Haus in einer Kurve. Sie sind beide da. Meine Mutter und ihre Freundin, Sally Enfield.«

»Wie hast du sie getötet?«

»Es ist kein schöner Anblick. Ich habe ihnen den Kopf mit einem Hammer eingeschlagen.«

»Gut, ich werde eine Patrouille hinschicken, Al, aber wenn das ein Scherz sein soll … Ich kann es nicht glauben. Du bist einer der Unseren, Al, du hast gute Arbeit geleistet … Was veranlasst dich, so makabre Scherze zu machen?«

»Ich versichere Ihnen, es stimmt. Ich muss auflegen, ich habe bald keine Münzen mehr. Ich gebe Ihnen die Nummer. Sagen Sie Duigan, er soll mich anrufen. Beeilen Sie sich, ich habe eine Neunmillimeter bei mir, und ich verspüre einen starken Drang, mir eine Kugel durch den Kopf zu jagen. Ich bleibe für Duigan am Leben.« Ich gab die Nummer durch, Ziffer für Ziffer, und bevor ich auflegte, sagte ich noch: »Ich warte neben der Kabine.«

Die junge Frau hatte alles mit angehört. Sie lehnte mit dem Rücken an der Scheibe.

»Worauf warten Sie?«

Sie war wie gelähmt.

»Telefonieren Sie so kurz wie möglich. Ich erwarte einen Anruf. Und kein Wort zu irgendjemandem, andernfalls werde ich Sie zu finden wissen.« Ich beendete den Satz mit einem Lächeln, doch das genügte nicht, um sie zu entspannen. Sie stieg in ihren Wagen, ohne sich umzudrehen. Ich wusste, dass sie nichts sagen würde, sie freute sich zu sehr auf die Nacht mit ihrem Geliebten, und schließlich war sie Zeuge gewesen, dass ich mich gestellt hatte.

Ich saß einen guten Teil des Abends an die Kabine gelehnt da und dachte über mein elendes Leben nach. Ich war nicht Hulk. Ich hatte nie die Kraft gehabt, meine Ketten zu zerbrechen, meiner Gefangenschaft zu entkommen, mich gegen meine Bestimmung aufzulehnen. Ich schlief ein, und in dem Augenblick, da ein streunender Hund mich aufweckte, indem er mein Gesicht beschnüffelte, klingelte das Telefon.

70

An der Art, wie er nichts sagte, erkannte ich, dass es Duigan war. Da ich ebenfalls nichts sagte, begann er mit müder Stimme: »Wir kommen gerade von dem Haus zurück, Al. Was hast du nur getan, verdammt noch mal, was hast du getan?«

Ich atmete tief ein. »Ich weiß, es ist ziemlich spektakulär, Mr. Duigan, aber es lässt sich alles erklären.«

»Deine Mutter enthauptet und kleine Pfeile in ihrem Gesicht, das lässt sich erklären, Al?«

Ich spürte, dass er den Tränen nahe war, und wollte sein Schluchzen nicht hören.

»Sie dürfen das nicht so dramatisch sehen, Mr. Duigan.«

»Und ihre Freundin … Al! Wo bist du?«

»In Oregon. Auf einem Parkplatz zwischen Reading und Golden Beach, zehn Meilen von Golden Beach entfernt, an der Straße, die dem Rogue River folgt.«

»Warum Oregon?«

»Ich muss Ihnen alles erklären. Ich will mich nur Ihnen stellen, Mr. Duigan, ausschließlich Ihnen. Wenn Sie einen dieser Idioten der örtlichen Polizei schicken, ballere ich drauflos, bevor ich mir eine Kugel in den Kopf schieße.«

»Ich mache mich auf den Weg, Al. Kannst du mir versprechen, dass du da sein wirst?«

»Ich kann nichts versprechen. Wenn ich noch am Leben bin,

dann nur, weil ich Ihnen eine Erklärung schulde. Sie sind der einzige Mensch auf dieser Erde, der mich gut behandelt hat, besser als mein Vater und mein Psychiater in Atascadero. Ich weiß, dass Sie großen Ärger riskieren, ganz abgesehen von Ihrer Enttäuschung, und ich will Sie nicht mit dem ganzen Schlamassel allein lassen. Trotzdem kämpfe ich, glauben Sie mir, um am Leben zu bleiben, weil ich wirklich nichts mehr von ihm zu erwarten habe. Man wird mich in jedem Fall auf den elektrischen Stuhl schicken. Aber ich habe keine Angst. Das Einzige, was mir wichtig ist, Mr. Duigan, ist, dass Sie nicht denken, ich wäre vollkommen übergeschnappt.«

»Du verlangst viel von mir, Al. Rühr dich nicht von der Stelle. Ich mache mich mit einem Deputy auf den Weg, ich werde vor Tagesanbruch bei dir sein.«

»Ich hoffe nur, dass der Tag auch anbrechen wird, Mr. Duigan.«

»Warum sagst du das?«

»Einfach so. Ich warte auf Sie, denken Sie daran, Sie folgen dem Rogue River von Golden Beach bis zur ersten Tankstelle linker Hand, ich werde dort sein.«

»Willst du mir nicht ein bisschen entgegenkommen, Al?«

»Nein, dazu fehlt mir die Kraft, und außerdem gibt es in der Gegend etwas, das ich Ihnen zeigen muss.«

71

Der Alte war in sein Haus gegangen. Ich klopfte, aber er öffnete nicht. Also drückte ich die Tür auf. Sein Haus bestand aus einem einzigen Raum mit einer Küchenecke, in der sich Konservendosen türmten. Obwohl ich fünfzig Jahre jünger war, hatte ich nicht mehr Zukunft als er, und das machte ihn mir sympathisch. Er hatte ebenfalls vergebens oder fast vergebens gelebt. Er saß auf seinem Sofa, war allerdings mit einem leeren Bierglas in der Hand eingeschlafen. Mich überkam eine plötzliche Lust abzuhauen, bis nach Alaska zu fahren, doch ich hatte nicht den Mut dazu. Ich wollte mich nur noch stellen.

Ich ging wieder hinaus, schloss behutsam die Tür und setzte mich in das Cabriolet. Dort kippte ich den Sitz in die Schlafposition. Die Kälte zwang mich, das Verdeck zu schließen. Ich vergegenwärtigte mir noch einmal diese letzten Minuten.

Nach den letzten Worten, die wir gewechselt hatten, stieg ich in mein Zimmer hinauf. Ich fand keinen Schlaf und hatte die Vorahnung, dass mein Unterbewusstsein mich zu etwas Schlimmem, Unausweichlichem führen würde. Ich wartete jedoch ab. Als ich es nicht mehr aushielt, ging ich wieder nach unten. Das Wohnzimmer war leer. Ich klopfte an ihre Tür, bekam aber keine Antwort. Sie war vollständig angezogen aufs Bett gefallen, die Arme ausgebreitet, ein Opfer ihrer Trunkenheit. Ich betastete ihren Arm. Ich konnte mich nicht erinnern, wie lange ich sie nicht mehr berührt hatte. Ihre Haut war warm und schlaff. Ich zwickte sie.

Sie sah mich an, als wäre sie nicht überrascht, mich zu sehen, und seufzte. »Was willst du denn noch?«, fragte sie.

Ich setzte mich neben sie aufs Bett, an die Wand gelehnt: »Ich möchte, dass du mit mir redest, Mama.«

Sie blickte mir direkt ins Gesicht. »Allmählich gehst du mir wirklich auf die Nerven, Al, ein Berg von zwei Meter zwanzig, der um Aufmerksamkeit bettelt, ist erbärmlich, lass mich schlafen.«

Ich wiederholte: »Rede mit mir, Mama, nur einmal.«

Sie richtete sich in ihrem Bett auf. »Ich meine es ernst, Al, lass mich in Ruhe, oder ich rufe deine Bullenfreunde und erzähle ihnen alles, was ich weiß.« Da ich mich nicht rührte, schrie sie: »Verdammt noch mal, wann wirst du endlich aus meinem Leben verschwinden, siehst du nicht, dass du mich ins Grab bringst, Al, du bringst mich noch ins Grab.«

Ich seufzte tief, und während sie sich beruhigte, stand ich auf und verließ ihr Zimmer. Ich schloss die Tür sorgfältig hinter mir und achtete darauf, sie nicht zuzuschlagen. Ich war nicht imstande, auch nur die geringste Gewalt zu ertragen. Ich kehrte in mein Zimmer zurück und legte mich hin. Bis vier Uhr hörte ich Skip James und dachte an nichts. Man sagt, Musik besänftigt, ich muss die Ausnahme sein, die die Regel bestätigt. Um Viertel nach vier machte ich mich auf den Weg. Man kann hypermnestisch sein und trotzdem Gedächtnisaussetzer haben. Ich hatte keine Ahnung, warum sich ein Hammer in meinem Zimmer befand. Ich brauchte ihn nicht. Doch er war da, als wäre er durch eine Wand geflogen, um auf meinem Nachttisch zu landen. Ich nahm ihn ohne Hass, aber mit der Entschlossenheit eines Sonntagsbastlers hinsichtlich einer Aufgabe, die er sich schon lange vorgenommen hatte. Ich ging hinunter. Meine Mutter war nicht aufgestanden, um die Tür zuzuschließen. Ich ging in ihr Zimmer. Sie schlief wieder, aber diesmal hatte sie die Zeit gefunden, ein Nachthemd anzuziehen. Sie schlief auf dem Rücken, die Arme immer noch ausgebreitet. In diesem Augenblick dachte ich, dass ich keine andere Wahl hatte. Ich erledigte meinen Job ohne jede Leidenschaft.

Drei sehr heftige Schläge. Sally Enfield musste einen sechsten Sinn haben, denn, das kann ich versichern, diese Schläge machten lediglich ein dumpfes Geräusch. Sie kam aus ihrem Zimmer in einem lächerlichen Kurznachthemd von einem Blau, wie man es nur bei Spülmitteln findet. Ich war im Flur, weil ich meinen Hammer abwaschen wollte. Ich hatte nicht die Absicht, mich um sie zu kümmern, doch sie fragte mich mit ihrer dünnen Stimme eines gedankenlosen Vogels, ob alles in Ordnung sei. »Wunderbar«, sagte ich, »ich habe gerade meine Mutter getötet.« Sie stieß ein »Ups!« aus, und da sie zu dem Schluss kam, das sei alles zu viel für sie, machte sie kehrt, um in ihr Zimmer zurückzukehren, wo sie hoffte, vergessen zu werden. Ein Hammerschlag traf sie auf der Türschwelle. Einen zweiten war sie nicht wert, und sie war sowieso sofort tot. Es war also nicht nötig, sich weiter mit ihr aufzuhalten. Dann schlief ich mit meiner Mutter. Es dauerte nicht lange. Anschließend ging ich in die Küche und holte, was nötig war, um sie zu enthaupten. Ich stellte ihren Kopf auf die Einfassung des altmodischen falschen Kamins, der das Wohnzimmer zierte, und beschoss ihn mit kleinen Pfeilen, während ich einen Abzählreim eigener Erfindung sang: »Du hast mich um den Verstand gebracht, gebracht, ich hab dich um den Kopf gebracht, selten so gelacht.« Schließlich wurde mir von dem Blut, das überall hinfloss, schlecht. Ich hatte mich nie so lebendig gefühlt wie in den Minuten, die dann folgten. Doch die Müdigkeit verdarb mir diesen Moment der Ruhe.

72

Die Kälte wurde immer beißender. Ich startete den Motor und schaltete die Heizung an. Als ich ihn wieder abstellte, überraschten mich die Geräusche des Tals. Ich hörte das Rauschen des Rogue River, der sich ins Meer stürzte. Dann schlief ich ein. Ein kleiner Schwarzbär weckte mich, der, angelockt von einer Schachtel mit salzigen Keksen, an meiner Wagentür schnüffelte. Nach einer Weile trollte er sich wieder. Über den Bergen brach bereits der Tag an. Es sah aus, als spannte die Morgendämmerung einen Bogen über die Gipfel. Ich dachte an die Avenue of the Giants, wo ich meinen Motorradunfall gehabt hatte. Ohne diesen Unfall wäre ich nicht wieder zu meiner Mutter gezogen und hätte es vielleicht schaffen können. So weit war ich gar nicht entfernt, und doch hatte es nichts mit den Bäumen zu tun. Hier gab es keine Mammutbäume, nur Koniferen, zu Tausenden standen sie dicht gedrängt da, als wollten sie nichts durchlassen.

Die Wipfel waren noch nicht vollständig in Licht getaucht, als sich langsam ein Wagen näherte. Er holperte über eine Spurrille, bevor er in einer Staubwolke hielt. Zwei Männer stiegen aus. Ich erkannte Duigan an seinem großen kantigen Kopf. Den anderen Bullen kannte ich vom Sehen. Er war etwas größer und hatte sehr kurzes blondes Haar und Ticks, die ihn wie einen kleinen Halunken aussehen ließen. Er war noch nicht lange in Santa Cruz. Ich stieg aus dem Mustang und ging ihnen mit hoch erhobenem Kopf entgegen. Ich war nicht mehr so niedergeschlagen wie am Abend zuvor, und die Selbstsicherheit, mit der ich ihnen entgegenschritt, beunruhigte den Blonden, der die Hand auf sein Holster legte. Es war wie in einem Western. Ich hob meine Arme und drehte meine Hände wie ein Kind, um diesem Idioten zu zeigen, dass ich unbewaffnet war. Das war ein schlechter Anfang.

»Glauben Sie, ich hätte Sie kommen lassen, um Sie umzulegen?« Ich sah Duigan an und fuhr fort: »Die Polizei nimmt jetzt wirklich jeden.«

Duigan bot einen jämmerlichen Anblick. Er wirkte, als käme er von einer Beerdigung. Wir standen stumm da, während sich Carter, der Deputy, eine Zigarette anzündete, bevor er fragte, ob der Wagen mir gehöre. Ich erwiderte, dass ich ihn gestohlen hätte und nichts drin hätte als eine Neunmillimeter, die sie brauchen würden.

»Brauchen, warum?«, fragte der Blonde und blies den Rauch durch die Nase wie ein Drache.

Ich antwortete nicht. Während unseres Wortwechsels sah ich, wie Duigan mich bekümmert ansah. Der Blonde holte meine Knarre.

Während wir allein waren, fiel mir nichts anderes ein als: »Es wird kalt werden im Gebirge.« Da Duigan stumm blieb, fügte ich hinzu: »Ich glaube, dass Sie die Polizei von Oregon brauchen werden.«

Er begann zu sprechen mit einer Stimme, die nicht die seine zu sein schien: »Kalifornien ist nicht so weit weg, wir werden sagen, dass wir dich dort festgenommen haben.«

Ich schüttelte lange den Kopf. »Nein, Mr. Duigan, Sie werden ihre Staatspolizei brauchen.«

»Warum, Al?«

Ich hatte ihn nie zuvor so müde gesehen.

»Das kann ich Ihnen nicht sagen, aber ich werde Sie hinbringen.« Da Carter zurückkam – sein Gang erinnerte an den eines gedungenen Mörders –, murmelte ich: »Es tut mir leid, Mr. Duigan, ich hatte beschlossen, mir eine Kugel in den Kopf zu schießen. Ich habe es nicht getan, um Sie nicht ohne Erklärung zu lassen, aber das könnte Sie in eine wirklich schwierige Situation bringen.«

Er sah mich verdutzt an.

Mit dem Rücken zu Carter sprach ich mit gesenkter Stimme weiter: »Ich habe Ihnen etwas zu zeigen, aber es wäre mir lieber, wir würden nur zu zweit fahren. Anschließend werden Sie entscheiden, was Sie tun wollen. Ich versichere Ihnen, es ist in Ihrem Interesse.« Ich drehte mich zu dem Deputy um. »Ich muss dem Captain etwas zeigen, aber unter vier Augen.«

Carter, der seinen Mangel an Intelligenz durch Disziplin wettmachte, warf Duigan einen fragenden Blick zu.

Duigan schien zu zögern. Doch dann sagte er kurz entschlossen: »Carter, Sie bleiben hier.« Dann sah er mich an. »Wie lange werden wir brauchen?«

»Den Vormittag.« Anschließend wandte ich mich an Carter: »Wenn Sie den Mustang brauchen, genügt es, die Kabel unter dem Armaturenbrett aneinanderzureiben.«

Wir fuhren unverzüglich los. Duigan fand keine Worte, um ein Gespräch anzufangen. An der Kreuzung, der letzten für längere Zeit, fuhren wir in südlicher Richtung in die Berge. Ich öffnete das Fenster auf meiner Seite und ließ einen Geruch von feuchten Kiefernnadeln herein. Die schmale Straße stieg in scharfen Kurven steil an. Eine Armee von Koniferen versperrte die Sicht. Trotz des blauen Himmels war es unter den Bäumen stockdunkel. Schon bald befanden wir uns im Gebirge auf schwindelerregenden Steilhängen. Duigan machte sich deswegen keine Sorgen, er sagte noch immer nichts. Mir war jedoch nicht nach Schweigen zumute.

»Sie haben sich mein Strafregister angesehen, Mr. Duigan.«

Er nickte.

»Natürlich steht nichts drin. Die psychiatrische Kommission hat alles gelöscht, weil sie mich als vollkommen normal eingestuft hat. Aber ich habe 1963 meine Großeltern getötet. Am Tag der Ermordung von JFK. Ich habe fünf Jahre in einer psychiatrischen Klinik verbracht. Man hat mich für unzurechnungsfähig erklärt. Wogegen ich mich gewehrt habe. Die Zurechnungsfähigkeit ist die große Frage des Lebens. Wer ist zurechnungsfähig, und wer ist es nicht? Ich plädiere für die generelle Unzurechnungsfähigkeit der Menschheit. Aber nicht für meine.«

Duigan wandte sich zu mir um. »Warum hast du deine Mutter getötet, Al?«

»Weil ich keine Wahl hatte. Das war die einzige Möglichkeit für mich zu überleben. Hätte ich sie 1963 getötet, hätte ich ein normales Leben gehabt. Ich nehme es mir nicht übel, dass ich nicht früher den Mut dazu gehabt habe. Ich bin aus ihrem Bauch gefallen, wie eine Kiste von einem Laster fällt, aber sie war immerhin meine Mutter. Daher brauchte es Zeit, um die richtigen Entscheidungen zu treffen.«

»Und ihre Freundin?«

»Ich mochte sie nicht. Aber sie zählt nicht. Sie war Alkoholikerin, und meiner Meinung nach hatte sie nicht mehr lange. Ich habe ihr einen Gefallen erwiesen.«

Duigan machte verstört eine Vollbremsung. »Aber Al, du bist vollkommen verrückt.« Und mit lauterer Stimme fügte er hinzu: »Ist dir eigentlich klar, was du getan hast? Du hast deine Mutter getötet, und du hast sie enthauptet …«

»Ich habe sie auch vergewaltigt.«

Ich dachte, er würde sich übergeben. Ich sprach sofort weiter, um es nicht so weit kommen zu lassen.

»Das sind perverse Schutzwälle, Mr. Duigan. Entweder das oder verrückt werden.«

»Aber du bist verrückt, Al, total verrückt.«

»Ganz ehrlich, ohne Sie verärgern zu wollen, ich glaube

nicht. Ich habe perverse Schutzwälle errichtet, um es nicht zu werden, obwohl man mich dazu trieb. Ich habe keine allgemein anerkannte Psychose, die Experten sind mir in diesem Punkt gefolgt. Sie kennen meine Mutter nicht. Ich hatte übrigens nicht die Absicht, sie Ihnen vorzustellen. Aber hätten Sie sie kennengelernt, na ja … ich meine … lebendig, hätten Sie begriffen, dass sie einen Sohn zur Welt gebracht hat mit dem Gedanken, dass es keinen Platz für uns beide auf dieser Erde gibt. Sie hat fünfzig Jahre gelebt, davon einundzwanzig, in denen ich nicht atmen konnte. Irgendwann musste ich frische Luft tanken. Was den Rest betrifft, so weiß ich, dass es spektakulär ist, aber man tötet seine Mutter nicht einfach so, es ist schon ein Minimum an Ritual nötig. Es gab Dinge, die ich symbolisch exorzieren musste. Die Enthauptung, damit sie mir meinen Verstand wiedergibt, und der Besitz, damit … eine Hommage, wenn Sie so wollen. Oder um ihr den verdammten Samen zurückzugeben, der der Ursprung meines verdammten Lebens ist. Und was die kleinen Pfeile betrifft, ich musste sie verleugnen, so wie sie mich verleugnet hat.«

Duigan stieg aus dem Wagen und schrie: »Du bist ein Scheißverrückter, Al, ein Scheißbekloppter. Hast du denn nicht einmal Gewissenbisse?«

Ich stieg ebenfalls aus, um ihm zu antworten und um zu pinkeln.

»Dass ich sie getötet habe? Nein. – Aber dass ich Sie dadurch in die Klemme gebracht habe, obwohl Sie mir vertraut haben: Ich verhehle Ihnen nicht, dass ich mir das sehr übel nehme.«

Der steil aufragende Wald erstreckte sich, so weit das Auge reichte. Wir stiegen wieder in den Wagen. Die Höhe machte meinem Kopf und meinen Beinen zu schaffen.

»Ist es noch weit?«, fragte Duigan.

Wir hatten noch eine Stunde zu fahren. Ich wunderte mich, dass er so gar nicht neugierig war, wohin ich ihn führte. Ich spürte, dass er völlig verkrampft war. Er blies Trübsal. Vermutlich ließ er seine Karriere Revue passieren und fragte sich, was ihn wohl geritten hatte, sich mit einem Typen wie mir einzulassen, über den er nicht viel wusste.

Die Straße verwandelte sich in eine staubige Piste, dann kehrte der Asphalt zurück. Die Serpentinen wurden enger, gesäumt von immer schwindelerregenderen Steilhängen. Jetzt machte Duigan sich doch Sorgen.

»Wohin bringst du mich, Al? Hast du eine Ahnung, wo wir sind?«

»Machen Sie sich keine Sorgen, wir sind bald da.«

73

Nach einer Kurve tauchte etwas unterhalb ein vom Blitz getroffener Baum auf. Er sah aus wie ein gekreuzigter Mann, dem man den Kopf und die Hände abgerissen hatte und an dem noch ein paar Fetzen Fleisch hingen. Der abgestorbene Baum stand ganz allein zwischen gesunden Bäumen auf einem eindrucksvollen Gefälle. Ich bedeutete Duigan anzuhalten.

»Hast du mich den ganzen Weg hier herauf machen lassen, um mir einen toten Baum zu zeigen?«

Ich fühlte mich sehr verlegen. All das Schlimme, das ich ihm jetzt zumuten würde, erschien mir geradezu monströs. Wenn er es erführe, würde er vielleicht seine Dienstwaffe ziehen und mir eine Kugel in den Kopf schießen. Ihm war klar, dass dies kein Ort für gute Nachrichten sein konnte. Ich sah, dass er sich in sein Schicksal fügte, bereit, sich der Realität zu stellen.

»Also, Al, was ist an diesem toten Baum so besonders?«

Ich zögerte, bevor es aus mir herausbrach: »Er ist genauso tot wie die Mädchen, die ich unter ihm abgeladen habe.«

Duigan stützte sich auf den Wagen. Er war nicht wirklich entschlossen, sich die Fortsetzung anzuhören, doch in einem Akt äußerster Selbstüberwindung murmelte er: »Was für Mädchen, Al?«

»Die verschwundenen Mädchen. Sechs Studentinnen aus Santa Cruz.«

Er stellte sich vor mich und sagte: »Die Tochter der Dahls, willst du sagen …«

Ich nickte. Er begann zu weinen, und ich hatte aufrichtiges Mitleid mit ihm. Dann hörte er abrupt auf zu weinen.

»Verdammt, du hast die Tochter der Dahls getötet?«

Ich versuchte, wieder die Initiative zu übernehmen. »Deswegen habe ich Sie hierhergeführt. Die Entscheidung liegt bei Ihnen. Es ist wahrscheinlich nicht mehr viel von ihnen übrig. Die Bären, die Kojoten, die Wölfe, die Raubvögel …«

»Hör mit deinem verdammten Zoo auf, Al … Wie hast du sie getötet? Mit Hammerschlägen?«

»O nein, mit meiner Neunmillimeter, eine Kugel unter die Brust. Und ich habe dafür gesorgt, dass sie nicht zu identifizieren sind. Ich habe ihnen Kopf und Hände abgeschnitten.«

»Und was hast du damit gemacht?«

»Die Hände habe ich überall im Wald verteilt. Die Köpfe habe ich aufgehoben. Es gelang mir einfach nicht, mich von ihnen zu trennen. Es ist unvorstellbar. An dem Tag, an dem ich bei der psychiatrischen Kommission vorstellig wurde, die mich rehabilitiert hat, hatte ich zwei Köpfe im Kofferraum meines Wagens. Aber …«

»Aber was?«

»Tut mir leid, dass ich Ihnen diese Details zumute. Wissen Sie, man hat so seine Vorstellungen von Köpfen. Selbst ein großer Kopf ist nichts Besonderes. So, Mr. Duigan, jetzt liegt die Entscheidung bei Ihnen. Ich versuche nicht, für was auch immer eine Entschuldigung zu finden, aber Sie müssen wissen, dass ich Hunderte von Mädchen als Anhalterinnen mitgenommen habe. Doch bei diesen konnte ich, trotz des Alkohols, einfach nicht anders. Und als ich vor drei Tagen die beiden letzten mitgenommen habe, wurde mir klar, dass sie nichts mit all dem zu tun hatten. Ich brauchte noch zwei weitere Tage, um mich zu entscheiden, meine Mutter zu töten. Jetzt spüre ich, dass das Böse mich verlassen hat. Ich fühle mich tatsächlich wie nach einem Exorzismus. Ich weiß, dass ich nie mehr jemandem etwas Böses antun werde.«

Duigan schwieg und traute sich nicht, weiter als bis zu seinen Schuhspitzen zu blicken. In einem Film hätte jetzt der Schrei eines Sperbers die Stille des Waldes zerrissen. Doch hier schienen alle Geräusche vom Erdboden verschluckt worden zu sein. Duigan ging zum Rand des Abgrunds und versuchte, irgendetwas zu erkennen.

»Sie werden nichts sehen. Ich habe sie sehr tief hinuntergeworfen. Niemand wird sie jemals zufällig finden. Nicht einmal Jäger. Eines Abends wäre ich beinahe erwischt worden. Ich war gerade dabei, einen Körper zu entstellen, bevor ich ihn hinunterwarf, als ein Typ in einem Pick-up hielt. Eine Surfervisage mit weißen Zähnen, ziemlich angesäuselt. Überrascht, mich da mitten in der Nacht zu sehen. Er fragte mich, ob alles in Ordnung sei. Ich ging zu ihm und lächelte ihn an. Er fuhr weiter, ohne irgendeinen Verdacht zu schöpfen. Also, was werden Sie entscheiden?«

»Ich werde die Polizei von Oregon rufen und meine Kündigung einreichen, wenn ich wieder in Santa Cruz bin.«

»Das tut mir leid, Mr. Duigan. Wissen Sie, ich habe alles versucht, um mich dagegen zu wehren. Ich hätte viel mehr töten können.«

Er hörte mir nicht mehr zu. Seine Gedanken kreisten um seine Kündigung und sicherlich darum, die Gegend von Santa Cruz zu verlassen. Ich traute mich nicht, ihn zu fragen, was er machen wolle.

»Sagen Sie bitte auch Wendy, dass … dass es mir leidtut.«

74

Wir fuhren den ganzen Weg zurück. Duigan war weniger angespannt als auf der Hinfahrt. Doch irgendetwas beschäftigte ihn, und er brauchte eine ganze Weile, bevor er davon anfing.

»Hättest du auch meine Tochter töten können?«

Die Frage schockierte mich geradezu.

»O nein, wie können Sie so etwas nur annehmen, der Gedanke ist mir niemals gekommen. Ich mochte Sie zu sehr und sie auch. Sie waren meine einzige Familie. Jedenfalls musste das alles ein Ende haben. Wendy hätte schließlich entdeckt, dass ich nicht imstande bin, sie wirklich zu berühren, Sie wissen, was ich meine ...«

In diesem Augenblick spürte ich, dass die Dankbarkeit, die Duigan mir gegenüber empfand, weil ich seine Tochter nicht getötet hatte, stärker war als sein Groll über die verlorene Karriere.

»Hast du die Mädchen auch vergewaltigt?«

»Ja, unmittelbar nachdem ich sie getötet hatte, als sie noch warm waren. Aber ich habe sie nicht deswegen getötet, auch wenn es schwer zu glauben ist. Ich wollte mit meinen eigenen Augen den Übergang vom Leben zum Tod sehen. Man lebt nur für diesen Augenblick. Natürlich ist es schwierig, sich das vorzustellen, aber als sie begriffen hatten, dass sie nichts mehr retten könnte, starrten sie mich an, ohne etwas zu sagen, und ich erkannte Liebe in ihren Augen. Ich gab sie ihnen zurück, indem ich in sie eindrang. Das war ich ihnen schließlich schuldig, oder nicht?«

Duigan starrte auf die Straße, die ihn von diesem Gemetzel fortbrachte.

Ich sagte: »All das, um gerade siebenmal Liebe zu machen in meinem armseligen Leben.«

Es gab da noch etwas, das ich mir nicht erklären konnte.

»Ich muss Ihnen etwas gestehen, Mr. Duigan.«

Er drehte sich abrupt zu mir um.

»Du wirst mir doch nicht etwa weitere Leichen präsentieren?«

»Nein, nein. Nur etwas, das keine Bedeutung hat. Die Köpfe der Mädchen legte ich neben mich aufs Kopfkissen. Ich legte mich ins Bett und zog die Decke bis unter mein Kinn. Und wir sahen fern. Dann schlief ich tief und fest und wachte erst spät am nächsten Morgen auf. Ich bin in meinem ganzen Leben nie so ruhig gewesen. Aber ich kann es mir einfach nicht erklären, und das bekümmert mich.«

Es trat ein langer Moment des Schweigens ein.

Als wir fast wieder unten waren, wollte ich einen Scherz machen: »Ich habe nur Töchter von Republikanern getötet, glauben Sie, dass Reagan mir das übel nehmen wird?«

»Warum? Hast du wirklich nur Töchter von Konservativen getötet?«

»Ja. Alle Mädchen, die sich liberal gaben, interessierten mich nicht. Und die Hippies erst recht nicht. Dennoch bin ich wunderschönen begegnet, aber sie widerten mich an. Ich glaube, ich habe davon geträumt, eines dieser Mädchen zu heiraten, die mich verachteten, obwohl ich ihnen und ihren Familien intellektuell überlegen war.«

Duigan antwortete nicht sofort. Erst als wir an die Kreuzung auf die Ebene trafen, sagte er: »Reagan wird dich nicht töten, Al, Kalifornien hat das Moratorium für die Todesstrafe noch immer nicht aufgehoben.«

»Ich werde verlangen, dass man mich hinrichtet.«

»Du wirst gar nichts verlangen. Von jetzt an wird die Gesellschaft alles für dich entscheiden.«

Wir erreichten den Vorplatz mit der Tankstelle und der Telefonzelle. Carter stand im Wind. Er rauchte nervös.

Ich sagte Duigan zum Abschluss: »All diese Mädchen gelten als Aussteigerinnen. Ihre Körper werden niemals gefunden werden. Carter weiß nicht, was wir da oben gemacht haben. Sie können immer noch entscheiden, die Fiktion eines kleinen Abenteuers aufrechtzuerhalten, das wäre für die Eltern weniger schmerzlich. Man muss auch an sie denken.«

Er starrte mich an und erwiderte: »Und das sagst ausgerechnet du?«

»Ja, und Sie müssten nicht kündigen. Man kann die Zeit anhalten. Ich werde nie mehr töten, Mr. Duigan, ich habe jetzt, da meine Mutter tot ist, keinen Grund mehr … Warum also Ihr Leben zerstören, und das von Wendy, das der Eltern der Mädchen, warum all dieses Kuddelmuddel, wo man doch zusammenleben und eine Familie gründen könnte. Sie werden im Fall der Ermordung meiner Mutter und Sally Enfields meine Unzurechnungsfähigkeit feststellen, und in fünf Jahren werde ich wieder frei sein, vollständig geheilt …«

»Sei still, Al, ich flehe dich an, sei still.«

75

»Ich weiß nicht, ob ich mein Leben damit verbringen will, Häuser für Arme zu entwerfen und zu bauen. Natürlich verdient man damit Geld. Man braucht sich ja nur anzuschauen, wie wir leben.« – Sie breitet die Hände aus, mit den Handflächen nach oben, um die Offensichtlichkeit zu betonen. – »Ich möchte eine weltweit anerkannte Architektin werden. Sodass man mich beauftragt, Museen, riesige Stadien und Häuser für Intellektuelle zu bauen, und ich Interviews für *Architectural Digest* gebe. Wirst du mit mir arbeiten, Jammie?«

»Oh, natürlich.«

»Wir sollten für eine Weile nach Europa gehen, um klassische Architektur zu studieren. Die Italiener und die Franzosen haben ein fantastisches kulturelles Erbe.«

»Ich liebe ihre Küche.«

»Ich liebe sie auch. Ich werde meinen Vater bitten, mir ein Semester in Paris zu bezahlen. Aber die Franzosen scheinen ein bisschen speziell zu sein.«

»Wieso speziell?«

»Wenn du sie fragst, wie es geht, sollen sie imstande sein zu erwidern: ›Nicht schlecht.‹ Stell dir das mal vor: ›Nicht schlecht.‹ Und sie sehen auch nicht so gut aus wie die Amerikaner.«

»Aber im Bett werden sie verrückt. Ich schwör's dir. Ich habe eine Freundin, die ein Semester Kunstgeschichte in Paris studiert hat. Sie ist mit einem Franzosen zusammen gewesen, der ständig miesepetrig war. Aber im Bett machte er es bis zu … fünfmal am Tag.«

»Fünfmal am Tag, Jammie? Übertreibst du da nicht?«

»Es muss echt toll sein, einen Franzosen als Freund zu haben. Aber mit ihm leben, ihn heiraten?«

»Sie kritisieren immer nur an allem herum. Angeblich sind sie alle Kommunisten. Sie haben eine Revolution angezettelt, vor zwei Jahren. Und sie mögen uns nicht wirklich. Aber wir sind auch so unterschiedlich, das muss man sagen. Kennen Sie Frankreich?«

»Vom Namen her.«

»Sind Sie schon mal im Ausland gewesen?«

»Nie. Ich bin nie weiter als bis Montana im Osten und bis ans Meer im Westen gekommen.«

»Fehlt Ihnen das nicht? Stell dir mal vor, Jammie, er ist nie aus den Vereinigten Staaten herausgekommen. Ich bin mit meinen Eltern schon in ganz Südamerika und in Japan gewesen. Mein Vater sagt, Japan ist die Zukunft. Meine nächste Reise geht nach Europa, Jammie, du kommst mit mir, ich will nicht, dass wir getrennt sind.«

»Ich folge dir, Janis.«

»Du hast keine Angst vor dem Fliegen?«

»Nein, ich fliege für mein Leben gern.«

»Und Sie, haben Sie Angst vor dem Fliegen?«

»Ich bin niemals geflogen.«

»Das sollten Sie, ich versichere Ihnen, das ist ein fantastisches Gefühl, ich versteh die Leute gar nicht, die Angst davor haben. Aber … Wohin fahren Sie denn? Wir entfernen uns ja von der Straße.«

»Das ist genau meine Absicht.«

»Was ist denn los?«

»Gar nichts ist los. Ich habe beschlossen, Sie dorthin zu bringen, wo ich will.«

»Soll das ein Witz sein? Was wollen Sie? Uns vergewaltigen? Uns töten?«

»Beides. Aber nicht in dieser Reihenfolge … Aber nein … ich scherze.«

Anmerkung des Autors

Eine Person, einen Menschen in einem Roman darzustellen bedeutet, dass man ihn verrät, um besser dem dienen zu können, was man von seiner Realität erspürt.

In seinem Gefängnis in Vacaville wird Ed Kemper vielleicht verstehen können, dass ich mir sein Leben angeeignet habe. Und auch Stéphane Bourgoin, dessen auf dem Sender Planète ausgestrahlte Dokumentarserie über den Serienkiller mein Interesse geweckt hat, mich in diese komplexe Persönlichkeit hineinzuversetzen.

Marc Dugain